Sarah Stankewitz

Lovely Mistake

Sarah Stankewitz

Lovely Mistake

Ullstein

Besuchen Sie uns im Internet:
www.ullstein.de

Originalausgabe bei Forever
Forever ist ein Verlag
der Ullstein Buchverlage GmbH, Berlin
1. Auflage August 2020

Umschlaggestaltung:
zero-media.net, München
Titelabbildung: © FinePic®
Autorenfoto: © Patrick Thomas
Gesetzt aus der Quadraat Pro powered by pepyrus.com
Druck- und Bindearbeiten: CPI books GmbH, Leck
ISBN 978-3-86493-149-9

Für meine Eltern.
Weil ihr schon jetzt meine Schutzengel seid.

Prolog

Molly

Der vertraute Geruch meiner Kindheit ist das Erste, was ich wahrnehme, als ich den Schlüssel aus dem Schloss ziehe und die Tür leise hinter mir zufallen lasse. Da ich nicht sicher bin, ob sie schläft, will ich nicht unnötig Krach machen. Ich schlüpfe aus meinen Boots und stelle sie neben ihre Turnschuhe, weil ich weiß, dass sie Ordnung fast genauso sehr liebt wie mich. In der linken Hand balanciere ich meinen Kuchen, den ich heute Morgen noch in aller Eile zusammengemischt habe, und gehe den Flur entlang. Sobald ich in dieser kleinen Wohnung bin, lasse ich alle Masken fallen. Hier werde ich wieder zu dem verletzlichen Mädchen hinter der taffen Fassade. Als ich an dem ovalen Spiegel mit dem weißen Rahmen vorbeikomme, erschreckt mich mein Abbild. Meine sonst voluminösen weißblonden Haare hängen platt an meinem Kopf und meine grünen Augen sehen furchtbar müde aus. Die letzten Wochen sind definitiv nicht ohne Spuren an mir vorbeigezogen. Ich fühle mich nicht mehr wie eine Fünfundzwanzigjährige, sondern wie eine Frau in den Vierzigern.

Jedes Mal, wenn ich die strahlend gelben Wände im Flur sehe, schleicht sich Wärme in mein Herz. Nur, dass der Wärme jetzt ein kalter Schauer folgt, weil ich weiß, dass mich im nächsten Raum dunkle Regenwolken erwarten.

Sachte schiebe ich ihre Schlafzimmertür auf und sehe sie in ihrem Bett liegen. Die Decke hat sie bis zum Hals gezogen, ihr Gesicht ist dem Fenster zugewandt, das zum Wald hinter dem Wohnhaus hinausführt. Es war ihr immer wichtig, als Erstes in die Natur zu schauen, wenn sie wach wird.

»Hey.« Ich tapse auf ihr Bett zu, um zu sehen, ob sie schläft, doch als ich vor ihr stehe, schlägt sie ihre Lider langsam auf. Ihre Augen haben dieselbe grüne Färbung wie meine. Der einzige Unterschied liegt in den Falten, die ihre Lider umranden.

»Molly, Schatz.« Mom rappelt sich auf, streckt ihre Arme nach mir aus und ich gebe ihr einen etwas zu feuchten Kuss auf die Wange. Sie verzieht lächelnd das Gesicht. Ich liebe diesen Ausdruck.

»Ich hab dir was mitgebracht.« Stolz hebe ich den Kuchen in die Höhe, nehme den durchsichtigen Deckel ab und halte ihn meiner Mutter hin.

»Sieht gesund aus.« Mom rümpft ihre Nase und ich weiß genau, wieso. Sie hätte viel lieber einen fettigen Schokoladenkuchen mit einem Haufen Streuseln gehabt. Stattdessen gibt es heute einen kalorienreduzierten Karottenkuchen voller Vitamin A.

»Ist er auch. Kein Zucker, kein Weißmehl, nichts Ungesundes!« Ich schiebe den Arm meiner Mutter zur Seite und setze mich an ihr Bett. Dass sie einen schwachen Tag hat, sehe ich sofort. Meistens kann ich innerhalb weniger Sekunden erkennen, wie es ihr geht. Heute liegen tiefe Schatten unter ihren Augen, ihre Haut ist blass und ihre Lippen wirken ganz trocken, weil sie vermutlich nicht die Kraft hatte, sich selbst ein Wasser aus der Küche zu holen.

»Klingt, als hätte mein Arzt dir den Auftrag gegeben, mich zu vergiften, damit ich das Krankenhaus kein Geld mehr koste, wenn der Krebs zurückkommt!« Mom ringt sich ein Lachen ab, aber es ist schwächer als sonst.

»Das war keine Anweisung von Dr. Miller, Mom. Aber glaub mir, das Letzte, was du jetzt gebrauchen kannst, sind diese Kalorienbomben, die deine Arterien verstopfen.« Schon als meine Mutter die Diagnose bekam, habe ich mich darüber informiert, wie man den verdammten Krebs am besten bekämpfen kann. Natürlich stand an erster Stelle eine Chemotherapie. Die Auswirkungen sieht man allzu deutlich, immerhin ist sie erst seit einigen Tagen wieder zuhause.

Ich glaube, dass es für meine Mutter am schlimmsten war, ihre Haare zu verlieren. Die Übelkeit und die Schmerzen hat sie wie eine Kämpferin weggesteckt, aber als die ersten Haarbüschel in ihrer Bürste hängen blieben, hatte sie einen Nervenzusammenbruch. Beim Gedanken daran bekomme ich eine Gänsehaut. Ich war es, die sie im Badezimmer des Krankenhauses am Boden gefunden hat. Sie krallte sich an der Bürste fest und deutete weinend auf die zahlreichen Haare, die auf den Fliesen neben ihr lagen.

»Du hast ja recht. Holst du mir eine Gabel? Ich bin am Verhungern. Im Augenblick würde ich Karotten auch pur essen!« Dieses Mal wirkt ihr Lächeln schon stärker, also stelle ich den Kuchen auf ihrem Nachttisch ab, laufe schnell in die Küche und fische uns zwei Kuchengabeln aus dem Besteckkasten. Anschließend gieße ich ihr noch ein Glas Wasser ein. Als ich wieder bei ihr bin, ein Stück abtrenne und ihr die Gabel reiche, schnuppert sie an dem Teig und schiebt ihn sich zögernd in den Mund.

Ihr darauffolgendes Seufzen macht mich sofort stolz.

»Oh mein Gott, Molly!« Als hätte ihr dieser Bissen neue Kraft gegeben, setzt sie sich auf und schnappt sich ein weiteres Stück. »Wie kann ein Kuchen, der gesund ist, so unfassbar lecker sein? Und da ist wirklich kein Löffel Zucker drin?«

»Nein, nur Datteln. Dadurch ist er auch so süß.« Die Leidenschaft für Gebäck haben Mom und ich schon immer geteilt. Weihnachten war unsere liebste Zeit im Jahr. Auch wenn wir fast immer nur zu zweit waren, während alle anderen mit ihren Großfamilien zuhause saßen, hatten wir mehr familiären Zusammenhalt als die meisten Menschen. Wir haben gemeinsam unsere Leidenschaft ausgelebt und gebacken.

»Du bist wirklich eine begnadete Bäckerin!« Noch ein Stück verschwindet in ihrem Mund und langsam kehrt wieder Farbe in ihr Gesicht zurück. Meistens braucht meine Mutter ein paar Minuten, um aufzutauen. Heute ging es ziemlich schnell. Die Regenwolken im Raum lichten sich merklich und die Sonnenstrahlen aus dem Flur dringen herein.

»Ich habe ja auch von der besten Bäckerin gelernt.« *Nämlich von dir.*

»Aber genug vom Kuchen geschwärmt!« Sie legt die Gabel auf den Nachttisch und greift nach meiner Hand. Ihre ist kalt, meine hingegen meistens so heiß wie ein Taschenwärmer. Im Krankenhaus habe ich oft stundenlang an ihrem Bett gesessen und ihre kühlen Hände gehalten. Die Dankbarkeit in ihrem Blick war die beste Bezahlung.

»Was machen die Amerika-Vorbereitungen? Hast du dich schon entschieden, ob du einen oder zwei Koffer mitnimmst?« Während es meiner Mutter scheinbar Freude bereitet, über meine Reise zu reden, macht sich Unbehagen in mir breit. Diesen Trip habe ich schon vor einem Jahr geplant und gebucht, doch die letzten Wochen haben alles verändert. Jetzt kommt mir der Gedanke, so viele Flugstunden von England entfernt Urlaub zu machen, falsch vor.

»Ehrlich gesagt habe ich mich noch nicht damit befasst. Im Café war so viel los.«

»Und was ist der wirkliche Grund?« Pech, dass meine Mutter immer erkennt, wenn ich Ausreden liefere, um mich vor der Wahrheit zu drücken. Ihr Mundwinkel schiebt sich nach oben, wobei ihre Lachfältchen noch stärker betont werden. Auch wenn ich meine junge Haut liebe, freue ich mich schon darauf, die ersten Falten zu bekommen. Sie erzählen Geschichten. Sie zeigen, dass man gelebt hat. Lachend. Weinend. Schreiend. Kreischend und schrill. Glatte Haut ist sterbenslangweilig.

»Du bist erst seit ein paar Tagen aus dem Krankenhaus raus und hast die Chemo hinter dir. Ich sollte hier bei dir sein. Also habe ich die Reise gecancelt. Und bevor du jetzt an die Decke gehst: Ja, ich habe ausführlich darüber nachgedacht und bereue meine Entscheidung nicht.«

»Oh, Molly!«

Ich weiß nicht, wann ich meine Mutter das letzte Mal so energisch gehört habe. Es scheint Jahre her zu sein, dabei ist sie erst seit einigen Monaten krank. Ich war immer ein Mensch mit einem guten Zeitgefühl, aber das hat sich seit der Diagnose drastisch verändert. Jetzt fühlen sich Tage manchmal wie Wochen und Sekunden wie Stunden an. Vor allem im Krankenhaus. Dort hat man oft das Gefühl, die Zeit stünde still.

»Du wolltest schon nach Amerika, da warst du noch ein kleines Mädchen mit Pippi-Langstrumpf-Zöpfen und einer Zahnlücke! Du hättest dir diese Gelegenheit nicht meinetwegen entgehen lassen dürfen.«

»Und wer wäre hergekommen, wenn es dir schlecht geht? Wer hätte das Café geschmissen, wer -«

»Meine Pflegerin kommt doch ohnehin jeden Tag mindestens einmal her! Und Brooklyn hat dir versichert, dass sie das *Coffee with* Arts schmeißt, während du weg bist. Es wären doch nur vier Wochen gewesen, Molly. Und die hast du dir wirklich redlich verdient.«

Mom hat recht – meine beste Freundin hat mir hoch und heilig geschworen, dass sie das hinbekommt, und doch habe ich mich entschieden, die Reise in letzter Sekunde abzusagen. Auch wenn mein Herz dabei geblutet hat.

Ich klettere über meine Mutter auf die leere Bettseite und lege mich neben sie. Anschließend rolle ich mich ein und bette meinen Kopf an ihre Schulter. »Es ist ja nicht so, dass Amerika aus der Welt wäre. Ich kann immer noch nächstes Jahr hinfliegen. Oder im Winter. Schließlich soll New York auch im Schnee bezaubernd sein.«

»Du und Schnee? Ich kenne keinen Menschen auf diesem Planeten, der Schnee mehr hasst als du. Als Kind wolltest du immer auf die Malediven auswandern.«

Wir liegen dicht an dicht auf dem großen Bett und lachen leise. Früher war das Lachen meiner Mutter das schrillste und bunteste, das ich je gehört habe. Inzwischen ist es leiser geworden. Aber wie soll man ohne Energie auch kraftvoll lachen?

»Aber ich weiß ja, dass du stur bist und dich nicht davon abbringen lassen wirst. Du sollst nur wissen, dass es für mich in Ordnung gewesen wäre.« Sie seufzt.

»Ich weiß.«

Einige Augenblicke lang liegen wir nebeneinander und genießen, dass wir uns haben, bevor meine Mutter ein Thema anschneidet, das ich am liebsten aus dieser Wohnung verbannen würde. Fenster auf – Thema raus – Fenster zu.

»Und was macht die Männerwelt?«

Ich rolle mit den Augen. Mein Blick wandert nach draußen zu dem schönen Sommertag. Meistens regnet es auch in den warmen Monaten in England, aber heute nicht. Heute strahlt die Sonne stärker als in den letzten Wochen.

»Was soll die schon sagen? Sie nervt mich. Und ich würde sie am liebsten komplett ausrotten!« Seit meiner mittlerweile zweiten Trennung von Bryan läuft es nur noch schleppend in diesem Bereich. Wenn es nach mir ginge, würde ich nie wieder einen Gedanken an ihn verschwenden. Geschweige denn daran, wie unsere Beziehung in die Brüche gegangen ist und wie er mich behandelt hat.

Mom streicht durch mein Haar. Jedes Mal, wenn sie das macht, fühle ich mich, als wäre ich wieder die kleine Molly, die zum ersten Mal Liebeskummer hat. Dabei habe ich mittlerweile aufgehört zu zählen, wie oft mir das Herz gebrochen wurde. Die meisten Männer, die ich in mein Herz gelassen habe, waren nur dort, um Schaden anzurichten. Und dieser Schaden hat am Ende dafür gesorgt, dass ich davongerannt bin, wenn es ein Mann wirklich ernst mit mir meinte. Es ist, als wäre ich in einem Teufelskreis gefangen. Dumm nur, dass ich die Tür nach draußen noch nicht gefunden habe.

»Du gehst zu verbissen an die Sache heran, mein Schatz.«

Ich schiele zu meiner Mutter hoch. Mittlerweile habe ich mich an ihr blaues Kopftuch gewöhnt, aber trotzdem sehe ich sie gedanklich immer noch mit blonder Mähne vor mir. Sie war für mich stark wie eine Löwin. Mom war immer bereit, für mich zu kämpfen, jetzt bin ich an der Reihe, dasselbe für sie zu tun. Und da passt eine Beziehung einfach nicht rein, genauso wenig wie eine Reise zu einem anderen Kontinent.

»Verbissen? Ich würde eher sagen, ich gehe genau richtig an die Sache heran. Was bringen mir Männer in meiner Wohnung –

außer dreckiger Socken auf dem Boden, Bartstoppeln im Waschbecken und Schnarcher nach dem Sex? Richtig: schlaflose Nächte nach dem Sex!«, rede ich mich in Rage, weil ich weiß, dass meine Mutter ohnehin gleich etwas tun wird, um mich zu stoppen. Sie wollte immer, dass ich die Dinge rationaler betrachte, aber ich handle meist aus dem Bauch heraus. Ich sage, was ich denke, wann ich es denke. Eine Eigenschaft, die mich schon oft in brenzliche Situationen gebracht hat.

»Ja, verbissen. Ein Partner könnte dir viel mehr bringen als das.«

Wie kann sie so überzeugt klingen, wo sie meine Geschichten doch in- und auswendig kennt? Auf meinem Herzen prangen zu viele Wunden, die immer noch nicht geheilt sind. Zu oft habe ich mich voll und ganz auf ein Leben mit einem Mann eingelassen und mich dabei selbst verloren. Vor allem aber habe ich aufgehört, für mich einzustehen. Mein Exfreund hat mir den Gnadenstoß gegeben.

Ich drehe mich auf die Seite und ziehe die Brauen hoch. Anschließend schiebe ich meine Brille wieder an die richtige Position, weil sie heruntergerutscht ist. »Und was zum Beispiel? Erleuchte mich, Buddha!«

Meine Mutter schaut an die Decke, als würde die Antwort da auf sie warten. Doch als ich ihrem Blick folge, sehe ich nur eine langweilige weiße Wand. Keine spirituellen oder erleuchtenden Antworten auf meine Frage.

»Es gibt nicht immer nur die schlechten Seiten und grauen Tage, sondern auch Momente, in denen du vor lauter Konfetti in deinem Bauch gar nicht klar denken kannst. Außerdem kann dir der richtige Partner die Liebe zu dir selbst zurückgeben. Indem jemand da ist, der dir einen Spiegel vorhält, kannst du erkennen, wie viele gute Seiten du hast.« Mom klingt genauso weise, wie ich es erwartet habe. Auch wenn ich über ihre Worte gerade nur den Kopf schütteln kann. Anstelle von Konfetti hatte ich dank Bryan Rasierklingen im Bauch. Allein beim Gedanken daran, wie unser letztes Treffen ausgegangen ist, wird mir übel.

»Ich weiß auch ohne Partner, dass ich eine Knallerfrau bin!«, halte ich dagegen und zwinkere ihr zu, als sie mich wieder ansieht. Stolz glimmt in ihren Augen auf.

»Und doch wünschst du dir, dass da jemand wäre. Ich kenne dich, Molly. Ich kenne dich besser als sonst jemand auf dieser Welt. Und ich weiß, dass du hinter dieser Schale eine Romantikerin bist, das habe ich dir vererbt!«

Allein beim Wort Romantik dreht sich mir der Magen um und ich würde mir am liebsten einen Finger in den Hals stecken. Vielleicht kennt meine Mutter doch nicht jeden Teil von mir.

»Als kleines Mädchen hattest du immer den Traum, einmal am Strand zu heiraten. Nur du und dein Auserwählter. Mit einem weißen Schimmel am Strand entlangzureiten. Wenn das nicht nach Romantik schreit.«

»Wenn ich mich auf ein Pferd setze, sterbe ich nach wenigen Schritten, weil es mich herunterwirft und ich mir das Genick breche! So romantisch klingt es also nicht, wenn du mich fragst. Eher tragisch.« Seufzend rolle ich mich zurück auf den Rücken.

»Vielleicht hast du recht und da draußen gibt es irgendjemanden, der mir all diese Gefühle geben kann und nicht nur mit mir spielt. Aber Bedford liegt wortwörtlich am Arsch der Welt. Die einzigen Männer, die hier brauchbar sind, sind vergeben oder uralt!«

»Es gibt für jeden Menschen den Richtigen. Auch in einer Kleinstadt wie unserer.«

»Den Richtigen«, spotte ich. »Wie soll man denn bitte den Richtigen erkennen? Tragen die *richtigen* Männer etwa einen Zettel auf der Stirn?« Zufrieden höre ich, dass Mom sich noch eine Gabel des Karottenkuchens in den Mund schiebt. Tage, an denen sie Appetit hat, sind gute Tage. Besser als die meisten.

»Bei deinem Vater und mir war es ein Funke. Eine Berührung, so zaghaft, dass ich sie fast nicht gespürt hätte. Und doch war sie so mächtig, dass ich mich ihr nicht entziehen konnte.«

Schon oft habe ich die Geschichte über das Kennenlernen meiner Eltern gehört. Meine Mutter kellnerte in einer Bar, bevor sie das *Coffee with Arts* eröffnete, und mein Vater war dort jeden Freitag Stammgast mit seinen Freunden. Irgendwann hat er ihren Arm flüchtig berührt und es hat sie durchzuckt, da wussten sie es einfach. Sie gingen noch am selben Wochenende miteinander aus und waren seitdem unzertrennlich.

Zwei Jahre später wurde ich geboren. Fünf Jahre später verstarb mein Vater und hat uns allein zurückgelassen. Auch wenn ich ihn nur fünf Jahre lang kannte, war er mein Held. Sein Tod hat Mom und mich noch enger zusammengeschweißt. Das war das einzig Gute an unserem Schicksal. Ich habe versucht, das Licht in der Dunkelheit zu sehen.

»Bis jetzt ist bei mir so ein Funken nie übergesprungen«, sage ich kühl. Stattdessen wandert eine Gänsehaut über meinen Körper, wenn ich an meine letzte Trennung denke. Gedankenversunken reibe ich über die Stelle an meinem Unterarm, die ich wochenlang unter langen Pullovern versteckt gehalten habe. Mittlerweile trage ich keine Spuren mehr davon. Zumindest nicht äußerlich.

»Dein Traummann fällt nicht einfach vom Himmel, Molly. Gib der Sache Zeit.«

Zeit ... vielleicht ist es das, was ich brauche. Aber nicht so, wie meine Mutter denkt. Es ist, als würde mir in dieser Sekunde ein Licht aufgehen. »Ich hab's!« Euphorisch springe ich auf und setze mich in den Schneidersitz vor meine Mutter. Gespannt sieht sie mich an. »Ich habe die perfekte Idee, wie ich endlich wieder mehr zu mir selbst finden kann!«

»Na dann lass mal hören.« Wieder schiebt sie sich eine Gabel in den Mund und seufzt beim Geschmack meines Kuchens. Draußen wird es immer heller und die hellgrünen Tapeten werden in ein schönes Licht getaucht.

»Du sagst, dass da dieser Funken ist, wenn man den Richtigen findet, ja?«

Als Antwort nickt sie.

»Dann werde ich jetzt ein halbes Jahr lang keinen Mann mehr berühren. Egal, wie alt, wie jung, wie attraktiv oder nicht. Keine Berührungen!« Es wird keinen Mann mehr geben, der über mich und meinen Körper entscheidet.

Meiner Mutter entgleiten die Gesichtszüge. »Darauf wollte ich eigentlich nicht hinaus, Molly.«

Gern würde ich leugnen, dass ich Sorge in ihren Gesichtszügen erkennen kann, aber sie ist zu greifbar. Eine tiefe Furche hat sich zwischen ihre Augenbrauen gegraben.

»Ich weiß. Du möchtest, dass ich auf diesen Funken warte, als würde mein Leben davon abhängen. Aber vielleicht bin ich diese Suche einfach leid. Vielleicht muss ich mich auf mich konzentrieren. Nur auf mich. Keine Männer, die mich ablenken. Keine Dates, die mir den letzten Nerv rauben. Keine One-Night-Stands, die sich dann nie wieder bei mir melden und denen ich hinterherrenne.« Keine weiteren Narben mehr, weil die Berührungen, die ich mir von einem Mann wünsche, nur eine Illusion sind.

Je mehr ich mich in Rage rede, desto besser gefällt mir der Gedanke daran, mich in den nächsten sechs Monaten nur auf mich zu konzentrieren. Wie entspannt muss es sein, nicht mehr zu suchen? Die Gesellschaft kann mich mal, wenn sie denkt, dass eine Frau nur in einer Partnerschaft glücklich sein kann.

»Du bist wirklich unverbesserlich, weißt du das?« Mom schüttelt über meinen Entschluss den Kopf, aber er hat sich schon in mir festgesetzt.

Ich sehe meine Absage der New York Reise in neuem Licht. Wie ich mich kenne, hätte ich mich vermutlich in New York Hals über Kopf in eine Urlaubsbekanntschaft verliebt. Und dann wäre ich gefühlsmäßig abhängig von jemandem geworden, der auf der anderen Seite der Welt lebt. Nein danke.

»Ich habe noch nie so klargesehen wie jetzt, Mom. Danke!« Ich werfe mich in ihre Arme. Sie riecht nach einer Mischung aus ihrem Parfum und Krankenhaus. Den bitteren Geruch von beidem ignoriere ich und konzentriere mich auf den guten.

»Die nächsten Monate werden für mich sein. Und ich werde mich nicht in irgendwelche Abenteuer stürzen und hinterher mit einem gebrochenen Herzen nach Hause kommen.« Ich spüre regelrecht, wie meine Augen strahlen.

Das liebevolle Grinsen meiner Mutter trifft mich mitten in die Brust. »Aber Molly.« Sie greift meine Hand und drückt sie fest, wobei ich ihre wieder mit meiner wärme. Es erinnert mich an die Nächte im Krankenhaus, die so viele Tränen mit sich gebracht haben. Heute in ihrem Bett, in diesen sicheren vier Wänden, in denen ich alles sein darf, sind die Tränen fast vergessen.

»Versprich mir, dass du deine alberne Regel brichst, wenn du merkst, dass es an der Zeit ist. Wenn du jemanden triffst, bei dem du den Funken erahnst ... brich sie einfach. Okay?« Innerlich sträube ich mich, ihr dieses Versprechen zu geben, doch dann ergänzt sie: »Du wirst deiner kranken Mutter doch wohl keinen Wunsch abschlagen!«

Sie spielt nicht nach meinen Regeln und setzt mich schachmatt. Die ersten Tränen drängen sich in meine Augenwinkel, obwohl ich bis eben so stark war. Manchmal vergesse ich, dass sie immer noch nicht über den Berg ist und der Krebs jederzeit wiederkommen kann. Er ist wie eine tickende Zeitbombe.

»Kann ich nicht«, antworte ich ehrlich.

Mit zuversichtlichem Blick widmet sie sich wieder dem Kuchen, während ich sie ansehe. Es gab immer nur Mom und mich. Nur uns zwei. Diese Wohnung war immer unser sicherer Hafen, der Ort, an dem wir uns entfalten konnten, als Mutter und Tochter. Der Gedanke, dass sie vielleicht bald nicht mehr da sein könnte, lässt die Regenwolken wieder aufziehen.

Ich sitze mit meiner Mutter auf dem Bett und sie lächelt. Doch ich traue dem Frieden nicht. Die Angst und die Traurigkeit sind noch zu gegenwärtig. Angst davor, dass sie mir nach dem Kampf der letzten Wochen entrissen werden könnte. Und die Traurigkeit, die mit ihren dunklen Krallen darauf wartet, mich einzunehmen.

Ihre Bitte kommt mir wieder in den Sinn, also rutsche ich neben sie und drücke ihr einen Kuss auf die Wange. »Ich verspreche dir, dass ich die Regel breche, wenn es an der Zeit dafür ist.«

Ich genieße es, hier bei ihr zu sein und mich so zeigen zu dürfen, wie ich bin. Verletzlich. Wenn ich nach draußen gehe, muss ich wieder stark sein, aber in diesem mintgrünen Paradies ist keine Maske notwendig.

Kapitel 1

Molly

Einige Wochen später

Die Lichter im Club erdrücken mich fast, als ich über den glänzenden Marmorboden stolziere und mich umsehe. Links neben mir befindet sich eine Lounge mit cremefarbenen Sofas und bequem aussehenden Sesseln. Auf der rechten Seite tummeln sich zahlreiche Junggesellen in albernen Shirts, die auf der Tanzfläche anstoßen.

Ich presse mir meine schwarze Handtasche dicht gegen den Körper, damit sie mir niemand entreißen kann, schlendere an den zwei vollbesetzten Tresen vorbei und lasse mich an der freien Bar nieder. Der Hocker ist mit rotem Samt bezogen und fühlt sich weich an.

Heute ist der letzte Tag von meinem Wochenendtrip in London, bevor ich morgen wieder nach Bedford fahre, also wollte ich meinen Abend in der Hauptstadt mit Stil verbringen. Ich trage mein weinrotes Kleid, das sich hauteng an mich schmiegt und in der Mitte meiner Oberschenkel endet. An der Seite befindet sich ein gewagter Schlitz und mein Ausschnitt ist nicht von schlechten Eltern. Eigentlich hatte ich nicht vor, ein Kleid einzupacken, weil ich nur im Wellness-Hotel entspannen wollte. Jetzt bin ich meiner

Mutter dankbar, weil sie mich überredet hat, mal wieder auszugehen. Meine Lippen glänzen von dem roten Lippenstift und mein Haar ist lockig, sodass es jetzt knapp über meinen Schultern endet.

»Hallo, Schönheit.« Der Barkeeper reißt mich aus meinen Gedanken, und als ich ihn ansehe, bleibt mir kurz der Atem weg. Das hier ist mit Abstand der attraktivste Mann, den ich in den letzten Wochen gesehen habe. Seine Haare sind schulterlang und dunkelblond, seine Augen strahlend grün wie meine. Eine kleine Narbe prangt über seinem rechten Auge, mit dem er mir jetzt zuzwinkert. Auf sein Shirt ist ein Name gedruckt. Bruce. Sein Name erinnert mich stark an Bryan und er verliert dadurch einiges an Attraktivität für mich.

»Was darf ich dir bringen?« Seine Lippen sehen weich aus und vor wenigen Wochen hätte ich mich jetzt auf einen Flirt mit ihm eingelassen. Doch die Molly von heute ignoriert das Kompliment und bestellt unbeeindruckt einen Tequila bei ihm.

Noch einmal sehe ich mich in diesem Laden um und bin überfordert von all den Eindrücken und bunten Farben. Ich habe mir die Clubs in London immer edel vorgestellt, aber dieser hier ist so schrill, dass ich mir vorkomme wie auf einem LSD-Trip. Während der Barkeeper noch den Mann neben mir nach seiner Bestellung fragt, klingelt mein Telefon. Als ich den Namen meiner besten Freundin auf dem Display sehe – neben einem Foto von uns beiden und ihrem Hund Ghost – strahle ich automatisch mit den Deckenleuchten um die Wette.

»Brooke!« Ich drücke mir das Handy ans Ohr und halte das andere zu, damit ich sie hören kann.

»Es ist ja so laut bei dir! Von wegen Wellness-Wochenende. Wo treibst du dich herum?«, tadelt sie mich lachend und ich merke, dass ich sie schon nach einem Wochenende vermisse. In

Bedford ist sie mein Anker. Der Mensch, der mich zwar manchmal mit seiner erwachsenen Art in den Wahnsinn treibt, mich aber immer wieder aufbaut, wenn es mir schlecht geht. Ich wünschte, sie wäre hier und wir könnten diesen Laden zusammen unsicher machen. Ja, ich bin mir sicher, dass Brooklyn meinen Kurztrip noch schöner gemacht hätte.

»Ich bin in so einem kunterbunten Club gelandet. Eigentlich war dieser Abstecher nicht geplant, aber mir war heute so langweilig im Hotel, also bin ich noch mal losgezogen.«

Meine beste Freundin lacht, ich liebe ihr Lachen. Es ist besonders schön, weil es so lange Zeit in der Dunkelheit vergraben lag. Seit dem Tod ihrer ersten großen Liebe war Glück für sie ein Fremdwort, und ich bin unheimlich dankbar, dass sie es jetzt wieder fühlen kann.

»Stimmt. Das wäre ein Staatsverbrechen. Du warst nur drei Tage weg und schon rauben mir die Kunden im Café den letzten Nerv.« Da sie den Laden in meiner Abwesenheit allein schmeißt, waren die letzten Tage für sie sicherlich alles andere als entspannend.

»Was ist passiert? Hat William sich wieder über den heißen Kaffee beschwert?« Mehr als einmal musste ich ihm erklären, dass Kaffee nun mal ein Heißgetränk ist und dass er einen Eiskaffee bestellen muss, wenn er vermeiden will, dass er sich daran die Schnute verbrennt. Trotzdem ist er einer meiner liebsten Kunden. Er hat immer ein Lächeln auf den Lippen und seine wenigen Fusseln auf dem Kopf kleben ihm an der Stirn, wenn es draußen regnet. Er gehört zu den Männern, die zu alt für mich sind und trotzdem keinen Flirt auslassen.

»Mehr als einmal! Und diese seltsame ältere Dame mit dem Hut? Die sitzt jetzt schon das dritte Mal diese Woche hier, ohne jemals etwas zu bestellen. Langsam glaube ich, sie will mich bloß ausspionieren und gucken, ob ich hier heimlich auch *andere* Cookies verkaufe. Du verstehst schon«, murmelt sie. Der Gedanke an Brooklyn als Grasdealerin bringt mich zum Lachen, immerhin ist sie der wohl gesetzestreuste Mensch, dem ich je begegnet bin. Das Schlimmste, was sie je gemacht hat? Beim Kauf eines Buches hat sie zu viel Wechselgeld bekommen und es nicht zurückgegeben. Brooklyn Parker ist eine Draufgängerin, wie sie im Buche steht.

»Wenn sie übermorgen immer noch da ist, dann werde ich sie ins Kreuzverhör nehmen!« Der Barkeeper platziert sich vor meiner Nase. Auf dem Tresen zwischen uns steht jetzt ein Shotglas, in der linken Hand hält er den Tequila und in der rechten einen Salzstreuer.

»Gib mir deine Hand, Schönheit.« Seine Stimme ist dunkel und mir gefällt sein Akzent, auch wenn ich ihn nicht wirklich zuordnen kann. Er kommt definitiv nicht aus England. Ich muss einmal tief durchatmen, um mich von dieser betörenden Stimme nicht um den Finger wickeln zu lassen.

»Moment, Brooke. Ich muss trinken!« Mit diesen Worten halte ich dem Mann meine Hand hin, damit er etwas von dem Salz darauf streuen kann. Doch als er dabei nach meinem Handgelenk greift, reiße ich meinen Arm in letzter Sekunde weg.

»Na! Nicht anfassen!« Seine Augen werden groß, und obwohl er ein Muskelberg der feinsten Sorte ist, sieht er eingeschüchtert aus. Anstatt meine Hand zu nehmen, streut er das Salz auf meinen Handrücken, gießt das Shotglas voll und schneidet eine Zitronenscheibe für mich ab.

»Prost, Brooke!« Ich lecke zuerst an meinem Handrücken, schmecke wie sich das Salz auf meiner Zunge breitmacht und kippe den Tequila herunter. Anschließend beiße ich in die Zitrone und verziehe angewidert das Gesicht. Scheiße ist das ekelig. In Filmen sieht es immer so aus, als müsste jeder Mensch einmal auf diese Art und Weise Tequila trinken. Jetzt weiß ich, dass ich nicht jedem Trend folgen sollte.

»Sag nicht, du ziehst deine alberne Regel immer noch durch.« Meine Freundin konnte von Anfang an nicht verstehen, wieso ich Männer auf Abstand halte. Vor allem aber hat sie mir vorausgesagt, dass ich nach ein paar Tagen ohnehin hinwerfen würde. Dadurch hat sie meinen Kampfgeist geweckt – mit Erfolg. Seit dem Gespräch mit meiner Mutter habe ich keinen Mann mehr berührt. Weder absichtlich noch unabsichtlich. Mehr als einmal hat mich diese Regel in seltsame Situationen gebracht, aber ich habe alle mit Bravour gemeistert.

»Natürlich! Scheiß auf Männer.« Schulterzuckend forme ich mit meinen Lippen ein Sorry, als ich sehe, dass der Barkeeper traurig dreinschaut. Anscheinend hatte er in mir wirklich einen Flirt gesehen.

»Du bist verrückt. Ich meine, wie willst du das so lange durchhalten? Man berührt doch zwangsläufig immer wieder Menschen. Spätestens, wenn du wieder arbeitest. Ich habe aufgehört zu zählen, wie oft mir Kunden ihre Hand auf den Arm gelegt haben.«

»Vertrau mir. Es gibt immer Wege. Und es tut mir gut.« Ich muss nicht einmal lügen, stattdessen kann ich einfach die Wahrheit sagen. Und die ist, dass ich in den letzten Wochen viel mehr zu mir selbst gefunden habe. Seit Jahren renne ich dem Bild von einer perfekten Beziehung hinterher, ohne dabei zu bemerken, dass die wichtigste Beziehung in meinem Leben die zu mir selbst ist. Ich kann niemanden aufrichtig lieben, wenn ich meinen Scheiß nicht auf die Reihe kriege. Also gehören die verbleibenden viereinhalb Monate nur mir.

»Nimm es mir nicht übel, Molly. Aber ich kann einfach nicht glauben, dass es das ist, was du willst. Warst du nicht immer diejenige, die gepredigt hat, wie wichtig ein erfülltes Sexleben ist? Und ein Sexleben ohne Berührungen stelle ich mir schwierig vor.« Im Hintergrund höre ich, wie sich ihr Freund Chase ins Gespräch einmischt.

»Ist es ja auch.« Es ertönt ein Schmatzen und ich würde den Tequila am liebsten ausspucken.

»Leute! Macht eure Schmuddeleien, wenn ich aufgelegt habe.« Brooklyn kichert und dann ist das Schmatzen Gott sei Dank vorbei.

»Und außerdem, wer sagt, dass man unbedingt einen Partner braucht, um ein erfülltes Sexleben zu haben? Ich habe zwei sehr gesunde Hände. Die sind kreativer als die der meisten Männer, die ich kenne.« Neben mir höre ich, wie jemand losprustet, und als ich mich umsehe, bemerke ich, dass meine Nachbarn an der Bar bestens mithören können. Alle starren mich an. Die zwei Typen neben mir, denen ich gerade ein wundervolles Kopfkino beschert habe, die Dame zu meiner Rechten und natürlich auch Bruce, dessen grüne Augen immer größer werden.

»Ach ja? Und wann hast du zum letzten Mal ... du weißt schon?« Brooke ist immer schüchtern, wenn es um das Thema mit den drei Buchstaben geht. Eine Eigenschaft, die ich wahnsinnig süß an ihr finde. Sie hat etwas Unschuldiges an sich.

»Na, vor ein paar Minuten erst«, lüge ich. Das letzte Mal, dass ich mich selbst berührt habe, ist eine Ewigkeit her. Auch wenn ich in den letzten Wochen genug Zeit dafür gehabt hätte, kam ich nie auf die Idee. Vermutlich ist der Glaubenssatz, dass ich einen Mann an meiner Seite für mein Glück brauche, immer noch zu stark in meinem Kopf einprogrammiert. Es wird höchste Zeit, dass ich meine Freiheit genieße.

Brooke zieht scharf die Luft ein. »Sagtest du nicht, dass du gerade in einem Club sitzt?« Ihre Stimme verrät, dass sie mir kein

Wort glaubt. Aber sie ist nicht hier, also darf ich ruhig etwas flunkern. Wer sollte ihr schon die Wahrheit stecken?

»Na und? Den Männern hier gefällt es, wenn sie mal was anderes sehen als klebrige Tanzflächen und leere Bierflaschen!« Normale Menschen würden vermutlich rot anlaufen an meiner Stelle, aber ich nicht. Ich hatte noch nie Probleme damit, in der Öffentlichkeit über diese Themen zu reden. Das Wort offen versteckt sich nicht ohne Grund in dem Wort Öffentlichkeit.

»Du bist wirklich verrückt. Aber ich glaube dir nicht.«

Wieder klinkt Chase sich ins Gespräch mit ein. Hört er etwa die ganze Zeit mit? »Bei Molly weiß man nie, was sie als Nächstes tut.«

»Daaanke«, antworte ich ihm langgezogen. »Aber wie auch immer. Ich werde jetzt ordentlich auf den Putz hauen, bevor ich morgen völlig verkatert in die Bahn steige. Ach und Leute? Denkt ja nicht daran, eine Willkommensparty für mich zu schmeißen! Ich war nur drei Tage weg.« Nach der Hinreise war ich nur noch für eine Sache zu gebrauchen: Die Sauna im Hotel.

»Okay, Molly. Dann hab noch einen schönen Abend! Hab dich lieb.«

Ich spreche einen Schmatzer in den Hörer und stecke mein Handy zurück in die Tasche. Als ich höre, dass sich der Mann neben mir räuspert, sehe ich ihn mit hochgezogenen Brauen an. Er trägt ein dunkelblaues Hemd, das oben offensteht, und eine Krawatte, die halb geöffnet an seinem Hals baumelt. Seine Brille lässt ihn klug aussehen, aber das dreckige Grinsen auf seinem Gesicht gefällt mir nicht.

»Was?«

Er deutet auf meine Hände.

»Lass mal sehen, was deine gesunden Hände alles können.« Sein Grinsen ist schmierig.

Ich stelle mich auf die Streben des Hockers, beuge mich über den Tresen und greife nach einem Glas, in dem noch Reste eines Cocktails am Boden schwimmen. Anschließend grinse ich den Mann süß an und schütte ihm die klebrige Masse ins Gesicht. Das rote Getränk läuft von seiner Stirn herunter zu seinen Augen und über seine Wangen. Sein Mund steht weit offen und anscheinend ist ihm der Spaß vergangen.

Wie schade.

»Das können sie«, sage ich stolz und hüpfe von dem Hocker herunter. Der Typ murmelt eine Beleidigung, während ich mich auf den Weg auf die Tanzfläche mache. Darauf bedacht, einen Fleck zu finden, an dem ich für mich sein kann.

Kapitel 2

Molly

Schlaf.

Ich fühle mich wie ein Zombie inmitten einer fetten Apokalypse, doch statt nach Blut und Fleisch lechze ich nach einer Portion Schlaf.

Ich war schon oft verkatert, aber das hier scheint eine neue Stufe zu sein. Meine schulterlangen Haare habe ich zu einem winzigen Knoten an meinem Hinterkopf gebunden und mich für das lässigste Outfit entschieden, das ich in meinem Koffer hatte: Eine schwarze Jogginghose von einem meiner Exfreunde und mein liebstes Schlafshirt. Allerdings war in der Bahn an Schlaf nicht zu denken, immerhin hat eine Durchsage die nächste gejagt.

Wieder wünschte ich mir, ich wäre schon in meiner Wohnung. Stattdessen schlurfe ich mit meinem Koffer durch die Straßen Bedfords und verfluche jeden weiteren Schritt, den ich machen muss. Heute ist ein sonniger Tag, und weil die Idee, einen Abend vor der Abreise in einem Club auf den Putz zu hauen, keine sonderlich gute war, musste meine Sonnbrille herhalten. Sie hilft mir, nicht an dem grässlichen Pochen hinter meinen Schläfen zu verenden, bevor ich mein Apartment erreichen kann.

Ich hole mein Handy heraus und entdecke zehn verpasste Anrufe einer unbekannten Nummer, da aber kein Anruf meiner Mutter dabei ist, stopfe ich es einfach zurück in die überdimensionale Jogginghose. Einige Passanten kreuzen meinen Weg und ich spüre ihre Blicke auf mir. Unsere Stadt ist nicht sonderlich groß und die meisten Menschen in diesem Viertel kenne ich. Und ... sie mich. Vor allem, da viele von ihnen Stammgäste in dem Café meiner Mutter sind, in dem ich seit Jahren arbeite. Eigentlich habe ich noch nie etwas anderes getan. Direkt nach meinem Schulabschluss wollte ich Grafikdesign studieren, aber meine Mutter brauchte Hilfe im Laden, weshalb ich ihr unter die Arme gegriffen habe. Aus diesem Vorhaben wurde dann meine neue Passion dafür, Menschen leckeres Gebäck zu servieren.

»Hallo, Molly!«, grüßt mich die alte Dame aus dem Souvenirgeschäft und ich hebe nur grinsend meine Hand. Zum Sprechen bin ich eindeutig noch nicht in der Lage. Mein letzter Kaffee ist viel zu lange her. Nachdem ich fast verschlafen hätte, musste ich zum Bahnhof hetzen. Es fühlt sich wahrhaftig an, als hätte ich eine Weltreise hinter mir, dabei waren es nur wenige Stunden.

Mein rosafarbener Koffer hat unterwegs eine Rolle verloren, weshalb er sich jetzt nur noch mit Mühe und Not über den Asphalt ziehen lässt.

Zehn Minuten und fünfzehn Flüche später erreiche ich endlich mein Wohnhaus, pfriemle meinen Schlüssel heraus und ignoriere den überfüllten Briefkasten auf dem Weg hinein. Wie kann sich in drei Tagen so viel Post ansammeln? Da dieses alte Gebäude nichts von Modernität hält, schleife ich meinen Koffer und mich über die Treppen ins dritte Stockwerk und bemerke sofort, dass etwas nicht stimmt. Vor meiner Wohnung tummeln sich zahlreiche Handwerker und dazwischen steht mein Vermieter Mr. Harsh.

»Da ist sie ja!« Mit diesen Worten tritt er auf mich zu. »Ich habe Sie schon zehnmal versucht anzurufen, Miss Adams.«

Ups. Das waren also die verpassten Anrufe. Ich rolle meinen gehandicapten Koffer zur Seite und atme erst einmal durch. Ein Sauerstoffzelt wäre wunderbar! Wie kam ich nur auf die dämliche Idee, in den dritten Stock zu ziehen?

»Entschuldigen Sie, ich komme gerade aus London und hatte keine Zeit, auf mein Handy zu gucken«, antworte ich etwas zu schnippisch. Eigentlich mag ich meinen Vermieter wirklich gern, aber heute herrscht ein Ausnahmezustand, immerhin versperren sie mir den Weg zu meiner geliebten Dusche, meiner wundervoll duftenden Kaffeedose und vor allem meinem gemütlichen Bett. *Schlaf. Schlaf. Schlaf.* Am liebsten würde ich auf die Knie gehen und mich an seine Wade hängen, bis er mich endlich reinlässt und bemerkt, wie dringend es ist. Es geht sozusagen um Leben und Tod.

»Wie auch immer. Ich habe schlechte Nachrichten. Gestern hat uns die Mieterin unter Ihnen erzählt, dass Wasser durch die Decke kommt. Wir müssen in Ihre Wohnung, um die Ursache zu finden. Da der Mieter über Ihnen keine Probleme hat, wird das Problem bei Ihnen liegen.« Innerlich will ich wie ein wütendes Kind auf den Boden stampfen, äußerlich spiele ich die Erwachsene, schiebe mich an den Handwerkern vorbei und öffne die Tür. Anschließend lasse ich Mr. Harsh und die vier Kerle in Arbeitsklamotten in meine heiligen vier Wände einmarschieren. Dabei dürfen sonst nur ausgewählte Leute meinen Tempel betreten und die wenigsten davon mit dreckigen Schuhen.

»Hier liegt das Problem«, ruft der Glatzkopf unter ihnen in den Raum, und als ich dem Ruf folge, klappt mir die Kinnlade herunter. Mein gesamtes Wohnzimmer, das an die offene Küche grenzt, ist hinüber. Die Wände, die eigentlich weiß sein sollten, schimmern jetzt grau, weil sie so feucht sind. Mein beiges Sofa hat ebenfalls darunter gelitten und das Laminat wölbt sich, weil es zu viel Feuchtigkeit gezogen hat. Scheiße, das alles soll in einer Nacht passiert sein?

»Es muss einen Rohrbruch in der Küche gegeben haben.« Die Handwerker murmeln noch etwas Fachmännisches, das ich nicht verstehe, und ich sehe panisch zu meinem Vermieter hinüber.

»Und was heißt das jetzt?« Meine Stimme klingt wie die von Minnie Mouse. Hoch. Schrill. Nervig.

Er sieht sich den Schaden noch einen Moment an, bevor er mir antwortet. »Ich muss meine Leute hier reinschicken, damit sie den Rohrbruch ausfindig machen können. Und dann muss er behoben werden. Das heißt: Wand auf, Rohrbruch reparieren, Boden raus und alles entfeuchten und neu tapezieren.«

»Klingt, als würde es ewig dauern.« Dabei will ich doch einfach nur meinen verdammten Schlaf! Wieso quält Gott mich heute so? Ist es, weil ich diesem Mann im Club den Drink ins Gesicht geschüttet habe? Selbst Gott muss doch einsehen, dass dieser Kerl nichts anderes verdient hatte. Oder weil ich an einem öffentlichen Ort über Selbstbefriedigung geredet habe? Was es auch ist, ich wünschte, er würde mich an einem anderen Tag für meine Sünden bestrafen. Morgen, in einer Woche oder auch gern erst in einem Jahr. Nur nicht heute, wo ich mit dem Kater meines Lebens zu kämpfen habe.

»Ich denke, es wird einige Wochen dauern. Wir sollten es direkt in Angriff nehmen, bevor sich der Schaden auch in die anderen Wohnungen ausbreitet. Wenn Sie in den nächsten Wochen nicht auf einer Baustelle wohnen wollen, sollten Sie vielleicht zusehen, dass Sie woanders unterkommen. Die Miete müssen Sie für den Monat natürlich nicht zahlen.«

Mein Herz rast und ich würde am liebsten umdrehen und wieder zurück in die Bahn steigen. Das Erste, was ich beim Heimkommen hören wollte, war definitiv nicht so etwas. Gedanklich gehe ich meine Optionen durch. Ich könnte Mom fragen, ob ich bei ihr unterkommen kann, aber ihre Wohnung ist zu weit von der Arbeit entfernt und außerdem ist sie viel zu klein. Davon abgesehen, dass sie ihre Ruhe braucht und keinen knallbunten Wirbelwind, der unter der Dusche Backstreet-Boys-Songs zum Besten gibt.

»Meinen Sie, das geht, Miss Adams? Ansonsten müssen Sie damit leben, dass meine Handwerker den gesamten Tag hier drin arbeiten werden.«

Auch wenn ich ein offener Mensch bin, kann ich mir etwas Schöneres vorstellen, als mit diesen Männern meine nächsten Wochen zu verbringen. Außerdem starren mich zwei von ihnen schon sabbernd an, seit ich die Treppe hochgekommen bin. Und das bei meinem katastrophalen Aussehen. Keine Ahnung, was passieren würde, wenn sie mich in meinem normalen Zustand sähen. Ohne fettige Haare, mit Make-up und hübschen Klamotten, die nicht nach Schweiß und stickiger Bahnluft riechen. Oder noch schlimmer: in meinem rosafarbenen Morgenmantel.

»Ich werde schon eine Bleibe finden.« *Ach ja?* Im Moment fällt mir keine Lösung für mein Drama ein.

Mein Vermieter lächelt mich mitfühlend an. »Super. Dann können wir direkt morgen Früh mit den Arbeiten anfangen. Ich schreibe Ihnen eine Erklärung, dass Sie die Miete aussetzen dürfen, bis alles bereinigt ist.« Er reicht mir die Hand und verschwindet mit seinen Männern aus der Wohnung, während ich nach meinem Koffer taste und mich auf ihn setze. Dass er kaputt ist, fällt mir erst wieder ein, als er mit meinem Gewicht auf ihm zur Seite kippt. Sekunden später sitze ich am Boden und kippe nach hinten.

Der Koffer liegt trostlos neben mir, während ich meinen Kopf sinken lasse und an die feuchten Wände starre.

Je länger ich hier liege, desto nasser wird mein Shirt, weil ich vergessen hatte, dass der Boden durchweicht ist. Meine Müdigkeit ist so stark, dass ich in den nassen Flecken über mir sogar etwas erkennen kann. Einen fetten Mittelfinger, der mir direkt ins Gesicht geschleudert wird. *Willkommen zu Hause, Molly.* Oder sollte ich besser sagen: Willkommen auf der Straße?

• • •

Nachdem ich mich mühsam vom Boden hochgekämpft habe, verstreue ich meine dreckigen Sachen in meinem Schlafzimmer, packe frische Kleidung ein und mache mich auf den Weg zum *Coffee with Arts*. Wer hätte gedacht, dass ich schon an meinem ersten Tag zurück in Bedford wieder zur Arbeit gehen würde? Ich nicht. Wenn ich die Augen schließe, stelle ich mir vor, ich würde in meinem Bett liegen. Nicht unbedingt ein guter Ersatz, aber besser als nichts.

Es ist schon spät am Nachmittag, und als ich das Café betrete, bemerke ich erleichtert, dass gerade keine Kundschaft da ist. Meine Kunden kennen mich nur als die lebensfrohe, durchgeknallte und vor allem immer top gestylte Molly Adams. Nicht als dieser wandelnde Haufen aus Schlaflosigkeit und Schweiß.

Ich werde vom Hund meiner besten Freundin begrüßt. Ghost ist ein lebendig gewordener Schneeball aus weißem Fell, den ich sofort in mein Herz geschlossen habe, als er die Pfoten das erste Mal in das Café setzte. Ich erinnere mich an diesen Tag, als wäre es gestern gewesen.

»Hey, meine kleine Flohschleuder!« Ich stoße meinen kaputten Koffer zur Seite und widme mich dem weißen Spitz, der an mir hochspringt und jetzt genüsslich über mein Gesicht leckt. Somit kann ich wenigstens einen Punkt auf meiner Liste abhaken. Eine Dusche nehmen? Check.

»Ghost ist doch keine Flohschleuder!« Die empörte Stimme meiner besseren Hälfte ertönt, und als ich aufblicke, steht Brooklyn mit einem Handtuch in der Hand vor mir. Hinter ihr taucht Chase auf und das verschmitzte Grinsen auf seinem Gesicht lässt mich misstrauisch werden.

»Will ich wissen, was ihr gerade in meiner Küche getrieben habt?«, frage ich forsch, bevor ich aufspringe und meine letzte Kraft sammle, um in ihre Arme zu rennen. Brooke zieht mich eng an sich und drückt mir einen Kuss auf die Wange, während Chase es bei einer einfachen Umarmung belässt. Erst als er sich von mir löst, fällt mir auf, dass ich gerade einen Mann umarmt habe. Fuck. Der Schlafmangel lässt mich sogar meine eigene Regel brechen – und das nach nur wenigen Wochen.

»Siehst du, Brooke? Ich hab dir ja gesagt, dass sie mich umarmen würde. Das heißt, ich darf den nächsten Film aussuchen«, meint er triumphierend.

Sie schließen hinter meinem Rücken Wetten über mich ab? Ich will etwas sagen, aber die Worte bleiben mir im Hals stecken. In meinem Leben gibt es viel zu viele andere Baustellen, die wichtiger sind.

»Hast du deine Regel also gebrochen?« Meine Freundin klingt hoffnungsvoll und ich frage mich wirklich, wieso sie so erpicht darauf ist.

Energisch schüttle ich den Kopf und suche nach einer Erklärung, die mich aus der Scheiße zieht. Ich will nicht, dass sie denken, ich wäre zu schwach. »Nope. Aber wir reden hier von Chase! Ich meine – du bist der Freund meiner besten Freundin.« Ich fuchtle mit meinen Händen hin und her – ein weiteres Indiz dafür, dass ich dringend ins Bett muss, immerhin ist Gestikulieren etwas für alte Menschen. Es gleicht einem Wunder, dass sich meine Arme nicht völlig ineinander verknoten.

»Uuuund?«, fragt er langgezogen und mit Falten auf der Stirn.

»Und das heißt, dass du für mich der unattraktivste Mensch auf dem ganzen Planeten geworden bist.«

Dass ihn meine Worte kränken, ist nicht zu übersehen.

»Nichts für ungut!«, setze ich noch grinsend hinterher. Natürlich wäre es gelogen, wenn ich behaupten würde, dass Chase kein hübscher Mann ist. Genau genommen gehört er zu den attraktivsten Männern in ganz Bedford. Aber er ist nun mal an meine beste Freundin vergeben und der liebste Mann, dem ich je begegnet bin. Ich denke, das ist Grund für eine Ausnahmeregelung. Außerdem bin ich diejenige, die die Regeln aufstellt.

»Du siehst wirklich fertig aus. Willst du einen Kaffee?« Brooke tätschelt meinen Arm, aber auch wenn ich dringend das schwarze Gold gebrauchen könnte, schüttle ich den Kopf. Bei meiner aktuellen Verfassung würde ich es nicht schaffen, die Tasse an meinen Mund zu führen. Intravenöser Kaffee wäre die einzige Lösung.

»Gib mir lieber was Hochprozentiges. Mein Vermieter stand eben mit einer kleinen Horde Handwerker vor meiner Tür. In meiner Küche gab es einen Rohrbruch und mein gesamter Wohnbereich ist hinüber.« Fahrig deute ich auf meinen Koffer, der einsam und trostlos am Eingang wartet. Er steht schief auf dem Parkett und eigentlich müsste ich erst einmal einen neuen besorgen. Wenn ich schon auf der Straße lande, will ich wenigstens mein Hab und Gut in etwas aufbewahren, das nicht kaputt ist.

»Also bin ich nicht nur übermüdet und stinke wie ein Iltis, ich bin auch noch obdachlos.« Theatralisch setze ich mich an einen Tisch dicht am Tresen. Ghost sieht es als Einladung, sich zwischen meine Beine zu schlängeln und hinzulegen. Eilig tätschle ich seinen Kopf und beginne, seine Ohren zu kraulen. Mit einem wohligen Knurren fällt er auf die Seite und bleibt wie erschossen zwischen meinen Füßen liegen. Manchmal wäre ich wirklich gern ein Hund. Die können einfach überall liegen und seelenruhig schlummern. Ich sollte mir eine Scheibe von ihm abschneiden, wenn ich demnächst unter einer Brücke schlafen muss.

»Mist. Und was hast du jetzt vor?« Chase setzt sich mir gegenüber und Brooke nimmt auf seinem Schoß Platz. Sie können die Finger kaum voneinander lassen, und so sehr ich mich für sie freue, so wenig will ich im Moment mit kuschelnden Pärchen konfrontiert werden. Seit meinem Vorhaben sehe ich sie überall. Die Liebe scheint an jeder Ecke auf mich zu warten und mir die Zunge rauszustrecken. Nach dem Motto: Siehst du, was dir durch die Finger geht? Sogar in der Bahn hatte ich das Glück, neben einem Pärchen zu sitzen. Als ich ausstieg, wusste ich nicht, was schlimmer an meinem Dilemma war: Die sich immer wiederholenden Durchsagen oder die endlosen Liebkosungen der beiden.

»Keine Ahnung. Ich könnte hier in der Küche schlafen.« Definitiv kann ich mir etwas Besseres vorstellen als auf einer Isomatte auf dem Fußboden eines Cafés zu liegen, aber manchmal erfordern widrige Umstände extreme Maßnahmen.

»Vergiss es. Du kannst bei uns einziehen, bis deine Wohnung wieder beziehbar ist. Oder? Ich meine, wir haben ja jetzt genug Platz bei uns.« Brooke sieht zu Chase, der ohne zu zögern nickt. Ich liebe die beiden wirklich. Bei ihnen weiß ich, dass sie auch mitten in der Nacht für mich da wären. So wie ich zu jeder Tageszeit für sie da bin.

»Das würdet ihr für mich tun?« Blöde, verräterische Tränen sammeln sich in meinen Augenwinkeln. Gerade, als ich sie umarmen will, wird die Tür geöffnet und die kleine Glocke über ihr bimmelt. Ich blicke hinter mich und würde am liebsten im Erdboden versinken, als ich sehe, wer das Lokal betritt.

Troy Chesterfield ist nicht nur der beste Freund von Chase, er ist auch ganz klar der attraktivste Junggeselle in Bedford. Und er kommt mit diesem entwaffnenden Lächeln auf uns zu. Troy und ich hatten vor einigen Wochen diesen winzigen Flirt. Es war nichts, was man benennen müsste, aber es hat mir gefallen. Er ist aufmerksam, witzig und hat den gewissen Bad-Boy-Touch, den ich an Männern anziehend finde. Und von dem ich mich in Zukunft fernhalten will. Das Letzte, was ich jetzt gebrauchen kann, ist ein Mann, der alle paar Wochen eine neue Beziehung hat und mich als seinen neuen Zeitvertreib ansieht. Als die Diagnose meiner Mutter kam, habe ich mich nicht wieder bei ihm gemeldet. Ohne jegliche Erklärung.

Schuldgefühle sind echt scheiße.

»Was verschlägt dich denn hierher?« Chase steht auf und klopft ihm brüderlich auf die Schulter, während Brooklyn ihn in eine herzliche Umarmung zieht. Troy steht genau hinter mir, ich kann sein Aftershave riechen und würde mich am liebsten in Luft auflösen. Nicht nur, weil ich aussehe, als wäre ich schon seit Wochen und nicht erst seit einer Stunde obdachlos, sondern auch, weil ich mich an meine Regel erinnere. Er ist mir eindeutig zu nahe!

»Ich war zufällig in der Gegend und wollte dich fragen, ob wir morgen Abend in die Kneipe gehen. Deine Karre steht vor der Tür.« Er spricht mit Chase, aber ich bin mir sicher, dass er darauf wartet, dass ich ihn ansehe. Leicht drehe ich mich in seine Richtung und spüre sofort, wie meine Knie weich werden. Seine Haare sind länger als vor wenigen Monaten. Sein Lächeln ist aber immer noch genauso umwerfend. Troy sieht aus wie eine etwas jüngere Version von Paul Walker, und jedes Mal, wenn ich ihn ansehe, schmerzt es in meiner Brust, weil dieser wunderbare Schauspieler viel zu früh von uns gegangen ist. Mehr als ein verklemmtes Grinsen kriege ich nicht zustande.

»Willst du mir nicht hallo sagen?« Sein Mundwinkel zuckt und ich weiß, dass ich einfach davonrennen sollte.

Gespielt selbstbewusst hebe ich die Hand und winke ihm zu, auch wenn er nur wenige Zentimeter hinter mir steht und fast mit seinem Oberkörper gegen meinen Rücken stößt. »Hi.«

Troy will nach meiner Hand greifen, doch ich ziehe sie blitzschnell zurück. »Sorry, ich hab in London eine heftige Keimphobie entwickelt. Also eine wirklich, wirklich heftige.« Und mit diesen Worten drehe ich mich wieder um und begegne den amüsierten Blicken meiner beiden besten Freunde.

Brooklyn hebt ihre Brauen an, während Chase sich kaum das Lachen verkneifen kann. Unter dem Tisch trete ich nach seinem Schienbein, damit er aufhört, bevor Troy noch Verdacht schöpft. Keine Ahnung wieso, aber ich will nicht, dass er von meiner Regel erfährt. Es sollen so wenige Menschen wie möglich davon wissen. Ich kann es nicht gebrauchen, damit aufgezogen oder in die Ecke getrieben zu werden.

Er greift sich den Stuhl neben mir, dreht ihn mit einer fließenden Bewegung herum und setzt sich mit der Lehne vor der Brust hin. Er trägt ein enganliegendes Shirt, das vermutlich weiß sein soll, aber total fleckig ist. Er gehört zu den Männern, die immer in Arbeitskleidung herumlaufen, auch wenn sie längst Feierabend haben.

»Also, morgen Abend dann?«, fragt er wieder an Chase gewandt.

»Geht klar. Da Molly jetzt erst mal bei uns wohnt und sie gerade aus London zurück ist, haben die beiden Frauen sicher eh viel zu bereden. Da störe ich ohnehin nur.«

Troy sieht mich mit zusammengekniffenen Augen an. »Wieso wohnst du denn bei den Eselchen?« Er nennt die beiden schon so, seit er das erste Mal einen Blick auf Chase' Handy geworfen hat und Brooklyns Kosename Eselchen auf dem Display stand. Auch ich kann nicht aufhören, mich über ihren seltsamen Spitznamen lustig zu machen. Mit dem Unterschied, dass ich ihn auf verquere Weise süß finde. Troy hingegen findet ihn nur schräg.

»Rohrbruch in meiner Wohnung«, antworte ich so kurz angebunden wie möglich. Dabei ist es albern. Nur weil ich ihn nicht anfassen darf, heißt es ja nicht, dass ich nicht mit ihm reden kann wie ein zivilisierter Mensch. Wenn ich jetzt auch noch aufhöre, mit Männern zu reden, kann ich meinen Job direkt an den Nagel hängen. Es ist schwer, eine Bestellung aufzunehmen, ohne den Mund aufzumachen. »Ich kam eben heim und der Vermieter hat mir die frohe Botschaft überbracht, dass ich in den nächsten Wochen woanders wohnen muss. Ich kann mir zwar etwas Besseres vorstellen, als bei den beiden Turteltäubchen zu wohnen, aber mir bleibt nichts anderes übrig«, fasse ich zusammen. Währenddessen wandert mein Blick zu Chase und Brooklyn, die sich gegenseitig etwas ins Ohr flüstern. Sie benehmen sich, als wären sie in ihrer eigenen, rosafarbenen Welt voller Zuckerwatte. Absolut widerwärtig.

Ich rolle mit den Augen und bemerke, dass es Troy ähnlich geht. Seine Mundwinkel zucken und um seine Augen herum entstehen kleine, unwiderstehliche Fältchen. Verräterische Fältchen!

»Du kannst auch bei mir pennen, wenn du willst. Ich hab zwar nur ein Schlafsofa zu bieten, aber immerhin müsstest du dir das hier nicht jeden Tag ansehen.«

Mir bleibt das Lachen im Hals stecken, während er auf unsere Freunde deutet. Chase löst sich nur widerwillig von Brooklyn, die jetzt mit feuerrotem Gesicht zu uns sieht. Es freut mich immer noch jeden Tag, sie so verliebt und glücklich zu sehen. Wenn es ein Mensch verdient hat, dann sie.

»Ihr seid doch bloß neidisch, weil ihr die Richtigen noch nicht gefunden habt.«

Ich muss an die Worte meiner Mutter denken und daran, dass sie der festen Überzeugung ist, der Eine warte irgendwo da draußen auf mich. Zu gern würde ich ihr glauben, aber seit ich die Polizei rufen musste, weil dem vermeintlich richtigen Mann in meinem Leben die Sicherungen durchgebrannt sind, habe ich die Zuversicht verloren. Wieder fällt mein Blick auf meinen Unterarm und die Stelle, die mittlerweile zum Glück verheilt ist. So sieht niemand, dass ich schwach war und zugelassen habe, dass ich zu einem Objekt wurde.

»So was wie den Richtigen oder die Richtige gibt es nicht«, erwidere ich schnell. »Es gibt nur Menschen, die besser zusammenpassen als andere. Am Ende gehen wir alle immer bloß Kompromisse ein.«

»Sehe ich genauso.« Troy stützt sein Kinn auf der Rückenlehne des Stuhls ab und sieht dabei zum Anbeißen aus. Bruce in London ist doch nicht der schönste Mann, den ich je gesehen habe. Wie konnte ich in den letzten Wochen nur vergessen, wie verrückt mich Troys Gegenwart macht? Seit meine Mutter krank ist, gelten meine Gedanken nur ihr und der Diagnose. Es war kein Platz für eine Schwärmerei oder eine Affäre. Geschweige denn eine ernstgemeinte Beziehung.

»Ihr seid beide wirklich engstirnig. Lasst uns mit eurem Anti-Beziehungs-Trip in Ruhe.« Brooklyn kuschelt sich gegen Chase‘ Brust.

»Im Ernst.« Troy wendet sich wieder an mich. »Ich bin ohnehin die meiste Zeit arbeiten. Und meine Wohnung ist nicht weit vom Krankenhaus entfernt, falls dir das bei der Entscheidung hilft.« Als er das Bedford Hospital anspricht, zittern meine Finger, weil sofort Erinnerungen in mir wach werden.

»Wieso Krankenhaus?« Ich stelle mich ahnungslos, dabei kann ich mir denken, wieso er das Thema anspricht. Er wird sicher unsere Freunde nach dem Grund ausgequetscht haben, aus dem ich mich nicht mehr bei ihm gemeldet habe.

»Ich weiß von deiner Mutter«, erklärt er in ruhigem Ton. Seine Augen, die immer in hellem Blau strahlen, sehen jetzt düster aus. Nicht mehr wie das hellblaue Wasser am Ufer, sondern eher wie die bedrohliche Tiefe des Ozeans.

Ich setze ein Lächeln auf, das mir vermutlich ohnehin niemand abkauft. »Sie ist vor einigen Wochen entlassen worden.« Mein Blick huscht zu Brooklyn, die mich bestärkend ansieht. Sie will, dass ich sein Angebot annehme. Nicht, weil sie mich nicht bei sich aufnehmen will, sondern weil sie Troy und mich für ein Traumpaar hält.

Vor der Diagnose meiner Mutter hätte ich es vielleicht darauf ankommen lassen, aber nicht heute. Heute gibt es Wichtigeres. An erster Stelle steht meine Mutter, an zweiter das Café und an dritter komme ich selbst. Ich habe mich viel zu lange nach anderen gerichtet, anstatt auf mich selbst zu achten.

»Also? Was sagst du?«

Noch einmal sehe ich zu meinen Freunden, in der Hoffnung, dass sie mir aus der Patsche helfen, doch als sie sich wieder flüsternd miteinander unterhalten, steht mein Entschluss fest.

»Okay, okay – Deal! Ich glaube, ich wohne lieber bei dir als auf Wolke sieben mit den Eselchen. Wenn ich nur zwei Nächte bei ihnen schlafen muss, bekomme ich sicher Diabetes!«

Brooke sieht mich schockiert an und ich weiß, dass ich die Wogen schnell glätten muss, wenn ich nicht will, dass sie traurig wird.

»Nichts gegen euch. Wirklich nicht, ich bin euch so dankbar für das Angebot. Aber ihr seid noch nicht so lange zusammen und ich weiß ja, wie die Anfangszeit in einer Beziehung ist. Da wird die Liane geschwungen, was das Zeug hält. Ihr wisst, dass ich euch jeden einzelnen Akt gönne, aber das heißt nicht, dass ich dabei zuhören will.«

Wir alle brechen in schallendes Gelächter aus, und als ich Troys Blicke auf mir spüre, wallt Hitze in mir auf.

Mist – ich laufe direkt in ein offenes Messer, wenn ich sein Angebot wirklich annehme. Aber jetzt kann ich nicht mehr zurück. Ich ziehe bei ihm ein, auch wenn ich weiß, dass die nächsten Wochen verdammt hart für mich werden.

Wie soll ich das Versprechen einhalten, das ich mir selbst gegeben habe, wenn die größte Verführung seit es Männer gibt mein neuer Mitbewohner ist?

Kapitel 3

Troy

»Und du bist dir sicher, dass ich dir den Koffer nicht abnehmen soll?« Ich würde am liebsten laut lachen, aber Mollys vernichtender Blick macht mir eine Scheißangst. Sie gehört ganz sicher zu den Frauen, die auch nicht vor einem Küchenmesser zurückschrecken, wenn man ein falsches Wort in den Mund nimmt. Sie schafft es keuchend in das nächste Stockwerk, stützt sich an der Wand ab und ringt nach Luft. Theatralisch. Das ist das einzige Wort, das mir dazu einfällt.

»Geht schon«, erwidert sie hyperventilierend.

Ich stehe hinter ihr und muss über ihre Erscheinung schmunzeln. Bis jetzt kannte ich sie immer nur perfekt gestylt. Meistens hat ihr Gürtel sogar zur Farbe ihrer Schuhe gepasst, so viel Wert hat sie auf ihre Klamotten gelegt. In dieser viel zu großen Jogginghose und dem labberigen grauen Shirt sieht sie aus wie ein anderer Mensch. Weniger attraktiv ist sie dadurch jedoch nicht.

»Bist du dir sicher? Dein Kopf explodiert gleich. Und ich glaube nicht, dass mein Vermieter den Flur rot streichen wollte.«

Wieder wandert ihr vernichtender Blick zu mir und ich hebe abwehrend die Hände in die Luft. Anscheinend habe ich eine heimliche Todessehnsucht, von der ich bis jetzt nichts wusste. Einige Strähnen haben sich aus ihrem Dutt gelöst und ihre Brille ist auf ihrer Nase heruntergerutscht. Selten habe ich jemanden wegen ein paar Stufen so verzweifeln sehen.

»Haha. Du bist wirklich der witzigste Mensch dieser Welt. Nicht. Wieso habe ich dein Angebot noch gleich angenommen?« Molly nimmt einen tiefen Atemzug, bevor sie sich taumelnd von der Wand abstößt und das nächste Stockwerk anpeilt.

»Weil du bei den Eselchens an Diabetes erkrankt wärst.«

»Stimmt. Aber im Ernst: Du hättest mir ruhig sagen können, dass du auf dem einzigen Wolkenkratzer der Stadt lebst! Dann hätte ich mich vielleicht trotzdem für den Zoo bei den Eselchens entschieden.«

Das Gebäude hat fünf Etagen und meine Wohnung befindet sich in der obersten. »Wenn du den Ausblick siehst, wirst du es verstehen.« Der Koffer mit den drei Rollen schleift über die Treppen, und als sie eine Zwischenetage erreicht und fast zur Seite kippt, schreite ich ein.

»Mir egal, was du sagst. Ich nehme das Teil jetzt, bevor du mir noch kollabierst und ich euch beide hochschleppen muss.« Meine Hand greift nach ihrer, die sich um den ausziehbaren Griff krallt, doch bevor ich sie berühren kann, zieht sie ihre Hand blitzartig zurück und springt zur Seite. Mein Gott, sie benimmt sich schon seit wir das Café verlassen haben, als hätte ich eine ansteckende Krankheit.

»Keimphobie, schon vergessen?« Ihr Murmeln ist kaum zu hören, und als ich den Koffer an mich nehme, sieht man ihr die Erleichterung an.

Ohne auf ihre angebliche Phobie einzugehen, hebe ich den Koffer an und steige die Treppen vor ihr mit Leichtigkeit hoch. Wenn man diese Stufen jeden Tag drei Mal nehmen muss, gewöhnt man sich daran. »Wir sind gleich da.« Ich lasse sie hinter mir zurück.

Sobald ich die Tür zu meinem Apartment geöffnet habe, warte ich darauf, dass Molly mir folgt. Es dauert eine gefühlte Ewigkeit, bis sie sich am Geländer hochgekämpft hat. Mit puterrotem Gesicht schlurft sie in den Flur.

»Hier links ist mein Schlafzimmer. Ich hole dir mal Bettwäsche.« Ich stelle ihren Koffer neben der Kommode im Flur ab und hole eine Decke und ein Kissen aus meinem Schrank. Anschließend gehe ich in den Wohnbereich und entdecke Molly am Fenster. Sie steht davor und starrt nach draußen.

»Wow«, flüstert sie. Entweder spricht sie so atemlos, weil sie immer noch nach Sauerstoff lechzt, oder weil ihr der Anblick die Sprache verschlägt.

»Der Ausblick ist diese verdammten Stufen wirklich wert. Man kann ja sogar den Fluss sehen! Und da ist das Café! Ich könnte quasi zur Arbeit springen.« Ihre Hand liegt an der Fensterscheibe.

Ich werfe die Bettwäsche auf das hellbraune Sofa, welches ich als Raumteiler in die Mitte gestellt habe. »Sage ich ja. Da drüben ist die Küche und hier rechts das Badezimmer. Es ist vielleicht kein Fünf-Sterne-Hotel, aber für ein paar Nächte wird es wohl reichen.«

Meine Worte reißen sie von der Aussicht weg. Molly dreht sich um und sieht sich in meiner Wohnung um. Ihre Finger fahren tanzend über die Sofalehne und anschließend über die Blätter meiner Monstera. Anfangs wollte ich dieses Teil aus dem Fenster werfen, als meine Schwester damit vor der Tür stand, aber jetzt finde ich sie eigentlich ganz cool. Immerhin habe ich es in einem halben Jahr noch nicht geschafft, sie zu töten.

»Und es ist viel besser, als den Eselchens bei ihren Paarungsversuchen zuzuhören.« Ihr Grinsen hat mich schon geflasht, als ich sie das erste Mal bei Brooke und Chase im Hausflur gesehen habe. Und auch wenn sie aussieht, als würde sie von der Straße kommen, hat ihr Lächeln immer noch diese Wirkung auf mich. Ich lehne mich gegen die Wand und sehe sie an. Molly tänzelt durch die Wohnung, als hätte sie hier drin allen Platz der Welt. Dabei ist meine Wohnung mit fünfzig Quadratmetern eher ein Loch als ein Loft.

Plötzlich wird sie ernst, wirft sich auf das Sofa und sieht mich mit einem undurchschaubaren Blick auf dem Gesicht an. Entweder sie ist wirklich todmüde und benimmt sich deshalb so reserviert oder ihr brennt etwas auf der Zunge, das sie nicht herauslassen will.

»Wir müssen Regeln aufstellen, wenn das funktionieren soll.« Erschöpft stemmt sie sich hoch und geht in den Flur, um etwas aus ihrem Koffer zu fischen. Anschließend kommt sie, mit einem Notizbuch und einem Stift bewaffnet, zurück ins Wohnzimmer. Mit den Lippen öffnet sie die Kappe und setzt sich wieder. Molly sieht immer noch hundemüde aus, ist aber nicht mehr so blass wie eben.

»Regeln?«, hake ich amüsiert nach. Ich hatte schon mehrere Mitbewohner, aber Regeln brauchten wir nie. Normalerweise arrangiert man sich halt miteinander. Ist ja nicht so, dass wir den gesamten Tag aufeinanderhocken werden. Sie hat ihr Leben und ich meines.

»Jap. Drei Stück. Regel eins: Kein Körperkontakt.« Sie setzt den Stift an und schreibt den Punkt in ihr Notizbuch. Konzentriert reiht sie einen Buchstaben hinter den anderen.

»Ah, deine Keimphobie. Verstanden.« Keine Ahnung, was diese alberne Phobie soll, aber mir soll es recht sein. Im Moment habe ich ohnehin keine Zeit für eine Ablenkung wie Molly. Die Aufträge häufen sich im Sommer meistens und ich bin froh, wenn ich ein bisschen Freiraum habe, in dem ich mich um nichts kümmern muss.

»Genau, die Keimphobie«, stammelt sie. »Regel zwei: Keine tiefgründigen, herzzerreißenden Gespräche mitten in der Nacht. Ich bin nicht hier, um dir mein Herz auszuschütten, und du hast mich sicher nicht hergeholt, um mir deins auszuschütten. Belassen wir das hier auf einer sehr distanzierten, fernfreundschaftlichen Ebene.«

Fernfreundschaftlich? Gibt es dieses Wort überhaupt?

Sorgfältig schreibt sie den zweiten Punkt auf und ich kann mein Lachen nicht länger verstecken. Ich wusste von Anfang an, dass Molly Adams ein verdammt bunter Vogel ist, aber heute benimmt sie sich wie eine Außerirdische.

»Keine tiefgründigen Gespräche mitten in der Nacht«, wiederhole ich ihre Worte und gebe damit mein Einverständnis. Ich erinnere mich nicht daran, in den letzten Jahren jemals ein solches Gespräch geführt zu haben. Selbst mit Chase sind die meisten Unterhaltungen oberflächlich, obwohl er mein bester Freund ist. Nicht weil ich ihm nichts anvertrauen könnte, sondern weil ich keine Lust darauf habe. Der einzige Mensch, dem ich mich hin und wieder öffne, ist meine Schwester, und die ist so gut wie nie hier.

Molly zieht die Beine auf das Sofa und setzt sich in den Schneidersitz. Sie schielt mich über die Brille hinweg an und sieht dabei wie eine aufreizende Lehrerin aus, die gleich ihren Schüler verführen will. Nur dass ihr Look heute eher nach Netflix und Pizza anstatt nach Sex schreit.

»Und Regel Nummer drei ist eine der elementarsten!«

»Ich höre.«

Sie sieht mein Schmunzeln und vermutlich geht sie mir gleich an die Gurgel, weil ich ihren Vortrag nicht sonderlich ernst nehme. Ich verschränke die Beine miteinander und tue mit meinen Armen dasselbe, während ich mich immer noch gegen die Wand lehne.

»Kein nacktes Aus-dem-Bad-Platzen. Weder morgens noch mittags noch abends. Einfach nie. Ich habe keine Zeit für nackte Nudeln, die mir um die Ohren fliegen. In meinem Kopf herrscht schon genug Chaos.« Sie notiert sich den letzten Punkt, schließt den Stift und schiebt mit ihm ihre Brille wieder ein Stück nach oben. Anschließend reißt sie die Liste mit den Regeln aus dem Buch, klappt es zu und wirft es neben sich. Den Zettel hält sie demonstrativ in die Höhe und klemmt ihn dann unter einem Untersetzer auf dem Couchtisch ein, vermutlich damit ich ihn jeden Morgen sehen kann, wenn ich in die Küche oder ins Bad will.

»Du bist wirklich schräg. Weißt du das?« So viele Worte stecken mir im Hals, aber ich lasse sie nicht raus. Vor allem nicht die wichtigsten von allen. *Wieso hat sie sich nach unserem Treffen nie wieder bei mir gemeldet?*

Ich gehöre sicher nicht zu der Sorte Mann, die sich deshalb monatelang den Kopf zerbricht, aber es interessiert mich einfach.

»Erzähl mir etwas, das ich noch nicht weiß.« Süß grinst sie mich an und streckt sich. Als sie dabei ihre Arme hebt, rümpft sie die Nase. »Ich sollte dringend duschen gehen.« Sie steht seufzend auf und geht ein weiteres Mal zu ihrem Koffer. Mit ihm bewaffnet kommt sie zurück ins Wohnzimmer und holt ein paar Klamotten heraus. Summend schnappt sie sich den Stapel an Kleidung und tänzelt zum Bad, wobei ihr unterwegs etwas herunterfällt.

Bevor sie die Tür schließen kann, hebe ich den Stofffetzen auf und betrachte ihn. »Du hast da was verloren.« Mit diesen Worten halte ich den lilafarbenen Spitzenslip in die Luft und zwinkere ihr zu.

Molly schnappt nach Luft und späht durch den Spalt der Badezimmertür zu mir herüber.

»Wie willst du Regel Nummer drei einhalten, wenn du keinen Slip hast, hm? Ich meine ja nur, immerhin ist die dritte Regel ja die, wie nanntest du sie? Elementarste?« Meine Augenbrauen tanzen und ich sehe, wie sie kurz vor einem Nervenzusammenbruch steht.

»Schmeiß ihn einfach her, okay?« Mollys Augen verdrehen sich, aber ich liebe es schon jetzt, sie mit ihren verdammten Regeln aufzuziehen. Demonstrativ sehe ich den Slip in meiner Hand an. »Hol ihn dir doch.« Meine Herausforderung macht sie noch wütender, vermutlich geht sie gleich an die Decke.

Doch ich habe mich getäuscht. Stattdessen setzt sie ein siegessicheres Grinsen auf. »Weißt du was? Scheiß auf die dritte Regel. Wir streichen sie!« Mit diesen Worten schließt sie die Tür und ich höre, wie das Wasser kurze Zeit später in die Leitung schießt.

Ich werfe mich aufs Sofa, lege ihren Slip auf die Lehne und sehe ihren Zettel auf dem Tisch. Meine Hand greift nach dem pinken Stift und dann setze ich die Miene an ...

• • •

Zwanzig Minuten, nachdem Molly im Bad verschwunden ist, wird die Tür wieder aufgerissen. Ich schiele zu ihr hinüber und verschlucke mich bei dem Anblick, der sich mir bietet. Sie stolziert aus dem Bad ... und ist splitterfasernackt. Auf ihrem Körper perlen noch die Wassertropfen ab, als hätte sie sich gar nicht abgetrocknet, und als sich unsere Blicke treffen, zwinkert sie mir zu. Auch wenn ich nicht behaupten würde, dass ich eine geringe Selbstbeherrschung habe, ich kann nicht verhindern, dass mein Blick über ihren feuchten Körper wandert.

Ihre Beine sind sportlich, aber nicht zu schmal. Ihr flacher Bauch glitzert durch den kleinen Diamanten an ihrem Piercing. Molly sucht nach dem Slip, also nehme ich ihn und werfe ihn ihr zu, auch wenn mir der Anblick ohne eindeutig besser gefällt, als er mir gefallen sollte. Gekonnt fängt sie den Hauch von Nichts in der Luft. Meine Aufmerksamkeit wandert von ihrem Piercing hoch zu ihren Brüsten und anschließend zu ihren stechend grünen Augen, die mich beobachten. Was zur Hölle stimmt mit dieser Frau nicht? Erst stellt sie Regeln auf und dann stolziert sie nackt aus dem Bad?

»Danke«, flötet sie und steuert wieder das Badezimmer an, während ich den Blick nicht von ihrem Rücken und ihrem Arsch lassen kann.

Fuck.

Insgeheim wusste ich, dass es eine dumme Idee ist, ihr mein Sofa anzubieten, aber ich bin seit ich denken kann bekannt für meine dummen Ideen. Ich verschränke die Arme hinter dem Kopf, schließe die Augen und frage mich, ob sie die anderen beiden Regeln genauso schnell brechen wird wie diese.

Kapitel 4

Molly

Ein lauter Knall weckt mich und ich schrecke hoch. Licht dringt durch die großen Fenster in den Raum und ich habe absolut keine Ahnung, wo ich bin. Ich erinnere mich nur vage daran, dass ich mich nach einer Dusche aufs Sofa gelegt habe und eingeschlafen bin. *Dusche. Nackt. Sofa.*

Ich reibe mir den Schlaf aus den Augen und erkenne Troys Wohnung. Die Monstera neben dem Fenster leuchtet dank der Sonnenstrahlen in einem satten Grün und es ist so hell, dass ich die Augen nur ein wenig öffnen kann. Schnell schließe ich die Lider wieder, damit ich langsam wach werden kann und die Supernova da draußen meine Netzhaut verschont.

Allmählich kommen alle Erinnerungen an die letzten Stunden zu mir zurück. Ich musste aus meiner Wohnung ausziehen und bin bei dem Menschen eingezogen, der mich von allen wohl am meisten provozieren wird, meine guten Vorsätze über Bord zu werfen. Ich habe meine dritte Regel innerhalb von läppischen zwei Minuten gebrochen und bin nackt aus dem Badezimmer spaziert, während Troy auf dem Sofa saß. Genau dort, wo jetzt mein Arsch eine Kuhle in den weichen Stoff drückt. Auch wenn das Sofa bequem ist, vermisse ich dennoch die weiche, große Matratze meines eigenen Bettes. Hier drauf kann man sich kaum drehen, ohne auf den Boden zu kullern.

Jammernd werfe ich mich auf das weiche Kissen und will verdrängen, dass ich eigentlich aufstehen müsste. Nur langsam ist der Stress der letzten zwei Tage von mir abgefallen. Doch die Entspannung endet abrupt, als ich ein Räuspern direkt neben mir höre. Ich öffne ein Auge und blicke hinüber. Troy sitzt in dem farblich zur Couch passenden Sessel und hält eine Tasse Kaffee in der Hand, die er mir jetzt reicht. Wie eine ausgehungerte Vampirlady greife ich nach der mattschwarzen Tasse, als wäre sie ein Blutbeutel. Der Duft steigt mir in die Nase und ich inhaliere ihn wie Medizin. Er riecht absolut göttlich.

»Wie lange sitzt du schon da und beobachtest mich wie ein Spanner?« Mühsam rapple ich mich auf und spüre, dass ich auch nach zwei Tagen den Kater noch nicht los bin. Mein Kopf donnert, als würde eine Rockband hinter meinen Schläfen ein Konzert geben, und ich habe einen pelzigen Geschmack auf der Zunge, den ich jetzt mit dem heißen Kaffee herunterspülen will.

Ohne Erfolg. Da helfen nur eine Zahnbürste, Mundspülung und etliche Kaugummis.

»Die ganze Nacht«, antwortet er todernst, während ich mich an dem Kaffee verbrühe und leise fluche. Verdammt, ich kann William aus dem Café verstehen. Sich an einem Kaffee zu verbrennen nervt tierisch.

Mit weit aufgerissenen Augen sehe ich Troy an. Seine Haare hängen ihm feucht in die Stirn und das weiße Shirt, das er trägt, klebt an einigen Stellen an seinem Oberkörper. Er war vermutlich gerade duschen … und wieder muss ich an meine Stripshow denken, die ich ihm geliefert habe. Das passiert mir eindeutig zu oft. Menschen fordern mich heraus oder trauen mir Dinge nicht zu. Meistens endet es darin, dass ich unüberlegt völlig verrückte Sachen mache. Wie nackt vor der Nase meines neuen Mitbewohners herumzutanzen, obwohl ich Minuten zuvor genau das unterbinden wollte. Es wird nur eine Frage der Zeit sein, bis er sich an mir rächt und unbekleidet aus dem Bad stolziert.

»Die ganze Nacht?«, wiederhole ich seine Worte wispernd. Nicht dass mir der Anblick eines so attraktiven Mannes am Morgen etwas ausmacht, aber etwas gruselig ist der Gedanke schon. Vor allem, da ich weiß, wie ich beim Schlafen aussehe. Nämlich wie eine sabbernde Robbe. Prüfend sehe ich zum Kissen hinüber, entdecke aber zum Glück keine frischen Sabberpfützen. Gedanklich wische ich mir den Schweiß von der Stirn, in der Realität klammere ich mich an die warme Tasse.

»Das war ein Spaß. Ich bin gerade erst vom Joggen reingekommen und wollte dich nicht wecken, aber ich dachte mir, dass du nach dem Tag gestern einen Kaffee gebrauchen könntest. Außerdem ist es in so einer kleinen Wohnung nicht leicht, jemanden *nicht* zu wecken.«

Ich ziehe die Decke bis zu meinem Kinn, weil ich plötzlich das dringende Bedürfnis habe, mich komplett vor ihm zu vermummen. Was albern ist, da er meinen Körper in seiner vollen Pracht bereits gesehen hat. Vermutlich bin ich zu dem einzigen Menschen in Bedford gezogen, der ein fotografisches Gedächtnis hat und sich somit jeden Leberfleck und jedes Muttermal an meinem Körper eingeprägt hat.

»Gut. Sonst hätte ich leider doch auf der Straße oder bei den Eselchens schlafen müssen.« Ich lache. Ich hatte gehofft, dass Troy mich jetzt alleinlässt, aber ich habe mich getäuscht. Stattdessen legt er lässig seinen linken Knöchel auf das rechte Knie und sieht mich an.

»Erzähl mir was über dich.« Seine Stimme ist dunkel. Und damit meine ich eine schöne und nicht gruselig stalkermäßige Dunkelheit. Als ich sie das erste Mal gehört habe, hat sie mich an eine warme Sommernacht am Lagerfeuer erinnert.

»Wie bitte?« Meine Stimme hingegen könnte kaum dünner und schriller sein. Wieso, um Himmels willen, sitzt er neben mir, während ich schlafe? Und verlangt zur Krönung auch noch, dass ich etwas über mich erzähle?

»Du sollst mir was über dich erzählen. Immerhin muss ich wissen, mit wem ich jetzt zusammenwohne. Nach deiner Aktion gestern bin ich mir nämlich nicht sicher, ob bei dir noch alle Tassen an der richtigen Stelle im Schrank stehen.«

Andere Frauen wären aufgrund seiner Wortwahl vielleicht gekränkt, aber nicht ich. Man hat mir schon viel Schlimmeres an den Kopf geworfen. Nicht selten waren es Menschen, denen ich mein Herz geschenkt habe, die mich für verrückt erklärt haben. Ich liebe solche Sticheleien, weil ich meine Mitmenschen selbst gern aufziehe.

»Hast du nicht Regel Nummer zwei vergessen?«, erinnere ich ihn daran, dass diese Gespräche tabu für uns sind.

Troy schüttelt den Kopf. »Die Regel besagt, dass wir keine nächtlichen Gespräche führen dürfen. Aber da wir acht Uhr morgens haben, gilt die Regel nicht.«

Mist. Ich sollte das Tabu auf jede Tageszeit ausweiten.

Die warme Tasse fühlt sich gut an meinen kalten Händen an und unter der Decke herrschen tropische Temperaturen. Trotzdem denke ich nicht daran, sie von meinen Schultern rutschen zu lassen. »Und was möchtest du noch über mich erfahren? Du weißt wie ich heiße, wo ich arbeite, wie alt ich bin und dass meine Mutter Krebs hat. Reicht das nicht an Informationen?« Dass ich den letzten Punkt so unverfroren ausspreche, lässt mich selbst schlucken. Normalerweise versuche ich das Thema anderen gegenüber zu vermeiden.

Troys Blick wird düster, aber nicht auf die anzügliche Art und Weise, sondern auf die bemitleidenswerte. Genau diese Blicke sind der Grund dafür, dass ich nicht darüber sprechen will. Ja, meine Mutter hat Krebs. Ja, das Leben ist scheiße. Ja, es trifft immer die Falschen. *Nein, ich will nicht vor dir zusammenbrechen.* Wenn ich zusammenbreche, dann für mich allein.

»Wie lange arbeitest du schon im Café?«

Ich bin ihm unheimlich dankbar, dass er auf das Krebs-Thema nicht eingeht, sondern das Gespräch in eine andere Richtung lenkt. Über meinen Beruf kann er mich von mir aus stundenlang ausfragen. Die Decke rutscht von meinen Schultern und legt meinen Oberkörper in dem gelben Trägertop frei. Troys Blick haftet jedoch weiterhin an meinem Gesicht, also lasse ich die Decke, wo sie ist, und genieße die kühle Brise auf meiner erhitzten Haut.

»Schon seit ich neunzehn bin. Eigentlich hatte ich gerade eine Ausbildung angefangen, aber dann hatte meine Mutter einen Engpass im Café und ich habe ihr immer öfter ausgeholfen. Irgendwann habe ich die Ausbildung dann hingeschmissen und Vollzeit für sie gearbeitet.«

Schon früh habe ich gemerkt, dass ich lieber mit Menschen als mit Computern arbeite. Außerdem konnte ich so viel Zeit mit meiner Mutter verbringen. Etwas, wofür ich gerade jetzt unfassbar dankbar bin. Nach Dads Tod habe ich mich oft gefragt, wann mir mein anderes Elternteil entrissen wird. Also habe ich früh beschlossen, dass ich immer für meine Mutter da sein will, selbst in meiner rebellischen Teeniephase waren wir ein Herz und eine Seele. Ich bin mir sicher, dass ihr das über die Jahre die Kraft gegeben hat, die sie jetzt durch diese Krankheit bringen wird.

»Und ist es auch das, was dich erfüllt?«

Mein Atem stockt. Ich habe mich geirrt. Ich kann wohl doch nicht stundenlang über meine berufliche Orientierung sprechen.

Ein Knoten bildet sich in meinem Hals und ich versuche ihn mit einem Schluck Kaffee zu beseitigen. Aber er ist hartnäckig und bleibt an Ort und Stelle. »Nein. Ich meine ja, irgendwie«, stammle ich.

Troy zieht die Augenbrauen zusammen, sodass eine tiefe Furche zwischen ihnen entsteht. Er hat einen Drei-Tage-Bart und die interessantesten eisblauen Augen, die ich je an einem Mann gesehen habe. Normalerweise achte ich nicht so stark auf die Augenfarbe eines Menschen, aber seine schreit förmlich nach Aufmerksamkeit.

»Was denn nun? Ja oder nein?«

Gott, wieso bohrt er noch weiter nach? Eigentlich will ich ihm sagen, dass es ihn nichts angeht und er sich um seinen eigenen Kram kümmern soll, aber immerhin lässt er mich hier wohnen und will dafür nicht mal Geld haben. Ich sollte meinen Stolz zurückstellen. Ein Hotelzimmer würde meine kompletten Ersparnisse kosten.

»Eigentlich will ich meinen eigenen Laden. Eine Konditorei, um genau zu sein. Ich liebe es, etwas zu erschaffen, was anderen eine Freude bereitet. Das Talent dazu habe ich, aber nicht die Zeit. Meine Mutter brauchte immer meine Hilfe und ich habe mich nie getraut, einen Schritt in Richtung meines Traums zu wagen.« Dafür, dass ich auf keinen Fall über ernste Themen sprechen wollte, mache ich mir ziemlich viel Luft. Troy sitzt nur da, hört mir zu und sieht umwerfend dabei aus. Eine viel zu gefährliche Mischung für mein angeschlagenes Herz.

Manchmal sehe ich dieses faustgroße Organ in meiner Brust als einen Soldaten an. Einen Soldaten, der in zu vielen Schlachten kämpfen musste und jetzt mit den Narben leben muss. Wenn ich genau darüber nachdenke, habe ich bisher mit keinem Mann über meine beruflichen Träume gesprochen. Nicht einmal mit Bryan.

»Und jetzt, nachdem meine Mutter ihre Diagnose bekommen hat, spielt es keine Rolle mehr. Auch wenn sie wieder gesund wird, werde ich sie nicht im Stich lassen. Und wenn sie nicht ... wenn sie es nicht schaffen sollte, werde ich einen Teufel tun, ihr Café gegen die Wand zu fahren.« Mehr als einmal lag ich seit dem Tag ihrer Diagnose nachts wach und habe mich unter Tränen von meinem Traum verabschiedet. Manchmal muss man für die Menschen, die man liebt, Opfer bringen. Für meine Mutter würde ich jeden Traum zum Teufel jagen.

»Was kommen muss, wird kommen, und wenn es da ist, nehmen wir den Kampf auf.«

Mir klappt die Kinnlade herunter, weil ich den Spruch sofort erkenne. Anschließend kann ich nicht aufhören zu lachen, bis mein Zwerchfell von stechenden Schmerzen heimgesucht wird. »Du hast gerade nicht ernsthaft Hagrid aus *Harry Potter* zitiert, oder?« Tränen brennen in meinen Augen und ich muss mir den Bauch mit der freien Hand halten. Ich habe die gesamte Filmreihe mit Mom so oft gesehen, dass ich fast jede Szene mitsprechen kann. Mir macht niemand etwas vor, wenn es um Harry geht.

»Meine Schwester bringt den Spruch wirklich zu jeder Gelegenheit. In den passendsten und unpassendsten Momenten. Irgendwann habe ich angefangen, ihn selbst zu benutzen, wenn ich nicht weiß, was ich sonst sagen soll.« Seine Zähne blitzen auf und ich versinke einen Moment zu lang im Anblick seines Lachens. Seine oberen Eckzähne verlaufen besonders spitz nach unten und ich habe selten ein Lachen gesehen, das so ansteckend, markant und attraktiv ist. Mittlerweile ist sein Shirt getrocknet und klebt nicht mehr so verführerisch an seinen Muskeln.

»Aber jetzt zu dir. Was machst du beruflich? Ich meine abgesehen von deinem Dasein als Hobbystalker. Du bist sicher einer von der ganz coolen Sorte. Kickboxtrainer oder so.« Ich kreuze meine

Beine auf dem Sofa und sehe ihn herausfordernd an. An diesen Anblick könnte ich mich morgens tatsächlich gewöhnen. Und an den Kaffee, den er mir bringt, erst recht.

Troys Lachen erstirbt und seine Miene wird ausdruckslos. Anschließend wirft er einen Blick auf die schwarze Uhr an seinem Handgelenk, als müsste er aus der Situation flüchten. »Ich würde dir wirklich gern mehr über meine Arbeit erzählen, aber es ist schon spät. Musst du nicht auch ins Café? Chase meinte, Brooklyn geht es heute nicht so gut.« Ich merke sofort, dass er nur von meiner Frage ablenkt, aber ich habe keine Lust, ihn zu bedrängen. Also beiße ich mir auf die Zunge und schlucke die Neugier vorerst herunter. Dabei wüsste ich zu gern, was ich Falsches gesagt habe. Wo sein Lachen hin ist ...

»Du hast recht. Ich sollte mich fertig machen.« Ich schlage die Bettdecke zur Seite, während Troy aufsteht und in seinem Zimmer verschwindet, vermutlich um sich anzuziehen. Er wünscht mir einen schönen Tag, schnappt sich seine Autoschlüssel und verlässt anschließend die Wohnung, ohne noch einmal ein Lächeln aufzusetzen.

Die Tür knallt ins Schloss und ich wünschte, ich hätte die Frage nach seinem Job nie gestellt. Als ich meine mittlerweile leere Tasse auf den Untersetzer stelle, sticht mir der Zettel mit meinen Regeln ins Auge.

Ich lese sie mir noch einmal durch und kann nicht aufhören zu lachen, als ich sehe, dass Troy etwas hinter die dritte Regel gesetzt hat. Die Regel, die besagt, dass wir niemals nackt aus dem Bad platzen dürfen, wenn der Mitbewohner zuhause ist. Mit den Fingern fahre ich über seine ziemlich jungenhafte Schrift.

Deine Regeln nerven! PS: Du verpasst was 😉

• • •

»Und du bist dir sicher, dass du klarkommst? Ich meine, du bist gerade quasi aus deiner Wohnung geflogen und warst zwei Wochen nicht auf Arbeit.« Während ich mir die grüne Schürze um die Hüfte binde, stützt Brooklyn sich am Tresen ab. Troy hat nicht übertrieben – ihr scheint es wirklich miserabel zu gehen, wenn sie sich nicht mal vernünftig auf den Beinen halten kann.

»Guck dich mal an. Du siehst aus wie eine Darstellerin aus Zombieland. Natürlich meine ich es ernst. Außerdem gibt es nichts, was drei Liter Kaffee nicht wieder fixen können.« Ich schnappe mir ein Handtuch und scheuche sie vom Tresen weg, damit sie in Bewegung kommt und endlich nach Hause geht. Wenn ich sie heute in diesem Zustand arbeiten lassen würde, wäre ich wahrhaftig irre geworden.

»Charmant wie eh und je. Und ich dachte, die Londoner hätten dir ein bisschen Feingefühl beigebracht.« Brooke streckt mir ihre Zunge raus und ich gebe ihr einen liebevollen Schubs in Richtung Küche, damit sie ihre Tasche holen kann. Weil ich weiß, dass sie mich nur aufziehen will, lasse ich ihren Satz unkommentiert. Durch die Tür höre ich, wie Brooklyn ihre Sachen zusammenräumt, und als sie schließlich – eingepackt in einen dicken Mantel – vor mir steht, kann ich nur den Kopf schütteln.

»Kein Wunder, dass es dich erwischt hat! Draußen ist es heute bullenheiß und du ziehst dich an wie ein Eskimo, der gleich zurück in sein Iglu krabbelt.« Als hätte ich sie dazu animiert, zieht sie den beigen Schal um ihren Hals provokant noch ein Stückchen enger. Ihre früher kurzen blonden Haare reichen ihr jetzt bis zu den Schultern und lugen unter der ebenfalls beigen Mütze hervor.

»Und nun schwing dich ins Bett. Ich werde dich jeden Tag anrufen und fragen, wie es dir geht. Und wenn es sein muss, bringe ich dir einen Wochenvorrat meiner Turbogesundheitssuppe vorbei! Glaub mir, die schmeckt ekelhaft, aber wirkt wahre Wunder.«

»Danke, Molly. Du bist wirklich die Beste.« Wir umarmen uns und dann verschwindet sie schlurfend aus dem Café. Die Stoßzeit unserer Kundschaft beginnt erst in einer Stunde, also tänzle ich zur Anlage unter der Kaffeemaschine und drehe Pinks *Raise your Glass* lauter, das gerade im Radio läuft.

Während draußen die ersten Leute ihre Geschäfte des Tages erledigen, wische ich den Boden, reinige den Tresen und gieße die vielen Blumen, die meine Mutter so liebt. Schon als ich noch ein kleines Kind war, war mein Kinderzimmer immer voller Pflanzen, den grünen Daumen meiner Mutter habe ich jedoch nicht geerbt. Mehr als einmal musste ich einigen von ihnen die letzte Ehre erweisen und ihre Asche im Mülleimer verstreuen.

Als ich die Monstera in der Ecke unter der Treppe wässere, muss ich unwillkürlich lächeln, weil ich an Troys Wohnung denke. Und daran, wie hübsch sie eingerichtet ist. Keine Ahnung, was ich erwartet hatte, als er die Tür geöffnet hat, aber sicher nicht ein so schnuckeliges Zuhause. In seinen vier Wänden sucht man vergeblich nach dreckigen Socken, Bartstummeln im Waschbecken und … den dritten Punkt vergesse ich, als Kundschaft das Café betritt. Ich bin dankbar für die Ablenkung, weil ich so nicht weiter darüber nachdenken kann, ob Troy nach dem Sex auch schnarcht wie alle meine Exfreunde.

Sofort setze ich mein freundlichstes Lächeln auf, das noch herzlicher wird, als ich meine Mutter entdecke. Sie kommt mit zwei großen Einkaufstüten zum Tresen. Nach meinem Debakel mit dem Rohrbruch hatte ich noch keine Zeit, sie zu besuchen. Somit ist es das erste Mal, dass wir uns sehen, seit ich aus London zurück bin. Meinen zweiwöchigen Urlaub habe ich genutzt, um mich auf mich zu konzentrieren. Und das sah folgendermaßen aus: Gilmore Girls, Kuchen, heiße Bäder und noch mehr Gilmore Girls.

Mom stellt die Tüten mit ihren Einkäufen auf dem Boden ab und zieht mich in ihre Arme. Heute riecht sie nur nach ihrem Parfum, nicht nach dem Medizinschrank in ihrer Wohnung. Anstelle des sonst blauen Kopftuches hat sie sich heute für ein gelbes entschieden. Es bringt die Sonne von der Straße direkt mit in den Laden und erwärmt mein Herz.

»Du siehst toll aus!« Ich presse sie noch enger an mich, auch wenn ich seit der Diagnose jedes Mal Angst habe, sie zu zerquetschen, immerhin hat sie mehr als fünfzehn Pfund verloren. Ohne einen gesunden Appetit ist es schwer, das Gewicht zu halten. Vor allem, wenn das meiste wieder in der Kloschüssel landet, bevor es verdaut werden kann.

»Du auch, Schatz. Aber bevor du mir jedes Detail deines Wochenendes in der Hauptstadt erzählst, muss ich noch mit dir schimpfen.«

»Schimpfen?« Suchend blicke ich an mir hinab und taste nach meinen Brüsten. Erleichtert atme ich auf, als ich sie mit den Händen packe. »Puh. Ich dachte gerade schon, ich hätte Missy und Lady verloren. Wann hast du das letzte Mal mit mir geschimpft? Da war ich doch sicher dreizehn!« Ja, meine Brüste haben Namen. Nein, ich schäme mich nicht dafür.

Mom legt ihre Hände auf meine Schultern und tätschelt anschließend mein Gesicht. Seit Monaten fühlt sich ihre Haut zum ersten Mal wieder warm und nicht so eiskalt an. Heute ist ein guter Tag!

»Ich habe gestern Brooklyn und ihren Freund in der Stadt getroffen und sie haben mir gesagt, dass du aus der Wohnung ausziehen musst. Und dass du, anstatt ihr Angebot anzunehmen oder mich zu fragen, ob du bei mir einziehen kannst, zu einem wildfremden Menschen gezogen bist!«

Ah, das ergibt Sinn. Während ich meiner Mutter ihren liebsten Chai Latte mit Zimt mixe, setzt sie sich an den Tresen und wartet auf meine Erklärung. Jedes Mal, wenn ihre Blicke durch das Café schweifen, weiß ich, wie sehr sie die Arbeit vermisst. Aber sie kann unmöglich schon wieder herkommen und den ganzen Tag auf den Beinen verbringen.

»Also erst einmal: Es ist eine Frechheit, dass Brooklyn nie ihren süßen Schnabel halten kann. Zweitens, die beiden sind wirklich Gift für meine Nerven mit ihrer überschäumenden Liebe. Drittens, ich wollte dich nicht belasten. Ich weiß ja, dass du viel Ruhe brauchst und ich bin der Inbegriff von nächtlicher Störung.« Langsam gieße ich die aufgeschäumte Milch in das Glas mit dem Chai-Tee und rühre einmal kräftig um. Zu guter Letzt streue ich ein wenig Zimt über die Schaumkrone, zeichne mit einem Zahnstocher ein Herz hinein und schiebe ihn meiner Mutter vor die Nase. Manchmal fühle ich mich wie eine richtige Baristalady. Augenblicklich strahlen ihre Augen. »Und viertens: Es ist kein Wildfremder. Sein Name ist Troy und er ist der beste Freund von Chase. Ich kenne ihn schon länger.«

Meine Mutter nippt an ihrem Getränk, doch als ich den letzten Punkt ausspreche, hält sie inne. An ihrer Oberlippe ist ein Milchbart entstanden, der zum Schießen aussieht.

»Troy? Also ein Mann?« Eigentlich sollte ich das folgende Funkeln in ihren grünen Augen ignorieren, aber da es so lange verschwunden war, freue ich mich darüber. Auch wenn es aus den falschen Gründen auftaucht.

»Ja, ein Mann. Du weißt schon, einer mit Penis.«

Mittlerweile wische ich wieder über den Tresen, es dauert sicher nicht mehr lange, bis ich ein Loch ins Holz poliert habe. Eine meiner brillantesten Eigenschaften ist es, dass ich ständig Möbelstücke kaputtputze, wenn ich einem Thema aus dem Weg gehen will. Und über Männer will ich heute eindeutig nicht sprechen.

»Und was ist mit deiner Regel?«

»Die steht noch«, antworte ich schulterzuckend. Ohne ihr zu verraten, dass ich sogar noch weitere Regeln hinzugefügt habe. Sie würde sicherlich leugnen, dass ich ihre Tochter bin, wenn sie wüsste, was für ein Freak in mir steckt.

»Und wie sieht er aus? Dieser Troy?« Mit engelsgleicher Miene sieht sie mich an, aber ich kaufe ihr den Heiligenschein auf dem Kopf nicht ab. Es gibt nur einen Grund, wieso sie das wissen will, und ich werde ihr nicht die Genugtuung geben, vielleicht recht zu behalten.

»Ganz gut.« Mehr sage ich nicht.

Doch Moms Grinsen spricht Bände: Sie weiß, dass ich maßlos untertreibe ...

Kapitel 5

Molly

Ich ziehe mir die Bettdecke vor die Augen, jedes Mal, wenn ein Blitz aus den dunklen Wolken hinabrast. Schon als Kind hatte ich Angst vor Gewittern, und auch wenn ich mittlerweile erwachsen genug sein sollte, habe ich die Angst nie überwunden. Ein bedrohliches Grollen bahnt sich vor dem Fenster an, das den Blick über die Stadt gewährt. Es ist dunkel im Zimmer, weil ich eigentlich schon längst schlafen wollte, doch dann fing dieses Unwetter draußen an und hielt mich vom Einschlafen ab. Das Ganze geht jetzt schon seit über einer Stunde so und es sieht nicht aus, als würde der Regen bald aufhören.

Ich blicke auf die Uhr und stöhne frustriert auf. Es ist schon weit nach Mitternacht. Der nächste Blitz jagt nach unten und wieder zieht sich innerlich alles in mir zusammen. Erst als leise die Wohnungstür geöffnet wird, entspannen sich meine Muskeln wieder. Seit einer Woche wohne ich bei Troy, doch nachdem ich seinen Job angesprochen habe, sind wir uns kaum noch begegnet. Meistens kommt er erst so spät nach Hause, dass ich schon schlafe oder vorgebe zu schlafen, und morgens bin ich früher aus dem Haus als er. Irgendwie gehen wir uns aus dem Weg und ich habe keine Ahnung, wieso.

Er gibt sich Mühe, keinen Krach zu machen, und als er an mir vorbei ins Badezimmer schleichen will, tue ich wieder, als würde ich schlafen. Eilig lege ich mich hin und schiele ihn in der Dunkelheit an. Da es draußen wie aus Eimern gießt, ist er komplett durchnässt, seine Haare sehen aus wie frisch geduscht und seine Jeans klebt an seinen Beinen. Sobald er im Bad ist, setze ich mich wieder hin, bemerke aber im Augenwinkel, dass er die Tür nicht richtig geschlossen hat. Beim Anblick seines nackten Oberkörpers, den ich durch den Türschlitz sehen kann, wird mir heiß. Immerhin liefert mir sein Striptease eine gute Ablenkung vom Gewitter und der Tatsache, dass ich mir beinahe in die Hose mache.

Im Licht der Badezimmerlampe kommen seine Bauchmuskeln perfekt zur Geltung. Mein Blick wandert von seiner Brust herab zu dem V, das in der Jeans verschwindet.

Troy schaltet das Licht aus und betritt wieder das Wohnzimmer, doch dieses Mal sieht er mich auf dem Sofa sitzen und hält abrupt inne. »Bist du wach?« Seine Stimme klingt kratzig, so als hätte er den Abend in irgendeiner Kneipe mit zu vielen Zigaretten verbracht. Es sollte mir egal sein, warum er immer so spät nach Hause kommt, aber ein Teil von mir glaubt, dass er mir immer noch aus dem Weg geht. Und ich habe keinen blassen Schimmer, wieso. Wenn ich etwas in meinem Leben hasse, dann ist es Ungewissheit. Wenn es nach mir ginge, hätte ich alles immer unter meiner Kontrolle.

»Das Gewitter«, erkläre ich kurz angebunden, dabei würde ich ihn am liebsten anflehen, sich zu mir zu setzen, bis das Grollen endlich vorbei ist. Ein neuer Blitz erhellt den Himmel und ich versuche entspannt zu bleiben. Was würde jemand wie Troy von einer erwachsenen Frau denken, die Angst vor einem lächerlichen Gewitter hat? Ich würde denken, dass sie einen an der Klatsche hat. Aber mächtig!

»Ja, draußen herrscht ein ziemlicher Weltuntergang.« Etwas hilflos steht er in der Dunkelheit vor mir. »Schlaf gut«, murmelt er noch und will dann das Wohnzimmer verlassen. Im selben Moment knallt es draußen jedoch so laut, dass ich kurz aufschreie und mir wieder die Decke über den Kopf ziehe. Troys Schritte verstummen und ein leises Lachen dringt durch den Stoff der Bettdecke zu mir.

Ich höre das Knarzen der Dielen und im nächsten Moment zieht er mir die Decke vom Gesicht. Amüsiert sieht er auf mich herab. »Hast du etwa Angst vor Gewittern?« Er klingt nicht höhnisch, aber ich weiß, dass er mich aufziehen wird, wenn ich seine Frage ehrlich beantworte. Dabei wäre jede Lüge sinnlos, immerhin habe ich mich gerade unter einer Decke versteckt wie eine Vierjährige, die Angst vor Monstern unter dem Bett hat.

Als Antwort zucke ich nur mit den Schultern. Einen Augenblick lang sehen wir uns nur schweigend an, und als Troy mich bittet, ihm Platz zu machen, rutsche ich sofort rüber. Er setzt sich neben mich, achtet dabei aber darauf, meine Regel nicht zu brechen. Uns trennen nur wenige Zentimeter voneinander, aber das ist okay für mich. Der Duft seines Aftershaves steigt mir in die Nase, und als der nächste Blitz alles kurz in Helligkeit taucht, kneife ich die Augen zusammen.

»Darf ich dich fragen, wieso du Angst davor hast?« Seine blauen Augen liegen zwar in der Dunkelheit, aber ich könnte schwören, dass ich die Farbe trotzdem erkennen kann. Prüfend sehe ich nach draußen und bin froh, dass der Regen langsam nachlässt und nicht mehr so laut gegen die Scheibe donnert. Vermutlich ist es doch bald vorbei.

»Darf ich ehrlich sein? Die Antwort ist vielleicht seltsam.«

»Was an dir ist nicht seltsam? Also, woran liegt es?«

Kurz denke ich darüber nach, mir eine Ohrfeige zu verpassen

oder mir den Mund schnell mit Panzertape zuzukleben, damit ich ihm nicht die Wahrheit sage. »Vielleicht liegt es daran, dass mein Vater in einer Gewitternacht gestorben ist. Als Mom den Anruf bekam, dass er auf dem Heimweg von der Arbeit einen Autounfall hatte, war die Nacht wie heute. Aber vielleicht bin ich auch einfach nur ein Weichei und benehme mich wie ein Baby.«

»Bist du nicht«, widerspricht er mir und ich frage mich, wieso er jetzt plötzlich wieder mit mir redet.

»Was ist mit deinen Eltern?« Ich möchte mehr über ihn herausfinden, immerhin kennt er jetzt schon meine größte Angst und ich weiß noch nicht einmal, was sein Job ist. Ich fordere im einundzwanzigsten Jahrhundert Gleichberechtigung ein!

Troys Miene wird wieder hart und ich könnte mir eine Kopfnuss verpassen, weil ich anscheinend schon wieder den falschen Knopf gedrückt habe. Seine Jeans sind immer noch nass und unter dem frischen Shirt sieht man, dass seine Haut ebenfalls feucht ist.

»Sie sind beide tot.«

Bevor ich darauf etwas erwidern kann, erschüttert mich ein neuer Knall bis ins Mark. Wie eine Schnecke rolle ich mich zusammen und versuche ruhig zu atmen.

Troy dreht sich in meine Richtung und sieht mich besorgt an. »Du bekommst aber jetzt keine Panikattacke und wirst ohnmächtig, oder? Ich kann dich nicht in ein Krankenhaus bringen, wenn ich dich nicht anfassen darf.« Seine Mundwinkel tanzen, aber ein richtiges Lächeln entsteht nicht, stattdessen sacken sie wieder in eine neutrale Position.

Ich würde gern mehr über seine Eltern erfahren, aber mein Instinkt sagt mir, dass ich lieber den Mund halten und das Thema wechseln sollte. Ich erkenne es, wenn ein Mensch vor meinen Augen dichtmacht. »Keine Sorge. Ist bestimmt gleich vorbei.« Als ich bemerke, wie dicht wir mittlerweile nebeneinandersitzen, vergesse ich das Gewitter vollkommen. Zwischen uns befindet sich nur noch eine Handbreit Luft. Meine Kehle wird trocken und mein Herz schlägt schneller, wegen der Nähe zu Troy. Ich wünsche mir, dass ich mir diese Regel nie auferlegt hätte.

Doch ich weiß, dass ich es morgen bereuen würde, wenn ich sie jetzt breche. Nur, weil ich mich einsam fühle. Ich habe schon früh gelernt, dass Einsamkeit nichts mit dem Alleinsein an sich zu tun hat. Du kannst auch einhundert Freunde haben und trotzdem ist da dieses Gefühl der Enge in deiner Brust. Du kannst in der Mitte von fünfzig Leuten sitzen, denen du etwas bedeutest, und trotzdem bleibt das Gefühl. Troy gehört zu den Männern, die nichts anbrennen lassen, und ich will mich nicht kopfüber in die nächste Tragödie stürzen. Davon hatte ich eindeutig schon zu viele in meinem Leben.

»Darf ich dich noch etwas fragen, wenn wir schon dabei sind?«, erkundigt er sich.

Meine Augen sind geschlossen, weil ich nicht sehen will, wie nah wir einander sind. Dabei spüre ich die Nähe wie ein Feuer auf meinem gesamten Körper.

»Klar.« *Im Gegensatz zu dir bin ich ein offenes Buch.*

»Wieso hast du dich damals nie wieder bei mir gemeldet?«

Ich hatte mit vielem gerechnet, aber nicht mit dieser Frage. Troy klingt nicht sauer oder enttäuscht, sondern einfach nur an der Wahrheit interessiert. Und ich bin ihm eine Antwort schon seit Wochen schuldig, war aber bis jetzt zu feige, sie ihm zu geben.

»Meine Mutter wurde krank, wie du weißt. Und dann ist für mich eine Welt zusammengebrochen. Es gab immer nur sie und mich. Mutter und Tochter. Der Gedanke, sie auch noch zu verlieren, hat mich erkennen lassen, was mir am wichtigsten ist. Und das ist sie. Also habe ich die meiste Zeit bei ihr im Krankenhaus verbracht und mich kaum noch bei jemandem gemeldet. Als es ihr langsam besser ging, war es mir irgendwie unangenehm, dich anzurufen. Also habe ich deine Nummer gelöscht.«

Troys Atmung geht ruhig und gleichmäßig, während meine flach und unrhythmisch ist. »Das kann ich verstehen.« Wieder treffen sich unsere Blicke, und als ich erneut wegen des Gewitters zusammenzucke, will er nach meiner Hand greifen, aber ich rutsche panisch zur Seite, bevor er mich berühren kann.

»Und worum geht es dabei wirklich, hm?« Er hebt die Augenbrauen. »Ich meine, ich habe dich beobachtet. Du hast kein Problem damit, Türen und andere Sachen anzufassen, die voller Keime sind. Außerdem arbeitest du in einem Café und hast ständig Kontakt mit Menschen. Davon abgesehen, dass es wohl keinen Keim gibt, der nur von Männern ausgeht.«

Es war ohnehin nur eine Frage der Zeit, bis er mich durchschauen würde. Ich lehne mich zurück und starre an die Decke. »Na gut. Ich habe keine Keimphobie.«

»Ach was«, spottet er, aber auf die charmante Art und Weise.

»Seit Jahren bin ich auf der Suche nach dem, was Brooke und Chase haben. Immer wieder bin ich auf die übelsten Typen hereingefallen und hatte am Ende immer ein gebrochenes Herz. Und dann hatte ich ein Gespräch mit meiner Mutter. Sie sagte, den Richtigen findet man, wenn Funken sprühen. Wenn man sich berührt und es sich wie ein Feuerwerk anfühlt. Nur dass ich diese Erfahrung noch nie gemacht habe und mein letzter Freund ... Ach was. Es ist egal, das spielt eigentlich keine Rolle mehr. Aber an dem Tag kam ich auf die glorreiche Idee, jeglichen Körperkontakt zu Männern zu unterbinden und mich nur auf mich zu konzentrieren. Zumindest für eine gewisse Zeit.« Meine Wangen glühen, weil ich ihm so offen mein Herz ausschütte. Ich wende den Blick von der Decke ab und sehe ihn an. Ich erwarte, dass er mich auslacht. Aber er nickt nur verständnisvoll. Mein Gott, wieso kann er kein Arsch sein? Dann würde mir das hier leichter fallen.

»Und wie lange gilt dein Verbot?«

Meine Finger spielen mit den Knöpfen an der Decke, die über meinen Beinen liegt. »Ein halbes Jahr. Sechs Wochen habe ich schon geschafft, jetzt fehlen also noch viereinhalb Monate.« Eine Zeit, die mir verdammt lang vorkommt, wenn ich neben einem Mann wie ihm sitze. Auch wenn wir damals ein Date hatten, haben wir uns nicht berührt an diesem Abend. Ich weiß nicht, wie sich seine Berührungen auf meiner Haut anfühlen würden und das macht mich verrückt.

»Wow. Das ist wirklich die seltsamste Regel, die ich je gehört habe.« Sein dunkles Lachen steckt mich an und dann sitzen wir grinsend nebeneinander. Ich entspanne mich und rutsche dichter an ihn heran, weil es echt unbequem wird, mich in die Ecke des Sofas zu quetschen.

»Na immerhin ist die erste Regel noch unberührt. Wir haben gerade nämlich die zweite gebrochen.« Er sieht mich mit tanzenden Mundwinkeln an. Ich erinnere mich an den Zettel, der immer noch auf dem Wohnzimmertisch liegt. Troy hat recht – wir führen gerade ein tiefgründiges nächtliches Gespräch. Mist.

Ich kann nicht aufhören zu grinsen, weil ich das erste Mal seit Wochen wieder frei atmen kann. Und das auch noch in einer Gewitternacht, die mir sonst nur den Atem raubt. Auf die negative, unschöne Art und Weise.

»Regel zwei und drei sind eigentlich nur im Eifer des Gefechts entstanden. Sie sind mir nicht wirklich wichtig.« Sonst wäre ich wohl kaum an meinem ersten Abend hier nackt aus dem Bad spaziert.

»Gut zu wissen«, sagt er lächelnd. Sein Blick richtet sich auf das Fenster. »Soll ich dir ein Geheimnis verraten?«

Geheimnisse habe ich schon immer geliebt, also bejahe ich schnell. Troy deutet nach draußen. »Es hat eben gedonnert und du bist nicht zusammengezuckt.« Ungläubig blicke ich nach draußen, und als ein neuer Donner über den Himmel zieht, passiert nichts in mir.

Tränen sammeln sich in meinen Augen, weil das hier das erste Mal ist, dass ich damit wirklich klarkomme. Ich will Troy instinktiv umarmen und ihm danken, weil er sich mitten in der Nacht zu mir gesetzt hat, obwohl er hundemüde aussieht und vermutlich einen anstrengenden Tag hinter sich hat. Meine Vernunft belässt es bei einem leisen »Danke«.

Troy steht auf, doch bevor er mich allein lassen kann, halte ich ihn auf. »Würdest du vielleicht noch sitzen bleiben, bis ich eingeschlafen bin?« Dass meine Frage albern ist, weiß ich, aber mein Mund war wieder einmal schneller als mein Kopf. Troy setzt sich auf den Sessel neben dem Sofa und sieht mir zu, wie ich mich hinlege und die Decke über meinen Körper ziehe. Der Platz, an dem er bis eben gesessen hat, strahlt noch seine Körperwärme aus und es ist mir egal, dass einige Stellen durch seine Jeans nass geworden sind. Als ich die Augen schließe und langsam in den Schlaf sinke, fühlen sich seine Blicke an, als würde er mich berühren. Wenn sich eine erträumte Berührung schon so anfühlt, wie wäre es dann bei einer echten?

• • •

Wieder ist es ein lautes Scheppern, das mich aus meinem Schlaf weckt. Aber dieses Mal stammt es nicht vom Gewitter, sondern von Troy, der mit zwei großen Einkaufstüten beladen ins Wohnzimmer platzt. Die Wohnungstür kracht ins Schloss und ich bin in Sekundenschnelle hellwach. Müde reibe ich mir die Augen, und als ich an die letzte Nacht denke, muss ich lächeln. Auch wenn ich nicht weiß, wann Troy gegangen ist, bin ich einmal mitten in der Nacht wach geworden. Er saß noch im Sessel und muss eingeschlafen sein, während er auf mich aufgepasst hat. Danach bin ich innerhalb von Sekunden wieder weggedöst, obwohl das Unwetter noch nicht vorbei war.

»Dir auch einen guten Morgen«, sage ich mit meiner reizendsten Stimme, dabei könnte ich ihn mit einer der Tüten erschlagen. Wenn es einen Verein aus Morgenmuffeln geben würde, wäre ich definitiv ein Vorstandsmitglied.

»Du solltest aufstehen. Wir haben noch einiges zu tun, bevor du zur Arbeit musst.«

Verschlafen blicke ich auf mein Handy und sehe, dass es erst kurz nach sieben in der Früh ist. Meine Schicht fängt um zehn an. Wieso, um Himmels willen, weckt er mich um diese teuflische Uhrzeit?

Troy bringt die Einkäufe in die Küche und winkt mich zu sich. Murrend stemme ich mich hoch und schlurfe zu ihm, während er die Einkäufe aus den Tüten holt und auf der Arbeitsfläche verteilt.

Die Küche sieht genauso zusammengewürfelt und gemütlich aus wie der Rest der Wohnung. Die Türfronten sind grau und wirken, als wären sie absichtlich verblichen designt worden. Der Boden besteht aus weißen Fliesen und es steht nur das Allernötigste herum.

»Was wird das? Hör mal – wenn du willst, dass ich dir Frühstück mache, weil ich hier wohnen darf, dann warte damit wenigstens bis neun! Vor neun ist das hier«, ich deute auf meinen gesamten Körper, »nicht ansprechbar. Und definitiv nicht dafür gemacht, um hinter dem Herd zu stehen.«

»Ich will kein Frühstück. Wir backen jetzt«, sagt er triumphierend, während ich nur Bahnhof verstehe.

»Wir backen?«

Es ist sieben Uhr früh! Außerdem ist es ein Wunder, dass Troy um diese Uhrzeit einen Supermarkt gefunden hat, der schon offen war, immerhin wohnen wir hier in Bedford und nicht in London oder Manchester. Er holt die letzten Einkäufe heraus und sieht mich entschlossen an. Viel zu entschlossen.

»Du hast mir gesagt, dass du eine Konditorei aufmachen willst? Dass das dein Lebenstraum ist? Dann schwing jetzt deinen Arsch hierher und fang an, ihn zu leben.«

»Und welches Alien hat dich über Nacht entführt, hm? Waren das gestern vielleicht keine Blitze, sondern Ufos, die dich abholen wollten?« Wie kommt er nur auf diese alberne Idee? Ja, ich habe ihm von meinem Traum erzählt, aber das heißt nicht, dass ich ihn wahrmachen will. Ich wüsste ja nicht mal, wie ich anfangen sollte. Ein eigenes Gewerbe zu eröffnen ist immerhin kein Zuckerschlecken. Das weiß ich aus direkter Quelle: von meiner Mom.

»Nein. Aber es reicht, wenn einer von uns beiden beruflich feststeckt. Also komm jetzt. Ich will, dass du mir zeigst, was du draufhast. Oder hast du Schiss?«

Widerwillig schlurfe ich zur Arbeitsplatte herüber und sehe mir die Einkäufe an. Quark, Joghurt, Zucker, Bananen, Streusel, Schokoglasur, Mehl, Sojasauce ... Moment mal.

»Was willst du denn damit?« Angewidert verziehe ich das Gesicht und schwenke die kleine braune Glasflasche vor seiner Nase herum. Troy zuckt mit den Schultern und kratzt sich verpeilt am Hinterkopf. »Ich hab doch keine Ahnung vom Backen. Also hab ich einfach alles Mögliche eingekauft. Benutze halt nur das, was du brauchst. Für den Rest finde ich schon Verwendung.«

Prüfend sehe ich mir die restlichen Zutaten an und verziehe das Gesicht. Allein bei der Vorstellung einen Kuchen aus Sojasauce, Crème Fraîche, Bananen und Karotten zu essen wird mir schlecht. Mein Magen rumort und das nicht auf die normale Ich-habe-Hunger-Weise.

»Eins steht fest: Wenn ich mit den Zutaten einen Kuchen backe, dann kann ich das mit der Konditorei direkt vergessen. Außer ein Brautpaar will seine Gäste vergiften, dann wird das hier prima funktionieren.«

Sorgsam sortiere ich die seltsamen Zutaten aus, schiebe sie zur Seite und betrachte den Rest. Damit lässt sich sicher etwas anfangen.

Troy schiebt sich zwischen die Arbeitsplatte und meine Wenigkeit. Seine blauen Augen blitzen verführerisch und frech zugleich. Wie die Blitze gestern Nacht ... nur in schön.

»Wenn du so gut bist, wie du glaubst, dann zeig es mir.«

Herausforderung angenommen!

Kapitel 6

Troy

»Wo sind deine Schüsseln?« Molly öffnet voller Tatendrang einen Schrank nach dem anderen, findet aber nicht das, was sie sucht. Also deute ich auf den Schrank über der Spüle. Sie öffnet ihn und muss sich auf die Zehenspitzen stellen, um in die Nähe der Schüsseln zu gelangen. Dabei rutscht ihr Schlafshirt nach oben und ihre Hot Pants kommen zum Vorschein. Während sie sich immer länger macht, lehne ich mich gegen die Küchenzeile und sehe ihr amüsiert beim Scheitern zu. Ihr Arsch ist nicht von schlechten Eltern. Von mir aus kann sie auch den gesamten Tag damit verbringen nach meinen Schüsseln und trotzdem ins Leere zu greifen.

»Gott, ist diese Wohnung für Riesen gebaut, oder was?«, flucht sie und versucht es weiter, kommt mit ihren Fingerspitzen aber nicht ansatzweise in die Nähe der Utensilien, die sie will.

»Brauchst du vielleicht Hilfe?« Mein unterdrücktes Lachen nimmt sie sofort wahr und hätte ich ein schwaches Immunsystem würden mich ihre folgenden Blicke vermutlich ins Grab bringen. Sie treffen mich wie die scharfen Messer eines Messerwerfers.

»Wieso fragst du so blöd? Du siehst doch, dass ich nicht rankomme.« Sie ist wie ausgewechselt. Gestern Nacht war sie das verletzliche Mädchen, das Angst vor Gewittern hat und nicht allein schlafen wollte. Heute ist sie wieder das freche Gör, das vor einer Woche hier eingezogen ist und direkt alberne Regeln aufgestellt hat.

»Du musst schon bitte sagen.« Ich liebe es, sie auf die Palme zu bringen.

Molly springt auf der Stelle, damit sie ohne meine Hilfe an die Schüssel kommt. Bevor sie sich noch die Beine bricht, gehe ich zu ihr hinüber. Als ich hinter ihr stehe, achte ich darauf, sie nicht zu berühren, greife über ihrem Kopf problemlos nach der grünen Rührschüssel und reiche sie ihr. Erst jetzt wird mir klar, wie klein sie im Vergleich zu mir ist. Ich überrage sie locker um eineinhalb Kopflängen. Sie ist ein verdammter Zwerg mit einer Riesenklappe.

»Danke«, murmelt sie und schnappt sich die Schüssel aus meiner Hand.

Anschließend geht sie völlig in ihrem Element auf. Die Zutaten landen, ohne vorher abgewogen zu werden, in der Schüssel. Molly summt eine Melodie, die ich nicht erkenne, und weil sie ein schreckliches Taktgefühl hat, schalte ich das Radio ein, um ihr Summen zu übertönen. Entweder sie hat den Wink mit dem Zaunpfahl nicht verstanden oder sie will mich provozieren, denn sie hört mit ihrem Gesumme gar nicht mehr auf. Stattdessen wird sie noch lauter.

»Also. Was genau wird das hier wirklich? Dieses ganze Einkaufen und ›Wir backen jetzt‹-Gerede.« Während sie den Joghurt zu dem Gemisch aus Zucker, Mehl und Backpulver gibt, sieht sie mich an. Ihre Haare hat sie zu einem Dutt nach oben gebunden und so ganz ohne Schminke sieht sie irgendwie viel jünger aus. Verletzlicher. Echter. Manchmal frage ich mich, wieso Frauen ihr wahres Gesicht hinter einer Schicht Make-up verstecken wollen.

»Habe ich dir doch schon gesagt. Es reicht, wenn einer von

uns beruflich feststeckt«, antworte ich ehrlich, bin aber nicht gewillt, weiter auf dieses Thema einzugehen. Mollys Blick huscht zu mir herüber, aber sie scheint zu verstehen, dass ich nicht darüber reden will, also lässt sie meine Erklärung unkommentiert und widmet sich ihrer Aufgabe.

Als ich heute Morgen im Sessel neben ihr wach wurde, war mir plötzlich klar, dass ich ihr helfen will. Auch wenn sie mich nicht darum gebeten hat und ich keine Ahnung habe, wieso ich das tue. Ist ja nicht so, als hätte ich nicht genug zu tun. Immerhin stapeln sich die Aufträge bis unters Dach, als würde den Leuten im Sommer ständig alles kaputtgehen.

»Was für einen Kuchen machst du?« Interessiert sehe ich ihr zu und kann meinen Blick dabei nur schwer von ihrem Hintern lassen, der immer mal wieder unter dem grauen Shirt hervorblitzt. Es wäre gelogen, wenn ich behaupte, dass ich sie gestern nicht berühren wollte. Aber ich akzeptiere ihre Grenzen. Auch wenn ich der Meinung bin, dass sie einen an der Klatsche hat, wenn sie diese Regel echt durchziehen will. Ein halbes Jahr kann echt verdammt lang sein.

Ich erinnere mich nicht einmal daran, je ein halbes Jahr lang keinen Sex gehabt zu haben, seit ich erwachsen bin. Und nach Brooklyns Erzählungen über ihre beste Freundin hat Molly ebenfalls nie etwas anbrennen lassen. Bis auf die Sache mit mir – die schon. Mein verletztes Ego will sich an die Oberfläche kämpfen, aber ich kicke es zurück in den hintersten Winkel meines Bewusstseins.

»Einen Käsekuchen. Den habe ich früher schon geliebt, aber ich wollte ihn immer mal verfeinern, damit es *mein* Rezept ist, verstehst du, was ich meine?« In Gedanken versunken verrührt sie die Zutaten miteinander.

»Wie wär's hiermit?« Ich schnappe mir die aussortierte Sojasauce.

Als sie mein Angebot sieht, schüttelt sie energisch und angewidert den Kopf. »Junge, du hast echt ein Sojasaucenproblem. So was gehört in keinen Kuchen dieser Welt! Zum Sushi: Okay. Zu Nudeln: Meinetwegen. Aber doch nicht in Kuchen. Das sollte landesweit verboten werden! Ach, was rede ich da? Weltweit!«

Sie taucht einen Finger in den Teig und leckt ihn schließlich ab. Seufzend legt sie den Kopf in den Nacken und ich frage mich, ob sie beim Sex genauso lustvoll aussieht. »Gott, ist das gut.« Sie hält mir die Schüssel hin, damit ich probieren kann, und als ich den Teig auf meiner Zunge schmecke, würde ich diese Schüssel am liebsten auslöffeln, weil er so gut ist. Ich gehöre nicht zu den Menschen, die als Kind zu jedem Geburtstag einen Kuchen vor der Nase hatten, deshalb genieße ich das hier umso mehr.

»Ganz gut«, erwidere ich. Was untertrieben ist.

»Ganz gut?« Sofort läuft ihr Gesicht rot an. Entweder vor Wut, weil ich ihn nicht als perfekt bezeichne, oder vor Scham. Egal aus welchem Grund, es sieht ziemlich süß aus. Und wieder halte ich für mich fest, dass ich sie ohne Make-up schöner finde. Schließlich kann ich so die Röte auf ihren Wangen sehen.

»Ja, ganz gut. Aber ich dachte, du willst etwas Besonderes haben, damit es zu *deinem* Superrezept wird.«

Als Antwort darauf kramt Molly sich durch jeden einzelnen Schrank in meiner Küche, auf der Suche nach dieser einen besonderen Zutat, die ihr noch fehlt. Dabei beobachte ich sie und stelle mir vor, sie wäre eine lebendig gewordene Sitcom. Aus irgendeinem Grund mag ich es, sie aufzuziehen und auf die Palme zu bringen. Ich mag es, wenn ihr Gesicht vor Wut rot anläuft und ihre Unterlippe zittert, weil sie so viel zu sagen hat.

»Wie wäre es damit?« Im Kühlschrank findet sie ein Glas mit

Cashewmus. Sie nimmt zwei Löffel davon, gibt sie in den Teig und rührt ihn erneut um. Als sie ihn zum zweiten Mal probiert, wird ihr Seufzen zu einem tiefen, fast exzessiven Stöhnen. Wenn sie so beim Sex klingt, dann hatte sie gerade definitiv einen Orgasmus.

An ihren Wangen klebt Mehl, genau wie an ihren Unterarmen. Ich gehe zu ihr hinüber und will ebenfalls probieren, aber sie zieht die Schüssel in letzter Sekunde weg, und ich greife ins Leere.

»Vergiss es. Du wartest jetzt, bis der Kuchen fertig ist!« Trotzig schiebt sie die Schüssel auf die andere Seite der Arbeitsplatte und meine Mundwinkel reißen beinahe auf, weil ich so lachen muss.

»Du hast Glück, dass ich dich nicht berühren darf«, raune ich.

»Und wieso? Was würdest du tun, hm?« Sie stemmt die Fäuste in die Hüften, wobei ihr Shirt wieder nach oben rutscht. Meine Augen wandern über den schwarzen Slip ... eben gerade habe ich die Rache in meinem Kopf umformuliert. Ich weiß genau, was ich tun würde.

»Ich würde dich dreckiger machen, als du je gewesen bist«, sage ich todernst.

Molly schnappt nach Luft, und ehe ich reagieren kann, hat sie ihre Hand in die Tüte mit Mehl gesteckt und mich mit dem weißen Pulver beworfen. Das Zeug hängt jetzt nicht nur in meinem Gesicht, sondern auch in meinen Haaren und auf meinen Armen. Ich puste es mir von den Lippen, aber es klebt immer noch an meinem Mund. Widerwärtig.

»Na warte!« Ich reiße das Mehl an mich und sofort ergreift sie die Flucht. Im Wohnzimmer rennt sie ums Sofa herum, doch ich folge ihr mit langen Schritten. Während sie fünf machen muss, reicht bei mir einer. Es ergibt keinen Sinn, mit so winzigen Beinen vor mir wegzulaufen, aber ich lasse ihren Fluchtversuch unkommentiert.

»Wag es ja nicht! Meine Haut ist überempfindlich!« Ihre Stimme ist schrill und ich weiß, dass sie Schiss hat. Umso besser für mich. Drohend gehe ich auf sie zu, was sie noch mehr antreibt. Molly sprintet um den Wohnzimmertisch herum, verkeilt sich mit einem heruntergefallenen Sofakissen und stolpert. Anschließend liegt sie wie ein Maikäfer auf dem Rücken vor mir.

»Bitte nicht! Geh weg!« Sie klingt flehend, aber das Lachen in ihren Worten animiert mich dazu, weiterzumachen. Ich stehe über ihr, sammle einen kleinen Haufen Mehl in der Hand und verstreue ihn über ihrem gesamten Körper. Von ihrem Bauch, hoch zu ihren Brüsten und anschließend landet ein kleiner Haufen in ihrem Gesicht.

»Oh Gott!«, quiekt sie und windet sich, aber es ist zu spät. Sie ist von oben bis unten mit Mehl bedeckt, während sich in mir eine Befriedigung breitmacht. Nicht nur ihre nackten Beine sind jetzt dreckig, auch ihr Shirt und ihr gesamtes Gesicht. Ihre Brille ist voller weißem Puder.

Ich knie mich über sie, ohne sie dabei zu berühren. Unsere Gesichter sind nur noch wenige Zentimeter voneinander getrennt. Ihr Brustkorb hebt und senkt sich viel zu schnell, während meiner kaum ruhiger sein könnte.

»Du atmest ganz flach«, flüstere ich fest.

Molly reißt sich die Brille vom Gesicht, weil sie dank des Mehls nichts mehr erkennen kann, und als sie sieht, wie nah ich ihr bin, hält sie ihren Atem ganz an. »Weil ich keinen Frühsport gewohnt bin«, verteidigt sie sich japsend, aber ich glaube ihr kein Wort. Meine Knie sind links und rechts neben ihr am Boden abgestützt, meine Hände neben ihrem Kopf. Ihre Lippen stehen einen Spaltbreit offen und ihre Wangen glühen rosa. Ich glaube nicht ans Gedankenlesen, aber ich bin mir sicher, dass ich genau weiß, was in ihren gerade vor sich geht.

»Würdest du bitte von mir runtergehen?« Es klingt nicht, als würde sie es wirklich wollen, stattdessen habe ich das Gefühl, sie drängt sich noch dichter gegen mich. Wahrt dabei aber penibel den letzten Abstand zwischen uns.

»Schieb mich doch weg«, fordere ich sie heraus. Sie könnte hier und jetzt ihre alberne Regel brechen, ohne dass jemand davon erfahren würde. Sie könnte mich einfach mit ihren Füßen von sich treten oder mir ihre Fäuste gegen die Brust donnern, aber sie liegt nur regungslos unter mir.

»Netter Versuch, Chesterfield! Und jetzt geh runter!«

Einen Moment lasse ich sie noch zappeln, bevor ich letztendlich doch aufstehe. »Ich würde dir ja hochhelfen, aber du weißt ja ...« Mit einer entschuldigenden Geste gehe ich in Richtung Badezimmer und lasse sie am Boden liegen. »Ich hoffe echt, dass dein Kuchen gut ist, um das hier zu entschuldigen.« Ich zeige auf meinen mehlbedeckten Körper und kann nicht aufhören zu lachen, als ich sehe, dass Molly immer noch am Boden liegt und leise vor sich hin flucht.

Ich glaube, dieses Spiel gewinne ich.

• • •

»Und? Jetzt sag schon was!« Während der Kuchen im Ofen war, waren wir beide duschen und sehen nun wieder aus wie zivilisierte Menschen. Molly hockt auf der Arbeitsfläche in der Küche, während ich mich gegen den Küchentisch lehne und mir noch eine Gabel von dem Kuchen gönne. Das ist mit Abstand das Leckerste, was ich je gegessen habe.

»Er ist ziemlich gut«, gebe ich zu, auch wenn mein Ego sie gern noch weiter in den Wahnsinn treiben würde.

Molly verdreht die Augen unter ihrer schwarzen Brille, die

jetzt wieder sauber ist. Sie trägt mittlerweile einen engen, gelben Pullover und eine schwarze Jeans. Am besten gefallen mir jedoch die schwarzgelben Ringelsöckchen. Ob sie ihre Socken immer farblich auf ihr Outfit abstimmt? Wundern würde es mich nicht.

»Ziemlich gut«, äfft sie mich nach. »Das ist der beste Käsekuchen, den ich je hinbekommen habe.« Sie schaufelt sich den Teig in den Mund und sieht dabei aus wie ein Backenhörnchen.

»Dann hast du ja schon den ersten Kuchen, den du in deiner Konditorei anbieten kannst«, sage ich beiläufig, dabei weiß ich, dass sie dieses Gespräch meiden will. So wie ich jedes berufliche Thema totschweige, seit ich denken kann.

»Ich habe absolut keine Ahnung, wovon du redest. Es wird keine Konditorei geben. Mom braucht mich im Café und ich will ihren Traum nicht für meinen aufgeben. Das wäre falsch.« Wie traurig ihre Worte klingen, scheint sie nicht einmal zu bemerken. Ihre Augen, die sonst immer voller Leben strahlen, sehen jetzt leer aus.

Kurz bereue ich es, dieses Thema aufgegriffen zu haben, aber dann wird mir klar, dass sie nicht weiterkommen wird, wenn ihr niemand in den Arsch tritt. Und in diesen Arsch trete ich nur zu gern. »Sag niemals nie.«

»Oh Gott, ist das noch so eine Pinterest-Weisheit, die du einstudiert hast?«

»Den Spruch hab ich mir selber ausgedacht«, halte ich dagegen, auch wenn wir beide wissen, dass ich nur Bullshit rede. Als ich den Kuchen aufgegessen habe, werfe ich einen Blick auf die Uhr und stelle fest, dass ich schon fast zu spät bin. Die letzten zwei Stunden sind wie im Flug vergangen und fast hätte ich vergessen, dass es auch noch ein reales Leben außerhalb dieser Wohnung gibt.

»Ich muss jetzt arbeiten. Viel Spaß im Café.« Und mit diesen

Worten lasse ich Molly in der völlig chaotisch aussehenden Küche allein zurück.

Ihre Stimme hallt durch den gesamten Wohnbereich, als sie mir nachruft. »Glaub ja nicht, dass ich nicht rausfinde, wo du arbeitest! Und außerdem: Wenn ich jemals eine Konditorei eröffnen sollte und du ganz dringend einen Job brauchst, werde ich dich ganz sicher nicht einstellen, du Sojasaucenfanatiker!«

Mit einem Grinsen verlasse ich die Wohnung und es wird noch breiter, als ich im Hausflur an dem großen Spiegel vorbeikomme und sehe, dass trotz der Dusche immer noch Mehl in meinen Haaren hängt.

Kapitel 7

Molly

Zwei Tage sind seit unserer Mehlschlacht und dem Küchenchaos am Morgen vergangen. Zwei Tage, in denen ich immer noch das weiße Puder in irgendwelchen Ecken vorfinde, in denen Mehl eigentlich nichts zu suchen hat. In den Sofaritzen, neben der Monstera unter dem Fenster und vereinzelt immer noch in meiner Nase. Letzteres sorgt im Café für Probleme, weil die Kunden denken, dass ich ein ernsthaftes Kokainproblem habe. Ich muss immer noch lächeln, wenn ich an diesen Morgen denke. Doch dann ist da noch ein Gefühl, das ich nicht fühlen sollte: Anziehung.

Seit Troy über mir gekniet und mich mit seinem Körper fast komplett bedeckt hat, kribbelt meine Haut jedes Mal, wenn ich in seiner Nähe bin. Er geht mir jetzt nicht mehr aus dem Weg, stattdessen ist er abends meistens früh zuhause und wir verbringen die Abende auf meiner Schlafcouch.

Wie in der Gewitternacht.

Nur beschränken wir die Gespräche meist auf etwas Oberflächliches wie Hobbys und Serien.

Ich halte mir das Handy ans Ohr und schließe die Wohnung hinter mir ab. Heute habe ich einen freien Tag, immerhin ist es Sonntag und unser Café hat nur an zwei Sonntagen im Monat geöffnet. Meiner Mutter waren freie Wochenendtage immer heilig, weshalb sie sich für diese Öffnungszeiten entschieden hat. Mittlerweile verbringt sie jeden ihrer geliebten Sonntage zuhause und ich weiß, dass ihr die Arbeit im Café fehlt.

»Geht es dir schon besser?«, frage ich Brooke am Telefon. Seit sie vor einigen Tagen krank auf der Arbeit aufgekreuzt ist und ich sie heimschicken musste, kämpft sie mit einer üblen Magenverstimmung.

»Etwas. Ich kann zwar immer noch kaum was Festes bei mir behalten, aber deine Wundersuppe bleibt zumindest drin. Ich denke, dass ich morgen wieder arbeiten komme. Was machst du heute?«

Summend tanze ich die Treppe herunter und bin wirklich erstaunt, wie wenig mir die vielen Stufen mittlerweile noch ausmachen. Draußen herrscht wunderschöner Sonnenschein und niemand könnte mehr vermuten, dass vor zwei Tagen ein Mordsunwetter die gesamte Stadt verwüstet und es bis gestern noch wie aus Kübeln geregnet hat. Bäume lagen auf der Straße, einige Ziegel hat es nicht mehr auf den Dächern gehalten und kleine Geschäfte haben einen Teil ihrer Terrassenmöbel verloren, weil sie sie nicht festgeschnallt oder reingestellt hatten.

»Ich mache mich gerade auf den Weg ins Tierheim. Du weißt ja, dass ich jeden freien Sonntag mit den Hunden spazieren gehe.« Schon als kleines Mädchen wollte ich immer meinen eigenen Hund haben, da meine Mutter jedoch eine Allergie hat, blieb es immer nur ein Traum. Irgendwann fing ich an, die Hunde im örtlichen Tierheim auszuführen und das kam meinem Wunsch nach einem Haustier am nächsten.

»Oh, ich würde dich so gern mal mit Ghost begleiten! Vielleicht kriegen wir das ja hin, wenn mir nicht mehr alles wieder rauskommt.« Ich verziehe angewidert das Gesicht. Immer wenn jemand übers Kotzen spricht, rumort auch mein Magen. Ein Grund, wieso ich mir eine Schwangerschaft alles andere als schön vorstelle.

»Auf jeden Fall!« Während ich über den Bürgersteig schlendere und die warme Sonne auf meinem Gesicht genieße, spricht meine beste Freundin ein heikles Thema an. Es war nur eine Frage der Zeit, bis sie mich löchern würde.

»Wie läuft es eigentlich zwischen dir und Troy? Schlagt ihr euch schon die Köpfe ein?« Ihr heiterer Unterton verrät, dass sie die Frage ganz anders meint. Sie will wissen, ob wir uns vielleicht zu gut verstehen und ich meine Regel über Bord geworfen habe. Aber ich kann stolz von mir behaupten, dass ich seit über fünfzig Tagen keinen Mann mehr angefasst habe und es somit keine Funken gegeben hat. Außerdem glaube ich, dass es bei Troy und mir vieles geben würde. Wilden Sex, laute Streitereien und danach noch mehr wilden Versöhnungssex. Aber das ist nicht das, was ich will. Nicht mehr. Wenn ich etwas aus den Worten meiner Mutter gelernt habe, dann das: Ein Mann kann dich nicht nur körperlich berühren, sondern auch seelisch.

»Einmal hätte ich ihn am liebsten mit einem Holzlöffel erschlagen, aber sonst ertragen wir uns ganz gut.« Bullshit. Ich hatte in meinem Leben schon mehrere WG-Mitbewohner, aber mit keinem hatte ich ein so gelassenes Verhältnis wie mit ihm in den letzten Tagen. Etwas, das ich Brooke sicher nicht unter die Nase reiben werde. Wo das endet, weiß ich schließlich, und ich habe momentan keinen Nerv für ihre Verkupplungsversuche. Dabei war ich es, die sie auf Biegen und Brechen mit Chase verkuppeln wollte. Jetzt weiß ich, wie nervig das sein kann.

»Ganz gut also«, sagt sie kichernd.

»Wenn du weiterhin so albern kicherst, komme ich vor dem Tierheim erst einmal zu dir und klaue dir die Wundersuppe! Dann kannst du sehen, was dich gesund macht. Vielleicht kann Chase dich zum Einschlafen bringen, wenn er dir mit seiner sexy Stimme vorliest, aber die wird deinem Magen wohl kaum helfen!« Dass ich nur scherze, weiß sie, trotzdem lässt sie das Thema fallen. Nachdem ich den Weg zum Tierheim geschafft habe, legen wir auf und ich steuere das Gelände an. Es befindet sich etwas außerhalb Bedfords und liegt somit im Grünen – direkt an einem Wald, in dem man perfekt mit den Vierbeinern spazieren gehen kann.

Schon von Weitem kann ich hören, wie die Hunde bellen, und als ich in das Haupthaus gehe, springt mich schon Fernando, der Australian Shepherd der Besitzerin, an. Lucy ist eine Frau mit dem Herz am rechten Fleck. Und dieses Herz schlägt vor allem für eins: Fellnasen jeglicher Form und Farbe.

»Molly!« In der einen Hand hält sie drei leere Hundenäpfe, mit der anderen hievt sie einen schweren Futtersack umher. Sie ist noch zierlicher als ich und immer wieder frage ich mich, wie sie die Hunde im Zaum halten kann. Mehr als einmal hätte mir einer der Vierbeiner fast einen Arm ausgerissen, weil er eine Fährte aufgenommen hat.

»Schön, dass du da bist! Balou wartet schon auf dich. Er ist heute der Einzige, der noch keinen Ausgang hatte.«

Beim Klang seines Namens wird mir warm ums Herz. Balou ist ein fünfunddreißig Kilo schwerer, brauner Labrador mit den goldigsten Augen, die ein Hund haben kann. Doch er ist nicht nur zuckersüß, er ist auch ein Opfer seiner schrecklichen Vergangenheit.

»Super, dann gehe ich direkt mal zu ihm.« Ich schnappe mir die gelbe Leine, die ich immer für meinen Spaziergang mit ihm benutze, helfe Lucy schnell noch, den Futtersack in das obere Regal zu stellen, und mache mich auf den Weg zu den Hundeunterkünften. Das Tierheim hat nicht sonderlich viel Geld und lebt von Spenden, aber trotzdem hat jeder Hund seinen eigenen abgetrennten Bereich im Nebengebäude. Deshalb sind die Kapazitäten beschränkt, es fehlt das nötige Geld, um weitere Zwinger zu bauen.

Ich sinke ein wenig in den weichen Boden ein, weil es bis gestern noch wie aus Eimern geregnet hat, und dann öffne ich die rostbraune Tür. Sein Jaulen, als ich eintrete, ist unverwechselbar. Es hat ein ganz bestimmtes Muster. Erst kommt ein tiefes Bellen, gefolgt von einem kurzen und anschließend einem langgezogenen Jaulen. Wie das eines Wolfes bei Vollmond.

»Hey, mein Dicker!« Ich schiebe den Riegel seiner Tür zur Seite und dann wirft sich der braune Bär auf mich, sodass ich auf dem Hintern lande. Seine Zunge schleckt über mein gesamtes Gesicht und ich winde mich lachend unter seinen Küssen.

Immer wenn ich ihn ansehe, bricht es mir das Herz. Lucy hat ihn zwischen London und Bedford an der Hauptstraße gefunden. Er war mit einem Seil an einen Baum gebunden und alles, was seine Besitzer bei ihm gelassen hatten, war eine kurze Notiz, auf der stand, dass es ihnen leidtut und der Name des Hundes Balou sei. Keiner weiß, wie lange er dort alleine in der Kälte war, aber seinem abgemagerten Körper nach zu urteilen viel zu lang.

Irgendwann hatte sich das Seil so tief in seinen Nacken geschnitten, dass sich die Wunde entzündet und die Entzündung sich ausgebreitet hat. Als Lucy ihn fand, war sofort klar, dass ihm das Ohr entfernt werden muss, damit sich die Infektion nicht weiter ausbreitet. Seitdem ist er mein Ein-Ohr-Hund. Der süßeste Ein-Ohr-Hund, den man sich nur vorstellen kann. Und ich habe absolut keine Ahnung, wie ihn noch niemand adoptieren konnte. Hätte ich keinen Fulltime-Job und keine kranke Mutter, hätte ich ihn längst mitgenommen.

Seine goldbraunen Augen leuchten, als er sich brav vor mich setzt und ich ihn anleine. Anschließend machen wir uns auf den Weg zu unserer üblichen Spazierroute durch den Wald. Meistens gehe ich mit zwei oder drei Hunden an einem Sonntag, doch heute will ich mir besonders viel Zeit für Balou lassen. Da er aufgrund seiner Vergangenheit ein Angsthase ist, kann ich ihn nicht frei laufen lassen. Beim ersten Knall wäre er vermutlich im Wald verschwunden und würde nicht mehr zurückkommen.

»Ich wohne jetzt bei einem Freund. Einem männlichen.« Ja, ich rede mit einem Hund. Und nein, ich komme mir dabei nicht albern vor. Im Grunde genommen sind Tiere die allerbesten Zuhörer, immerhin können sie einen nicht mitten im Satz unterbrechen. Sie hören einfach nur zu und wackeln an den richtigen Stellen mit dem Schwanz oder schmiegen sich an einen. Immer wenn ich vor einem Spaziergang im Krankenhaus bei meiner Mutter war, hat Balou meine Traurigkeit gespürt und mich getröstet. Er war in den Wochen der Chemotherapie mein bester Freund.

»Ja, ich weiß, das macht meine Regel etwas kompliziert, aber ich hatte eigentlich keine andere Wahl. In meiner Wohnung herrscht ein heftiger Wasserschaden und ich musste ja irgendwo unterkommen. Ich bin mir sicher, dass du Troy mögen würdest.« Wie könnte man auch nicht? Beim Gedanken an ihn und die Gespräche, die wir in den letzten beiden Tagen geführt haben, muss ich lächeln. Ich weiß zwar immer noch nichts über seinen Job, aber immerhin bin ich jetzt etwas über sein Leben im Bilde.

Er hat eine kleine Schwester namens Tracy, die in London wohnt und seinen Worten nach eine verrückte Kunstnudel ist, er liebt es, Chase in der Werkstatt auszuhelfen, und hat ein Faible für Marvelfilme. Mehr konnte ich nicht aus ihm herauskitzeln, aber das ist mehr, als ich erwartet hätte. Über den Tod seiner Eltern hat er noch nicht mit mir gesprochen.

Wir gehen eine Stunde lang durch den feuchten Wald spazieren und ich genieße den Anblick der Sonne, die durch die Baumkronen scheint und Strahlen auf den Boden wirft. Als ich über einen anderen Weg zurück zum Gelände laufe, komme ich an dem zweiten Gebäude vorbei, in dem die Katzen untergebracht sind. Es sieht durch den Sturm übel mitgenommen aus. Die Dachziegel sind zum Teil heruntergerissen und der Dachstuhl wirkt nicht mehr sonderlich stabil.

Auf dem Gebäude tummeln sich zwei Männer, die die kaputten Ziegel links neben das Gebäude in die Tiefe werfen. Am Boden hat sich also ein Haufen Schutt gebildet. Ich schirme meine Augen vor der Sonne ab, während Balou sich neben mich in den nassen Rasen legt und auf den Rücken dreht. Die Männer stehen mit dem Rücken zu mir, und als ich gerade weitergehen will, höre ich eine Stimme, die ich sofort erkenne. Immerhin höre ich sie jeden Morgen, wenn wir gemeinsam frühstücken. Und jeden Abend, wenn er mir eine gute Nacht wünscht, bevor er in seinem Schlafzimmer verschwindet.

»Wir sollten für heute Schluss machen. Die neuen Ziegel kann ich erst morgen abholen«, ruft er dem zweiten Mann zu. Ich bleibe wie festgefroren stehen und beobachte Troy auf dem Dach. Er trägt wie immer ein weißes Shirt, eine schwarze Arbeitshose und einen dieser Handwerkergürtel, an dem Kerle ihren Hammer mit sich herumtragen wie eine Waffe. Die Männer betrachten noch einmal das, was sie geschafft haben, und steigen dann die Leiter herunter.

Als Troy sich in meine Richtung dreht und mich entdeckt, weicht ihm die Farbe aus dem Gesicht. Seine Stirn ist vom Schweiß benetzt und sein Shirt wie immer dreckiger als Balous Fell, der sich weiterhin im Gras wälzt und nichts mehr von seiner

Außenwelt mitbekommt. Manchmal wünschte ich, ich wäre ein Hund.

»Was machst du denn hier?«, fragt er mich mit einem Unterton in der Stimme, den ich nicht deuten kann. Entweder er freut sich zu sehr, mich zu sehen, oder das Gegenteil ist der Fall.

»Dasselbe könnte ich dich fragen.« Ich schmunzle, deute dann aber auf das Fellknäuel neben mir. »An zwei Sonntagen im Monat gehe ich mit den Hunden aus.«

Troy wischt sich den Schweiß von der Stirn, während sein Kollege nur ein schüchternes »Hallo« in meine Richtung bringt. Danach verschwindet er und wir bleiben allein zurück.

»Und du?«, frage ich, auch wenn ich es ja mit meinen eigenen Augen gesehen habe. Troy arbeitet also hier – wieso hat er mir nicht gleich gesagt, was sein Job ist?

»Der Sturm hat das Gebäude komplett ruiniert. Ich helfe hier nur gelegentlich aus.« Wieder scheint er eine Mauer aufzubauen und ich frage mich ernsthaft, was sein Problem ist. Er hilft hier aus, das ist doch gut, oder nicht? Ich kann mir vorstellen, dass Lucy um jede Hilfe dankbar ist, die sie kriegen kann.

Balou hat sich mittlerweile zu Ende gewälzt, setzt sich neben mich und stupst meine Hand an, weil er meine Aufmerksamkeit will. Ich streichle ihm über den Kopf und er genießt es mit geschlossenen Augen.

»Das ist gut. Lucy hat ohnehin schon viel zu wenig Helfer«, antworte ich und versuche damit die Stimmung aufzulockern. »Wie siehts aus? Ich wollte jetzt wieder nach Hause. Gehen wir zusammen und besorgen uns unterwegs eine Pizza?«

Erst denke ich, dass Troy mir einen Korb gibt, stattdessen nickt er. »Klar. Ich muss nur noch schnell meinen Kram holen und Lucy Bescheid sagen, dass wir Schluss machen. Wir treffen uns am Eingang.«

• • •

Nachdem ich Balou zurück in seinen Zwinger gebracht habe, mache ich mich auf den Weg ins Haupthaus. Ich will mich von Lucy verabschieden und ihr sagen, dass ich in zwei Wochen wieder vorbeikomme. Ich freue mich schon darauf, den Rest des Sonntags mit einer Pizza vor irgendeiner Mysteryserie zu verbringen und die letzten Stücke des Käsekuchens zum Nachtisch zu verputzen. Ein perfekter Sonntag. Ich will gerade reingehen, als ich am Fenster vor Lucys Büro vorbeikomme und Stimmen aus dem Inneren höre.

»Ich bin dir so dankbar, dass du so schnell kommen und helfen konntest. Keine Ahnung, was ich ohne euch gemacht hätte. Die gesamten Katzenbetten und Kratzbäume sind durch den Regen hinüber und ich kann jetzt zusehen, wie ich an neue komme.« Lucy klingt verzweifelt, und als ich durch das Fenster spähe, entdecke ich sie mit Troy vor ihrem Schreibtisch. Sie stehen nahe beieinander. Näher, als man normalerweise jemandem steht, für den man arbeitet. Sie hat ihre Hände hinter ihrem Rücken in die Kante des Schreibtisches gekrallt.

Troy sieht sie einen Moment lang an, bevor er seine Hand auf ihren Unterarm legt und Kreise über ihre zierlichen Arme zieht. Sofort sticht es in meiner Brust und ich wende den Blick ab. Nur, um am Ende doch wieder zu den beiden hinüberzuschielen. Es geht mich nichts an, was zwischen den beiden läuft, und doch kann ich meine Augen nicht von ihnen lassen. Es ist wie ein Autounfall.

»Du weißt doch, dass du mich jederzeit anrufen kannst, wenn du etwas brauchst. Ich hoffe, dass wir morgen das Dach so weit repariert haben, dass die Tiere wieder darin unterkommen können. Und für den Rest findet sich auch eine Lösung. Du weißt doch: Was kommen muss, wird kommen -«

»... und wenn es da ist, nehmen wir den Kampf auf«, beendet sie seinen Satz schmunzelnd. Ich denke unwillkürlich daran, wie er denselben Spruch zu mir gesagt hat. Eins steht fest: Die beiden verbindet etwas.

Lucy sieht zu ihm auf und ich weiß genau, was ihr Blick zu bedeuten hat. Sie schwärmt nicht nur für ihn, sie ist total in ihn verknallt. Anhand der Art und Weise, wie sie miteinander reden und umgehen, ist klar, dass sie sich nicht nur flüchtig kennen. Als Nächstes nimmt Troy sie in die Arme und gibt ihr einen Kuss auf die Schläfe.

Wieder sticht es in meiner Brust.

Wieder kriecht diese eklige Eifersucht durch meine Adern.

Wieder versuche ich, sie zu verdrängen.

Dabei habe ich weder das Recht noch einen Grund zur Eifersucht. Troy und ich sind Mitbewohner und ich habe ihm deutlich zu verstehen gegeben, dass ich an nichts anderem interessiert bin.

Die beiden verabschieden sich voneinander, und als er das Hauptgebäude verlässt, springe ich vom Fenster weg, damit ich nicht wie eine kranke Spannerin wirke.

Er entdeckt mich und deutet zum Ausgang. »Wollen wir dann?«

Kommentarlos nicke ich, und als wir die ersten Minuten schweigend hinter uns gebracht haben, plappert mein Mund einfach wild drauf los, weil ich Schweigen schon immer gehasst habe. Meine Mom und ich lieben lange Gespräche.

»Sah aus, als würdet ihr euch nahestehen.« Mist. Ich beiße mir auf die Zunge, bis ich Blut schmecken kann. Und doch kann ich die Worte nicht zurücknehmen.

Am liebsten würde ich im Erdboden versinken. Genau hier, irgendwo zwischen den grauen Pflastersteinen, auf die schon so viele Hunde gepinkelt haben, und dem Unkraut, das durch die Fugen wächst.

»Hm?« Troy scheint in Gedanken versunken zu sein. Ob er an sie denkt und deshalb so abwesend wirkt?

»Lucy und du, meine ich. Nicht, dass ich euch ausspioniert hätte, aber ich habe euch beim Vorbeigehen im Büro gesehen. Ich wusste nicht, dass ihr euch kennt.« Ich versuche, so locker wie möglich zu klingen. Als würde es mir absolut nichts ausmachen, dass er sie auf die Schläfe geküsst hat, während ich ihn nicht einmal berühren darf, weil mich mein Ego davon abhält.

Troy hat die Hände in den Hosentaschen vergraben und sieht mich von der Seite an. Dafür, dass er gerade in der prallen Sonne gearbeitet hat, sieht er viel zu gut aus. Seine gebräunten Unterarme stehen in starkem Kontrast zu seinem weißen Shirt und seine blonden Haare sind vom Schweiß leicht feucht. Sein folgendes Lächeln sieht allwissend aus. Dabei weiß ich ja selbst nicht, wieso ich dieses Thema anspreche. Ich kann unmöglich eifersüchtig auf Lucy sein, schließlich hat sie ebenfalls einen Platz in meinem Herzen.

»Wir waren mal ein Paar«, erklärt er in ruhigem Ton.

Und dann revidiere ich meine Gedanken: Ich verspüre sehr wohl ernst gemeinte Eifersucht in mir. Lucy ist eine wundervolle, hübsche Frau, die jeden Tag Tierleben rettet. Welcher Mann würde sich nicht in sie verlieben? Sie ist eine sexy Version von Mutter Theresa und wäre ich lesbisch oder bi, würde ich mich kaum anders verhalten als er.

»Ah, verstehe. Und wieso seid ihr nicht mehr zusammen? Sah aus, als wäre sie noch in dich verliebt.« Wieder beiße ich mir auf die Zunge, weil ich eindeutig zu viele Buchstaben zu Wörtern forme, die ich nicht in den Mund nehmen sollte. Es geht mich nichts an!

»Es hat einfach nicht gepasst. Sie wollte sich festlegen, eine Familie gründen und so was. Und ich war noch nicht so weit, also haben wir uns getrennt. Außerdem liegst du falsch, sie ist nicht mehr in mich verliebt. Wir sind schon seit mehreren Jahren Freunde.« Gott, Männer sind manchmal wirklich blind für eindeutige Zeichen.

»Doch, ist sie. Ich habe gesehen, wie sie dich angesehen hat. Außerdem kenne ich sie auch schon, seit sie das Tierheim für ihre Mutter leitet. So wie dich hat sie noch keinen anderen Mann angeguckt.«

Troy stellt sich mir in den Weg, sodass ich bremsen muss, wenn ich nicht gegen ihn prallen will. Wir stehen bereits vor seiner Wohnung und am liebsten würde ich einfach vergessen, dass ich dieses Thema überhaupt angesprochen habe.

»Und was wäre, wenn es stimmt?« Seine blauen Augen funkeln mich herausfordernd an, während ich versuche, seinen Blicken standzuhalten. *Wären sie doch nur nicht so verdammt schön.* Seine Iris wird von einem dunkelblauen Rahmen abgerundet, wobei das Blau in Richtung Pupille immer heller wird.

»Nichts. Ich meine ja nur«, stammle ich und verrate mich damit.

»Du bist eifersüchtig!« Triumph erscheint in seinem Gesicht wie ein großes, leuchtendes Reklameschild. Es erinnert mich an die bunten Farben im Casino. Eben dachte ich noch, dass er blind für Anzeichen ist, doch bei mir hat er die erstaunlich schnell gedeutet.

»Pah!« Ich verschränke die Arme vor der Brust. »Nur weil ich dich darauf aufmerksam mache, dass sie noch in dich verliebt ist, heißt das nicht, dass ich eifersüchtig bin.«

Troy macht einen Schritt auf mich zu und ich erstarre, weil er mir so nah ist. Ich müsste nur einen winzigen Schritt gehen und schon würde ich ihn berühren.

»Du hast auch keinen Grund. Immerhin darf ich dich nicht mal berühren, schon vergessen?« Er scheint Spaß daran zu haben, mich mit meiner Regel aufzuziehen.

Ich zucke mit den Schultern. »Als würde ich meine eigenen Regeln vergessen.« Mit diesen Worten stapfe ich ein wenig zu frustriert zur Eingangstür. Troys Lachen in meinem Nacken treibt mich zur Weißglut. Genau wie die Tatsache, dass er recht hat. Ich bin eifersüchtig und kann verdammt noch mal nichts dagegen tun.

Kapitel 8

Troy

»Wieso gibst du nicht einfach zu, dass ich recht habe?« Nachdem Molly wütend nach oben gestapft ist, hat sie die Tür hinter sich ins Schloss knallen lassen. Jetzt stehe ich amüsiert im Türrahmen zum Wohnzimmer und sehe ihr dabei zu, wie sie versucht, sich von der Wahrheit abzulenken. Ich habe sie entlarvt. Sie räumt das Schlafsofa auf, faltet ihre Decke penibel zusammen und schlägt Knicke in die Kissen, die man sonst nur aus schicken Möbelhäusern kennt. So ordentlich war die Wohnung noch nie und ich würde mich nicht unbedingt als Messi bezeichnen.

»Wieso verrätst du mir nicht endlich den Grund, aus dem du deinen Job vor mir verschwiegen hast, hm?« Sie sieht mich mit hochgezogenen Brauen an, als alle Kissen akkurat in einer Reihe stehen. Da sie die Wohnung nach dem Küchenchaos geputzt hat, bleiben ihr sonst keine Aufgaben, mit denen sie sich von der Wahrheit ablenken kann. Nämlich ihrer Eifersucht auf Lucy.

»Was meinst du damit?«, frage ich sie interessiert.

Molly deutet mit dem Zeigefinger auf mich, steigt mit ihren bunten Ringelsöckchen über den Couchtisch und bleibt vor meiner Nase stehen.

»Du hättest auch um den Tisch herumgehen können.« Ich lache.

»Das wäre nicht so dramatisch gewesen! Und jetzt lenke nicht ab. Ich weiß ganz genau, wieso du so ein Geheimnis daraus machst! Du denkst vielleicht, dass du der mysteriöse Typ bist, aber das bist du nicht. Nicht im Geringsten!« Dem Strahlen in ihren Augen nach zu urteilen, glaubt sie tatsächlich, dass sie auf der richtigen Spur ist.

»Sag es mir. Wieso verheimliche ich dir – deiner Meinung nach – meinen Job?« Normalerweise würde ich das Gespräch an dieser Stelle beenden, aber ich möchte zu gern wissen, was sie über mich denkt. Sie hat mir in der Gewitternacht viel über sich erzählt, während ich mich zurückgehalten habe.

Sie steht einen halben Meter vor mir und verschränkt die Arme vor der Brust. Dass sie dabei ihre Titten nach oben drückt und mir einen perfekten Blick in ihren Ausschnitt verschafft, merkt sie dabei nicht. Und mir sollte es egal sein.

Ist es aber nicht. Schon seit ich nach unserer Mehlschlacht über ihr gekniet habe, kann ich nicht aufhören, sie unter mir kommen zu sehen.

»Du bist der harte Kerl. Troy Chesterfield schleppt Frauen wie Autos auf privaten Parkplätzen ab, wenn ich Chase' Worten glauben kann. Und so ein Mann hilft dann in einem Tierheim aus?« Unter ihrer schwarzen Brille sehen ihre grünen Augen zu mir auf und die Herausforderung in ihrem Blick gefällt mir. Insgesamt gefällt sie mir schon viel zu gut, seit sie mir im Treppenhaus von Chase zum ersten Mal aufgefallen ist. Sie war erfrischend. Nicht verklemmt, sondern einfach sie selbst. Laut, wild und irgendwie anders.

»Und?«, hake ich grinsend nach. Noch immer habe ich keinen blassen Schimmer, worauf genau sie eigentlich hinauswill. Vermutlich weiß sie es selbst nicht einmal und will nur davon ablenken, dass sie eifersüchtig ist.

»Uuuuund das bedeutet, dass du in Wahrheit ein ziemlich netter Kerl bist. Du willst mir helfen, meinen Traum zu verwirklichen, und gehst sogar für mich einkaufen? Morgens um sieben? Du lässt mich hier für lau wohnen, obwohl du mir auch eine Stange Geld abknöpfen könntest, und das weißt du. Deshalb redest du auch nicht über das, was du beruflich machst. Weil niemand wissen soll, dass du dich um die Tiere sorgst. Weil alle glauben sollen, dass du eine verdammt harte Schale hast. Aber weißt du was? Die Männer mit den härtesten Schalen haben den weichsten Kern von allen. Ich bin schon einigen von deiner Sorte begegnet. Es war immer dasselbe.«

Gott, sie glaubt wirklich an ihren kleinen, lächerlichen Monolog. Ich könnte sie unterbrechen, aber ich mag es, wenn sie sich in Rage redet.

»Ich kann dich beruhigen. Ich sage niemandem, was für ein Goldstück du bist. Aber nur unter zwei Bedingungen!« Sie klatscht euphorisch in die Hände, während mir die Worte im Hals stecken bleiben. Sie stellt schon wieder Bedingungen an mich? Verdammt, ich habe mir eine Irre in die Wohnung geholt.

»Wie lauten die Bedingungen dieses Mal?«

Molly deutet auf das Sofa hinter sich, das man in diesem Zustand wirklich in ein Möbelhaus stellen könnte.

»Ich will in dein Bett.«

Mir klappt die Kinnlade herunter und ein verschmitztes Lachen kommt über meine Lippen. »Von mir aus – dann kann ich dir endlich zeigen, dass deine Regel scheiße ist.« Zwinkernd deute ich auf mein Schlafzimmer, aber innerlich weiß ich, dass sie die Bedingung ganz anders meinte.

»Ich will in dein Bett, allein! Wenn du nicht willst, dass ich jedem Menschen da draußen erzähle, was für ein Softie du bist, gibst du mir dein Bett. Ich meine, ich werde ohnehin nur ein paar Wochen hier wohnen und mein Rücken tut dank der Arbeit im Café so höllisch weh. Da du ja anscheinend ein Heiliger bist, kannst du einer Frau in Nöten wohl kaum einen Wunsch abschlagen.« Mit schmerzverzerrtem Gesicht reibt sie sich über den unteren Rücken, während ich versuche zu schnallen, dass sie das hier wirklich ernst meint und mein Bett für sich beanspruchen will.

»Was noch?«, frage ich sie knapp angebunden. Ich bin verrückt geworden, wenn ich tatsächlich darüber nachdenke, ihre Bedingung zu akzeptieren. Dabei liegt sie mit ihrer Annahme total daneben. Es ist mir scheißegal, ob die Leute wissen, dass ich kein Arschloch bin.

»Den Platz am Kühlschrank in der Küche. Immer wenn ich in der Zeitung lese und etwas brauche, muss ich extra dafür aufstehen und dann weiß ich nicht mehr, wo ich stehengeblieben bin und muss den ganzen Artikel von vorn anfangen. Du kannst einfach im Sitzen hineingreifen, das ist unfair, weil du nicht mal in die Zeitung guckst!«

»Gott, du bist wirklich komplett gaga im Kopf!«

Meine Worte treffen sie nicht im Geringsten. Stattdessen nickt sie nur zustimmend. »Ich habe mehr Gaga in mir als Lady Gaga in ihren verrücktesten Träumen. Also, was sagst du? Haben wir einen Deal?«

Es nervt mich, dass sie diejenige ist, die die Regeln hier aufstellt. Und trotzdem werde ich ihre albernen Bedingungen akzeptieren. Molly hat recht: Ich habe nicht nur einen weichen Kern, ich bin wie ein glibberiges, rohes Ei. Ich warte nur darauf, dass sie mich mit ihren zappeligen Beinen eines Tages zertritt.

»Nur, wenn du zugibst, dass du eifersüchtig auf Lucy bist«,

halte ich dagegen und verschränke jetzt auch meine Arme vor der Brust. Dieses Spiel kann nicht nur einer spielen.

Mollys Aufmerksamkeit wandert zu meinen Oberarmen und ich sehe, dass sie innerlich mit sich kämpft. Sie wird es sicher nicht zugeben.

Genervt verdreht sie die Augen. »Von mir aus. Ich bin eifersüchtig. Und jetzt gehört dein Bett mir!«

• • •

»Und wie ist es mit unserer verrückten Nudel unter einem Dach zu wohnen?« Chase liegt unter einem aufgebockten schwarzen Fiat, während ich mich auf die Reifenstapel setze und ihm zusehe. Die Nacht auf dem Sofa war bescheiden, es ist viel zu klein für mich. Molly hingegen sah heute Morgen nach der Nacht im Bett aus wie das blühende Leben. Sie kam singend aus dem Schlafzimmer, und das, obwohl sie sonst morgens nicht mal die Augen richtig aufbekommt. Ihre überschwänglich gute Laune ging leider nicht ganz auf mich über.

»Wie es läuft? Na ja, sagen wir so. Am ersten Abend ist sie nackt aus dem Bad spaziert, nachdem sie mir eine Reihe Regeln auf einen verdammten Einkaufszettel geschrieben hat. Und jetzt schläft sie in meinem Bett, während ich mich aufs Sofa quetsche. Ach, und den Platz am Kühlschrank hat sie sich auch noch unter die Nägel gerissen. Du siehst also, es läuft bestens«, höhne ich. Chase' Lachen ist tief und für meinen Geschmack etwas zu ernst gemeint. Ich weiß genau, was in seinem Kopf vorgeht, immerhin kenne ich den Kerl schon ewig.

»Du hast sie bei dir wohnen lassen. Ich hab dir doch immer gesagt, dass Molly besonders ist. Da musst du jetzt wohl durch.«

»Besonders trifft es gut«, murmle ich.

»Außerdem ist sie eifersüchtig auf Lucy, will aber auf der anderen Seite nicht mal, dass ich sie berühre. Ihre Regeln sind echt schräg.« Und trotzdem sind es genau diese Regeln, die das Ganze so interessant machen.

Bis jetzt hat mich noch nie eine Frau so herausgefordert wie sie. Die meisten Frauen, mit denen ich meine Zeit verbracht habe, haben mir aus der Hand gefressen. Molly ist anders. Ich habe das Gefühl, dass es bei uns umgedreht ist, ich fresse ihr aus der Hand.

Chase schiebt sich unter dem Wagen hervor, wirft einen dreckigen Lappen zur Seite und steht auf. Er hat ein bisschen zugelegt, seit er mit Brooklyn zusammen ist.

»Und wie läuft es bei dir und Eselchen? Ist es immer noch die eine große Liebe?« Ich klimpere mit den Wimpern, woraufhin Chase mir seinen vom Öl beschmierten Mittelfinger präsentiert.

»Ist es. Und wir beide sind der festen Überzeugung, dass Molly deine Brooke sein könnte.« Er zwinkert mir zu.

Weil ich keine Lust habe aufzustehen, schnappe ich mir einen Schraubenschlüssel vom Werkzeugwagen und werfe ihn nach meinem Kumpel. Er fällt klirrend vor ihm zu Boden.

»Und deine Reaktion ist Antwort genug!«, flötet er und macht sich wieder an die Arbeit. Während ich mir einrede, dass er nur Bullshit von sich gibt. Molly und ich? Ich wüsste nicht, wie das funktionieren sollte.

Kapitel 9

Molly

Seit einer Woche gehört Troys Bett schon mir und ich habe noch nie in meinem Leben so weich und bequem geschlafen. So muss sich eindeutig der Himmel anfühlen. Auch wenn Troy mir leidtut, weil das Sofa zu klein für ihn ist, bleibe ich stur. Solange er mir nicht den wahren Grund für seine Geheimniskrämerei verrät, soll er ruhig zappeln. Außerdem hat er mich quasi dazu genötigt, ihm meine Eifersucht einzugestehen, das hier ist also mehr als gerecht.

Ich steige aus dem Bett, schlüpfe in meine Kuschelsocken, die ich zu Hausschuhen umfunktioniere, und spaziere ins Wohnzimmer. Das Sofa ist leer, die Decke liegt ordentlich über der Lehne und von Troy fehlt jede Spur. Als ich im Badezimmer das Wasser in der Leitung rauschen höre, versuche ich nicht daran zu denken, wie er gerade nackt darunter steht. Ohne Erfolg. In meinem Kopf formen sich Bilder, die da absolut nichts verloren haben. Bilder von seinem muskulösen Oberkörper, auf dem das Wasser abperlt …

»Ich mache uns schon mal einen Kaffee!«, rufe ich ihm durch die Tür zu, um auf andere Gedanken zu kommen. Auf meinen weichen Socken gehe ich in die Küche und setze den Kaffee an.

Wir haben Mittwoch und ich muss erst mittags im Café sein, weil Brooklyn wieder fit ist und den Laden morgens meistens allein schmeißt, während ich die Schichten am Nachmittag übernehme.

Summend fülle ich unsere Tassen voll, verfeinere meinen Kaffee mit einem Schuss Hafermilch und lasse seinen so, wie er ihn immer trinkt. Schwarz wie die Nacht.

Die Badezimmertür schwingt mit einem lauten Knall auf.

»Wie hast du geschlafen?«, frage ich ihn gut gelaunt. In den letzten Tagen war ich ziemlich gut drauf, der Schlaf scheint mir gut zu tun. Mein Vermieter hat mich gestern angerufen und gemeint, dass die Handwerker gut vorankommen und ich mit Glück in zwei Wochen schon wieder nach Hause kann. Dabei hat sich mein Herz schmerzlich zusammengezogen. Mir gefällt es hier. Ich war nie der Typ Mensch, der gerne alleine wohnt, und zuhause erwartet mich niemand. Trotzdem weiß ich, dass es besser ist, wenn ich wieder mehr Abstand zu Troy gewinne und nicht mehr jeden Tag mit seinem hübschen Gesicht konfrontiert bin.

»Wie ein Baby!« Von dort, wo ich Troys Stimme erwartet hatte, ertönt eine helle Frauenstimme. Ich reiße die Augen auf, schiele um die Tür herum und entdecke eine Frau, die jetzt in Unterwäsche vor mir steht. Ihre Haut ist noch feucht von der Dusche, ihre blonden Haare reichen ihr bis zum Bauchnabel und sind an den Spitzen rosa eingefärbt.

»Ähm. Hi?« Wer zur Hölle ist das? In der letzten Woche konnte ich meine Eifersucht auf Lucy perfekt verdrängen, aber jetzt flammt sie dafür umso wilder auf. Diese Frau ist ein echter Hingucker. Ihre großen, hellblauen Augen sind von dunklen Wimpern umrahmt, ihre Wangenknochen könnten einem Model gehören und ihre Lippen sind voll und knallig rosa – selbst ohne Lippenstift. Sie sieht ohne Schminke so früh am Morgen perfekt aus. Wohingegen man mich morgens in ein Gruselkabinett stellen könnte.

»Hi! Schön, dich kennenzulernen! Ich hab schon viel von dir gehört.« Sie tritt auf mich zu und umarmt mich, was mich total aus der Bahn wirft. Sie ist schließlich halbnackt! Bei der Vorstellung davon, dass sie mit Troy auf diesem winzigen Sofa ... Unbeholfen lege ich meine Hände auf ihren nackten Rücken.

»Ich sollte mir mal was anziehen«, flötet sie, schnappt sich eine helle Reisetasche und zieht ein luftiges grünes Kleid hervor. Schließlich hüllt sie ihren Körper in den wunderschönen Stoff, der mit kleinen Eukalyptusblättern übersät ist.

»Ich will ja nicht unhöflich sein, aber ...«

»Oh Gott, entschuldige! Ich bin Tracy.« Sie grinst mich breit an und ich kann meine Augen nicht von ihrem hübschen Gesicht lassen. Kein Wunder, dass er sie mit nach Hause genommen hat. Selbst ich würde eine Frau wie sie nicht von der Bettkante schubsen.

»Also, du und Troy, ihr -«, stammle ich, weil ich keine Ahnung habe, wie ich sie danach fragen soll, ohne wie eine eifersüchtige Ziege zu wirken. *Sag mal, Tracy, bumst ihr zufällig öfter auf schmalen Sofas? Und ist das nicht verdammt eng?*

Tracy sieht mich angewidert an und ich verstehe gar nichts mehr. »Um Gottes willen, wie pervers wäre das denn? Ich bin seine kleine Schwester.«

Erdboden? Kannst du dich bitte öffnen und mich einsaugen? Gleichzeitig fällt eine Last von meinen Schultern und ich schaffe es, mich zu entspannen. Troy hat mir erzählt, dass er eine Schwester hat, aber ich habe mir ihren Namen nicht gemerkt. Nächstes Mal sollte ich mir einfach Notizen machen.

»Wie unangenehm. Ich dachte du wärst eins der Autos, die Troy so abschleppt.«

Wieder schüttelt sie angewidert den Kopf. »Da muss ich dich wohl enttäuschen. Wenn du mich fragst, ist mein Bruder ziemlich handzahm geworden. Den Abschleppdienst leitet er schon eine Weile nicht mehr, wenn du weißt, was ich meine.« Hinter vorgehaltener Hand spricht sie zu mir, als würde sie mir ein Geheimnis verraten. Auch wenn ich noch nie eine Frau hier in der Wohnung gesehen habe, bin ich davon ausgegangen, dass Troy unterwegs nichts anbrennen lässt. Die Erkenntnis, dass das nicht der Fall ist, sollte mich nicht erleichtern. Aber ich sollte schließlich auch nicht eifersüchtig sein. Vor allem nicht auf seine Schwester.

»Ich bin nur für zwei Tage hier, weil ich mir eine kleine Ausstellung in der Stadt ansehe. Mein Boss will ein paar neue Kunstwerke kaufen und hat mich hergeschickt, also dachte ich, dass ich meinen Besuch direkt mit einem Abstecher zu meinem Bruder verbinden kann. Mein Zug kam erst vor einer Stunde hier an und ich brauchte dringend eine Dusche. Ich hoffe, ich störe dich nicht.« Sie ist das genaue Gegenteil von Troy. Er ist zwar auch nicht auf den Mund gefallen, spricht aber nicht ansatzweise so viel und schnell wie Tracy. Ich mag sie auf Anhieb, auch wenn ich sie eben noch für eine seiner Bettgeschichten gehalten habe.

»Natürlich nicht! Du kannst auch gern das Bett haben, wenn du willst.« Obwohl ich dann vermutlich auf dem Boden schlafen muss und das Bett doch gerade erst für mich gewonnen habe.

»Quatsch. Ich hab schon an den ungewöhnlichsten Orten geschlafen, glaub mir. Außerdem kann Troy auf dem Boden pennen, er hat mich als Kind oft genug geärgert!« Tracy holt ihr Handy heraus und tippt eilig etwas hinein. Dann wirft sie es aufs Sofa und schenkt mir wieder ihre volle Aufmerksamkeit. »Ich habe noch zwei Stunden Zeit, bis ich in die Ausstellung muss. Hast du vielleicht Lust, mich zu begleiten? Wir könnten was essen gehen, wenn du willst.« Eigentlich hatte ich vor, den Vormittag nur mit ein paar Podcastfolgen auf dem Sofa zu verbringen, aber das kann ich auch an jedem anderen Tag im Jahr machen. Außerdem ist Tracy die perfekte Quelle, um mehr über ihren Bruder herauszufinden. Wenn Troy wie ein verschlossenes Buch ist, muss ich eben Umwege gehen, um die ersten Seiten zu lesen.

»Ich kenne da ein Café, das den allerbesten Kuchen anbietet! Was meinst du?«

»Das klingt wundervoll! Ich lege mir nur ein bisschen Make-up auf, dann können wir los.« Am liebsten würde ich ihr sagen, dass sie das gar nicht nötig hat, beiße mir aber auf die Lippe und lasse sie ins Bad tanzen.

• • •

»Verdammt, du hast nicht untertrieben! Das ist der beste Kuchen, den ich je gegessen habe! Und den hast du echt allein gemacht?« Tracy stopft sich den Heidelbeerkuchen in die Backen und spült alles mit einem warmen Kakao herunter. Brooklyn bedient derweil zwei andere Kunden und Ghost, der mittlerweile zu unserem weißen, flauschigen Maskottchen geworden ist, liegt unter unserem Tisch. Anfangs hatte ich Angst, dass sich die Kunden über ihn beschweren würden, aber fast alle, die herkommen, lieben ihn.

»Das ist ein Rezept meiner Mutter. Sie hat den Laden hier vor etlichen Jahren eröffnet und ich arbeite für sie.« Beim Gedanken an meine Mom wird mir warm und kalt zugleich. Warm, weil mich das Bild ihrer strahlenden Augen immer glücklich macht, und kalt, weil ich jeden Morgen mit einer Schreckensnachricht rechne. Damit, dass der Krebs zurück ist und der Kampf in die zweite Runde geht. Jeder Morgen, an dem kein verpasster Anruf von ihr oder dem Krankenhaus auf meinem Handy auf mich wartet, ist ein guter Morgen.

»Wahnsinn, wirklich. Kein Wunder, dass Troy dich bei sich wohnen lässt. Dich muss man einfach lieben.« Genüsslich schiebt sie sich noch eine Gabel in den Mund, und als ich aus dem Augenwinkel Brooke sehe, die uns zuhört, verdrehe ich die Augen. Sie nickt zustimmend und ich weiß genau, worauf sie wieder hinauswill. Jedes Mal, wenn wir telefonieren oder uns auf der Arbeit sehen, will sie wissen, wie es mit Troy läuft. Langsam gehen mir die Standardphrasen aus.

»Hat er irgendwas in die Richtung erwähnt?«, hake ich leise nach, damit Brooke davon nichts mitbekommt. Tracy nippt am Kakao, und als sie die Tasse absetzt, hat sie einen süßen Milchbart über ihrer Oberlippe. Sie wischt ihn mit dem Unterarm weg. Mittlerweile sind ihre Haare getrocknet und fallen in leichten rosa-blonden Wellen über ihre Brüste. Man sieht nicht wirklich, dass sie Geschwister sind, aber in ihrer Schönheit steht sie Troy in Nichts nach.

»Er hat erzählt, dass du frischen Wind in sein Leben bringst. Und das ist für Troys Verhältnisse schon echt viel! Normalerweise spricht er mit mir nicht über so was.«

»Er ist nicht der offenste Mensch, oder?« Dabei kenne ich die Antwort schon. Immer wenn ich etwas Persönliches über ihn wissen will, wechselt er schnell das Thema oder muss weg.

Tracy spielt mit dem Papier des kleinen Bonbons, das jeder zum Kakao serviert bekommt. Ihres hatte sie innerhalb von zwei Sekunden verputzt. »Wenn du mich fragst, hat er manchmal echt einen Stock im Arsch. Aber er hatte es auch nicht so leicht mit mir. Unsere Mutter hat sich nie wirklich um uns gekümmert, ihr war ihre Karriere als Schauspielerin immer wichtiger. Also hat er nicht nur die Vater-, sondern auch die Mutterrolle für mich übernommen. Das hat ihn etwas einstauben lassen.«

Als sie mir so unverfroren von ihrer Vergangenheit erzählt, fühle ich mich plötzlich schlecht. Ich sollte nicht hier sitzen und seine Schwester nach ihm ausfragen. Trotzdem bin ich froh zu wissen, wieso er sich so verhält und dass es anscheinend nichts mit mir zu tun hat. Oder damit, dass ich mich damals nicht mehr bei ihm gemeldet habe.

»Er hat mir noch nicht viel erzählt. Weder über sich noch über seine Familie. Und ich will ihn auch nicht in die Ecke drängen, aber über mich weiß er schon so viel.« Zu viel. Er weiß sogar von meiner allergrößten Angst und von der erzähle ich sonst nur meinen festen Partnern.

»Gib ihm ein bisschen Zeit.«

»Werde ich«, antworte ich wie aus der Pistole geschossen. Sekunden später taucht Brooke an unserem Tisch auf, zieht sich einen Stuhl zurück und setzt sich. Da die Gäste mittlerweile gegangen sind, sind wir alleine im Café.

»Also, worum geht es? Darum, dass Molly und Troy perfekt zusammenpassen?« Ihre Sticheleien werden immer offensiver, und langsam glaube ich, dass sie sich nur an mir rächen will, weil ich dasselbe mit Chase und ihr gemacht habe. Verdammt, ich sollte mich in Zukunft echt zügeln, wenn ich nicht in die Schusslinie geraten will.

»Oh ja. Sie wären sicher ein süßes Paar!« Tracy hat sofort Blut geleckt, während ich auf dem Stuhl nach unten rutsche, den Kopf in den Nacken lege und die Augen schließe. Vielleicht findet dieses Gespräch nicht statt, wenn ich mich ganz fest hier wegwünsche. Doch dann beginnen Tracy und Brooke eine Pro- und Kontraliste zu erstellen und ich weiß, was hier los ist: Ich bin Opfer meiner eigenen Strategien geworden.

Kapitel 10

Molly

Tracy, Troy und ich sitzen am Abend in der Wohnung und verspachteln zwei riesige Pizzen, die Tracy auf dem Weg vom Museum hierher gekauft hat. Als ich den letzten Bissen herunterwürge, weil ich heute ohnehin schon viel zu viel gegessen habe, werfe ich mich rücklings in den Sessel und halte mir vor Schmerzen den Bauch. Ich bestehe nur noch aus Dinkelteig, Tomatensauce und Käse.

»Und, hast du im Museum ein paar Stücke für deinen Chef gefunden?« Troy sitzt auf dem Sofa, das seit einigen Nächten sein Bett ist, und Tracy hockt im Schneidersitz auf dem Boden. Während wir beide vor Teig und Belag platzen, schaufelt sie sich auch noch das letzte Stück in den Rachen. Sie kaut genüsslich und denkt nicht mal daran herunterzuschlucken, bevor sie ihm antwortet.

»Näh. Die meisten Sachen waren wirklich schräg. Und du weißt, was es bedeutet, wenn ausgerechnet ich das sage. Mein Boss liebt verrückte Kunstwerke. Die merkwürdigsten Skulpturen will er haben, aber das war echt weit entfernt von unserer Kunstdefinition. Es war die reinste Zeitverschwendung.« Sie klappt den

Pizzakarton auf ihrem Schoß zu und schiebt ihn achtlos zur Seite. Ihre fettigen Finger wischt sie an ihrem Kleid ab.

»Aber das ist kein Problem. Immerhin konnte ich so mein Bruderherz besuchen und seine Freundin kennenlernen«, sagt sie mit immer noch vollem Mund. Auch nach einem Tag in der prallen Sonne und mehr Torte, als in einen Menschen ihrer Größe passen kann, sieht sie noch blendend aus.

»Wir sind nicht -«, stammelt Troy, und ich stimme direkt mit ein. Mit eindeutig mehr Elan als er. Bei ihm klingt es zögernd, bei mir eher wie ein Aufschrei.

»Jaja, ich weiß. Kein Paar und so. Aber ich bin nicht die Einzige, die es sich vorstellen kann.« Tracy zwinkert uns zu, während ich am liebsten ins Bad rennen und meinen gesamten Mageninhalt wieder auskotzen würde. Keine Ahnung, wieso dieses lästige Thema heute immer wieder zur Sprache kommt.

Aus dem Augenwinkel kann ich sehen, dass Troy einen Punkt in der Leere anstarrt, und als er meine Blicke bemerkt, sieht er mich mit undefinierbarem Ausdruck an. Fast, als würde er durch mich hindurchsehen. Keiner sagt mehr etwas und Tracy bricht das Eis, indem sie den Kuchen aus der Handtasche holt, den sie aus dem Café mitgenommen hat.

»Wie kannst du nach einer Familienpizza immer noch essen, ohne zu sterben? Mir ist kotzübel und ich habe nur halb so viel gegessen wie du!«, frage ich sie lachend, doch jedes Lachen sorgt dafür, dass mein Magen rumort. Also verstummt es schnell wieder und ich kralle mich im Sesselstoff fest.

»Tracy konnte schon immer wie ein Mähdrescher essen. Vor ihr war nichts sicher und trotzdem hat sie nie zugenommen. Alle Mädchen in der Schule haben sie dafür gehasst.« Troy grinst dämlich. Und ich finde dieses Grinsen viel zu schön, weil es jedes Mal ein Grübchen auf seiner Wange entstehen lässt, das gar nicht zu seinem sonst männlichen Aussehen passt. Die Fältchen an seinen Augen könnten hingegen kaum mehr nach männlichem Sexappeal schreien. Schnell schiebe ich die Gedanken beiseite. Zumindest, bis ich nachher wieder in seinem Bett liege und durch das Laken seinen Geruch inhaliere. Ich hätte es direkt am ersten Tag wechseln sollen, stattdessen hat mir sein Duft beim Einschlafen geholfen.

»Verständlich. Ich hasse sie auch dafür!«, werfe ich in die Runde. Sie scheint sich davon nicht beirren zu lassen, stattdessen beißt sie seufzend – und ohne Besteck zu benutzen – in die Torte hinein. Ihre Augen schließen sich und sie legt den Kopf in den Nacken, während ihr ganzer Mund voller Schokolade ist. Wüsste ich nicht, dass sie eine erwachsene Frau ist, würde ich sie für ein kleines Mädchen halten.

»Verdammt, der ist ja noch besser als der heute Vormittag!« Ihr Quieken macht mich glücklich und stolz. Jedes Mal, wenn meine Torten den Kunden ein Seufzen entlocken, zahlen sich die Nächte aus, in denen ich an den Rezepten gearbeitet habe. Viele davon habe ich gemeinsam mit meiner Mutter kreiert. Immer wenn sie Urlaub hatte, haben wir die Tage genutzt, um kreativ zu werden. Diesen Kuchen haben wir *Mothers Heaven* getauft. Es ist eine Kirschtorte mit Zartbitter-Schokoglasur.

»Molly würde gern eine Konditorei eröffnen.«

Mir klappt die Kinnlade herunter, während Troy dieses Geheimnis herausposaunt, als wäre nichts dabei. Ich schleudere ihm wütende Blicke entgegen, aber er scheint sie nicht einmal zu bemerken.

»Das solltest du wirklich. Ich habe noch nie etwas so Leckeres gegessen und ich wohne immerhin in London. Die Auswahl da ist verdammt riesig und du weißt ja jetzt, wie gerne ich esse. Es gibt kaum ein Café, das ich noch nicht ausprobiert habe. Bis jetzt kann da definitiv nichts mithalten.« Dass sich die beiden einig sind, macht es nicht gerade besser. Ich habe Troy erzählt, dass es ein alberner Traum ist, den ich niemals leben werde. Wieso belässt er es nicht einfach dabei?

»Wo wir gerade davon sprechen – ein Freund kennt jemanden, der ein Gebäude verkauft. Die Lage ist perfekt.«

Auch wenn ich es nicht sollte, werde ich hellhörig. Wieder schiele ich zu Troy hinüber, der durch sein Handy scrollt, es mir zuwirft und darauf deutet. Mit zitternden Fingern nehme ich es an mich und sehe mir das Bild an, welches in seiner Galerie geöffnet ist. Es ist ein Haus mit hübscher, grüner Fassade, direkt am Fluss. Ich erinnere mich daran, dass mir dieses Gebäude schon früher ins Auge gestochen ist, weil es von außen so filigran und besonders aussieht. Es ist nicht allzu weit vom Café entfernt und ich wäre auch viel näher an der Wohnung meiner Mutter.

Einen Moment lang schwelge ich noch in meinen Gedanken, schüttle aber anschließend den Kopf und werfe ihm das Handy zurück aufs Sofa. »Netter Versuch. Aber du weißt, dass ich nicht kann.«

»Und wieso nicht?« Tracy hat mittlerweile den gesamten Kuchen verputzt und sieht immer noch wie das blühende Leben aus. Ich würde es nicht wagen, ins Bad zu gehen, um meinem Spiegelbild gegenüberzutreten. Vermutlich hängt noch Tomatensoße in meinen Haaren.

»Weil meine Mutter krank und das Café unser gemeinsamer Laden ist. Ich werde sie nicht im Stich lassen, egal, was ihr sagt.« Plötzlich werde ich wieder wütend, auch wenn ich weiß, dass sie nichts dafürkann. Und Troy … Troy im Grunde genommen auch nicht. Schließlich versucht er nur, mir zu helfen.

Sie hebt abwehrend die Hände in die Luft, und sofort tut es mir leid, sie so angefahren zu haben. »Ich verstehe das.« Ihr Lächeln ist warm. »Aber vielleicht kannst du dir das Gebäude ja wenigstens mal ansehen. Dann kannst du immer noch nein sagen.« Sie wischt sich die schmierigen Finger erneut an ihrem Kleid ab und wirft einen Blick auf die Uhr. »Mist! Ich habe doch noch eine Verabredung. Ihr müsst mich entschuldigen.« Wie ein Wirbelwind stürmt sie zur Tür, steigt in ihre Boots und richtet sich ihre wilden Haare mit den Fingern. Dabei fungiert das Fett an ihren Händen als perfektes Stylingprodukt.

»Eine Verabredung? Mit wem?« Troys Stimme ist dunkel und ich frage mich, ob er gerade nur den großen Bruder raushängen lässt oder sauer auf mich ist, weil ich dem Gebäude keinen wirklichen Blick geschenkt habe.

»Ach, so ein Typ aus dem Pizzaladen. Er hat mich gefragt, ob ich was trinken gehen will und du weißt ja, ich bin immer für einen Drink zu haben. Vor allem in so kleinen, hübschen Städten wie dieser.« Ihre himmelblauen Augen funkeln amüsiert auf.

»Du bist einen Tag hier und hast direkt ein Date? Hut ab!« Ich hebe meinen Daumen in die Luft. Vor einem halben Jahr war ich wie Tracy. Genau genommen war ich sogar noch vor zwei Monaten wie sie. Irgendwie vermisse ich es, mich mit Männern zu treffen. Auf der anderen Seite hingegen weiß ich, dass ich ohnehin nur die größten Idioten anlocke und davon hatte ich gewiss schon genug. Wenn ich eine Beziehung nennen müsste, die kein Desaster war, würde ich mies dastehen, weil mir keine einfällt. Ich habe zu lange Zeit mit mir spielen lassen und mein Glück in einem Mann gesucht, anstatt es in mir zu finden.

»Tja, nicht nur ein Familienmitglied der Chesterfields betreibt einen Abschleppdienst.« Tracy zwinkert mir wegen des Insiders zu, während ich inständig hoffe, dass Troy mich darauf nicht anspricht. Er soll nicht wissen, dass ich mit ihr über sein Sexleben geredet habe. Sie wirft uns beiden einen Luftkuss zu und ist dann so schnell wie Flash aus dem Wohnzimmer und der Wohnung verschwunden. Was von ihr bleibt, ist der leicht sommerliche Geruch ihres Parfums.

Langsam gewöhnt sich mein Magen an die Fülle, aber weniger schlecht ist mir deshalb nicht. Immerhin spüre ich Troys Blicke auf meiner Haut, als wären sie kleine Nadeln, die mich stechen.

»Was?«, frage ich ihn gereizt, dabei hat er nichts getan. Er sitzt lässig auf dem Sofa und sieht verboten gut aus. Sein Oberkörper steckt in einem enganliegenden schwarzen Hoodie und sein Bart ist in den letzten Tagen voller geworden.

»Wieso hast du solche Angst davor, etwas zu wagen?«

Seine ehrliche Antwort reißt mir den Boden unter den Ringelsocken weg. Oder besser gesagt: Den Sessel. Ich will etwas erwidern, aber wirkliche Worte kriege ich nicht zusammen. Stattdessen verlässt meinen Mund nur ein ziemlich erbärmliches Stammeln.

»Ich meine – das Gebäude gefällt dir. Ich habe deine Augen gesehen, als du das Bild angeguckt hast. Und so eine Chance kriegt man nicht jeden Tag.«

»Es ist okay«, lüge ich. Es wäre von der Lage wirklich perfekt. Und in meinen Gedanken male ich mir schon aus, wie ich da meiner Kreativität freien Lauf lassen kann. Früher hatte ich vor, neben der Arbeit im Café Torten für Anlässe anzubieten, aber zeitlich war es nie möglich. Selbst mit Brooke als Hilfe habe ich gerade so genug Zeit, um die ganzen Sachen für das Tagesgeschäft zu backen. Ein zweites Standbein wäre schier unmöglich, ohne mich in ein Burn-Out zu reißen.

»Du hast Angst«, wiederholt er seine absurden Worte. Immer wenn ich wahrhaftige Angst verspürt habe, ging es um die Gesundheit meiner Mutter. Das hier macht mir keine Angst, ich bin einfach nur realistisch. Realismus bewahrt mich vor Enttäuschungen.

»Ich habe keine Angst«, sage ich etwas zu schnell.

»Dann geh das Gebäude morgen ansehen. Ich kann dir einen Besichtigungstermin machen. Mein Kumpel kennt den Verkäufer ziemlich gut und könnte dafür sorgen, dass du die Erste bist, die es sieht. Dann hättest du gute Chancen.«

Das Angebot klingt eindeutig zu verlockend. Und ich weiß, dass ich von verlockenden Sachen lieber die Finger lassen sollte, wenn ich mich nicht wieder verbrennen will. So wie ich von diesem Mann neben mir die Finger lassen muss, wenn ich keine weiteren Narben mehr in Kauf nehmen möchte.

»Siehst du? Soll ich dir was sagen? Angst ist wirklich der allerschlechteste Ratgeber. Du behauptest, dass du keine Angst hast. So wie du behauptet hast, nicht eifersüchtig auf Lucy zu sein.«

Dass er mich nur anstacheln will, weiß ich. Und er hat Erfolg. Ich springe aus dem Sessel, bereue es aber Sekunden später bereits, weil mein Magen dafür noch nicht bereit war. Es fühlt sich an, als würde er zehn Kilo wiegen und mich nach unten Richtung Hölle ziehen. »Glaub mir, die Eifersucht ist mittlerweile nach Afrika ausgewandert!« *Lüge.* Immerhin habe ich erst heute Morgen diesen ekligen Stich in meiner Herzregion verspürt, als Tracy halbnackt aus dem Bad kam. Als ich dachte, dass er sich mit dieser Schönheit auf dem Sofa vergnügt hat.

»Außerdem hast du behauptet, dass Lucy nichts von dir will«, ergänze ich. »Und das hat auch nicht gestimmt.«

»Will sie ja auch nicht. Ich könnte es ihr nicht verübeln, aber sie will nichts mehr von mir.« Wie kann er das wirklich glauben? Der Kerl scheint wirklich keine intakten Augen im Kopf zu haben. Ich frage mich, wie etwas, das so schön ist, so miserabel funktionieren kann.

»Du bist wirklich blind auf beiden Augen.« Ich lache und steuere das Schlafzimmer an. Keine Ahnung, was ich um sieben Uhr abends schon im Bett will, aber ich muss hier weg, bevor ich mich noch auf ihn stürze und meine Regel breche, weil ich ihn verprügle.

Troy sitzt immer noch wie die Coolness in Person auf dem Sofa. »Und du bist ein Angsthase.«

Normalerweise mag ich es, wenn Männer mich herausfordern, aber im Moment kann ich auf diese Herausforderungen gern verzichten. »Und du ein Idiot!«, brülle ich zurück und verschwinde dann in meinem Zimmer. Doof nur, dass alles hier drin nach ihm schreit. Ich schmeiße mich auf Troys Bett, werfe mich in die Kissen und will laut fluchen, weil alles hier drin nach ihm riecht.

•••

In der Nacht habe ich kaum ein Auge zubekommen, weil mir Troys Angebot nicht mehr aus dem Kopf gegangen ist. Immer wieder habe ich mich von einer Seite zur anderen gewälzt, habe ihn verflucht und war dankbar zur selben Zeit. Dementsprechend gerädert bin ich, als ich die Tür morgens öffne. Ich will gerade ins Wohnzimmer schleichen, als ich über einen Zettel auf dem Boden stolpere. Eilig hebe ich ihn auf und erkenne sofort seine Schrift.

Das ist die Adresse vom Gebäude. Der Verkäufer wartet um zehn Uhr auf dich. Entweder du gehst hin oder nicht. PS: Ich dachte, du bestehst darauf, mehr über meinen Job zu erfahren. Dabei weißt du anscheinend schon längst, dass ich ein Abschlepper bin 😉

Selbst durch seine geschriebenen Buchstaben kann ich die Arroganz hören. Meine Zähne knirschen, so fest beiße ich sie zusammen. Vermutlich ist das alles nur seine Taktik. Er will, dass ich die Beherrschung verliere und ihm eine knalle. Dass ich mich auf ihn stürze und alles über Bord werfe.

Doch so verlockend der Gedanke auch ist – ich kann nicht aufhören, die darunter stehende Adresse anzustarren. Was hätte ich schon zu verlieren, wenn ich mal einen Blick hineinwerfe? Vermutlich ist das Haus ohnehin viel zu teuer für mich und somit jenseits von allem Möglichen.

Ich schiele um den Türrahmen herum ins Wohnzimmer und muss lachen, als ich Tracy sehe, die seltsam verrenkt auf dem Sofa liegt. Ihre Haare sind ein reines Chaos und ihre Schminke klebt überall in ihrem Gesicht. Die Decke liegt zusammengeknüllt am Boden. Sieht aus, als wäre die Nacht mit dem Mann aus dem Pizzaladen ziemlich hart gewesen. Lächelnd schließe ich die Tür, damit sie in Ruhe ausnüchtern kann, gehe zurück ins Zimmer und überlege mir, was ich anziehen will, falls ich tatsächlich zu diesem Termin gehen sollte.

• • •

Eine Stunde später stehe ich pünktlich vor dem grünen Haus direkt am Great Ouse River. Ich habe mich nach langem Überlegen für einen grünen Bleistiftrock und eine weiße Bluse entschieden. Das Gebäude ist wirklich traumhaft. Die Fassade strahlt in einem edlen Mintgrün und die Fensterläden runden das Gesamtbild mit einem dunklen Tannengrün ab. Kleine Säulen ragen an der Treppe empor bis zur Überdachung des Eingangs. Schweiß bildet sich in meinen Handflächen und an meiner Stirn, weil ich absolut keine Ahnung habe, was ich hier eigentlich mache. Ich sollte auf dem Weg zur Arbeit sein und nicht hier.

Doch als ich gerade fliehen will, wird die Tür von einem älteren Herrn geöffnet. Der Mann mit den grauen Haaren trägt einen edlen braunen Anzug, hat ein Klemmbrett unter dem Arm und reicht mir die Hand.

»Sie müssen Miss Adams sein! Mein Name ist Sam Walker. Kommen Sie rein!« Meine Hand rutscht aus seiner, weil sie so nass ist, und dann tipple ich in meinen Pumps die Treppe hinauf und betrete das Haus. Es dauert nur wenige Sekunden und Blicke in jede Richtung, bis ich mich in den Stil verliebe. Es ist ein kleiner, schnuckeliger Raum, der die perfekte Größe für mein Vorhaben hat. Anscheinend war hier mal eine Bäckerei drin, der ehemalige Tresen schreit förmlich danach, dass hier mal frische Brötchen und warmes Brot verkauft wurden. Fast ist es, als könnte ich noch den Geruch der frischen Backwaren wahrnehmen.

»Das Haus wurde erst vor zwei Jahren komplett renoviert und sucht jetzt nach einem neuen Besitzer. Es gibt einige Interessenten, die es sich ansehen möchten.« Der Mann führt mich durch den Laden mit dem wunderschönen, dunkelbraunen Holzboden, an der Theke vorbei, an der ich mich schon meine Kunden bedienen sehe, und anschließend in die Küche, die mit einer Durchreiche versehen ist, sodass man den Laden immer im Blick hat. Als hätte Troy genau gewusst, was ich innerlich schon seit Jahren gesucht habe. Es hat einen ganz speziellen Charme.

Die Küche ist mit allem ausgestattet, was man sich vorstellen kann, und als ich den modernen Ofen sehe, läuft mir beinahe das Wasser im Mund zusammen. Allein die Vorstellung, welche Torten ich hier kreieren könnte, sorgt für Schmetterlinge in meinem Bauch. Bei dem Backofen im Café kann ich von Glück reden, dass er nach so vielen Jahren noch nicht den Geist aufgegeben hat. Ich fahre mit den Fingern über die Arbeitsplatte der hellen Küche und verliebe mich mit jeder Berührung der Schränke und Türen nur noch mehr.

Troy hatte recht. Dieses Gebäude ist wirklich perfekt und hat alles, was ich mir immer erträumt habe. Meine Knie sind weich und ich versuche wirklich, mich auf den Verkäufer und seine Informationen zu konzentrieren, aber ich bin zu überwältigt von dem Charme dieser vier Wände.

Nachdem er mich noch über den – viel zu erschwinglichen – Verkaufspreis in Kenntnis gesetzt hat, lasse ich den Blick durch den Laden schweifen. Man hat durch die großen, sonnendurchfluteten Fenster einen einwandfreien Blick auf den Fluss und die Schwäne. Es gäbe nichts Schöneres, als die Mittagspausen auf dem Steg zu verbringen.

»Also, was sagen Sie, Miss Adams? Gefällt es Ihnen?« Der Verkäufer tätschelt meine Schulter, damit ich ihm meine Aufmerksamkeit schenke und aus meinem Tagtraum aufwache. Erst will ich einfach sagen, dass ich es nehme. Dass ich auf meine Prinzipien scheiße und dieses Haus kaufen werde, egal, welche Hürden mir dabei im Weg stehen. Doch dann schließe ich die Augen und denke an meine Mutter. Daran, dass sie alles auf mich gesetzt hat, als sie krank wurde. Ich kann sie nicht im Stich lassen. Nicht mal für ein perfektes Angebot wie dieses.

»Es ist wirklich schön. Ich werde noch ein paar Nächte darüber schlafen und mich dann bei Ihnen melden.« Tränen brennen in meinen Augen, von denen ich auf keinen Fall will, dass er sie sieht.

Eilig steuere ich den Ausgang an, reiße die Tür auf und stürme die Treppe hinunter. Als ich das Gebäude hinter mir lasse, kann ich die Tränen nicht länger zurückhalten. Wie kleine Bäche rinnen sie über meine Wangen.

Troy hat es gewusst. Ich habe Angst. Eine Angst, die eindeutig stärker ist als mein Traum. Und ich bemerke erst jetzt, wie traurig das eigentlich klingt.

Kapitel 11

Troy

»Ich bin dir wirklich so dankbar. Der Wetterbericht hat für heute schon wieder den nächsten Sturm angesagt und ich weiß nicht, was ich getan hätte, wenn das Dach nicht fertiggeworden wäre. Die Katzen konnten zwar jetzt im Schuppen unterkommen, aber wenn ein Gewitter aufzieht, will ich sie ungern da drin lassen.« Lucy räumt gerade einige Hundespielzeuge in das Regal neben dem Schreibtisch. Sie trägt eine enganliegende schwarze Röhrenjeans und das olivfarbene Shirt des Tierheims. Sie lebt für diesen Traum, seit sie ein kleines Mädchen war, und ich habe sie immer für ihr Engagement bewundert. Es ist ihr egal, dass sie sich kaum über Wasser halten kann, um alle Kosten im Tierheim zu decken. Für sie zählte nur, dass sie hier ihre Berufung gefunden hat.

»Kein Problem. Ich hatte sowieso heute einen freien Tag und nichts anderes zu tun.« Versunken blättere ich in einer Zeitschrift auf ihrem Arbeitsplatz und setze mich seitlich auf die Tischplatte. Schon als wir noch ein Paar waren, habe ich hier immer wieder ausgeholfen, und deshalb fühlt es sich hier fast wie ein Zuhause für mich an.

»Gerade deshalb bin ich dir ja so dankbar.« Lucy lässt die letzten Spielzeuge ins Regal wandern, kommt um den Schreibtisch herum und stellt sich vor meine Nase. Ihre schmalen Finger greifen nach der Zeitschrift, sodass ich Sekunden später mit leeren Händen dastehe. Nachdem sie das Heft zur Seite gelegt hat, sieht sie mich intensiv an.

Lucy ist eine der schönsten Frauen, mit denen ich je zusammen war. Ihre Haut ist makellos, ihre Augen sind wahnsinnig groß und ihre Lippen ... Kurz lasse ich den Gedanken zu, was sie mit denen alles angestellt hat. Nach außen hin wirkt sie wie die schüchterne Tierliebhaberin, aber sie kann auch ganz anders sein. Und ich sollte definitiv nicht mehr über diese Seite an ihr nachdenken.

»Und wenn du heute eh frei hast ... wollen wir dann vielleicht etwas essen gehen, bevor die Welt wieder einmal untergeht? Morgen werden sicher alle Restaurants damit beschäftigt sein, das Chaos zu beseitigen.« Sie senkt schüchtern den Blick. Ihre Wangen glühen rosa und mir fallen wieder Mollys Worte ein. *Und wieso seid ihr nicht mehr zusammen? Sah aus, als wäre sie noch in dich verliebt.*

Ich habe es vehement abgestritten, aber jetzt sehe ich es glasklar vor mir. Und auch wenn ich sie damals wirklich geliebt habe, kann ich mir unmöglich vorstellen, noch mal was mit ihr anzufangen. Die Beziehung war aufregend, aber irgendwann war mir klar, dass wir eigentlich immer nur Freunde waren, die einfach so zusammen in der Kiste gelandet sind. In allen anderen Bereichen hatten wir viel zu unterschiedliche Vorstellungen vom Leben. Sie wollte Kinder, ich nicht. Sie wollte heiraten, ich nicht. Sie hatte ihren Traum erfüllt und ich trat auf der Stelle.

»Ich weiß nicht, ob das so eine gute Idee ist«, antworte ich ehrlich.

Lucy weicht meinem Blick aus und winkt mit der Hand ab, als wäre es keine große Sache, dass ich ihr gerade einen Korb gegeben habe. »Du hast recht. Außerdem sollte ich die Zeit lieber sinnvoller nutzen und das Gelände sturmsicher machen. Letztes Mal war ich nicht gut genug auf den Sturm vorbereitet.« Wie eine Ameise beginnt sie, das Büro direkt vor meiner Nase aufzuräumen, obwohl es ohnehin immer sauber hier drin ist und nie etwas am falschen Platz liegt.

»Ich werde dann mal meinen Kram holen. Sollte das Dach heute Nacht wieder einen Schaden davontragen, ruf mich morgen direkt an, ja? Dann komme ich vorbei, bevor ich meinen nächsten Auftrag anfange.« Ich will ihr zum Abschied einen Kuss auf die Schläfe geben, aber Lucy wendet sich von mir ab. Fuck. Molly lag goldrichtig mit ihrer Vermutung. Und die Vorstellung, dass sie recht hat, gefällt mir ganz und gar nicht, weil sie mich ohnehin schon viel zu sehr in der Hand hat.

• • •

Ich räume gerade mein Werkzeug zusammen, als ich ein fröhliches Lachen aus dem Bereich hinter dem Gebäude höre. »Balou, du warst aber auch schon mal schneller! Was ist los? Bist du echt so eingerostet?«

Molly.

Ich muss nicht hinsehen, um zu wissen, dass sie es ist. Ihre Stimme begleitet mich schließlich schon seit mehreren Wochen jeden Tag. Seit ich ihr von dem Verkauf des Ladens am Fluss erzählt habe, haben wir uns nicht mehr darüber unterhalten. Weder weiß ich, ob sie zur Besichtigung gegangen ist, noch, ob sie überhaupt Lust hat, die ersten Schritte zu gehen. Weil ich ihr deshalb nicht ständig in den Ohren liegen will, habe ich das Thema bis jetzt einfach totgeschwiegen, auch wenn mir so viele Fragen auf der Zunge brennen.

Ich lasse meine Sachen am Boden liegen, gehe zu der großen

Eiche neben dem Stall und entdecke Molly in der Ferne. Sie trägt ein gelbes Sommerkleid, das sich durch ihre wilden Drehungen im Wind aufbauscht. Der braune Labrador von letztens springt aufgeregt um sie herum, während sie im Gras steht und zu der Musik in ihrem Kopf tanzt. In der Wohnung habe ich sie mehr als einmal in Gedanken versunken tanzen sehen. Langsam lehne ich mich gegen den Baumstamm, schiebe meine Hände in die Jeanstaschen und beobachte sie.

Immer wenn sie tanzt, ist sie wie in einer anderen Welt. Sie bekommt weder mit, dass ich hier stehe und sie beobachte, noch, dass Balou sich jetzt genüsslich auf dem Boden wälzt. Vermutlich in einem schönen Haufen Scheiße. Ihre weißblonden Haare fallen in leichten Wellen auf ihre Schultern und ein breites Grinsen liegt auf ihren Lippen.

»Komm, mein Dicker. Du brauchst ein bisschen mehr Bewegung!« Mit diesen Worten stoppt sie ihren Tanz und stürmt los in Richtung Wald, woraufhin Balou aufspringt und ihr bellend hinterherrennt. Die beiden werden immer kleiner, doch gerade, als ich zurück zu meinem Werkzeug gehen will, ertönt ein spitzer Schrei. Ich schaue hinüber zum Wald und entdecke Molly am Boden, während der Hund seine Nase über ihren Körper wandern lässt, um zu sehen, was ihr fehlt.

»Verdammter Bockmist«, jault sie so laut, dass ich sie genau verstehen kann. Ohne darüber nachzudenken, dass ich somit meine Deckung verlasse, renne ich zu ihr hinüber.

Molly sitzt am Boden und hält sich mit schmerzverzerrtem Gesicht den Knöchel. Als sie mich entdeckt, huscht kurz ein Lächeln über ihr Gesicht, das aber ziemlich schnell wieder verschwindet. Sie will aufstehen, aber die Verletzung scheint übel zu sein, denn sie sinkt zurück auf ihren Hintern.

»Gott, wieso hast du mir keine gesunden Beine geschenkt?«

Sie starrt vorwurfsvoll in den Himmel, der sich immer weiter zuzieht, und als sie sich aufrappeln will, sackt sie erneut zu Boden.

»Lass mich mal sehen.« Ich knie mich neben sie hin, und als Molly ihre Hand vom Knöchel herunternimmt, sehe ich, dass er bereits angeschwollen ist. »Das sieht ziemlich schlimm aus. Wir sollten dich zum Arzt bringen«, murmle ich und will nach ihrem Fuß greifen. In letzter Sekunde zieht sie ihn jedoch ruckartig zur Seite und rutscht ein Stück von mir weg, sodass ich ins Leere greife.

Stimmt.

Ihre verdammte Regel.

Wieso vergesse ich sie nur ständig?

»Ich brauche keinen Arzt, nur weil ich zu blöd zum Laufen bin. Das geht nachher wieder, da bin ich mir sicher. Ist schließlich nicht das erste Mal, dass ich mich verletzt habe.« Mollys Brille sitzt schief auf ihrem Gesicht und einige Strähnen haben sich vor ihre Augen gelegt, die sie jetzt zur Seite pustet. Sie sieht zum Anbeißen aus, aber das behalte ich für mich. Ihr Sommerkleid ist an der linken Schulter heruntergerutscht und gibt ihre nackte Haut frei. Man sieht, dass sie keinen BH unter dem Kleid trägt und meine Fantasie verselbstständigt sich.

»Wie du meinst. Aber das wird ziemlich dick, du solltest es sofort kühlen, wenn du zuhause bist.«

»Werde ich.« Entschlossen, aber unter Schmerzen stemmt sie sich hoch. Humpelnd läuft sie los, während Balou sich langsam an meine Seite wagt und meine Hand beschnuppert. Seine Nase ist nass und kalt. Bisher hat er sich noch nie so dicht an mich herangetraut und Lucy meinte, dass er Angst vor Männern hat und deshalb so zurückhaltend ist, wenn einer in der Nähe ist. Jetzt wandert seine Nase über meinen Handrücken und seine tiefbraunen Augen funkeln mich warm an. Es ist, als wäre er in Mollys Nähe mutiger.

»Hey, du Hübscher.« Ich streichle seinen Bauch und er drückt seinen Körper dabei immer fester gegen mich. Meine Finger fahren durch sein dichtes, braunes Fell, und als Molly weiterhin davonhumpelt, kann ich mir ein Lachen nicht mehr verkneifen. Sie sieht einfach zu amüsant aus.

»In dem Tempo brauchst du zehn Tage bis zum Ausgang und zwanzig bis zur Wohnung. Und in wenigen Stunden kommt das Unwetter«, ziehe ich sie auf und folge ihr. Langsam frage ich mich, warum ihr ihre Regel so wichtig ist, was sie mir verschweigt. Sie ist so versessen darauf, keinen Mann anzufassen, dass mehr dahinterstecken muss, als sie zugibt. Vermutlich dürfte ich sie nicht einmal berühren, wenn es um Leben und Tod ginge. Das nervt mich von Tag zu Tag mehr.

»Mach dich ruhig über mich lustig, ich zahl's dir später heim!«

Ich klopfe Balou auf den Rücken und schlendere dann neben Molly in Richtung Ausgang, wahre dabei aber einen gesunden Abstand. Für den Fall, dass sie zusammensackt, kann ich sie so immer noch rechtzeitig stützen.

»Ich meine ja nur. Du könntest dir einfach von mir helfen lassen und du wärst in zehn Minuten zuhause im Bett. Dein Knöchel würde es dir danken, wenn du nicht den ganzen Weg zu Fuß gehen müsstest.«

Molly verdreht die Augen, weicht meinem Blick aber bewusst aus. Stattdessen konzentriert sie sich auf den weichen Boden unter unseren Füßen. Wieso sie keine Schuhe trägt, frage ich gar nicht erst, immerhin weiß ich, dass sie speziell ist. Vermutlich würde sie auch im tiefsten Winter barfuß laufen.

»Danke für das Angebot, aber ich komme schon klar.« Ihre Augen ziehen sich vor Schmerz zusammen. Sie ist nur zu stur, um es zuzugeben. Zuzugeben, dass sie meine Hilfe braucht und ihre Regel beschissen ist. Dass es viel einfacher wäre, wenn ich sie zum Auto tragen dürfte.

»Wie du möchtest. Aber ich fahre eh nach Hause, also kannst du bei mir mitkommen.«

• • •

Jammernd lässt Molly sich aufs Sofa fallen, während ich ihr einen Kühlbeutel aus dem Gefrierschrank hole und auf die Sofalehne packe. Sofort presst sie ihn sich gegen den geschwollenen Knöchel, der mittlerweile blau anläuft. Seufzend vergräbt sie sich in die Kissen und starrt an die Decke, als würde das ihre Schmerzen lindern. Ich hätte sie einfach ins Krankenhaus fahren sollen, stattdessen habe ich mich wieder einmal von ihr breitschlagen lassen. Wo sind nur meine Eier hin, wenn sie in meiner Nähe ist? Es fühlt sich an, als hätte ich keinen eigenen Willen mehr. Molly sagt etwas und ich springe. Molly will nicht, dass ich sie anfasse, also halte ich penibel Abstand. Es ist absurd, dass ich sogar mein Bett hergegeben habe und mich seit Tagen mit diesem Sofa herumquäle, obwohl das hier meine Wohnung ist und nicht ihre.

»Was hast du eigentlich im Tierheim gemacht? War das Dach nicht schon vorletzte Woche fertig?« Sie schielt zu mir herüber und reißt mich aus meinem inneren Monolog, während ich es mir auf dem Sessel neben ihr bequem mache. Ihr Kleid ist leicht nach oben gerutscht, sodass ich sehen kann, wo der Oberschenkel in ihren Po übergeht.

Scheiße.

Sie sieht selbst mit verwüsteten Haaren, einem blauen Knöchel und schmerzverzerrtem Gesicht heiß aus. Ihre Haut ist dank der Sonnenstrahlen in den letzten Tagen leicht gebräunt und der Anblick ist eindeutig zu viel für mich.

»Heute Abend soll es wieder ein Unwetter geben, also habe ich noch mal gecheckt, ob auch wirklich alles wetterfest ist. Lucy macht sich Sorgen um die Tiere und hat mich heute Morgen angerufen.«

Molly tanzt mit ihrer freien Hand über die Lehne des Sofas, während die andere den Kühlakku gegen ihren Fuß drückt. Der Blick, mit dem sie mich bedeckt, spricht Bände. Ich weiß, was sie sagen will, bevor sie den Mund aufmacht.

»Lucy also«, trällert sie und hebt verführerisch ihre perfekt gezupften Augenbrauen.

Doch das, was sich von innen gegen meine Jeans drückt, ist sicher nicht Lucys Verdienst. Mollys Kleid rutscht immer höher und ich kann jetzt ihren schwarzen Slip sehen, der sich perfekt um ihr Becken schmiegt.

»Hat sie dich wieder mit ihren hübschen Augen angehimmelt und du warst zu blind, um es zu bemerken?«

»Und wenn?«, kontere ich angriffslustig. Molly zuckt mit den Schultern, dabei weiß ich, dass es sie wurmt. Sie hat widerwillig zugegeben, dass sie eifersüchtig ist, und ich würde es gerne noch einmal von ihr hören. Das ist meine Rache dafür, dass ich seit Tagen nach ihrer Nase tanze.

»Nichts *und wenn*. Ich finde, ihr solltet mal zusammen ausgehen. Um der alten Zeiten willen. Sie ist eine tolle Frau und du solltest dringend etwas anderes tun, als mich zu deinem persönlichen Projekt zu machen.« Sie versucht überzeugend zu klingen, aber verdammt, sie ist wirklich miserabel darin, ihre wahren Gedanken zu verbergen.

»Vielleicht hast du recht. Sie hat mich heute gefragt, ob wir ausgehen wollen.«

Sofort spannt sich ihr Körper an und ihr Blick huscht aus dem Fenster, damit ich nicht in ihren Augen ablesen kann, was sie wirklich denkt und fühlt. Sie sagt, dass ich sie als Projekt ansehe, und vielleicht hat sie damit sogar recht. Weil ich mein Leben in eine Sackgasse gefahren habe, will ich ihr helfen, nicht denselben Fehler zu machen. Dabei gehört es ganz sicher nicht zu meiner Aufgabe, ihren Arsch zu retten.

»Natürlich habe ich recht. Ich habe immer recht, falls du das noch nicht bemerkt hast.« Ihre Stimme wird mit jedem Wort leiser, ich merke, wie die Müdigkeit sie übermannt. Als ich das nächste Mal in ihr Gesicht sehe, sind ihre Augen geschlossen.

Ich werfe einen Blick auf die Uhr und stelle fest, dass es fast acht Uhr am Abend ist. Das Unwetter soll in einer Stunde Bedford erreichen.

»Molly?« Ich spreche ihren Namen leise aus, doch als ich ihren gleichmäßigen, ruhigen Atem höre, weiß ich, dass sie mir nicht antworten wird, weil sie bereits eingeschlafen ist. Eine Weile sitze ich noch neben ihr, beobachte sie beim Schlafen und versuche mich dabei nicht auf ihre nackte Haut zu konzentrieren, die mir den Verstand raubt. Aber scheiße, sie liegt immerhin halbnackt auf dem Sofa, auf dem ich nachher wieder allein pennen muss, während sie sich in meinem Bett räkelt.

Als sie sich dreht und dabei mit ihrem Knöchel gegen die Lehne stößt, weiß ich, dass sie nicht hier liegen bleiben sollte. Also stehe ich auf, scheiße auf ihre Regel und lege meine Hände unter sie. Eine Hand schiebt sich zwischen Sofa und Rücken und die andere greift unter ihre nackten Kniekehlen. Sanft hebe ich sie hoch. Kurz befürchte ich, dass sie mich gleich anschreien oder mir eine knallen wird, weil ich sie berühre. Stattdessen bleiben ihre Lider geschlossen und sie presst sich dicht gegen meine

Brust. Ihr Körper ist warm und ihre Haut noch weicher als sie aussieht.

Fuck, das hier war definitiv ein Fehler.

Mit leisen Schritten trage ich sie durch das Wohnzimmer und bringe sie ins Schlafzimmer, damit sie sich ausruhen kann, bevor das Gewitter gleich losgeht. Einen Moment stehe ich mit ihr im Arm da und sehe mir ihr Gesicht an, das sich gegen mein Shirt schmiegt. Ihre Finger krallen sich in den marineblauen Stoff, als würde sie Halt an mir suchen. Die Frage ist nur: Wovor hat sie Angst? Die Seele jedes Menschen hat ihre eigenen Abgründe, das weiß ich aus Erfahrung. Ich habe nur absolut keine Ahnung, welcher Abgrund ihrer ist.

»Soll ich dir ein Geheimnis verraten?«, murmelt sie leise und ich zucke zusammen. Ich frage mich, ob sie wach ist oder nur im Schlaf mit mir spricht, denn ihre Augen sind immer noch geschlossen. Sonst wehrt sie sich partout dagegen, dass ich sie anfasse oder auch nur in ihre Nähe komme. Jetzt hingegen ist kaum ein Millimeter Platz zwischen unseren Körpern. Mit jedem Atemzug lässt sie sich noch ein bisschen stärker gegen mich fallen.

»Mh-mh«, antworte ich ihr leise, weil ich nicht will, dass sie wach wird und der Moment vorbei ist. Ich genieße es, wie sich ihre weiche Haut an meiner anfühlt. Wie ihr Atem dicht an meiner Brust geht. Scheiße, am liebsten würde ich sie doch wach machen, auf dieses Bett werfen und das nachholen, was wir in den letzten Wochen verpasst haben. Seit sie nackt und provokativ aus meinem Badezimmer spaziert ist, stelle ich mir vor, wie es wäre, in ihr zu sein.

Molly seufzt zufrieden und kuschelt sich noch enger an mich. Ihr süßer Duft lässt mich kaum einen klaren Gedanken fassen. Alles, was ich will, ist meinen Wunsch in die Tat umzusetzen.

»Lucy ist nicht die einzige Frau, die auf dich steht«, sagt sie schlaftrunken und sieht dabei friedlicher aus, als ich sie je gesehen habe.

Sie muss eindeutig träumen, anders kann ich es mir nicht erklären. Entweder das oder die Schmerzmittel, die ich ihr gegeben habe, lassen sie halluzinieren. Behutsam lege ich sie auf dem Bett ab, schnappe mir die Decke und ziehe sie über ihren Körper, auch wenn es eine Schande ist, etwas so Perfektes mit Stoff zu verdecken.

Ich wandere mit meinem Mund zu ihrer Schläfe und will sie küssen, halte mich aber in letzter Sekunde zurück. Bei ihrem Pech würde sie aufschrecken, zur Seite rollen, aus dem Bett fallen und sich den Kopf am Nachttisch stoßen. Dann wäre ihr dicker Knöchel das geringste Problem. An einem Unwetterabend will sie garantiert nicht ins Krankenhaus müssen. Da ich mal bei der freiwilligen Feuerwehr war, weiß ich, wie viele Unfälle heute Abend passieren und wie voll das Krankenhaus sein wird.

»Gute Nacht, Molly.« Mit diesen Worten lasse ich sie im Bett zurück und kann aus unerfindlichen Gründen nicht aufhören zu lächeln.

Kapitel 12

Molly

Etwas legt sich über mich und ich spüre einen warmen Atem an meiner Schläfe. Mir ist kalt, aber ich fühle mich geborgen und sicher hier, auch wenn ich nicht weiß, wo ich bin. Das Letzte, an das ich mich erinnere, ist, wie Troy mich nach Hause gefahren hat, nachdem ich mir den Knöchel im Tierheim verstaucht hatte. Eine leise Stimme ertönt und plötzlich bin ich hellwach. Meine Lider schnellen nach oben und ich entdecke Troy, der gerade schleichend das Zimmer verlassen will. Ich liege im Schlafzimmer auf dem Bett, über mir ist eine Decke ausgebreitet. Und ich erinnere mich nicht daran, wie ich hergekommen bin. Geschweige denn, dass ich mich zugedeckt haben soll.

»Was machst du hier?«, frage ich müde und rapple mich auf.

Troy hält inne, dreht sich zu mir um und deutet auf mich. »Eigentlich solltest du schlafen.« Seine Stimme ist warm und weich.

Ich versuche krampfhaft, mich zu erinnern, was passiert ist. Ich lag auf dem Sofa, er hat mir etwas zum Kühlen meines Knöchels besorgt und wir haben über Lucy geredet ... dann folgt nur noch Schwärze. »Moment mal – wie bin ich hergekommen?« Langsam werde ich hysterisch. Ich werde wohl kaum im Schlaf aufgestanden und hergelaufen sein.

Troy lehnt an der Tür und sieht mich unverwandt an. »Ich habe dich hergetragen. Du hast mir gesagt, dass du vom Sofa Rückenschmerzen bekommst und außerdem solltest du mit deinem Knöchel lieber im Bett liegen.« Er spricht es aus, als wäre nichts dabei. Innerlich macht sich ein Schwindel in mir breit und ich bin mir sicher, dass gleich die Lasagne vom Mittag aus mir herauskommt und den Raum dekoriert.

»Du hast mich ... hergetragen?«, flüstere ich atemlos. »Ich meine, du kennst doch meine Regel!«, jammere ich und werfe mich zurück in die Kissen. Meine Brust füllt sich mit einem unangenehmen Engegefühl. Die Vorstellung, dass er mich berührt hat, macht mich kirre. Doch noch viel schlimmer ist der Gedanke, dass ich es nicht mitbekommen habe ...

Wie es sich wohl angefühlt hat? In meinen Gedanken male ich mir mehr als einmal am Tag aus, wie sich seine Haut anfühlt. Aber das alles nur in meinem Kopf. Dort, wo es hingehört. In meinem Kopf können mir seine Berührungen nicht schaden. In der Realität schon.

»Ja, habe ich. Du bist verletzt und ich konnte dich nicht auf dem winzigen Sofa liegen lassen.« Er klingt angespannt.

Ich würde ihn am liebsten anbrüllen, weil er über meinen Kopf hinweg entschieden hat. Er hätte mich auch einfach wach machen können.

Gerade, als ich ihm eine Predigt halten will, beginnt es draußen heftig zu regnen. Die Tropfen donnern lautstark gegen die Fensterscheibe und ein Blick in den Himmel kündigt an, dass das Unwetter da ist. Die Wolken sehen bedrohlich aus und es wird nicht mehr lange dauern, bis die ersten Blitze vom Himmel rasen. Wunderbar, die nächste schlaflose Nacht wartet auf mich, genau wie die Angst, die schon in den Startlöchern steht. Ich liebe das heiße Wetter zurzeit, aber es sorgt immer wieder für diese Sommergewitter und auf die kann ich wirklich verzichten.

»Wenn du dem nichts hinzuzufügen hast, würde ich jetzt pennen gehen. Ich bin echt früh aufgestanden.« Troy wirkt neben der Spur und ich frage mich, was passiert ist, als ich eingeschlafen bin. Immerhin verhält er sich sonst nicht so seltsam. Stattdessen trägt er immer dieses Grinsen auf den Lippen oder zumindest einen blöden Spruch, aber jetzt ist er todernst. Viel zu ernst für meinen Geschmack. Er greift nach der Türklinke, als ein tiefes Grollen über den Himmel zieht.

Sofort wickle ich mich in die große schützende Decke ein, aber die Angst ist omnipräsent und will nicht von mir weichen. Ein Zittern bahnt sich den Weg von meinen Zehenspitzen hoch zu meinen Oberschenkeln. Bald wird es meinen gesamten Körper eingenommen haben und dann ist an Schlaf ohnehin nicht zu denken.

»Würdest du vielleicht hier schlafen?«, frage ich. Ich bin immer noch wütend auf ihn, weil er meine Müdigkeit schamlos ausgenutzt hat. Aber für Stolz habe ich jetzt keine Zeit. »Ich meine nur ... du weißt ja, das Gewitter.«

Troy sieht sich im Raum um, sein Blick wandert nach draußen in den prasselnden Regen und anschließend zu mir. Ich rutsche einladend ein Stück zur Seite, damit er genug Platz hat, und sehe ihn flehend an. Ich will nicht allein sein.

Ohne etwas zu sagen, tritt er auf das Bett zu, schlüpft aus seiner Jeans und dem marineblauen Shirt heraus. Nur noch in Boxershorts steht er vor dem Bett. Als der erste Blitz Richtung Boden rast, erhellt er den Raum. Troys Körper ist makellos. Jede Sehne und jeder Muskel sitzen am richtigen Fleck und ich versuche nicht zuzulassen, dass ich mir wünsche, ihn zu berühren.

Doch der Wunsch wird mit jeder Nacht, die ich hier in seinem Bett verbringe, stärker.

»Du musst schon ein bisschen mehr Platz machen, wenn ich dich nicht berühren soll.« Spielerisch wandert sein linker Mundwinkel nach oben und ich bin froh, dass er die todernste Miene wieder abgelegt hat. Lächelnd gefällt er mir eindeutig besser. Eilig rutsche ich an den Rand des Bettes und Troy legt sich neben mich. Während ich unter der Decke nach Schutz suche, liegt er darauf und verschafft mir somit den perfekten Blick auf seinen definierten Oberkörper.

Verdammt. Er sieht eindeutig zu gut aus. Seine muskulösen Unterarme gehen in einen starken Bizeps über und von seinem Sixpack brauche ich gar nicht erst reden. Er könnte einem Männermagazin entsprungen sein. Vielleicht wurde er mir direkt vor die Nase gelegt, um meine Selbstbeherrschung auf die Probe zu stellen.

»Danke«, flüstere ich leise. Wir liegen eine Weile einfach nur still nebeneinander, und jedes Mal, wenn sich ein neues Grollen über unseren Köpfen anbahnt, wächst der Wunsch in mir, mich an ihn zu lehnen. Ich bin mir sicher, dass ich keine Angst hätte, wenn ich in seinem Arm liegen würde. In meinen Fingerspitzen kribbelt es, genau wie in meinem Bauch. Troy liegt neben mir, starrt an die Decke und je länger ich ihn beobachte, desto breiter wird sein Grinsen.

»Was ist so witzig?«, hake ich mit mulmigem Gefühl nach. Uns trennen vielleicht dreißig Zentimeter voneinander und ich wünschte, dass kein einziger zwischen uns läge. Trotzdem behalte ich meine Regel im Hinterkopf und achte penibel darauf, ihm nicht unterbewusst näher zu kommen.

Sein Blick wandert in mein Gesicht und wird plötzlich wieder ernst. Gott, was ist nur los mit ihm? Er verhält sich, als hätte ihn ein Alien entführt und auf einem völlig fremden Planeten ausgesetzt. »Du hast im Schlaf gesprochen«, verrät er mir und sofort schrillen alle Alarmglocken in mir auf. Scheiße. Schon seit ich ein kleines Mädchen war, rede ich im Schlaf vor mich hin. Und mehr als einmal hat mich das in ziemlich unangenehme Situationen gebracht.

»Was habe ich gesagt?« Dass in mir ein Orkan wütet, versuche ich zu überspielen. Stattdessen tue ich, als könnte mich nichts schockieren.

Troy dreht sich auf die Seite, das Gesicht hat er auf seinem angewinkelten Arm abgelegt. Seine Augen funkeln trotz der anbrechenden Dunkelheit hier drin immer noch wie zwei Aquamarine. »Dass du auf mich stehst.« Der Triumph steht ihm ins Gesicht geschrieben. Während ich gern im Erdboden versinken würde, um der peinlichen Situation zu entkommen. Kann mich bitte jemand hier rausholen und Troy Chesterfields Gedächtnis löschen? Und am besten meins gleich mit?

»Da musst du dich wohl verhört haben«, antworte ich. Ich drehe mich auf den Rücken und starre an die weiße Decke. Kämpfe gegen den Wunsch an, ihn wieder anzusehen. Gegen den Drang, die dreißig Zentimeter zwischen uns auszuradieren, um herauszufinden, ob ich mich in seinen Armen so sicher fühle, wie ich es vermute.

Troy sagt nichts mehr, aber ich spüre seine Blicke auf meiner Haut. Fast fühlt es sich an, als würde er mich berühren. Als würden seine Finger über meinen Körper wandern und jeden Fleck meiner Haut in Flammen setzen. Und als ich die Augen schließe und mir alles bildlich vorstelle, könnte ich mich wieder verfluchen. Weil er mich wirklich berührt hat und ich nicht weiß, wie es sich angefühlt hat ...

• • •

Als ich am nächsten Morgen aufwache und die Wärme eines männlichen Körpers an mir spüre, reiße ich panisch die Augen auf. Draußen scheint die Sonne, als wäre gestern Nacht nicht beinahe die ganze Welt untergegangen. Nachdem ich einige Stunden neben Troy wach lag und ihm beim Schlafen zugesehen habe, muss ich es irgendwann doch ins Land der Träume geschafft haben, als der Regen nachließ.

Ich schiele zur rechten Seite und entspanne mich, als ich sehe, dass Troy zwar dicht neben mir liegt, mich aber nicht berührt. Er liegt auf dem Bauch, sein Gesicht ist in meine Richtung gewandt und seine Haare sind ein einziges Chaos.

Sein braungebrannter, muskulöser Rücken kommt durch den warmen Sonnenschein perfekt zur Geltung, also drehe ich mich auf die Seite, schiebe meine Hände unter meinen Kopf und beobachte ihn, wie ich sonst morgens nur eine Sache anstarre: Meinen Avocadotoast.

Ich sehe, wie sich sein Körper mit jedem Einatmen hebt und bei jedem Ausatmen wieder senkt. Er sieht so jungenhaft aus, wenn er schläft. Und gleichzeitig viel zu attraktiv.

Das hier ist die erste Nacht gewesen, in der ich neben einem Mann geschlafen habe, mit dem ich keinen Sex hatte. Das Ziehen in meinem Unterleib zeigt mir jedoch eindeutig, dass meinem Körper das nicht gefällt. Wenn es nach ihm ginge würde ich ihn auf den Rücken drehen und mich rittlings auf ihn setzen.

Hitze steigt in meine Wangen. Troy murmelt etwas, dreht sich aber schließlich auf die andere Seite, sodass ich jetzt nur noch seinen chaotischen Hinterkopf sehen kann.

Eine kleine Ewigkeit liege ich noch neben ihm, fange die verschiedenen Nuancen seiner blonden Haare mit meiner Netzhaut ein und schleiche mich schließlich aus dem Bett. Da ich die ganze Nacht in meinem Kleid verbracht habe, das immer noch von Grasflecken übersät ist, sollte ich mir dringend etwas anderes anziehen.

Leise schnappe ich mir eine schwarze Leggings und eine hellblaue Bluse aus meinem Koffer neben dem Bett und tapse immer noch unter Schmerzen aus dem Schlafzimmer, damit ich Troy nicht wecke.

Unter der Dusche spüle ich die Hitze, die meinen Körper eben so penetrant benetzt hat, in den Abfluss und versuche nicht daran zu denken, dass ich ihm tatsächlich im Schlaf gesagt habe, dass ich auf ihn stehe. Ich sollte definitiv ab jetzt in der Nacht einen Maulkorb tragen. Ach, was rede ich da?

Eigentlich bräuchte ich auch tagsüber einen. Ich shampooniere meine Haare ein, inhaliere den Duft nach süßen Erdbeeren und steige schließlich erfrischt aus der Dusche.

Nachdem ich mir die Haare geföhnt habe und in meine Sachen geschlüpft bin, will ich mir in der Küche einen Kaffee machen, als es zaghaft an der Tür klopft.

Da sich im Schlafzimmer nichts rührt und Troy keinerlei Anstalten macht, wach zu werden, schleiche ich zur Wohnungstür und öffne sie. Vor mir steht eine Frau – schätzungsweise in den Fünfzigern – und hält eine Tüte vom Bäcker nebenan in die Luft. Sie hat blondes Haar, das ihr bis zu den Brüsten reicht und eine so gebräunte Haut, dass ich mir als Hautarzt ernsthafte Sorgen um sie machen würde. Sie ist mir vollkommen fremd, obwohl ich die meisten Leute aus der Wohngegend mittlerweile sogar beim Namen kenne.

»Guten Morgen?«, frage ich. Ich habe keine Ahnung, wer diese Frau ist und wieso sie unangekündigt mit Brötchen hier auftaucht. Die Dame drückt mir einen Kuss auf die Wange und drängt sich an mir vorbei in die Wohnung, während ich perplex im Türrahmen stehe und mir ihren roten Lippenstift wegwische. Sie zieht eine Parfumwolke hinter sich her und ich muss husten, achte aber darauf, nicht zu viel Lärm zu machen. Dabei machen die Pumps der Frau auch so genug Krach auf dem Laminat.

Sachte schließe ich die Tür hinter mir und folge der Unbekannten in den Wohnbereich. »Ich will ja nicht unhöflich sein, aber wer sind Sie?« Ich achte penibel darauf, nicht zu garstig zu klingen, aber etwas überrumpelt bin ich schon. Die Frau in der engen schwarzen Jeans und der Leopardenbluse schält sich aus der dunkelroten Lederjacke.

»Natürlich, wie unbedacht von mir! Ich bin Miranda.« Sie legt ihre Sachen auf dem Sofa ab und platziert die Brötchentüte auf dem Wohnzimmertisch. Und immer noch habe ich keine Ahnung, was ihr Auftritt hier eigentlich bedeutet. Normalerweise bin ich so früh am Morgen nicht auf Besuch eingestellt.

»Ich bin Troys Mutter. Entschuldige, ich hätte mich direkt vorstellen sollen. Ich wusste ja gar nicht, dass er eine Freundin hat. Und dann auch noch eine so hübsche!« Sie tätschelt meine Wange, als wäre ich ein kleines Kind, während ich nur noch Bahnhof verstehe. Sie wusste nicht, dass Troy eine Freundin hat? *Ich wusste nicht, dass seine Mutter noch lebt!*

Wir haben nur einmal über seine Eltern geredet und da sagte er mir, dass er und seine Schwester Waisen seien. Vielleicht ist es ja seine Pflegemutter? So viele Fragezeichen schwirren durch meinen Kopf, dass ich sie nicht sortieren kann. Innerhalb von wenigen Sekunden sorgen die Gedankenstrudel in meinem Kopf für ein Pochen hinter meinen Schläfen.

»Wir sind kein Paar. Ich wohne nur hier, weil es in meiner Wohnung einen Wasserschaden gibt«, stelle ich direkt klar. Auch wenn es sich viel zu gut angefühlt hat, die Nacht neben ihm zu verbringen. Sobald er neben mir lag, war die Angst vor dem Unwetter wie weggeblasen. Wie damals auf dem Sofa, als er mir zum ersten Mal meine Ängste genommen hat.

»Schade! Ich denke, eine Frau könnte ihm guttun. Also, wo ist er?« Sie sieht sich in der Wohnung um.

»Er schläft noch.« Weil ich nicht unhöflich sein will und Gastfreundschaft schließlich zu meinem Job gehört, mache ich Miranda einen Kaffee. Sie sieht so fehl am Platz aus in ihren Designerklamotten an dem alten Second-Hand-Küchentisch, den Troy vor dem Schrottplatz gerettet hat. Wieso, um Himmels willen, hat er behauptet, dass seine Mutter tot wäre? Diese Frau wirkt sehr lebendig und ich finde die gesamte Situation mehr als makaber.

»Und woher kennt ihr zwei euch?« Miranda nippt an ihrem Kaffee, während ich die Arbeitsplatte wische, um mir nicht anmerken zu lassen, wie unangenehm mir das hier ist. Eigentlich habe ich kein Problem damit, mich mit Fremden zu unterhalten, aber ich hatte nicht so früh am Morgen damit gerechnet, seine Mutter kennenzulernen. Auch wenn wir nur Freunde sind, fühlt es sich an, als würde ich gerade meiner künftigen Schwiegermutter gegenüberstehen.

»Über gemeinsame Freunde«, antworte ich lächelnd und will mir ebenfalls eine Tasse eingießen, als ich dumpfe Schritte im Wohnzimmer höre.

»Was zur Hölle hast du hier zu suchen?«

So warm wie seine Stimme gestern Abend noch klang, so kalt und hart ist sie jetzt. Troy steht – mittlerweile wieder angezogen – vor seiner Mutter. Sie stemmt sich hoch und will ihn in ihre Arme nehmen, aber er weicht ihr aus.

»Was. Willst. Du. Hier?«, wiederholt er seine Frage jetzt energischer.

Mir gefriert das Blut in den Adern und ich bekomme erst mit, dass meine Kaffeetasse überläuft, als ich die Hitze auf meiner Hand spüre. Fluchend lasse ich die Kaffeekanne auf die Arbeitsplatte rutschen und halte die Hand unter den kalten Wasserstrahl, um zu retten, was noch zu retten ist. Mein Blick haftet an Troy, der mich nicht zu bemerken scheint. Seine ganze Aufmerksamkeit gilt seiner Mutter, der jetzt die gebräunte Farbe aus dem Gesicht weicht. Sie sieht aus, als hätte sie gerade einen Geist gesehen.

»Ich war in der Gegend und wollte sehen, wie es meinem Sohn geht«, antwortet sie und versucht dabei krampfhaft, weiterhin zu strahlen. Während sie sich ein Blickduell der feinsten Sorte liefern, stehe ich in der ersten Reihe und fühle mich komplett fehl am Platz. Ich sollte überall sein, nur nicht hier.

»Du solltest gehen«, knurrt er sie an und macht ihr den Weg in Richtung Wohnzimmer und Flur frei.

»Troy, jetzt lass sie doch noch ihren Kaffee austrinken«, mische ich mich ein, bereue es aber sofort, als mich sein Blick trifft. Haben seine Augen gestern in der Dunkelheit wie Diamanten gestrahlt, sehen sie jetzt aus wie zwei Eisbrocken, die einen Gefrierbrand auf meiner Haut auslösen. Mich überkommt eine Gänsehaut.

»Halt dich da raus. Wieso hast du sie überhaupt reingelassen?«, blafft er mich an und ich verstehe gar nichts mehr. Mein Mund steht offen und mein Herz klopft laut gegen mein Brustbein. Miranda steht wie ein Häufchen Elend vor ihm und ich kann die Tränen in ihren Augen sehen. Ich will etwas sagen, aber ich weiß nicht was. Denn ich habe keine Ahnung, was hier gerade abgeht und wieso ich auf einmal die Dumme sein soll, nur weil ich sie hereingelassen habe. Die Frage ist doch viel eher, wieso er mich angelogen hat, als ich ihn nach seinen Eltern fragte.

»Ich gehe jetzt arbeiten.« Troys Blick streift meinen flüchtig, bevor er sich wieder seiner Mutter zuwendet. »Und wenn ich heute Abend wieder zuhause bin, bist du verschwunden.« Mit diesen Worten verlässt er die Küche und wenige Sekunden später kracht die Haustür ins Schloss. Es ist so still in der gesamten Wohnung, dass ich eine Nadel fallen hören könnte. Neben meinem stockenden Atem.

Miranda steht immer noch wie festgewachsen mitten in der Küche, während ich nach den richtigen Worten suche.

»Wollen Sie -«

»Du hast ihn ja gehört. Ich sollte wohl besser gehen«, unterbricht sie mich, wischt sich die Tränen unter den Augen weg und schnappt sich ihre teure Handtasche, die sicher so viel Wert ist wie mein halber Kleiderschrank.

Ich will sie zur Tür begleiten, aber irgendetwas hält mich am Boden fest. Nur wenige Sekunden nachdem Troy aus der Wohnung gestürmt ist, fällt die Tür ein zweites Mal laut ins Schloss.

Kapitel 13

Molly

Den gesamten Tag über konnte ich mich auf nichts richtig konzentrieren. Im Café habe ich mehreren Leuten die falsche Bestellung gebracht, habe zwei Tassen zerdeppert und mir dabei einen tiefen Cut in der rechten Hand zugezogen.

Und all das nur, weil ich mich frage, was das heute Morgen zu bedeuten hatte. Wieso Troy so überzogen reagiert hat, als seine scheinbar tote Mutter am Küchentisch saß und unbekümmert mit ihrem Sohn ein Paar Brötchen essen wollte.

Mittlerweile ist es schon nach dreiundzwanzig Uhr und ich hocke alleine in der Wohnung, begutachte meine laienhaft in einen Verband gewickelte Hand und warte, dass er nach Hause kommt. Es geht mich nichts an, was heute Morgen in ihn gefahren ist und trotzdem wurmt es mich, dass er mich derart behandelt hat und einfach ohne eine Erklärung abgerauscht ist. Es ist ja nicht so, als hätte ich dem Teufel höchstpersönlich die Tür geöffnet.

Brooklyn hat mir angeboten, heute den Abend mit ihr und Chase zu verbringen, aber da ich zu nichts zu gebrauchen bin, habe ich ihr abgesagt. Eine Entscheidung, die ich bereue, als es fast Mitternacht ist und von Troy immer noch jede Spur fehlt. In den letzten Wochen habe ich die gemeinsamen Abende mit ihm zu schätzen gelernt. Jetzt frage ich mich, ob er wirklich die Ausnahme unter den Männern, die ich mag, ist, die ich in ihm gesehen habe.

Ich kuschle mich in die Kissen auf dem Sofa, lege meinen immer noch schmerzenden Knöchel auf dem Tisch ab und schließe die Augen. In meinem Kopf bin ich sofort wieder bei der letzten Nacht. Die Nacht, die ich neben ihm im Bett verbracht habe. Die Nacht, in der er zum zweiten Mal bei mir geblieben ist, nur, weil ich es wollte. Wenn es nach mir ginge, könnte jede Nacht ein Unwetter herrschen, wenn ich dafür nicht alleine schlafen muss.

Zu meinem Pech hat sich das Wetter jedoch wieder beruhigt und der nächste Sturm steht noch in den Sternen. Als ich kurz nach null Uhr meinen Posten aufgeben und ins Bett gehen will, poltert jemand in den Flur. Jemand, der ziemlich wütend sein muss.

»Scheiße«, flucht er und lacht anschließend in der tiefen Tonlage, die mich seit mehreren Nächten kaum ruhig schlafen lässt. Troy wirft seine Lederjacke auf den Boden und torkelt ins Wohnzimmer. Einen Betrunkenen rieche ich aus kilometerweiter Entfernung.

»Wow. Du hast es ja ordentlich krachen lassen«, begrüße ich ihn. Er sieht nicht aus, als könnte er heute noch eine anständige Konversation mit mir führen.

»Wieso bist du nich im Bett?« Er gibt sich wirklich Mühe, nicht zu lallen, aber sein Blick ist vom Alkohol ordentlich verklärt. Troy trägt das obligatorische weiße Shirt, dazu eine dunkle Jeans und seine schwarzen Boots. Selbst betrunken und mit wüstem Haar sieht er immer noch besser aus als der Großteil der Menschheit. Und vor allem der Großteil der Männer in diesem Kaff. Ich liebe meine Heimat, aber was die Auswahl an potenziellen Partnern angeht, stinkt Bedford wirklich ab.

»Weil ich auf dich warten wollte«, antworte ich ihm ehrlich.

Troy hält sich oben am Türrahmen fest, vermutlich, um nicht umzukippen. Der schöne Nebeneffekt ist, dass sein Shirt dabei nach oben rutscht und ich das V sehen kann, das in seiner Jeans verschwindet. Dabei hat sich sein nackter Oberkörper schon beim ersten Mal in meine Netzhaut gebrannt. Eine kleine Erinnerung kann jedoch nie schaden.

»Du hättest nicht warten müssen. Ich war mit Lucy was trinken.« Seine Mundwinkel ziehen sich unnatürlich hoch. Dass er tatsächlich mit Lucy unterwegs war, sorgt für ein unangenehmes Ziehen in meinem Bauch. Nicht das schöne, was ich letzte Nacht gespürt habe, als er neben mir lag. Eifersucht. Was albern ist, da ich ihn ja gestern erst auf die Idee gebracht habe, mit ihr auszugehen. Woher sollte ich wissen, dass er meinen Worten so viel Gewicht beimisst? Eigentlich wollte ich ihn bloß weiter von mir stoßen. Offensichtlich mit Erfolg.

»Schön. Hattet ihr Spaß?« Ich setze wirklich alles daran, nicht schnippisch zu klingen, aber seine Miene zeigt mir, dass ich kläglich scheitere. Troy schnalzt mit der Zunge, stößt sich vom Türrahmen ab und geht an mir vorbei ins Bad. Die Tür lässt er dabei offen, sodass ich ihn beobachten kann. Sein Shirt fällt zu Boden und er wäscht sich das Gesicht am Waschbecken.

»Eine Menge. Und verdammt viele Shots«, höre ich ihn aus dem Bad rufen. Das Stechen wird noch stärker und ich lasse prüfend meinen Blick zu meinem Bauch wandern. Es fühlt sich nämlich wahrhaftig an, als würde da ein Messer drinstecken. Was haben sie wohl noch getrieben, außer einen Haufen Shots in ihre Rachen zu kippen? Ich bin kein unbeschriebenes Blatt und weiß zu gut, wie schnell man unter Alkohol in fremden Betten landen kann. Und ihr Bett ist ihm noch nicht mal fremd.

»Und du glaubst, dass es eine gute Idee ist? Du sagtest doch, dass es mit euch nicht gepasst hat.« *Sei doch noch auffälliger, Herrgott!*

Troy stapft aus dem Badezimmer. In seinem Blick flammt Wut auf. »Was willst du eigentlich von mir, Molly?« Seine Augen verengen sich zu Schlitzen, während ich das Unschuldslamm spiele. Natürlich weiß ich, worauf er hinauswill, aber es ist mir zu unangenehm, es zuzugeben.

»Keine Ahnung, was du meinst. Lucy liegt mir am Herzen und ich will nicht, dass sie verletzt wird«, antworte ich. Eigentlich bin ich mir sicher, dass Lucy gut auf sich selbst aufpassen kann und niemanden dafür braucht. Vor allem nicht mich eifersüchtige Zicke. Viel eher bin ich diejenige, die sie die Klippe herunterschubst, weil ich zu stolz bin, um die Wahrheit zuzugeben. Und die Wahrheit ist, dass ich meine Regel hasse. Dass ich ihn schon berühren wollte, als ich ihm das erste Mal begegnet bin. Und dass nur der kleine Engel auf meiner Schulter Schuld daran ist, dass ich sie nicht breche.

»Du weißt genau, was«, spottet er und ich versuche zu ignorieren, dass er halbnackt vor mir steht. »Erst sagst du, dass du eifersüchtig auf sie bist. Dann willst du, dass ich mit ihr ausgehe, und jetzt hältst du mir eine Predigt, weil ich sie nicht verletzen soll? Gott, ich verstehe dich einfach nicht! Es ist, als würdest du eine Fremdsprache sprechen, die niemand dieser Welt verstehen kann!« Man merkt nicht mehr, dass er betrunken ist, stattdessen spricht er jetzt klarer und offener mit mir als je zuvor. Ich schnappe mir ein Kissen, presse es gegen meine Brust und versuche, seinen kühlen Blicken standzuhalten. Dennoch ist mir Sekunden später verdammt kalt.

»Ich ändere meine Meinung halt manchmal.« Normalerweise

ist es mir egal, was andere von mir und meinen Stimmungswechseln denken, aber bei Troy ist es anders. Bei ihm will ich, dass er mich versteht. Dabei verstehe ich mich ja selbst nicht einmal. Ich hatte meiner Mutter versprochen, meine Regel zu brechen, wenn ich ein gutes Gefühl habe. Aber ist das, was in meinem Bauch herumschwirrt, wirklich gut? Von Chase weiß ich, dass Troy Probleme mit Bindungen hat. Genau wie ich. Wenn man uns zusammensteckt, bemerkt man sicher ziemlich schnell, dass wir kein Puzzle ergeben, sondern anecken.

»Das kannst du laut sagen. Gestern sagst du mir noch, dass du auf mich stehst, und trotzdem dürfte ich dich nicht mal berühren, wenn du an einer Klippe stehst und in den Abgrund stürzt.« Er fährt sich mit den Händen durch die Haare und am liebsten würde ich ihn anflehen, damit aufzuhören. Damit, selbst verzweifelt so gut auszusehen. Damit, mein Herz auch in dieser Tonlage zu erreichen. Damit, sich in meine Träume zu schleichen und für dieses Chaos in meinem Bauch zu sorgen.

»Das stimmt nicht«, halte ich dagegen, wohl wissend, dass er recht hat.

»Ach nicht?« Entschlossen tritt er auf mich zu, und als er vor mir steht, weiche ich automatisch weiter zurück, damit meine Füße nicht seine berühren.

Sein Blick wandert knurrend über meinen Körper. »Siehst du? Du hast eine totale Meise.«

»Man hat schon Schlimmeres zu mir gesagt. Außerdem wusstest du, dass ich nicht alle Latten am Zaun habe, als du mir das Angebot gemacht hast. Jetzt leb mit den Konsequenzen. Meine Wohnung wird sowieso bald fertig sein und dann bist du mich los.« Ich spreche ruhiger, als es in mir aussieht.

Troy steht wie festgewachsen vor mir, lässt sich anschließend jedoch mit Sicherheitsabstand neben mich fallen. Sein Gewicht drückt die Polster herunter und ich kann sein Aftershave riechen. Obwohl er betrunken aus einer Kneipe kommt, riecht er immer noch viel zu gut. Weil er nichts zu erwidern hat, ergreife ich die Initiative.

»Was sollte das heute Morgen?« Endlich finde ich die Möglichkeit und den Mut, ihn auf seine Mutter anzusprechen. Und darauf, wieso er so lautstark davongerannt ist, als er sie gesehen hat. »Ich meine, du hast mir gesagt, dass deine Eltern tot sind. Für mich wirkte sie heute quicklebendig. Und sie hat sich wirklich gefreut, dich zu sehen.«

Troy legt den Kopf in den Nacken, die Hände hat er wie so oft in den Hosentaschen vergraben. Im Mondlicht sieht sein Profil noch schöner aus als tagsüber. Seine dichten, langen Wimpern werfen Schatten auf seine Wangen und ich frage mich, wie ein Mensch so makellos aussehen kann. Wenn ich einige Shots zu viel intus habe, sehe ich aus wie der Tod auf Latschen, er wie ein verdammter Gott.

»Für mich ist sie gestorben, als sie Tracy und mich für ihre alberne Schauspielkarriere zurückgelassen hat«, antwortet er in hartem Ton.

Ich drehe mich in seine Richtung und sauge jedes Detail an ihm auf. Das kleine Grübchen auf seiner Wange, den Bart, der immer dichter wird. Die perfekten Muskeln unter seinen breiten Schultern. Seine Jeans sitzt so locker auf den Hüften, dass man seine dunkle Boxershorts hervorblitzen sieht.

»Wie alt warst du damals?«, hake ich mutig nach. Es ist das erste Mal, dass er mir etwas Privates erzählt, also nutze ich den Moment aus. Morgen wird er wieder nüchtern sein und vermutlich sofort dichtmachen, wenn ich etwas über ihn erfahren will.

»Sechzehn.«

Bei der Vorstellung, wie es sein muss, wenn dich die eigene

Mutter zurücklässt, um einer Karriere nachzujagen, wird mir übel. Ich habe sie nur wenige Minuten gesehen, wusste aber direkt, dass sie andere Werte und Ideale hat als ich. Mir ist es egal, ob ich in Secondhandsachen herumlaufe. So haben die Kleidungsstücke wenigstens eine Geschichte zu erzählen. Ihre sicher dreitausend Pfund teure Handtasche kann vermutlich nur vom Leid, das hinter ihrer Produktion steckt, ein Lied singen. Oder ein ganzes Orchester spielen.

»Und sie ist einfach gegangen? Was habt ihr dann gemacht?« Bei der Erinnerung daran, wie ich sechzehn Jahre alt war, kommen nur warme und schöne Gefühle in mir auf. Ich hatte das beste Verhältnis, das man zu seiner Mutter haben konnte, selbst in den Teeniejahren.

»Sie hat irgendeinen Kerl in Liverpool kennengelernt, der ihr angeblich die Rolle ihres Lebens vermitteln wollte. Aber weil er keine Lust auf zwei Teenager hatte, hat er sie vor die Wahl gestellt. Sie sollte entweder ohne uns zu ihm ziehen oder die Rolle knicken und damit leben, dass er sie einer anderen anbieten würde. Also ist sie mit ihren billigen Fake-Handtaschen gegangen und wollte uns zu unserer Großmutter abschieben.« Troys Augen sind geschlossen, während er mir von seinen Dämonen erzählt.

Langsam verstehe ich, wieso er heute Morgen so reagiert hat, trotzdem finde ich es befremdlich, dass er behauptet, sie sei nicht mehr am Leben. Er weiß anscheinend nicht, wie hart es ist, wenn die eigene Mutter wirklich um Leben und Tod kämpfen muss.

»Und seid ihr dann bei eurer Großmutter untergekommen?«

»Sie war damals schon schwer krank und wir wollten ihr nicht auf der Tasche liegen. Also habe ich angefangen, irgendwelche Jobs zu machen, um an Geld zu kommen. Seit ich sechzehn bin, hangle ich mich von einer schlecht bezahlten Arbeit zur nächsten. Wir hatten dann irgendwann genug Kohle, um uns eine kleine

Wohnung hier in Bedford zu leisten. Später ist Tracy nach London gezogen, während ich hier in meinem lächerlichen Leben festgesteckt habe.« Sein Gesicht sieht noch trauriger aus, als seine Stimme klingt.

»Du hast ein wundervolles Apartment und tolle Freunde. Außerdem bist du ein ziemlich passabler Mann geworden, wenn du mich fragst«, teile ich ihm mit.

Troy öffnet ein Auge und schielt zu mir herüber. Seine Lippen stehen einen Spalt offen und ich wünschte, ich könnte ihm auf meine Art und Weise zeigen, wie *passabel* ich ihn finde. Indem ich mein Bein über ihn schwinge, mich auf ihn setze und die Muskeln seines Oberkörpers mit den Fingern nachzeichne. Mein Kopfkino läuft wieder einmal auf Hochtouren.

»Und trotzdem habe ich keinen festen Job und bin das erbärmliche Mädchen für alles in Bedford geworden. Ich konnte nie eine Ausbildung machen, weil es geldtechnisch einfach nicht funktioniert hätte, immerhin musste ich für Tracy sorgen.«

Langsam wird mir klar, wieso er mir beim Verwirklichen meines Traumes helfen will. Er will, dass ich es besser mache als er. Ich weiß seinen Einsatz zu schätzen, auch wenn ich ihn bis jetzt mit Füßen getreten habe. Nach der Besichtigung habe ich mich nicht mehr bei dem Verkäufer gemeldet und mittlerweile ist der Laden ganz sicher schon verkauft. Trotzdem kann ich nicht aufhören, an ihn zu denken und mir vorzustellen, wie schön meine Konditorei hätte werden können.

»Für mich klingt es, als wärst du ein ziemlicher Kämpfer.« Ich lächle und stecke ihn damit an. Seine Augen hingegen bleiben kalt. »Aber ich bin der Meinung, dass du deiner Mutter eine Chance geben solltest. Sie hat richtig gestrahlt, als sie heute Morgen vor der Tür stand. Vielleicht hat sie sich ja geändert und will etwas wiedergutmachen. Ich war so kurz davor, meine Mutter an den Krebs zu verlieren und ich habe mir geschworen, dass ich von nun an allen Menschen vergeben werde, bevor es zu spät ist. Deine Mutter ist noch am Leben und hat die Möglichkeit, es besser zu machen.«

»Sie hat es noch nie geschafft, sich zu ändern, egal wie oft sie das versprochen hat.« Dass seine Meinung sich schon vor Jahren festgesetzt hat, bemerke ich sofort. Ich kann gut mit Menschen umgehen und weiß, dass sich die meisten immer selbst im Weg stehen. Und Troy Chesterfield hat eine verdammte Straßensperre aus Ausreden errichtet, die ihn schützen soll. Nur weiß er nicht, dass sie ihn nicht schützt, sondern nur manipuliert.

»Du weißt nicht, ob es jetzt anders ist. Du glaubst vielleicht, dass es ein Zeichen von Schwäche ist, wenn du ihr vergibst, was sie euch angetan hat. Aber weißt du was?«

Wir sehen einander intensiv an und ich spüre, wie das Stechen in meiner Magengegend langsam abnimmt. Die Eifersucht auf Lucy hat einfach keinen Platz mehr in diesem Augenblick. Das hier ist wichtiger und liegt mir wirklich am Herzen. So, wie er mir helfen will, will ich jetzt ihm helfen.

»Was?« Seine Stimme klingt dunkel und rau, wie Schleifpapier schabt sie über meine erhitzte Haut.

»Jemandem zu vergeben ist keine Schwäche, sondern die größte Stärke. Und im Gegensatz zu deinen Sprüchen ist der tatsächlich von mir selbst. Ich habe ihn am eigenen Leib erfahren.«

Einen Moment scheint er sich meine Worte durch den Kopf gehen zu lassen, fängt dann aber laut an zu lachen. »Und du hast das sicher nicht aus einem Glückskeks?« Seine Reaktion ist mir schon viel lieber als die ernste Miene, die er eben noch auf dem Gesicht trug wie eine Maske. Mit Masken kenne ich mich aus. Nur die wenigsten Menschen in meinem Leben wissen, wie es hinter meiner aussieht. Dass ich nicht immer die taffe Frau bin, sondern ein verletzliches Mädchen in mir trage. Troy gehörte schon nach wenigen Wochen zu diesem Personenkreis, denn er hat mich in meinen schwachen Momenten gesehen.

»Ganz sicher.«

Mittlerweile hat er sich in meine Richtung gedreht, sodass wir nebeneinandersitzen und uns ansehen. Dabei fällt es mir wahnsinnig schwer, mich nicht auf seinen Oberkörper zu konzentrieren, der immer noch viel zu nackt ist. Wir sollten dringend die dritte Regel wieder ins Leben rufen und immer nur bekleidet aus dem Badezimmer kommen.

»Danke«, murmelt er schließlich nach einer stillen Ewigkeit, die die Luft zwischen uns elektrisch aufgeladen hat.

Ein Blick auf die Uhr verrät mir, dass es bald halb zwei, also mitten in der Nacht ist, also stehe ich schweren Herzens auf und lasse Troy auf dem Sofa zurück. »Ich sollte schlafen gehen, weil ich morgen die Frühschicht übernehme.«

Troy hat die Arme hinter dem Kopf verschränkt und folgt mir mit seinen Blicken. Bevor ich aus seinem Sichtfeld verschwinde, drehe ich mich noch einmal zu ihm um. Jetzt strahlen seine Augen wieder so, wie ich es gewohnt bin. Wenigstens habe ich es geschafft, seinen Tag gut enden zu lassen.

»Und noch etwas: Wenn ich am Abgrund einer Klippe stehe, darfst du mich liebend gern vor dem Sturz retten und in deine Arme ziehen.«

Innerlich hoffe ich, dass der Abgrund schon irgendwo da draußen auf mich wartet.

Kapitel 14

Molly

Seit Troy mir von seiner Vergangenheit und seiner Mutter erzählt hat, hat sich das Verhältnis zwischen uns verändert. Wir necken uns immer noch täglich, aber es gibt einen entscheidenden Unterschied: Er spricht viel offener mit mir. Ich weiß jetzt, was hinter seiner Fassade steckt und welche Gedanken durch seinen Kopf geistern. Ich weiß, dass er eigentlich eine eigene Werkstatt aufmachen wollte, als er noch zur Schule ging, weil er Autos schon immer faszinierend fand. Stattdessen hangelt er sich von einem Job zum anderen und hilft hin und wieder bei Chase aus, wenn sein Boss Unterstützung braucht oder die Reifensaison ansteht. Ich weiß, dass er Tiere genauso sehr liebt wie ich, aber zu viel unterwegs ist, um sich eines nach Hause zu holen. Er ist eher der Hundemensch genau wie ich und hatte als Kind einen Beagle Namens Bagel bei seiner Großmutter. Er liebt nicht nur Marvelfilme, sondern auch Dokumentationen und würde für meinen neu kreierten Käsekuchen töten. Nur nicht mich, immerhin kenne ich als Einzige das Rezept.

Als kleines Mädchen hatte ich immer den Wunsch, ein eigenes Geheimrezept zu erschaffen, das ich lediglich an meine Kinder weitergeben würde, wenn es so weit ist. Kinder sind zwar noch lange nicht in Sicht, aber immerhin stehen die Zutaten schon fest. Eine Tatsache, die mich tröstet, auch wenn der Rest in meinem Leben eher schleppend läuft.

»Ich schiebe noch schnell die Nachos in die Mikrowelle! Sie sollten ja gleich da sein, oder?«, rufe ich ins Wohnzimmer, wo Troy alles für unseren DVD-Abend mit Brooke und Chase vorbereitet. Da wir uns noch nie zu viert getroffen haben, wurde es allerhöchste Zeit, das nachzuholen. Ich streue etwas von dem Käse über die Tortillas und stelle sie in die Mikrowelle, damit er schmelzen kann. Nebenbei rühre ich die Chili-Sin-Carne an und spüre, wie mir das Wasser im Mund zusammenläuft.

»Es hat gerade geklopft. Ich geh mal den Eselchens aufmachen.« Bei ihrem Spitznamen muss ich immer noch innerlich weinen vor Lachen. Als Brooklyn mir erzählt hat, dass Chase ihr aus ihren Lieblingsbüchern vorliest, fand ich es erst kitschig und völlig überzogen. Bis ich gemerkt habe, dass Brooklyn genau so einen Mann an ihrer Seite braucht. Einen Romantiker. Einen Helden. Jemanden, der ihr zeigt, wie wundervoll sie ist und der sie auf Händen trägt. Der ihr zeigt, dass es ihr gutes Recht ist, sich nach dem Tod ihrer ersten Liebe noch einmal neu zu verlieben. Deshalb weiß ich, dass die beiden seelenverwandt sind.

Trotzdem ist der Spitzname Eselchen seitdem ein Teil von ihr. Nachdem ich die Zeit in der Mikrowelle eingestellt habe, stürme ich ins Wohnzimmer und werde als allererstes von Ghost begrüßt. Der japanische Spitz meiner besten Freundin liebt nur eines mehr als Leckerchen: Küsse. Also falle ich auf die Knie und lasse mir von ihm das Gesicht abschlecken.

Sein Fell ist fluffig und jedes Mal, wenn ich ihn sehe, muss ich an *Game of Thrones* denken. Nicht nur, weil er den Namen des Schattenwolfes trägt, sondern auch, weil er genauso aussieht. Nur in etwas kleiner, niedlicher und weniger gefährlich. Er trägt ein blau kariertes Tuch um seinen Hals und ist wirklich zum Niederknien.

»Gott, es riecht ja köstlich hier drin.« Brooklyn schält sich aus ihrer Jacke und nimmt mich in den Arm, als ich mich von der Fellnase gelöst habe. Anschließend umarme ich Chase, weil es bei ihm ganz normal ist, dass ich ihn berühre. Als ich mich von ihm löse und Troy im Hintergrund entdecke, weicht mir die Farbe aus dem Gesicht. Er sieht aus, als würde sieben Tage Regenwetter herrschen. Und ich weiß ganz genau, wieso.

»Ich umarme ihn nur, weil ich ihn unsexy finde«, lüge ich. »Ich meine, er ist der Freund meiner besten Freundin«, schiebe ich noch schnell hinterher.

»Und wieder einmal autsch, du hast es echt drauf, meine Gefühle zu verletzen«, sagt Chase und greift sich theatralisch an die Brust. Zum Glück weiß er, wie ich es meine und nimmt es mir nicht übel. Danach wendet er sich seinem besten Kumpel zu, der immer noch an die Wand gelehnt dasteht und uns beobachtet. Besser gesagt: Mich beobachtet. Seine Augen nageln mich an Ort und Stelle fest. Ich kann die Vorwürfe, die ihm auf der Zunge liegen, förmlich in der Luft zwischen uns tanzen sehen.

»Darfst du sie immer noch nicht anfassen?«, fragt Chase ihn herausfordernd und ich würde ihm am liebsten einen Schlag auf den Oberarm geben, damit er die Klappe hält und Troy nicht noch weiter provoziert.

Im ersten Moment glaube ich, dass Troy wirklich verletzt ist, doch dann wandern seine Mundwinkel spielerisch nach oben. Er tritt auf mich zu und geht so nah an mir vorbei, dass ich einen leichten Windhauch wahrnehme. Neben seinem Duft, der mir in die Nase steigt und den ich mit jedem Tag stärker verteufle. Er weiß ganz genau, welche Wirkung er auf mich hat, und nutzt dieses Wissen schamlos aus.

»Das geht schon in Ordnung. Immerhin weiß ich jetzt, dass sie mich sexy findet und dich nicht, Alter.« Sein Raunen sorgt in Sekundenschnelle dafür, dass ich puterrot anlaufe. Die Tatsache, dass Brooklyn und Chase mir gegenüberstehen und mich mit einem unterdrückten Lachen anstarren, macht es nicht unbedingt besser. Brooklyns Blick sagt mehr aus, als Worte es je könnten. Ihre Brauen tanzen nach oben ich verdrehe die Augen. Sie hätte jedes Recht der Welt, mich und Troy zu verkuppeln, aber sie weiß auch, wann sie sich zurückhalten muss.

»Komm, Ghost. Die können uns alle mal!« Sofort ist er an meiner Seite, und als ich mich aufs Sofa setze, springt er neben mich, um sich anschließend auf mich zu legen. Wenigstens einer ist auf meiner Seite ...

• • •

Die Nachos sind in unseren Bäuchen verschwunden, der Wein steigt mir langsam zu Kopf und der erste Film ist schon vorbei. Wir haben uns für *Happy Birthday* entschieden. Ein Film, in dem ein junges Collegemädchen immer wieder am Tag ihres Geburtstages aufwacht und von einem Killer ermordet wird. Auf die bizarrsten und verrücktesten Arten.

»Also ich fand ihn ja ganz witzig«, wirft Chase in die Runde, während Troy die Nase rümpft. Er sitzt auf dem Sessel, Brooklyn und Chase neben mir auf der Couch. Ghost hat es sich mittlerweile auf dem Boden vor meinen Füßen bequem gemacht, weil es zu eng hier oben wurde. Jetzt dient er mir als lebendiger Teppich. Wer braucht schon eine Fußbodenheizung, wenn man einen Hund hat?

»Ich fand ihn lahm. Außerdem war mir ziemlich schnell klar, wer hinter all dem steckt.« Während er an seinem Bier nippt, kann ich nicht aufhören, ihn anzusehen. Seine muskulösen Arme spannen sich bei jeder Bewegung an und der Wein in meiner Blutbahn macht meine Obsession für diesen Kerl nicht gerade besser.

Brooklyn liegt eng an Chase gekuschelt neben mir. Sie wollte mir beim Weintrinken keine Gesellschaft leisten, also habe ich die Flasche allein geleert. Dementsprechend wuselig geht es in meinem Kopf zu. Es gleicht einem Wunder, dass ich dem Film überhaupt folgen konnte und nicht eingeschlafen bin.

»Komm schon. Willst du wirklich nicht ein Glas mit mir trinken? Nur zum Anstoßen? Ich komme mir vor wie eine Alkoholikerin, wenn ich noch eine Flasche allein anfange.« Schmollend schiebe ich meine Unterlippe nach vorne, aber Brooklyn schüttelt nur den Kopf. In ihren grünen Augen liegt etwas verborgen, das ich nicht deuten kann. Und dabei fällt es mir sonst immer leicht, meine Mitmenschen zu durchschauen. Jedenfalls, wenn sie nicht Troy mit Vornamen und Chesterfield mit Nachnamen heißen. Bei ihm ist alles anders.

»Bitte, bitte.« Ich lege mich wirklich ins Zeug, greife nach ihrer Hand und führe sie langsam in Richtung Weinglas, das auf dem Tisch steht. Doch sie reißt ihre Hand aus meiner und tauscht mit Chase vielsagende Blicke aus. »Moment mal – was ist hier los?« Sie kam mir den gesamten Abend über so ruhig vor. Nicht unglücklich ruhig, aber trotzdem zu still. Außerdem trägt sie sonst nie so einen schlabberigen Oma-Pullover und sie war schon vier Mal im Badezimmer. Und jedes Mal länger, als eine Frau zum Pinkeln brauchen sollte. Meine beste Freundin beißt sich auf die Unterlippe – das nächste Indiz dafür, dass etwas im Busch ist.

»Es gibt einen Grund, wieso ich nichts trinke«, stammelt sie, während ich mich auf den bevorstehenden Urknall vorbereite. Innerlich weiß ich natürlich schon, was jetzt folgt, aber ich will es aus ihrem Mund hören, damit ich es auch glauben kann.

»Jaaa?«, frage ich langgezogen.

»Wir sind schwanger«, sagen Chase und Brooklyn im Chor. Mir klappt die Kinnlade herunter, auch wenn ich es eigentlich schon wusste. Mein Bauchgefühl lässt mich nur selten im Stich und ihr Verhalten war viel zu auffällig.

»Oh mein Gott!« Ich springe auf, merke aber schnell, dass ich schon ziemlich viele Promille intus haben muss. Also sammle ich mich einen Moment, bevor ich Brooklyn hochzerre und mich in ihre Arme werfe. Sie vergräbt ihr Gesicht in meinem Haar und ich kann diese verräterischen Tränen nicht zurückhalten. Ein Tropfen nach dem anderen verlässt meine Augen und landet auf ihrem grässlichen senfgelben Oversize-Pullover.

»Das ist ja so was von verrückt! Ich gratuliere euch«, schluchze ich und es dauert nicht lange, bis Brooke in mein Heulen einstimmt. Eine kleine Ewigkeit stehen wir so da, während Troy Chase brüderlich und stolz auf die Schulter klopft. Sie sind eher die zurückhaltenden Typen, während ich kaum an mich halten kann. Ein Baby wird alles verändern, nicht nur in privater, sondern auch beruflicher Hinsicht. Aber das spielt im Moment keine Rolle. Gerade zählt nur, dass meine beste Freundin Mama wird, und nicht, dass damit meine beste und einzige Arbeitskraft verloren geht.

»Deshalb warst du so oft auf dem Klo! Und deshalb hast du dir vor ein paar Wochen auch die Seele aus dem Leib gekotzt! Von wegen Magenverstimmung. Da ist eine kleine Kidneybohne drin.« Ich berühre ihren Bauch und erschrecke, als ich bemerke, wie groß er schon ist. Wie, um Himmels willen, konnte ich in den letzten Wochen nichts bemerken?

»Damals wusste ich es aber noch nicht. Ich dachte wirklich, dass ich mir nur den Magen verdorben habe.« Sie strahlt wie die Sonne und ich strahle mit ihr.

Nachdem ich Brooklyn endlich wieder losgelassen habe, widme ich mich Chase. Ich sehe ihn schon als frisch gebackenen Vater vor mir. Wenn einer der geborene Papa ist, dann wohl Chase Graham.

Ich breite meine Arme aus und zerdrücke ihn beinahe aus Liebe.

»Eins muss ich schon sagen: Ich wusste nicht, dass man durchs Vorlesen schwanger werden kann. Du hast wohl eine verdammt potente Stimme, Casanova!«

Lachend gibt er mir einen freundschaftlichen Kuss auf die Wange, und als ich mich von ihm löse, gehen mir so viele Bilder durch den Kopf. Davon, wie Brooklyn mit einem riesigen Babybauch aussehen wird. Davon, wie ich den Knirps zum ersten Mal im Arm halte. In meiner Brust entsteht ein warmes Feuer, das meinen gesamten Körper in Beschlag nimmt. Oder vielleicht ist es auch nur der Alkohol, der mich im Griff hat. Die Kombination ist auf jeden Fall ziemlich gefährlich. Troy hält sich bedeckter, als er Brooklyn gratuliert.

»Und oh mein Gott! Dann kannst du ja bald dem Baby vorlesen!«, quieke ich und kann kaum noch an mich halten. Ich habe mir schon immer gewünscht, einmal Tante zu werden. Und da Brooke nicht nur meine beste Freundin, sondern auch eine Schwester für mich ist, steht diesem Traum nicht mehr viel im Weg. Nur noch ein paar Monate und fiese Wehen.

»Wir wollten es euch eigentlich erst nächste Woche sagen, wenn die kritische Phase vorbei ist, aber ich wäre wirklich fast geplatzt. Von dem Film habe ich kaum etwas mitbekommen«, sagt Brooklyn mit diesem wundervoll erfüllten Lächeln auf den Lippen, das ich immer wieder an schwangeren Frauen sehe. Manchmal frage ich mich, ob ich genauso belebt aussehen werde, sollte ich jemals einen positiven Test in der Hand halten.

»Und ich fand ihn vermutlich witziger, als er war. Im Moment könnte ich über alles lachen«, wirft Chase glücklich ein. Beide fallen zurück aufs Sofa, wo sie sich sofort wieder eng aneinanderschmiegen. Man trifft sie selten einzeln an, meistens kleben sie aneinander, als hätte man sie mit Uhu Super glue zusammengequetscht. Zum ersten Mal wünsche ich mir genau diese kitschige Verbundenheit auch für mich.

»Das ergibt dann schon mehr Sinn. Der Film war nämlich echt scheiße.« Troy sitzt mittlerweile wieder auf dem Sessel und somit viel zu weit von mir entfernt. Wenn es nach mir gehen würde, wäre das Sofa einen Meter breiter und er könnte neben mir sitzen. Nicht dass ich ihn berühren würde ... aber ich mag seine Nähe mehr, als mir lieb ist. Seit er neben mir im Bett geschlafen hat und ich ihn die halbe Nacht beobachtet habe, fühlt es sich falsch an, ihn auf dem Sofa schlafen zu lassen, während ich sein Schlafzimmer in Beschlag nehme.

Trotzdem bin ich konsequent genug, nicht mein Herz sprechen zu lassen, sondern meinen Verstand. Während Brooklyn und Chase sich tief in die Augen sehen und er ihren kleinen Bauch reibt, den ich jetzt deutlich unter dem Stoff erkennen kann, spüre ich Troys Blicke ganz intensiv auf mir. Schielend sehe ich zu ihm hinüber. Auf seinem Gesicht liegt ein Ausdruck, den ich nicht deuten kann. Er sieht mich an, als hätte er tausend Fragen auf der Zunge. Und ich weiß ganz genau, wie es ihm geht, weil es in mir ähnlich aussieht. Aber bei mir ist es nur eine Frage, die ich mir seit Tagen immer wieder stelle: Wann breche ich endlich diese verdammte Regel?

...

»Hättest du mit dieser Wendung gerechnet?«, frage ich Troy, als wir uns von unseren Freunden verabschiedet haben. Es ist mittlerweile wieder kurz vor Mitternacht und ich bin einigermaßen nüchtern und klar im Kopf. Brooklyn meinte, dass sie die Schwangerschaft unfassbar müde macht, weshalb wir keinen zweiten Film geschafft haben. Troy räumt das Geschirr ab und bringt es in die Küche, weil er genau wie ich Unordnung nicht ausstehen kann. Anschließend setzt er sich neben mich – natürlich mit dem obligatorischen Abstand zwischen uns, der schon zu unserem Alltag geworden ist.

»Ich habe doch gesagt, dass ich ziemlich von Anfang an wusste, wer sie töten will. Für mich war das viel zu offensichtlich. Außerdem hat mich die Protagonistin tierisch genervt. Sie war noch schlimmer als du.« Er kratzt sich am Hinterkopf und ich würde ihm gern einen Klaps darauf geben, weil er immer noch an diesen Film denkt und keine Gelegenheit auslässt, zu sticheln.

»Ich rede doch nicht davon. Sondern von dem Baby! Ich hätte nie im Leben gedacht, dass Brooke schwanger ist!« Ich bin immer noch voller Glückshormone und plane gedanklich schon die Babyparty für die beiden. Je nachdem ob es eine kleine Brooke oder ein kleiner Chase wird, werde ich meine Wohnung in einen rosa oder blauen Himmel verwandeln, wenn die Handwerker denn mal fertig werden. Ich will alles richtig machen als beste Freundin. Zum Glück ist sie noch im ersten Trimester und somit habe ich noch genug Zeit, einen Plan zu schmieden und zu hoffen, dass Mr. Harsh den Bauarbeitern Feuer unter den Hintern macht. Er hat mich letzte Woche angerufen und gesagt, dass sie gut vorankommen, aber sicher noch ein, zwei Wochen brauchen werden.

»Nie im Leben. Ich wusste ja nicht mal, dass Chase in der Lage ist, wirklich was gebacken zu bekommen.« Er lacht und mir ist klar, dass er es nicht ernst meint. Chase ist schon seit Jahren sein bester Freund und ich weiß, wie viel sie einander bedeuten. Genauso weiß ich aber auch, dass Troy Probleme damit hat, seine Gefühle zu zeigen. Nicht nur in Bezug auf mich oder seine Mutter, sondern auf alle.

»Das ist wirklich der Wahnsinn! Und ich dachte immer, ich würde die Erste in meinem Freundeskreis sein, die Mutter wird.« Heute ist Vollmond, deshalb scheint silbernes Licht durch die großen Fenster herein. Der Himmel ist wolkenlos und ich bin mir sicher, dass man außerhalb der Stadt heute sogar die Milchstraße sehen könnte. Am liebsten würde ich mich jetzt warm einpacken und losgehen, bis ich unter den Sternen stehe. Doch wenn ich mich entscheiden muss, zwischen dem Sternenhimmel über mir und Troy im Mondlicht neben mir, dann weiß ich, wer gewinnt.

»Du willst also Kinder?«, hakt er nach. Ich kuschle mich in die Ecke hinein und drehe mich in seine Richtung. Wie oft wir in den letzten Wochen so beisammengesessen und über Gott und die Welt geredet haben, habe ich nicht gezählt. Aber ich weiß, dass es verdammt oft war. Meistens hat er mir von seinem Tag erzählt und ich ihm von meinem.

Wüsste ich es nicht besser, würde ich sagen, dass wir uns wie ein Pärchen benehmen. Wir essen zusammen, wir kochen zusammen, wir unterhalten uns tiefsinnig und er ist an meiner Seite, wenn ich nicht schlafen kann. Und doch fehlt der entscheidende Punkt in unserer Beziehung. Seit ich ihn kenne, habe ich ihn kein einziges Mal bewusst berührt. Er hingegen weiß, wie sich meine Haut an seiner anfühlt. Dass er nie darüber spricht, sorgt für ein ungutes Gefühl in mir. Hätte er den Funken gespürt, von dem meine Mutter so strahlend geredet hat, hätte er mich sicher längst gepackt und nicht mehr losgelassen. Stattdessen hält er meine Regel penibel ein. Vermutlich sollte es mich freuen, dass er sie nicht einfach bricht. Vermutlich sollte ich mir nicht wünschen, dass er den Funken für uns beide gespürt hat. Und doch tue ich es.

»Ich wollte immer drei. Aber das hat sich in den letzten Jahren geändert, weil ein Vollpfosten nach dem anderen in mein Leben trat und meine kostbare Zeit geraubt hat. Wenn ich mein Leben jetzt hochrechne, würde ich eher sagen, dass ich mal zwei haben werde. Am liebsten einen Jungen und ein Mädchen.« Meine Mutter hat mir bevor ich nach Amerika gehen wollte gesagt, dass eine hoffnungslose Romantikerin in mir schlummert. Und so wie ich wegen der Schwangerschaft reagiert habe, könnte sie wirklich recht haben. Die bloße Vorstellung, einem Kind das Leben zu schenken, sorgt für ein Hochgefühl in mir. Meine Hand wandert im Dunkeln zu meinem flachen Bauch, der sich höchstens mal nach außen wölbt, wenn ich zu viel gegessen habe. »Und was ist mit dir? Willst du mal deine eigene Familie haben?« Ich nehme ein Kissen und stupse ihn damit an, weil er gedankenversunken ins Nichts starrt.

Troy zuckt mit den Schultern. Er trägt heute ein enganliegendes, schwarzes Longsleeve, das jeden seiner Muskeln perfekt betont. Die Jogginghose sitzt locker auf seinen Hüften. Es gab in den letzten Wochen nicht einen Tag, an dem er nicht perfekt ausgesehen hat. Jeden Morgen, wenn er verschlafen aufsteht, und jeden Abend, wenn er nach einem langen Arbeitstag heimkommt.

»Ich denke schon. Bis jetzt hatte ich noch nie eine Beziehung, in der ich darüber nachgedacht habe. Aber wenn die richtige Frau an meiner Seite ist, wer weiß?« Man hört ihm an, dass er nur ungern darüber spricht. Umso glücklicher bin ich, dass er sich mir trotzdem öffnet. Anfangs dachte ich, dass das Auftauchen seiner Mutter unserer Freundschaft geschadet hätte, dabei ist genau das Gegenteil der Fall. Es hat uns enger zusammengebracht. Er spricht jetzt mit mir über Dinge, denen er sonst aus dem Weg gegangen ist. Allein dafür würde ich Miranda gern einladen und mich bei ihr bedanken.

»Die richtige Frau? Du klingst ja schon wie Brooke und Chase«, ziehe ich ihn auf, dabei würde ich gern etwas ganz anderes zu ihm sagen. *Du wirst die Richtige finden. Und wer weiß, vielleicht sitzt sie ja gerade wenige Zentimeter neben dir und sieht sich schmachtend dein Profil an.*

»Gott, du hast recht. Ich meine natürlich die Frau, die ein bisschen besser zu mir passt als alle anderen.« Seine spitzen Eckzähne blitzen hervor, als sich seine Lippen zu einem Grinsen verziehen. Verdammt, dieses Lachen setzt mich jedes Mal schachmatt. Ich lasse mich etwas tiefer ins Sofa sinken und genieße die Stille, die jetzt zwischen uns herrscht. Auch wenn sie so viel Raum für falsche Gedanken lässt ...

Kapitel 15

Molly

Ein lautes Vibrieren weckt mich. Müde schlage ich die Augen auf und spüre, wie mein Körper rebelliert. Mein Nacken fühlt sich an, als hätte ich zu viele Kilo gestemmt, meine Beine liegen seltsam verdreht auf dem Sofa und meine Wange klebt an einem der beigen Kissen. Es muss noch mitten in der Nacht sein, aber der Mond steht nicht mehr strahlend und voll vor unserem Fenster, sondern ist weitergezogen.

Orientierungslos sehe ich zu Troy hinüber, der in der anderen Ecke des Sofas sitzt und ebenfalls eingeschlafen sein muss. Er reibt sich die Augen und scheint genauso perplex zu sein wie ich. Seine Haare stehen ihm wild in die Stirn, doch er sieht auch mitten in der Nacht perfekt aus.

»Willst du nicht rangehen?«, fragt er mich gähnend.

Mein Handy!

Sofort bin ich hellwach, schnappe mein Smartphone vom Tisch und spüre, wie mein Herz immer mehr Blut in meinen Körper pumpt, als ich den Namen der Person sehe, die mich nachts um halb drei anruft. Dr. Miller ist der behandelnde Arzt meiner Mutter und der Einzige, der um diese Uhrzeit am anderen Ende der Leitung sein kann.

»Was ist passiert?« Ich begrüße ihn nicht. Ich stelle mich nicht vor. Stattdessen will ich, dass er sofort zum Punkt kommt. Und weil wir uns aus der Zeit, in der meine Mutter in seiner Behandlung war, gut kennen, weiß er das längst.

»Molly, Ihre Mutter wurde gerade eben mit heftigen Schmerzen eingeliefert. Wir sollten Sie sofort kontaktieren, wenn das der Fall ist.« Er redet nicht um den heißen Brei herum und dafür bin ich ihm dankbar. Dass die Tränen bereits über meine Wangen laufen ignoriere ich, auch wenn Troy sie sieht.

Ich spüre seine stechenden Blicke auf mir, dabei wünsche ich mir im Moment etwas anderes. Ich will nicht nur seine Blicke spüren, sondern seine Hände, die beruhigend über meinen Rücken streichen. Seine Arme, die mich halten, damit ich nicht zusammenbreche. Seine Lippen, die mir ins Ohr flüstern, dass alles wieder gut wird. Dass der Krebs meiner Mutter ganz sicher nicht zurückgekehrt ist und die Schmerzen eine andere Ursache haben.

Doch er bleibt an seinem Platz sitzen und belässt es bei der Entfernung. Weil ich immer noch zu stolz bin, um ihm zu sagen, was ich wirklich will. Dass ich innerlich danach bettle, meine Regel zu brechen, und trotzdem noch Angst habe, wieder mein Herz an einen Mann zu verlieren, der es brechen wird. Es wurde zu oft gebrochen, um das Risiko einzugehen, nur weil ich gerade schwach bin.

»Ich bin in zehn Minuten da«, antworte ich schnell, beende das Gespräch und springe auf. Da mein Knöchel immer noch nicht ganz abgeheilt ist, zieht ein stechender Schmerz durch ihn hindurch und wandert hoch zu meinem Knie. Aber er ist nichts im Vergleich zu dem Stechen, das durch meine Brust schießt und in meinem Herzen mündet. Ich kenne es in- und auswendig. Jedes Mal, wenn Mom von einer Therapiesitzung zurück in ihr Zimmer kam, war das Stechen omnipräsent.

»Deine Mutter?« Troy klingt zaghaft, als hätte er Angst, etwas Falsches zu sagen. Dabei gibt es das Richtige im Moment nicht. Das Einzige, was ich hören will, ist, dass ich nur träume. Dass ich gleich schweißgebadet aufwachen werde und es diesen Anruf nie gegeben hat. Dass meine Mutter seelenruhig in ihrem Bett liegt, schläft und von etwas Schönem träumt. Und ... dass Troy mich hält.

»Ja, ich muss ins Krankenhaus. Sie wurde eben mit starken Schmerzen eingeliefert«, schluchze ich. Wenn ich bei Moms Chemo eines gelernt habe, dann das: Ich muss stark für sie sein, sonst entziehe ich ihr die Kraft, die sie im Kampf gegen den Krebs am allermeisten braucht.

Momentan fühle ich mich allerdings wie die schwächste Person der Welt, weil ich schon seit einer Woche nicht mehr bei ihr war. Weil ich zu sehr mit den Gedanken in meinem Kopf beschäftigt war, die sich nicht nur um sie gedreht haben. Die meisten davon waren dem Mann neben mir gewidmet – ein weiterer Beweis dafür, dass für diese Gefühle im Moment kein Platz in meinem Leben ist. Und gerade weiß ich nicht, ob jemals wieder Raum dafür in mir sein wird.

Hastig sammle ich mein Portemonnaie ein und stopfe das Handy, welches ich noch immer verkrampft in der Hand halte, in meine Hosentasche.

Als ich schon im Flur bin, um in die erstbesten Schuhe zu schlüpfen, taucht Troy hinter mir auf. Er wirkt jetzt ebenfalls hellwach. Entschlossenheit steht ihm ins Gesicht geschrieben. »Warte, Molly.« Er kommt auf mich zu, doch wenn ich dachte, dass er mich jetzt endlich in den Arm nehmen will, habe ich mich getäuscht. Er steht dicht vor mir, doch anstatt nach meiner Hand zu greifen, zieht er seine Jacke von der Garderobe. »Ich begleite dich.« Seine Stimme lässt keinen Widerspruch zu, also nehme ich es als das hin, was es ist. Seine Art, mir zu zeigen, dass er für mich da ist. Und in diesem Augenblick, sind seine Taten tröstender, als es je eine Berührung sein könnte. Zum ersten Mal bin ich in der Dunkelheit nicht mehr allein.

Mit zusammengepressten Lippen nicke ich und lasse meinen Tränen weiterhin freien Lauf. Noch darf ich schwach sein. Spätestens, wenn ich ihr Zimmer betrete, müssen alle Tränenspuren versiegt sein …

• • •

»Was genau ist passiert?« Meine Finger trommeln nervös auf den Empfangstresen im Krankenhaus. Hinter der Glasscheibe sitzt eine der Schwestern, die für diese Station zuständig ist. Ich erinnere mich nicht an ihren Namen, weiß aber, dass sie meine Mutter immer gut behandelt hat. Etwas, das in der heutigen Zeit nicht mehr selbstverständlich ist, immerhin ist das Krankenhaus schon lange unterbesetzt.

»Ihre Mutter hat selbst den Notarzt angerufen. Sie hatte ein starkes Stechen in der Magengegend und hat nur schlecht Luft bekommen. Sie liegt jetzt in Zimmer zweihunderteins und ruht sich aus, bevor die Ärzte morgen früh eine Biopsie durchführen. Dann wissen wir Genaueres.«

Die braunen Augen der Schwester sehen mich warm an, dabei ist mir innerlich so kalt wie noch nie. Seit meine Mutter befundfrei aus diesem Krankenhaus entlassen wurde, hatte ich Hoffnung. Dass diese Hoffnung jetzt vielleicht im Keim erstickt werden soll, will ich nicht zulassen.

Dicht neben mir steht Troy, der während der Fahrt hierher geschwiegen hat. Ich wüsste auch nicht wirklich, was ich sagen sollte, außer dass ich Todesangst habe. Fast fühlt es sich an, als würde es hier um mein eigenes Schicksal gehen. Und in gewisser Hinsicht ist es auch so. Die Verbindung zwischen meiner Mutter und mir hat mich in meinem Leben am allermeisten geprägt. Man sagt, hinter jeder kaputten Frau steht eine hässliche Beziehung, die es ihr schwer macht, zu vertrauen. Genauso steht hinter mir aber auch eine Mutter, die mich immer wieder stark gemacht hat. Die mir mein Vertrauen immer wieder zurückgegeben hat, wenn ich vom Weg abgekommen bin.

»Heißt das, der Krebs ist zurück?«, hauche ich leise und doch dröhnen diese Worte in meinen Ohren, als würde man sie mir entgegenschreien. Die Schwester lächelt mich ermutigend an, aber Mut ist das Letzte, was ich in mir spüre.

»Das können wir erst nach der Biopsie sagen. Im Moment wissen wir nicht, was los ist. Aber Ihre Mutter ist stark, Molly.«

Ich weiß.

Ich weiß es, verdammt noch mal.

Wieso kann ich es dann nicht glauben?

»Darf ich schon zu ihr? Ich muss sie sehen.«

Die Schwester hebt ihre Hand, um mir zu bedeuten, dass ich mich kurz gedulden muss. Anschließend wählt sie eine Nummer in ihrem weißen Telefon und spricht mit Dr. Miller. Als sie wieder auflegt, sehe ich ihr Lächeln.

»Sie können reingehen. Aber nicht so lange, okay? Ihre Mutter sollte bald schlafen, damit sie morgen Vormittag für den Eingriff bereit ist.«

Wie in Trance nicke ich und stürme in Richtung der Zimmer, die in dem langen, sterilen Gang liegen. Troy hält dabei mit mir Schritt, sagt aber immer noch nichts. Es ist, als hätte er auf dem Weg hierher seine Stimme verloren.

Als ich vor Zimmer zweihunderteins stehe und durch die große Glasscheibe hineinsehe, entdecke ich meine Mutter in dem sterilen Krankenhausbett. Ihr Gesicht ist von mir abgewandt. Ein paar Mal atme ich tief ein und sehe dann zu Troy hinüber. Seine eisblauen Augen tragen so viel Mitgefühl in sich, dass eine Gänsehaut auf meinem Körper entsteht. Der Abend mit unseren Freunden war wunderschön und jetzt stehe ich vor einem kleinen Riss in der Glasscheibe, die in Sekundenschnelle zu einem ausgewachsenen Scherbenhaufen werden kann. Ich kann nur hoffen, dass die Scherben in der Sonne glitzern werden.

»Ich warte hier draußen, bis du fertig bist.« Seine Hände hat er wieder in den Taschen seiner Jogginghose vergraben. Ich sehe ihm an, dass er mich gern in den Arm nehmen würde. Dass er mir gern mehr geben würde, als seine bloße Anwesenheit. Doch im Moment kann ich nur daran denken, bei meiner Mutter zu sein und ihr Kraft zu geben. An nichts anderes.

»Danke«, flüstere ich und greife hektisch nach der Türklinke.

Sobald ich die Tür hinter mir geschlossen habe, wird mein Herzschlag schneller. Es ist ein Einzelzimmer und ich bin froh darüber, meine Mutter allein sehen zu können. Ohne dass jemand neben ihr liegt und jedes Wort mitbekommt, das ich zu ihr sage.

Mom liegt in dem weißen Bett, mitten in diesem kargen Raum. Ich weiß, dass meine Mutter bunte Farben liebt, also werde ich ihr direkt morgen früh ein paar Sträuße herbringen, damit es hier drin wohnlicher wird. Als sie vor Wochen hier zuhause war, glich ihr Raum einem kleinen Blumenmeer, weil ich immer dafür gesorgt habe, dass sie Nachschub bekommt. Irgendwann hat Dr. Miller mir verboten, neue zu kaufen. *Wenn Sie nicht aufhören, jeden Tag neue Blumen zu kaufen, dann wird Ihre Mutter keinen Platz mehr für ihre Genesung haben.* Seine Worte, nicht meine.

»Hey.« Mit leisen Schritten trete ich an ihr Bett heran. Sie trägt ihr Kopftuch nicht, weil sie vermutlich schon geschlafen hat, als die Schmerzen anfingen und sie hergebracht wurde. Als sie aus dem Krankenhaus entlassen wurde, hatte sie noch keine Haare, mittlerweile sind sie schon etwas nachgewachsen. Gott, ich wünsche mir von ganzem Herzen, dass sie sie nicht wieder verlieren wird. Ich erinnere mich ganz genau an ihren stolzen Gesichtsausdruck, als die ersten Haare nachkamen. Sie sah aus, als hätte sie den Mount Everest bestiegen.

»Hey, mein Schatz.« Sie klopft auf die Matratze und rückt ein Stück zur Seite, damit ich mich neben sie setzen kann. Sofort greife ich nach ihrer kühlen Hand.

»Du hättest nicht mitten in der Nacht herkommen müssen, das weißt du, oder?« Selbst in dieser beschissenen Situation verliert Elizabeth Adams ihr Lachen nicht. Es ist zwar nicht sonderlich stark, aber immer noch strahlender als das der meisten gesunden Menschen, die ich kenne. Zu viele Menschen haben ihr Lächeln in dieser hektischen Welt zwischen sich türmenden Rechnungen und zahlreichen Überstunden verloren.

»Ich wollte aber. Außerdem war ich eh noch wach«, schwindle ich sie an. In den letzten Monaten habe ich gelernt, dass kleine Notlügen okay sind, wenn ich ihr damit ein besseres Gefühl geben kann.

»Danke«, flüstert sie. »Aber das wird schon nichts Dramatisches sein. Vermutlich habe ich nur etwas Falsches gegessen.« Wie gern würde ich ihr glauben. Glauben, dass ihr nichts fehlt. Dass dieser beschissene Krebs fernbleibt. Aber Naivität ist eine Sache, mit der ich nicht aufgewachsen bin. Mom hat mir immer ans Herz gelegt, auf positive Weise realistisch zu bleiben.

»Ganz bestimmt sogar. Du hast sicher zu viel Schokolade gefuttert.« Weil ich auf dem Weg hierher genug Tränen vergossen habe, kann ich jetzt wieder scherzen. So habe ich es während der gesamten Chemotherapie gemacht. Ich war im Wald und habe geweint. War im Tierheim bei Balou und habe geweint. War in meiner Wohnung und habe geweint. Doch als ich den ersten Schritt über die Krankenhausschwelle gemacht habe, war ich stark und habe die Tränen in die Wüste zum Austrocknen geschickt.

»Die Ärzte sagen, dass ich bald schlafen soll. Kannst du dir das vorstellen? Ich fühle mich wie ein kleines Kind, das man um acht Uhr ins Bett schickt. Aber Dr. Miller hat mir Schmerzmittel gegeben, ich werde also vermutlich wirklich schlafen wie ein Baby.« Ihre Mundwinkel ziehen sich müde nach oben und meine tun es ihnen gleich. Kein Lächeln der Welt hat so viel Kraft wie das der eigenen Mutter. Nicht nur, weil sie mir das Leben geschenkt hat, sondern weil sie mir immer die richtigen Werte vermittelt hat. Sie weiß, dass es keinen Sinn hat, in der Vergangenheit festzustecken und dass man sein Glück nie in der Zukunft suchen sollte. Das Glück ist jetzt. Jetzt in diesem Moment, in dem sie trotz der schweren Zeit ihr Lachen nicht verliert.

»Ja, das hat die Schwester auch zu mir gesagt. Aber ich werde heute Nacht hierbleiben, damit ich morgen früh direkt da bin. Also kannst du ruhig die Augen zumachen.« Ich streichle sanft über ihren dünnen Unterarm und beschließe im selben Moment, dass ich ihr morgen meinen neu perfektionierten Käsekuchen mitbringen werde. Sie wird ihn lieben, das weiß ich. Schon als ich klein war, wollte sie immer, dass ich meiner Kreativität freien Lauf lasse.

»Das musst du wirklich nicht. Ich will nicht, dass du die ganze Nacht allein auf dem kalten Flur sitzt. Ich kann schließlich nirgendwohin und bin morgen immer noch hier.« Mom deutet auf den Tropf, an dem sie befestigt ist und der mir verdeutlichen soll, dass sie sich nicht vom Fleck rühren wird. Dabei schreien ihre Augen förmlich, dass sie fliehen möchte.

»Ich bin nicht allein. Mein Mitbewohner sitzt draußen.« Als

ich es ausspreche, wird das Stechen in meiner Brust durch eine wohlige Wärme ersetzt. Troy sitzt tatsächlich draußen, obwohl er sicher todmüde ist und morgen wieder für jemanden den Samariter spielen muss. Das hier ist nur eines der Opfer, die er in letzter Zeit für mich erbracht hat. Moms Augen werden groß und ihr Lächeln noch breiter. Die Tatsache, dass ich mit einem Mann hier bin, scheint ihr mehr zu helfen, als die Medikamente, die man ihr verabreicht.

»Dein Mitbewohner also.« Sie kichert, als wäre sie ein Teenager und keine Frau in den Fünfzigern.

»Du kannst froh sein, dass du im Krankenhaus liegst. Sonst würde ich dir dieses Kichern jetzt austreiben«, drohe ich ihr ohne Erfolg. Stattdessen strahlt sie nur noch stärker mit den Leuchtstoffröhren an der Decke um die Wette.

»Nett von Troy, dich mitten in der Nacht zu begleiten.« Die versteckte Botschaft in ihren Worten könnte kaum offensichtlicher sein.

»Ja, das ist es wirklich«, erwidere ich seufzend und lege meinen Kopf auf ihrer Decke ab. Mom tätschelt ihn, als wäre ich immer noch ihr kleines Mädchen mit der Zahnlücke und den Zöpfen von damals. Und im Augenblick will ich auch nichts anderes sein als ihre kleine Tochter, für die es das allergrößte ist, Zeit mit ihrer Mutter zu verbringen.

»Würdest du mir einen Gefallen tun und ihn gleich reinschicken, bevor ich schlafe? Ich würde mich gern bei ihm persönlich dafür bedanken, dass er dich nicht alleinlässt.« Ihre Stimme ist warm und legt sich um mich wie eine weiche Decke. Unter anderen Umständen würde ich sofort verneinen und Troy von meiner Mutter fernhalten. Aber ich weiß, dass es ihr wichtig ist, also nicke ich. Auch wenn ich glaube, dass es keine gute Idee ist, sie einander vorzustellen.

Kapitel 16

Troy

»Komm schon, setz dich zu mir.« Mollys Mutter deutet auf den Stuhl neben ihrem Bett. Sie hat unfassbare Ähnlichkeit mit ihrer Tochter. Ihre Augen haben dieselbe interessante grüne Färbung. Ihre Oberlippe dieselbe Herzform und auch das folgende Lächeln ähnelt Mollys. Es ist, als könnte ich in die Zukunft ihrer Tochter sehen.

Ich nehme ihre Einladung an und setze mich auf den Stuhl. Mollys Ausdruck war zuckersüß, als sie mich fragte, ob ich ihrer Mutter einen Gefallen tun würde. Man hat ihr angesehen, dass es ihr unangenehm ist, mich darum zu bitten. Dabei sollte sie doch mittlerweile wissen, dass es nicht viele Dinge gibt, die ich nicht für sie tun würde. Momentan kann ich noch nicht einordnen, was das für mich bedeutet. Für unsere Freundschaft ...

»Ich bin Troy, der Mitbewohner Ihrer Tochter.« Ich reiche ihr meine Hand, aber sie öffnet stattdessen ihre Arme für mich. Also lasse ich sie wieder sinken und begrüße sie, als würden wir uns schon ewig kennen.

»Elizabeth. Aber bitte nenn mich Liz. Sonst fühle ich mich so alt in Gegenwart von euch jungen Hüpfern«, erwidert sie scherzend.

Sobald ich wieder auf dem Stuhl sitze und sie ansehe, fühlt es sich nicht mehr an, als wäre das hier unser erstes Treffen. Bei manchen Menschen stimmt die Chemie einfach ab der ersten Sekunde. Genauso, wie die Chemie zwischen Molly und mir sofort stimmte, auch wenn sie es vermutlich abstreiten würde, so stur wie sie ist.

»Ich weiß, es muss seltsam sein, dass ich dich sprechen wollte. Aber ich möchte mich gern bei dir bedanken. Nicht nur dafür, dass du meine Tochter bei dir aufgenommen hast, sondern auch, weil du sie hierherbegleitet hast. Ich weiß, wie sehr sie dieses Krankenhaus seit der Chemo hasst. Außerdem habe ich ihre Augen gesehen. Es ist gut, dass sie nicht allein war, als sie geweint hat. Sie ist eine Frau, die sonst nie vor anderen weint.«

Wehmut liegt auf ihrem Gesicht und ich spüre eine tonnenschwere Last auf mir. Molly auf dem Weg hierher so still und am Boden zu sehen, hat mich völlig aus der Bahn geworfen. Auf der anderen Seite bin ich froh, dass ihre Fassade mir gegenüber bricht und sie mir genug vertraut, um mir ihre Verletzlichkeit zu zeigen.

Sie hat in den letzten Wochen so viel Farbe in mein Leben und meine Wohnung gebracht, dass es mich trotzdem überfordert, diese Seite an ihr zu sehen.

Und während ich ihrer Mutter gegenübersitze, muss ich unweigerlich an meine eigene denken. Daran, dass Molly vielleicht recht haben könnte und ich zu hart zu ihr bin. Sie ist gesund und am Leben, trotzdem behandle ich sie, als würde sie nicht mehr existieren. Das schlechte Gewissen schiebe ich jedoch schnell zur Seite, immerhin geht es hier nicht um meine Mutter, sondern um Mollys. Mit dem schlechten Gewissen kann ich mich auch später noch befassen.

»Das ist selbstverständlich für mich, immerhin sind wir Freunde«, antworte ich ehrlich. Als ich erfahren habe, dass Molly ohne Wohnung dasteht, war sofort klar, dass ich ihr helfen würde, auch wenn sie mein Ego ziemlich verletzt hat. Als ich den Grund dafür erfahren habe, war da kein Platz mehr für Wut.

»Hach, ich wünschte, es wäre immer so. In der heutigen Zeit gibt es so viele Menschen, die diese Eigenschaft verloren haben und nur noch an sich selbst denken. Aber Molly hat es verdient, dass man sie anders behandelt.« Liz versinkt in den Gedanken an ihre Tochter und ich kann es ihr nicht verübeln. Molly ist umwerfend, auch wenn ich es ihr bis jetzt noch nicht gesagt habe. Was sollte es auch bringen? Sie stößt mich ohnehin immer wieder von sich, egal, was ich sage. Egal, was ich tue.

»Du kannst auf mich zählen. Außerdem habe ich es dir zu verdanken, dass ich jeden zweiten Tag einen Kuchen vor der Nase habe. Deine Tochter ist wirklich eine großartige Bäckerin«, schwärme ich.

»Das ist sie wirklich. Ich wünschte nur, sie würde ihr Talent nutzen und das tun, was sie will. Nicht, was ich will.« Sie seufzt und sofort werde ich hellhörig.

»Sie hat mir von ihrem Traum erzählt. Dass sie gern eine eigene Konditorei eröffnen würde«, platzt es aus mir heraus, dabei steht es mir nicht zu, Mollys Wünsche so unverfroren auszuplaudern. Doch Liz sieht nicht überrascht aus, also entspanne ich mich und lehne mich auf dem Stuhl zurück. Ich sollte todmüde sein, weil es mitten in der Nacht ist und ich in den letzten Tagen auf dem Sofa kaum Schlaf bekommen habe, aber ich bin hellwach.

»Ich weiß.« Liz verdreht die Augen. »Sie denkt, dass ich nichts von ihren Träumen weiß, aber ich bin ihre Mutter. Es ist, als könnte ich in ihren Augen lesen, dass sie mehr will als das Café. Dass sie ausbrechen will. Schon als kleines Mädchen hat sie davon geträumt, ein eigenes Geschäft auf die Beine zu stellen.«

»Aber sie hat ein schlechtes Gewissen dir gegenüber.« Es tut gut, so offen und ehrlich mit ihr reden zu können. Vielleicht haben mir solche Gespräche mit meiner eigenen Mutter immer gefehlt und deshalb fühle ich mich in Liz' Nähe direkt wohl.

»Soll ich dir ein Geheimnis verraten? Das Café war nie mein Traum. Ich wollte immer eine Bibliothek eröffnen. Eine, in der sich die Menschen zurückziehen und lesen können, um dem stressigen Alltag zu entfliehen. Ich hatte sogar schon das perfekte Gebäude hier in Bedford dafür gefunden, aber leider habe ich dafür nie die Finanzierung bekommen, weil die Bank meinte, dass es ein Fass ohne Boden wäre. Das Haus hätte von Grund auf saniert werden müssen und das war der Bank zu heikel. Nur deshalb habe ich das Café eröffnet, von dem Molly jetzt denkt, dass es mein Lebenswerk sei. Mein Traum. Ich hätte sicherlich das Geld für die Sanierung irgendwie zusammenbekommen, aber ich hatte Molly und sie war noch so jung. Also habe ich mich für den sicheren Weg entschieden, anstatt den zu wählen, den ich wirklich wollte. Ich bin kein Risiko eingegangen, dabei machen Risiken das Leben doch erst spannend.«

Liz geht in ihren Erzählungen völlig auf und ich sehe, wie ihre Augen bei der Vorstellung ihres Traums strahlen. Genauso sah Molly aus, als sie mir in der Gewitternacht von ihrem erzählt hat. »Weiß sie davon?«, frage ich nach.

Liz schüttelt bedauernd den Kopf. »Ich habe ihr nie davon erzählt, weil ich nicht wollte, dass sie sich die Schuld daran gibt. Denn es ist nicht ihre Schuld, ich habe die Entscheidung bewusst für mich getroffen. Aber ich will nicht, dass ihr jetzt der gleiche Fehler passiert und sie ihren Traum einfach wegwirft, weil sie denkt, dass sie es mir schuldig ist. Sie ist mir absolut gar nichts schuldig und das muss langsam in ihren Kopf gehen.«

»Ich weiß nur, dass deine Tochter verdammt stur ist und sich nicht helfen lassen will.« Ich lache. Bisher hat sie noch kein Wort über die Besichtigung verloren, obwohl ich mittlerweile von meinem Bekannten weiß, dass sie dort war und es geliebt hat. Laut dem Makler hat sie sich sofort in das Gebäude verknallt und er war sich zu einhundert Prozent sicher, dass sie es kaufen würde. Bis sie schließlich überstürzt davongerannt ist.

»Das hat sie wohl von ihrem Vater.« Liz kichert. Plötzlich greift sie nach meiner Hand und ich erstarre, weil ihre Haut so kalt ist. Ich will nicht, dass meine Vorahnung stimmt, aber sie sieht wirklich nicht gut aus.

»Aber vielleicht braucht sie noch ein paar Tritte in ihren Hintern.« Liz zwinkert mir zu und ich verstehe den Wink mit dem Zaunpfahl sofort. Das Gespräch nimmt eine viel zu ernste Wendung und der Knoten in meiner Brust zieht sich zusammen. Ich hatte in meinem Leben schon die ein oder andere Verantwortung, aber nie ging es dabei um die Träume eines Menschen.

»Auch wenn ich hoffe, dass es anders ist, bin ich mir ziemlich sicher, was morgen bei der Biopsie herauskommt. Und ich glaube, dass Molly es insgeheim auch weiß. Ich will einfach nicht, dass sie weiterhin in einem falschen Leben feststeckt, weil sie mich nicht enttäuschen will.« Tränen schimmern in ihren Augenwinkeln und mir ist klar, dass ich dieser Frau im Moment alles versprechen würde.

»Ich werde nicht aufgeben und ich unterstütze sie, wo ich kann«, verspreche ich ihr und meine jedes Wort ernst. Immerhin weiß ich am allerbesten, wie es ist, festzustecken. In einem Leben, das dich nicht erfüllt. In einem oder mehreren Jobs, die nichts mit deiner Leidenschaft zu tun haben. In Beziehungen, die immer wieder scheitern, weil du dich nicht binden willst.

»Du bist wirklich ein Glücksgriff. Ich wünschte, Molly würde das erkennen und ihre alberne Regel brechen, bevor es zu spät ist und dich jemand wegschnappt.« Lachfalten entstehen auf ihrem Gesicht und sie wischt sich die Tränen aus den Augenwinkeln. Jetzt strahlt sie wieder, als wäre nichts gewesen. Als hätte sie mir nicht gerade durch die Blume hindurch gesagt, dass sie womöglich einen Rückfall hat und ihr Leben auf der Kippe steht.

»Frag mich mal – am liebsten würde ich sie einfach packen und ordentlich durchschütteln, damit sie merkt, wie albern es ist.« Seit ich sie vom Sofa ins Bett getragen und die Nacht neben ihr verbracht habe, kann ich an nichts anderes mehr denken als an das Gefühl ihrer Haut, die sich gegen meine drückt.

Liz winkt mich zu sich heran, also stehe ich auf und beuge mich über sie. Anschließend flüstert sie mir ein Geheimnis ins Ohr. Eines, das ich sicher verwahren werde, bis es an der Zeit ist.

Langsam sinke ich zurück auf den Stuhl, der Knoten in meiner Brust wird immer lockerer. Und obwohl diese Nacht viel zu traurig ist, wandern meine Mundwinkel automatisch nach oben.

Kapitel 17

Molly

Der Krebs ist zurück.

Ich atme ein.

Der Krebs ist zurück.

Ich atme aus.

Der Krebs ist zurück.

Und doch fühlt es sich nicht an, als würde ich Luft bekommen. Dr. Miller setzt noch ermutigende Worte hinterher, aber ich bin nicht in der Lage, darauf zu reagieren. Geschweige denn, Trost darin zu suchen. Der Strauß Blumen, den ich in der Hand halte und mit dem ich Moms Zimmer im Krankenhaus verschönern wollte, bevor sie von der Biopsie kommt, fällt zwischen uns zu Boden. Ich habe ihn geholt, nachdem sie in den OP-Saal gebracht wurde. Jetzt wünschte ich, ich wäre gar nicht erst gegangen, sondern hiergeblieben. Scheiß auf die Sonnenblumen, mit denen ich ihrem Zimmer mehr Farbe verleihen wollte. *Der Krebs ist zurück.* Und keine Blumen der Welt können diese Nachricht ungeschehen machen.

»Wie ist das möglich? Es ging ihr doch so gut in den letzten Wochen«, belüge ich mich selbst. Es ging ihr zwar besser, aber sie war immer noch geschwächt von der Chemotherapie. Die Tränen sammeln sich hinter meinen Lidern, aber ich gebe alles dafür, sie nicht fließen zu lassen. Auf keinen Fall will ich vor allen Menschen hier zusammenbrechen. Meine Mutter soll nicht sehen, was dieser eine Satz mit mir anstellt. Meine Knie fühlen sich butterweich an und es gleicht einem Wunder, dass ich noch nicht am Boden liege wie der Blumenstrauß, der jetzt den Boden anstatt des Zimmers schmückt. Meine Glieder sind angespannt und jeder Muskel in meinem Körper schmerzt.

»Die Biopsie war eindeutig. Der Krebs ist dieses Mal sehr aggressiv. Er hat in den Magen gestreut, was die heftigen Schmerzen erklärt, die Ihre Mutter letzte Nacht hatte. Es ist gut, dass Sie die Warnzeichen so schnell erkannt hat. Wir dürfen jetzt keine Zeit verlieren. Aber ich muss auch ehrlich zu Ihnen sein. Ihre Mutter ist von der letzten Chemotherapie noch sehr geschwächt und ihr Körper nicht so stark wie beim ersten Mal.«

Seine Worte ergeben einfach keinen Sinn! Ich will ihm das verdammte Klemmbrett aus der Hand reißen und alles, was sich in meiner unmittelbaren Nähe befindet, kleinschlagen. Ich will schreien, aber meine Kehle ist fest verschlossen. Ich will weinen, aber auf meine Lippen kämpft sich nur ein verbittertes Lachen. Ich will rennen, bin aber nicht in der Lage, einen Fuß vor den anderen zu setzen. Ich will die gelben Blumen zertreten, aber ich bringe es nicht übers Herz, weil ich weiß, dass Gelb ihre Lieblingsfarbe ist. Trotzdem schaffe ich es nicht, etwas Schönes in ihnen zu sehen. Nicht jetzt.

»Wann kann ich zu ihr?«, wispere ich.

»Sie ist vom Eingriff noch geschwächt, deshalb sollten Sie ihr ein paar Stunden Ruhe lassen, bevor Sie reingehen. Am besten, Sie kommen heute Nachmittag wieder vorbei, Molly.« Der Doktor will mir seine Hand auf die Schulter legen, aber ich weiche ihm aus. In seinen Augen sehe ich, dass ihm diese Nachrichten schwerfallen und ich will mir gar nicht ausmalen, wie oft er sie trotzdem überbringen muss. Wie viele Schicksale er besiegelt und wie viele Welten er mit seinen Worten in den letzten Jahren zerstört hat.

Dr. Miller lässt mich allein, um sich wieder an die Arbeit zu machen, während ich wie festgewurzelt in diesem endlos langen Flur stehe und nur eines will.

Weg.

Ich muss hier raus, bevor ich es nicht mehr zurückhalten kann. Ferngesteuert hebe ich die Sonnenblumen vom Boden auf und laufe los. Als ich an einem der dunkelblauen Mülleimer vorbeikomme, stopfe ich den Strauß hinein. Gemeinsam mit meiner Hoffnung, die mich in den letzten Wochen über Wasser gehalten hat.

• • •

»Hey, mein Dicker«, flüstere ich zwischen Schluchzern und setze mich vor ihn in den weichen Rasen. Balou tut es mir gleich und sieht mich mit funkelnden, dunkelbraunen Augen an. Es fühlt sich an, als wäre ich mit voller Wucht in die Vergangenheit geschleudert worden. Ich erinnere mich noch daran, dass ich vor wenigen Monaten nach jedem Besuch im Krankenhaus hier war, um Trost zu suchen. Und ihn in diesem wunderschönen, verlassenen Hund gefunden habe. Egal, wie schlecht es mir ging, wenn ich bei ihm war, war die Welt für ein paar Stunden ein besserer Ort. Ein schönerer. Hätte mir vorher jemand gesagt, dass ich in einem Hund einen Seelenverwandten finde, hätte ich ihm nicht geglaubt. Jetzt weiß ich es besser. Tiere können dir Gefühle geben, die du nicht mit Worten beschreiben kannst. Brooke hat immer beteuert, dass Ghost ihr bei der Überwindung ihres Verlustes geholfen hat. Heute ist der erste Tag, an dem ich es wirklich verstehen kann. Es ist, als würde ich langsam ihre Sprache sprechen. Im gleichen Atemzug verteufle ich mich dafür, wie sehr ich sie in ein Leben außerhalb der Trauer drängen wollte.

»Das Leben ist scheiße, hm?«, frage ich ihn und tätschle seinen Kopf. Doch sobald ich der Stelle zu nah komme, an der früher einmal sein linkes Ohr war, zuckt er zusammen. Die bloße Vorstellung, welche Ängste er empfunden haben muss, als er am Straßenrand mitten im Nichts ausgesetzt wurde, macht mich wütend. Und die Wut vertreibt für wenige Augenblicke und Atemzüge die Traurigkeit, aber nicht die Tränen. Sie laufen unaufhörlich über meine Wangen, seit ich das Krankenhaus verlassen habe. Es ist, als würde ich das herauslassen, was ich in den letzten Wochen so perfekt überspielt habe.

Noch habe ich niemandem gesagt, was ich weiß.

Weder Brooklyn noch Troy.

Im Moment ist Balou der Einzige, der weiß, wie es mir geht. Als könnte er meine Gedanken lesen, steht er auf, stellt sich vor mich und beginnt, meine Wangen zu küssen. Er nimmt mir die Tränen schneller, als sie nachkommen können und dafür bin ich ihm unfassbar dankbar.

Ich streichle über seine Brust und lasse mich nach vorne fallen. Sobald ich mich gegen ihn drücke, legt er sich hin und ich sinke ebenfalls zu Boden. Dicht an dicht liegen wir im hohen Gras, das wieder einmal gemäht werden sollte, und während ich nach oben in den Himmel blicke, sieht er mich an. Manchmal habe ich das Gefühl, dass er meine Gedanken lesen kann. Zumindest scheint er es immer wieder zu versuchen.

Seinen Kopf legt er auf meinem Bauch ab und ich fühle mich nicht mehr ganz so einsam. Nicht mehr so allein und ausgeliefert wie eben noch, als ich vor dem Arzt stand und er meine Welt ein zweites Mal innerhalb weniger Monate aus den Angeln gerissen hat. Und während ich mich hier im Selbstmitleid suhle, liegt meine Mutter im Krankenhaus und ist ganz allein mit der Diagnose. Weil ich gern bei ihr wäre, aber nicht darf. Weil ich erst einmal alles herauslassen muss, bevor ich mich wieder in ihr Zimmer traue. Weil ich ihr ganz dringend einen neuen Strauß besorgen muss, bevor ich sie nachher besuche. Keine Blume der Welt hat es verdient, im Müll zu landen. Vor allem keine, die meine Mutter so sehr liebt.

»Wieso sie? Wieso meine Mutter? Sie hat das nicht verdient.« Meine Stimme ist seltsam neutral dafür, dass ich eben noch einen Nervenzusammenbruch hatte. Dieser Hund gibt mir immer wieder Kraft und ich wünschte, ich könnte ihm etwas davon zurückgeben. Mit den Fingern fahre ich über seinen Kopf bis zu seiner Schnauze und hin zu seiner feuchten Nase.

Er schließt die Augen und genießt die Streicheleinheiten, während ich es genieße, nicht allein zu sein. Jemanden an meiner Seite zu haben, der mich versteht, obwohl er nicht einmal meine Sprache spricht.

»Ich weiß nicht, ob ich das alles noch einmal durchstehe.« Die Nächte im Krankenhaus. Die Schwäche meiner Mutter, weil die Chemo ihr die letzte Kraft raubt. Die Ungewissheit, ob sie es schaffen wird. Ich muss wieder stark sein, damit sie sich keine Sorgen um mich macht.

Die Frage ist nur, wann meine Kräfte am Ende sind und ich ihr meine wahren Gefühle zeigen muss. Ich vermisse es, dass ich in der Gegenwart meiner Mutter immer ich selbst sein konnte. Bei ihr musste ich mich nie verstellen. Bis der Krebs kam und alles ruiniert hat. Er hat meine ganze Welt auf den Kopf gestellt und jedes Gesetz in meinem Leben gebrochen. Vielleicht ist das der Grund dafür, dass ich so an meiner Regel festhalte. Weil sie das einzige ist, was ich noch in der Hand habe. Das einzige, was ich in meinem Leben noch unter Kontrolle habe.

»Hey, ihr zwei.«

Erschrocken fahre ich hoch und entdecke Lucy, die mit zwei vollen Wassereimern vor uns steht. Ich war so in Gedanken versunken, dass ich sie nicht habe kommen hören.

»Hey.« Ich bleibe am Boden vor ihr sitzen und kraule Balous Bauch, während sie die Eimer im Gras abstellt und uns Gesellschaft leistet. Lucy trägt ihre langen Haare zu einem wilden Dutt gebunden und ich sehe an den Schatten unter ihren Augen, dass sie ziemlich kaputt ist. Sie schmeißt das gesamte Tierheim allein und ich frage mich schon lange, wie sie das alles durchsteht.

Hin und wieder gibt es Praktikanten, aber den meisten wird es nach einer Woche zu anstrengend. Immerhin geht es hier nicht nur darum, die Tiere zu streicheln und zu füttern, sondern auch darum, das Gelände in Schuss zu halten. Was bei über zweitausend Quadratmetern Fläche wirklich keinem Kinderspiel gleicht. Allein das Rasenmähen hier nimmt locker einen halben Tag in Anspruch.

»Ist alles okay?«, frage ich zaghaft nach. Lucy sieht mich an und entdeckt meine geröteten Augen. Vermutlich sehe ich aus, als hätte ich ein paar Joints zu viel geraucht, dabei habe ich noch nie einen angerührt.

»Und bei dir?«, beantwortet sie meine Frage mit einer Gegenfrage. Ich zucke mit den Schultern, will aber im Grunde genommen mit niemandem darüber reden. Zumindest nicht im Augenblick. Es ist heute kühl draußen und der Wind schleudert mir die Haare immer wieder ins Gesicht. Dabei weht mir der Geruch nach dem sterilen Krankenhaus entgegen und ich hasse es, dass dieses Gebäude mit all den Krankheiten wieder so präsent in meinem

Leben ist. Dass mich der Duft wortwörtlich benetzt hat, nachdem ich ihm gerade erst entkommen war.

»Es ist okay, wenn du nicht darüber reden willst. Ich kenne solche Tage – heute ist einer davon. Es ist, als würde alles Schlechte auf einmal kommen. Die Futtervorräte werden langsam knapp und wir haben letzten Monat viel zu wenige Spenden bekommen, um sie aufzustocken. Es ist, als wären die Leute im Sommer zu sehr mit ihrem eigenen Leben beschäftigt, als dass sie Zeit finden würden, sich für den guten Zweck einzusetzen.« Sie fährt sich mit den Händen über das schöne Gesicht. Normalerweise sollte ich beim Gedanken daran, dass sie letztens mit Troy aus war, eifersüchtig sein, aber ich bin es nicht mehr. Schließlich gibt es gerade viel Wichtigeres in meinem Leben als meine Schwärmerei für meinen Mitbewohner.

»Das tut mir leid, Lucy! Ich würde so gern mehr helfen«, erwidere ich und rechne gedanklich nach, ob ich diesen Monat noch etwas spenden kann. Aber das Geld, das ich im Café nach allen Abzügen und Brookes Lohn bekomme, ist nicht sonderlich viel.

Währenddessen kraule ich weiterhin Balou, der mittlerweile halb auf mir liegend eingeschlafen ist. Lucy sieht ihn mit diesem warmen Lächeln an, das ihre grenzenlose Tierliebe zum Ausdruck bringt. Sie würde für ihren Traum alles geben und dafür bewundere ich sie wirklich. Es ist kein Wunder, dass Troy mal in sie verliebt war. Genauso kann ich es ihr nicht verübeln, dass sie Gefühle für ihn hat. Gerade in den letzten Wochen hat er mir immer wieder gezeigt, was für ein wundervoller Mann er ist.

»Ich wünschte einfach, dass mehr Leute Interesse an einer Adoption hätten. Balou ist jetzt schon seit zwei Jahren bei uns und keiner kam auch nur auf die Idee, einen Antrag zu stellen. Ich weiß nicht, ob es nur an seinem Handicap liegt oder an etwas anderem, aber es tut mir im Herzen weh. Er ist der liebste und treuste Hund, den ich kenne, und ich hätte ihn längst mit nach Hause genommen, wenn ich nicht schon zwei Hunde hätte. Jedes Mal, wenn jemand reinkommt, hoffe ich, dass er ihn haben will. Nicht weil ich ihn nicht liebe und nicht hier haben will, sondern weil ich ihm ein richtiges Zuhause wünsche. Außerdem frisst der Dicke mir echt die Haare vom Kopf und für seine Futterration könnte ich schon zwei kleine Hunde bei mir aufnehmen.« Ihr folgendes Lachen ist zwar echt, aber es klingt auch verzweifelt. Wir sind zwei völlig unterschiedliche Frauen mit völlig unterschiedlichen Problemen. Und doch liegt derselbe Schmerz in unseren Augen.

Mein Blick wandert wieder zu dem Labrador, den ich mittlerweile seit mehreren Monaten ausführe. Er weiß alles über mich. Er weiß von meinen intimsten Gedanken, von meinen größten Ängsten und meinen intensivsten Wünschen. Es gibt nur einen Menschen in meinem Leben, der da mithalten kann.

Troy.

Als ich an ihn denke, wird mir warm uns Herz. Ich hätte ihn heute Morgen wirklich an meiner Seite gebraucht, aber er musste arbeiten, also hat er mir versprochen, mich später zum Krankenhaus zu begleiten. Jetzt weiß ich nicht mal, ob ich überhaupt will, dass er von der Diagnose erfährt. Ich will nicht anders von ihm behandelt werden. Will nicht, dass seine sonst strahlenden blauen Augen von der Traurigkeit überdeckt werden und er mich nur noch mit Mitleid ansieht. Dann müsste ich mir nämlich eingestehen, dass gerade alles den Bach heruntergeht. Viel lieber würde ich tun, als wäre nichts passiert. Als wäre alles beim Alten. Je länger ich vor der Wahrheit davonrennen kann, desto besser.

»Er hat wirklich ein schönes Zuhause verdient«, erwidere ich und lenke meine Gedanken von Troy weg, hin zu dem Fellknäuel, das sich jetzt noch dichter gegen mich schiebt. Fast glaube ich, dass er mit mir verschmelzen will.

Und als er mir im Halbschlaf über die Hand leckt, weiß ich plötzlich, was zu tun ist. Ich beuge mich zu ihm hinunter, gebe ihm einen sanften Kuss auf die Schnauze und lächle, als er verschlafen die Augen aufschlägt. Ich habe absolut keine Ahnung, ob das eine gute Idee ist, aber das ist mir gerade schlichtweg egal. Als ich ihn ansehe, sehe ich nicht nur ein Tier, sondern viel mehr vor mir. Ich sehe einen Freund.

»Wir beide würden das perfekte Team abgeben, meinst du nicht?«

Kapitel 18

Troy

»Mom war wirklich bei dir? In Bedford?« Tracy glaubt mir nicht, man hört es an ihrer schrillen Stimme. Die Verbindung ist echt scheiße und ich frage mich, wo sie sich wieder herumtreibt. Vermutlich ist sie mit ihrem Boss auf irgendeiner Messe in der Pampa, um seltsame Kunstwerke zu jagen. Auch wenn ich ihr Faible für Kunst nie nachvollziehen konnte, bin ich froh, dass sie ihre Passion gefunden hat.

»Ja, ich wollte es auch nicht glauben. Als ich morgens aus dem Schlafzimmer kam, saß sie einfach seelenruhig am Küchentisch und weißt du, was das Lächerlichste ist? Sie wollte mit mir frühstücken. Ich meine, gab es in unserer Kindheit jemals einen Tag, an dem sie mit uns zusammen gegessen hat? Einen Tag, an dem sie morgens wirklich da war, wenn wir wach geworden sind? Meistens hat sie sich die Nächte doch in irgendwelchen schäbigen Bars um die Ohren geschlagen.« Ich rede mich in Rage und merke, wie meine Laune in den Keller schießt. Dabei war sie den gesamten Tag über noch nicht wirklich gut, immerhin liegt der Anruf aus dem Krankenhaus wie ein dunkler Schleier über der gesamten Stadt. Zumindest fühlt es sich so an. Mein einziger Lichtblick ist, nachher in Mollys Gesicht zu sehen.

»Nicht wirklich. Obwohl! Einmal hat sie sich zu mir gesetzt, als ich mein Müsli gegessen habe. Danach ist sie aber direkt wieder verschwunden, um sich mit irgendeinem Manager zu treffen, der ihr das Goldene vom Himmel versprochen hat.«

Während in mir alles brodelt, wenn ich über unsere Kindheit und unsere Mutter nachdenke, klingt meine Schwester wie die Gelassenheit in Person. Vermutlich sollte ich mir eine Scheibe von ihr abschneiden und hin und wieder meditieren.

»Jedenfalls habe ich sie rausgeworfen, bevor sie mir irgendeine 0815-Bullshit-Entschuldigung entgegenschleudern konnte. Davon haben wir wirklich schon zu viele bekommen.«

»Meinst du nicht, dass du zu hart zu ihr bist, Bruderherz?« Tracy seufzt. »Ich meine, sie war in Bedford. Kannst du dir das vorstellen? Mom hat unsere Heimat immer wie die Pest gehasst und wollte nicht mal einen Stöckelschuh in sie setzen. Und jetzt ist sie extra zu dir gekommen, um dich zu sehen. Für mich klingt das nach einer ersten Besserung. Und eine erste Besserung kann ganz schnell zu einer weiteren führen.«

Während ich mir das Handy zwischen Ohr und Schulter einklemme, hole ich meinen Schlüssel aus der Hosentasche und schließe die Tür zum Hausflur auf. Heute konnte ich mich auf der Arbeit kaum auf etwas anderes konzentrieren als auf Molly. Und darauf, dass sie gerade meine Unterstützung braucht und ich nicht da war, weil sich die Miete leider nicht von allein bezahlen lässt.

Am liebsten wäre ich bei ihr geblieben und hätte meine Aufträge für heute abgesagt. Aber da ich mich von einem Job zum nächsten hangle, könnte man behaupten, dass meine Reputation am seidenen Faden hängt.

»Und was schlägst du vor? Dass ich ihr um den Hals fallen und ihr alles vergeben soll, was sie uns angetan hat?«, erkundige ich mich höhnisch und trete in den Hausflur. Mit jeder Stufe, die ich nehme, frage ich mich, ob Molly zuhause ist. Oder ob sie immer noch im Krankenhaus auf den harten Stühlen sitzt.

Allein.

»Keine Ahnung. Aber jeder Mensch hat eine zweite Chance verdient. Und vielleicht hat sie sich wirklich geändert und will das wieder geradebiegen. Wenn du ihr schon nicht ihretwegen vergeben willst, dann tu es für dich. Es tut niemandem gut, ewig mit Hass zu leben«, sagt Tracy eindringlich. Ihre Worte erinnern mich an die einer anderen Frau in meinem Leben.

»Du klingst schon wie Molly. Sie sagt auch, dass ich ihr eine zweite Chance geben soll«, murmle ich genervt. Nicht von meiner Schwester oder Mollys Worten, sondern eher von mir. Weil ich mich nach Jahren der Distanz immer noch in einigen Augenblicken wie der kleine Junge fühle, dem man die Kindheit geraubt hat. Langsam sollte ich wirklich darüber hinwegkommen und damit abschließen. Meine Schwester ist das beste Beispiel dafür.

»Molly ist ja auch eine Knallerfrau und hat die Weisheit mit Löffeln gefressen. Aber mal ein anderes Thema: Wieso kamst du denn aus dem Schlafzimmer, als Mom dich besucht hat? Schläfst du etwa nicht mehr auf dem Sofa? Ist Molly ausgezogen?« Dem Schmunzeln in ihrer Stimme nach zu urteilen läuft das Kopfkino auf Hochtouren, während sie mich mit Fragen durchlöchert. Und auch bei mir liefen in letzter Zeit einige Filme im Kopf ab. Doch all die Filme sind nicht mehr von Bedeutung, wenn ihre Mutter recht behalten soll.

»Nein, sie wohnt immer noch bei mir.«

»Und was hast du dann im Schlafzimmer zu suchen, hm?«

Ich könnte schwören, dass sie bis über beide Ohren grinst. Und auch wenn ich mich dagegen wehren sollte, steckt sie mich damit an. Meine Mundwinkel wandern automatisch eine Etage höher.

»Darauf werde ich jetzt nicht eingehen«, wimmle ich sie ab, als ich meine Wohnung erreiche.

»Ach komm schon, Bruderherz. Jetzt lass doch mal deine kleinen, dunklen Geheimnisse ans Licht. Du kennst schließlich auch meine, das ist nur fair!«

»Ich höre dich auf einmal ganz schlecht«, rufe ich. »Vielleicht sollte ich dich später zurückrufen«, brülle ich halb ins Mikrofon und lege schließlich lachend auf. Vermutlich dauert es nur ein paar Sekunden, bis ich mit Nachrichten bombardiert werde oder sie meine Mailbox vollquatscht.

Ich bin kaputt vom Arbeitstag und froh, als ich die Wohnungstür hinter mir schließe. Doch das Gefühl der Entspannung hält nur so lange, bis ich ein lautes Bellen aus dem Wohnzimmer höre, das mich halb zu Tode erschreckt. Das klang verdammt echt!

»Molly?«, rufe ich perplex ins Innere der Wohnung, und als ich ins Wohnzimmer sehe, steht sie da. Ihre Finger krallen sich um das Halsband von ... Moment mal? Was zur Hölle ist hier los?

Der Hund aus dem Tierheim steht zwischen ihren Beinen und zerrt so stark in meine Richtung, dass sie sich größte Mühe geben muss, ihn mit ihren schmalen Armen bei sich zu halten. Ihre Augen weichen meinen Blicken aus, und als ich einen Schritt auf sie zu mache, reißt Balou sich von ihrer Hand los und stürmt auf mich zu. War er letztes Mal im Tierheim noch vorsichtig in meiner Gegenwart, springt er mich jetzt wild an.

Seine Krallen ratschen über meine Brust und seine Schnauze schnüffelt aufgeregt über meine Unterarme. Mir brennen so viele Fragen auf der Zunge, aber ich kriege keine davon heraus.

»Er scheint dich wiederzuerkennen. Das ist ein gutes Zeichen, oder?« Molly schleicht auf uns zu. Man sieht ihr an, dass sie Angst vor dieser Begegnung hatte und nicht weiß, wie sie sich erklären soll. »Es tut mir leid, dass ich ihn einfach mit hergebracht habe. Aber Lucy war so am Ende und der Kleine ist jetzt schon seit zwei Jahren bei ihr, ohne dass ihn einer adoptieren wollte. Ich weiß ja, dass das hier deine Wohnung ist und ich nichts über deinen Kopf hinweg entscheiden kann, aber meine Wohnung sollte noch diese Woche fertig werden. Dann sind wir hier weg und du hast wieder alles für dich alleine. Keine Sorge, er ist stubenrein und bellt auch wirklich so gut wie gar nicht. Die Hundehaare entferne ich alle, wenn wir ausziehen, versprochen! Bist du sauer auf mich? Gott, bitte sag mir, dass du nicht sauer auf mich bist und mich jetzt nicht rauswirfst. Immerhin trage ich jetzt die Verantwortung für ihn und -«

Bevor Molly noch umkippt, weil sie während ihres Monologes keine Luft holt, stoppe ich sie. »Jetzt beruhige dich erst mal, okay?« Mein Lachen lässt sie tief durchatmen. Trotzdem sieht sie nicht sonderlich erleichtert aus. Ihre Haut ist blass und die Schatten unter ihren Augen sind stärker als sonst. Was vermutlich daran liegt, dass wir die gesamte Nacht im Krankenhaus auf den unbequemen Stühlen verbracht haben. Sie gehört ins Bett, aber ich weiß, dass sie sich ohnehin nichts sagen lassen wird. Ihren Sturkopf hat sie in den letzten Wochen zu Genüge unter Beweis gestellt.

»Nun tu doch irgendwas. Schrei mich an! Beleidige mich! Aber bitte hör auf zu schweigen.«

Während Molly wieder kurz davorsteht, in Panik zu verfallen, hat Balou das Interesse an mir verloren. Er trottet ins Wohnzimmer und springt auf die Couch, als hätte er sich schon bestens hier eingelebt. Auch wenn ich nie einen Hund in der Wohnung halten wollte, kann ich mir etwas Schlimmeres vorstellen, als ihn hier aufzunehmen.

»Für mich ist es in Ordnung, wenn er hierbleibt. Ich werde dich nicht rauswerfen. Was denkst du von mir?« Ich klopfe mir die Hundehaare von den Jeans und trete ins Wohnzimmer. Auf dem Couchtisch stehen mindestens sechs verschiedene Packungen mit Hundefutter. Von Trockenfutter über Nassfutter bis hin zu diversen Leckerlies ist alles dabei. Molly folgt meinem Blick und ihr Körper scheint unter Strom zu stehen.

»Ich wusste nicht, was er gerne isst. Also habe ich ein paar Sorten besorgt, damit ich es herausfinden kann.« Sie zuckt mit den Schultern, als würde da nicht ein kleines Vermögen in Form von Hundekroketten auf dem Tisch stehen. Verdammt, sie ist wirklich verrückt geworden. Noch verrückter als in ihrem Normalzustand. Bis jetzt ging ich davon aus, dass der nicht zu überbieten ist.

»Balou ist ein Labrador. Was denkst du denn, was er gerne isst?«, ziehe ich sie auf.

»Vermutlich alles?«

»Vermutlich alles«, stimme ich ihr grinsend zu. Eine Weile sehen wir dem Hund zu, wie er sich das Fell putzt und sich tief in das Sofa sinken lässt. Dann beginnt Molly schließlich, wieder hektisch zu werden. Sie kramt ein paar Sachen zusammen und läuft orientierungslos auf und ab. Irgendetwas stimmt hier ganz und gar nicht.

»Ich muss jetzt noch los und eine richtige Leine besorgen. Außerdem braucht er noch ein Körbchen und ein paar Näpfe. Gott, ich bin absolut gar nicht vorbereitet für einen Hund! Ich bin eine verdammte Rabenmutter! Und dann muss ich noch zum Blumenladen und ein paar neue Sträuße fürs Krankenhaus holen, bevor ich meine Mutter besuche.« Sie starrt auf den Fußboden und als sie ihren Blick hebt, ist auch die letzte Farbe aus ihrem Gesicht gewichen. Hier geht es nicht nur um ein paar Utensilien für den Hund, das steht fest.

»Hey, Molly.« Ich stoppe sie und stelle mich ihr in den Weg. Mit einem Abstand von einem Meter bleibt sie vor mir stehen und sieht zu mir auf. Ihre Unterlippe bebt und ihre Augen sind noch stärker gerötet als letzte Nacht. Sie zeigt mit jeder verstreichenden Sekunde ein Stück mehr ihrer schwachen Seite. Und die ist nicht weniger bemerkenswert als ihre starke. Viel eher beeindruckt es mich, wie ein Mensch so intensiv in beide Richtungen fühlen kann.

»Was ist hier wirklich los? Du stehst ja völlig neben dir.«

Sie reagiert nicht auf meine Frage, stattdessen senkt sie den Blick und schließt die Augen. Einige tiefe Atemzüge folgen, bevor sie die Lider wieder aufschlägt und die ersten Tränen über ihre Wangen rollen. Sofort schrillen alle Alarmglocken in mir auf.

»Meine M-Mom«, stottert sie. »Ihr Krebs ist zurück.« Ihre Worte sind kalt und hart wie Stahl. Ich merke, wie mein gesamter Körper sich anspannt und das Engegefühl, das ich den ganzen Tag über in meiner Brust hatte, zunimmt. Eine Gänsehaut zieht sich über meinen Körper, und das, obwohl ich Liz nur ein einziges Mal gesehen habe.

»Was?«, frage ich leise. Innerlich wusste ich, dass es so sein würde. Und auch Mollys Mutter scheint es längst gewusst zu haben, ich habe es gestern in ihren grünen Augen gesehen. Trotzdem wünschte ich mir, dass ich mich verhört habe – am allermeisten für Molly.

»Dr. Miller hat vorhin mit mir gesprochen, als die Biopsie durch war. Der Krebs ist zurück. Und er ist noch aggressiver als vorher. Ich ... ich meine, wie kann das sein? Sie ging immer zu ihren Kontrollterminen! Das ergibt alles keinen Sinn, verdammt! Dieses ganze verfickte Leben ergibt im Moment keinen Sinn mehr!« Molly greift sich eine Vase von der Kommode neben uns und schleudert sie zwischen uns auf den Fußboden. Das blaue Porzellan zerbricht scheppernd in tausend Einzelteile. Balou springt vom Sofa herunter und beginnt, aufgeregt an Mollys Hand zu schnuppern. Er will sie trösten, so wie ich. Und ich habe keine Ahnung, wie ich das tun soll, wenn ich mich ihr nicht nähern darf.

»Es tut mir so leid.« Mehr fällt mir nicht ein? Mehr als ein verdammtes »Es tut mir so leid« kriege ich nicht heraus?

Molly beginnt wieder, im Raum auf und ab zu laufen, als könnte sie so vor der Wahrheit davonrennen. Wenn ich in meinem Leben immer wieder eins erfahren musste, ist es das: Alles, wovor du davonrennst, holt dich irgendwann wieder ein.

Ich will sie in den Arm nehmen und ihr zeigen, dass sie nicht allein ist. Also gehe ich einen vorsichtigen Schritt auf sie zu und ignoriere dabei die knirschenden Scherben unter meinen Schuhsohlen. Aber Molly bemerkt es und baut sofort Distanz zu mir auf. In den letzten Wochen konnte ich mit ihrer verdammten Regel umgehen. Ich habe sie nie verstanden, aber ich habe sie akzeptiert, weil es für mich eine Art Spiel geworden ist. Doch im Augenblick würde ich sie gern anschreien, damit sie sie bricht. Damit sie zulässt, dass ich für sie da bin. Dass ich sie wieder im Arm halten kann wie in der Nacht, in der ich sie ins Bett getragen habe und die mir seitdem nicht mehr aus dem Kopf geht. Sie weiß nicht, wie es sich anfühlt, wenn wir uns berühren. Ich schon.

»Molly, bitte. Lass mich dich in den Arm nehmen. Lass mich für dich da sein.« Ich klinge verzweifelter, als ich es sollte. Sie schüttelt heftig den Kopf und ich wünschte, sie würde nicht so entschlossen dabei aussehen.

»Ich kann nicht. Ich kann einfach nicht. Das hier ist das Einzige, was ich in meinem Leben noch unter Kontrolle habe. Wenn ich zulasse, dass du mich berührst …« Ihr Schluchzen bricht mir das Herz und ich weiß, dass ich nur zwei Möglichkeiten habe. Entweder ich akzeptiere ihren Wunsch und halte mich von ihr fern oder ich entscheide mich für den einzig richtigen Weg. Doch als ich noch einen Schritt auf sie zumache, erstarrt sie förmlich.

Nicht weil sie Angst vor mir hat, da bin ich mir sicher, sondern weil sie etwas daran hindert, über ihren Schatten zu springen. Etwas, das immer noch stärker ist als der Wunsch nach meiner Nähe.

Ihre tränendurchfluteten Augen sehen zu mir auf und ich kann in ihrem Gesicht lesen wie in einem Buch. Sie will, dass ich sie berühre. Sie will, dass ich sie im Arm halte. Aber sie will auch die Kontrolle und die würde ich ihr nehmen, wenn ich ihre Grenzen jetzt überschreite.

»Bitte, Troy. Ich kann das nicht. Nicht jetzt. Nicht, wenn das hier alles wahr sein sollte und meine Mutter wirklich wieder krank ist.«

Ich erinnere mich nicht daran, jemals etwas so Trauriges gesehen zu haben. Ich sehe ihr an, dass sie mit aller Macht versucht, ihre Fassade aufrechtzuerhalten. Wann begreift sie endlich, dass sie bei mir keine Maske braucht? Im Gegenteil: In ihren schwachen Momenten fand ich sie am beeindruckendsten.

Trotz dem Wunsch, ihr zu helfen, bleibe ich zwischen den Scherben stehen und sehe zu, wie sie direkt vor meinen Augen zerbricht. Molly tastet hinter sich nach der Lehne des Sofas und lässt sich anschließend auf den Boden sinken.

Balou legt sich direkt neben sie und bettet seinen Kopf auf ihren Schoß, als würde er wissen, dass sie seinen Trost braucht. Und während sie vor mir am Boden sitzt und die Scherben aufsammelt, sehe ich das Bild ganz klar: Sollte ihre Mutter den

Kampf gegen den Krebs verlieren, wird ihr Leben wie diese Vase in tausend Teile zerbrechen.

Kapitel 19

Molly

»Ich verstehe nicht, wieso wir nicht zu ihr dürfen. Dr. Miller sagte, dass ich heute Nachmittag zu ihr kann!« Seit wir unsere Wohnung verlassen haben, habe ich keine Träne mehr vergossen und langsam glaube ich, dass ich innerlich vielleicht leer bin. Troy lehnt an der Wand im Wartebereich, in den man uns verwiesen hat, weil angeblich noch Tests bei meiner Mutter ausstehen. Die Müdigkeit steht ihm ins Gesicht geschrieben und ich bin froh, dass er mich trotzdem begleitet hat. Sicherlich hätte er seine Abende anders verbracht, wenn ich nicht wie eine Bombe in sein Leben gekracht wäre.

»Er sagte, dass du in einer halben Stunde zu ihr kannst. Komm, setz dich doch hin und rede mit mir. Du solltest dich ablenken.« Er meint es nur gut mit mir, aber das verbitterte Lachen in meiner Kehle kann ich nicht zurückhalten. Als würde Ablenkung etwas daran ändern, dass mein Leben auf der Kippe steht.

Trotzdem gebe ich nach und lasse mich auf einen der unbequemen Stühle fallen. Im Krankenhaus ist es erstaunlich ruhig dafür, dass es mitten am Nachmittag ist. Normalerweise herrscht immer ein reges Treiben auf den Fluren, aber heute ist es anders. Diese Stille gefällt mir nicht. »Und worüber sollen wir reden? Im

Moment fallen mir keine sonderlich tollen Small-Talk-Themen ein«, murmle ich abweisend. Dabei sollte ich ihm viel eher danken, weil er mich nicht allein hier versauern lässt.

Troy stößt sich von der Wand ab, zieht einen der Stühle etwas von meinem weg und setzt sich neben mich. Ein Lächeln huscht über mein Gesicht, weil er anscheinend immer noch großen Wert darauflegt, sich an meine Regel zu halten. Ich bin mir sicher, dass kaum ein Mann so tolerant wäre wie er. Beim Gedanken daran, wie mein Exfreund darauf reagieren würde, wird mir schlecht. Schnell eliminiere ich jeden Raum, den ich diesem Arschloch in meinem Kopf gegeben habe. Für ihn ist absolut kein Platz mehr und ich wünschte, ich hätte das schon früher erkannt.

»Über Small-Talk sind wir doch schon lange hinaus, oder?« Sein linker Mundwinkel tanzt nach oben und das Grübchen lässt mich für wenige Atemzüge vergessen, wo wir sind. Und wieso wir hier sind. Ich drehe mich in seine Richtung, ziehe die Beine auf den Stuhl herauf und konzentriere mich auf das einzig Schöne in diesem Flur.

»Also, fang einfach ein Thema an. Sag, was dir auf der Seele brennt«, fordert er mich auf und dreht sich ebenfalls leicht in meine Richtung. Sein Bart ist in den letzten Wochen noch voller geworden und alles Jungenhafte, was er an sich hatte, scheint jetzt verschwunden zu sein. Neben mir sitzt jetzt ein Mann, der ziemlich genau zu wissen scheint, was er will. Während ich immer noch wie ein Maulwurf durch mein Erdloch krieche und vor lauter Dreck nichts sehen kann.

»Was ist zwischen dir und Lucy passiert, als ihr aus wart?« Sobald die Frage meinen Mund verlassen hat, beiße ich mir auf die Zunge. So heftig, dass es schmerzt. Und doch kann ich die Frage nicht zurücknehmen.

Troys Augenbrauen heben sich und ein undefinierbarer Ausdruck tritt in sein Gesicht. Langsam muss er mich wirklich für schizophren halten. »Was denkst du denn, was passiert ist?« Gott, wieso stellen mir heute alle Leute Gegenfragen, anstatt mir zu antworten? Ich halte seinem Blick stand, auch wenn es mir schwerfällt, weil das Blau seiner Augen jede Frau aus dem Konzept bringt.

»Keine Ahnung. Du warst ziemlich betrunken. Und sie ist in dich verliebt. Wenn du mich fragst, ist das eine Kombination, die quasi nach einem One-Night-Stand schreit«, erkläre ich. In den letzten Tagen habe ich mich immer wieder gefragt, was zwischen ihnen passiert ist. Eifersucht ist ein echtes Scheißgefühl, aber es bringt auch nichts, es wegzudrücken. Alles, was man verdrängt, kommt noch stärker zurück.

»Ich war betrunken, ja. Aber ich gehöre nicht zu den Männern, die dann nicht mehr wissen, was sie tun.« Er klingt ernst und ich frage mich, ob ich seine Gefühle verletzt habe. Wenn ja, ist es das Letzte, was ich damit bezwecken wollte.

»Alsoooo?«, hake ich nach.

»Ich weiß mittlerweile, dass sie noch Gefühle für mich hat. Also habe ich ihr gesagt, dass die Verabredung nur freundschaftlich ist, weil ich nichts mehr für sie empfinde. Jedenfalls nicht diese Art der Gefühle. Sie ist mir wichtig und ich will sie als Freundin nicht verlieren, aber das war es.«

Eine tonnenschwere Last fällt mir von den Schultern und plötzlich lichten sich einige der Wolken, die mich den gesamten Tag über nach unten gedrückt haben. An uns laufen hin und wieder Schwestern vorbei, aber ich habe nur Augen und Ohren für ihn. Wenn ich die Augen schließe, fühlt es sich an, als würden wir dicht an dicht auf seinem Sofa sitzen und nicht auf dem kargen Flur des Krankenhauses. Ich träume mich in eine Welt, in der alles noch in Ordnung ist.

»Und sie hat das einfach hingenommen? Ich meine, war sie nicht verletzt?« Wenn ich an unser Zusammentreffen vorhin denke, kann ich mir die Antwort selbst geben. Natürlich war sie verletzt, ihre Augen haben vor Schmerz beinahe geschrien. Ich hätte wissen müssen, dass mehr dahintersteckt als ihre Sorgen um das Tierheim.

»Als sie mich küssen wollte und ich sie von mir geschoben habe, schon. Ich konnte sie nicht küssen.« Troys Stimme wird ganz leise und mit jedem Wort immer rauchiger. Eine Gänsehaut jagt über meinen Körper, weil sich die Luft zwischen uns elektrisch auflädt.

Es gibt nur noch ihn und mich.

Nur noch seine Augen, die in meine blicken.

Nur noch meinen Körper, der näher an seinem sein will.

Und vor allem gibt es im Augenblick eines nicht: Den Krebs.

»Wieso konntest du nicht?« Eigentlich hat er mir die Antwort schon gegeben, aber ich will sie noch einmal hören. Ich würde sie gern in Dauerschleife hören, damit ich mich daran erinnern kann, was für ein verdammt guter Kerl er ist, wenn meine sechs Monate vorbei sind. Auch wenn ich im Augenblick nicht in die Zukunft sehen will – nicht, solange ich nicht weiß, ob meine Mutter noch einen Platz in ihr haben wird.

»Du kennst die Antwort, wenn du ehrlich zu dir bist«, raunt er. Mittlerweile bin ich unterbewusst ein Stück dichter an ihn herangerutscht. Seine blauen Augen sehen mich mit so viel Gefühl an, dass es mich fast überwältigt.

»Ich will sie von dir hören«, sage ich leise, dabei würde mein Herz gern schreien. Es gibt so viele Dinge, die ich sagen will und so viele Dinge, die ich nicht sagen sollte. An oberster Stelle steht der Wunsch, dass sein Entschluss etwas mit mir zu tun hat.

»Ich konnte sie nicht küssen, weil sie nicht die Frau ist, die ich küssen will.«

Was für eine kryptische Antwort. Heißt es das, was ich vermute?

Ich konnte sie nicht küssen, weil ich dich küssen will.

Ich gebe mich mit seiner Antwort zufrieden. Mein Puls beschleunigt sich, als sein Blick über mein Gesicht schweift und schließlich über meinen Körper wandert.

Mein Mund wird trocken, ich brauche dringend Wasser, um meine Kehle zu befeuchten. Aber ich rühre mich nicht vom Fleck, sondern wachse stattdessen auf diesem Stuhl fest, der von Sekunde zu Sekunde unbequemer zu werden scheint.

Gerade, als ich über meinen Schatten springen und meine Finger auf seinen Unterarm legen will, der zwischen uns auf seiner Stuhllehne liegt, springt Troy schließlich auf. Er beginnt, wie wild auf und ab zu laufen. Dabei erinnert er mich an mich selbst, kurz nachdem ich mit Dr. Miller geredet habe. Er wirkt genauso zerstreut wie ich vorhin noch. Mit dem Unterschied, dass er keine Horrorbotschaft von einem der Ärzte bekommen hat.

»Was ist los?«, frage ich zögernd. Troy bettet sein Gesicht in die von der Arbeit rauen Hände und atmet tief durch.

»Du machst mich einfach fertig. Ich kann damit nicht umgehen. In einem Moment stößt du mich von dir und im nächsten siehst du mich an, als würdest du dir nichts sehnlicher wünschen, als dass ich dich berühre«, knurrt er.

Hektisch blicke ich den Gang entlang, entspanne mich aber, als ich sehe, dass wir allein sind. Auf keinen Fall soll das gesamte Personal dieses Drama mitbekommen, das sich mein Leben nennt.

»Jetzt setz dich wieder«, flehe ich ihn flüsternd an, aber er bleibt vor mir stehen.

»Du hast mir gesagt, wieso du dich damals nicht mehr bei mir gemeldet hast, aber ich verstehe es einfach nicht. Ich will es wirklich kapieren, aber ich kann es nicht.« Als er seine Arme sinken lässt, sieht er verzweifelter aus, als ich ihn je gesehen habe. Selbst, als seine Mutter an unserem Küchentisch saß, sah er nicht so am Boden zerstört aus. Ich richte mich kerzengerade auf dem Stuhl auf, während die Kälte sich in mir ausbreitet, die das Krankenhaus bei jedem Besuch in meine Venen injiziert.

»Als der Anruf meiner Mutter kam und ich von der Arbeit hergekommen bin, war ich kurz davor, dich anzurufen. Es war ein paar Tage nach unserem Spaziergang am Krankenhaus, als Chase seinen Arbeitsunfall hatte. Ich wollte bei dir sein, aber meine Mutter brauchte mich mehr. Und die letzten Beziehungen haben mir so viel Kraft geraubt, dass ich mir geschworen hatte, so was nie wieder zuzulassen. Nie wieder zuzulassen, dass mir jemand das Herz bricht und mich verletzt.« Jetzt stehen meine Augen wieder unter Wasser und das, obwohl ich in wenigen Minuten zu meiner Mutter kann. Bis dahin muss ich mich wieder gefangen haben, koste es, was es wolle.

»Hat dir jemand wehgetan?« Troys Stimme klingt hart, und als ich seinem Blick folge, bemerke ich, dass ich mir wieder gedankenversunken über den Unterarm reibe. Etwas, das mir immer noch viel zu oft passiert, seit Bryan seine Kontrolle mir gegenüber verloren hat.

In dieser Nacht habe ich zum ersten Mal die Angst verspürt, zu zerbrechen, und ich frage mich oft, für wie viele Frauen auf dieser Welt eine solche Beziehung zu ihrem Alltag gehört. Wie es sein muss, sich wie eine Marionette behandeln zu lassen, anstatt einen Schlussstrich zu ziehen. Ich bin stolz auf mich, dass ich rechtzeitig gegangen bin.

Weil ich nicht antworte, kniet Troy sich vor mich hin. Seine

Augen wandern von meinem Arm hoch zu meinem Gesicht. Hoch zu meinen verräterischen Tränen, die Dinge von mir preisgeben, die ich niemandem anvertrauen wollte. Nur meine Mom weiß, dass ich fast an einem Mann zugrunde gegangen wäre. Sie war es auch, die mich in dieser Nacht bei sich aufgenommen hat. Troys Miene wird mit jeder verstreichenden Sekunde weicher. »Willst du mir sagen, was passiert ist?« Unter anderen Umständen würde ich sofort verneinen, aber vor mir sitzt ein Mann, dem ich bereits mein halbes Leben anvertraut habe. Und dieser Teil gehört genauso zu mir wie all die anderen.

»Es war vor ein paar Monaten. Bryan und ich waren gerade wieder zusammengekommen. Wir hatten diese schreckliche On-Off-Beziehung, von der man weiß, dass sie niemals gut enden kann. Er hatte sich den gesamten Tag über schon so seltsam verhalten, also bin ich abends zu Brooke geflüchtet. Wir waren nicht einmal ausgegangen, stattdessen habe ich mir alles von der Seele geredet und es hat gutgetan, mit jemandem sprechen zu können. Doch als ich dann nachts heimkam, saß er im Wohnzimmer und hat auf mich gewartet. Ich konnte ihn nicht einmal begrüßen, da stand er schon vor mir und hat mich gegen die Wand gedrückt. Ich wusste innerhalb von Sekunden, dass er betrunken ist.« In manchen Nächten spüre ich immer noch den festen Druck seiner Hände auf mir. Troy kniet weiterhin vor mir, sagt aber nichts. Er weiß, dass die Geschichte noch nicht zu Ende ist.

»Er hat mich angebrüllt, wo ich gewesen bin und was ich mir einbilde, mich nicht bei ihm abzumelden. Ich meine, hallo? Da denkt man, man ist in einer erwachsenen Beziehung und dann behandelt er mich wie ein Kind, das sich gefälligst abzumelden hat, wenn es das Haus verlässt?« Ein verbittertes Lachen steckt in meiner Kehle fest. »Anfangs habe ich versucht, ihn zu beruhigen. Ihm zu erklären, dass ich bloß bei meiner Freundin war und wir die Zeit beim Reden vergessen haben. Aber er wurde immer wütender und handgreiflicher. Nachdem er mir die wildesten Beleidigungen entgegengeschleudert hat, die man sich vorstellen kann, hat er mich am Arm gepackt und so fest zugedrückt, dass ich dachte, er würde jeden Augenblick meine Knochen brechen. Danach hat er mich ins Schlafzimmer gestoßen und wollte mich aufs Bett schmeißen, um ...« Meine Gefühle kochen über und es ist, als wäre ich wieder in seiner Wohnung. In dieser Nacht.

»Er wollte mit mir schlafen. Aber nicht auf die romantische Art und Weise. Bryan hat mich mit seinem Gewicht ins Bett gedrückt und je näher er mir kam, desto klarer wurde mir, dass er sich nehmen wollte, was seiner Meinung nach ihm gehörte. Ich hatte keine Lust mehr, ihn zu verteidigen oder Ausreden für ihn zu suchen, denn es gibt keine Ausreden dafür, einem anderen Menschen wehzutun und ihn in die Ecke zu drängen.« *Du gehörst mir, Molly. Und du wirst immer mir gehören. Noch einmal haust du nicht ab.*

Das Mitgefühl in Troys Augen hat sich mittlerweile in flackernde Wut verwandelt. Sein Körper steht völlig unter Strom, während meiner erstaunlich entspannt ist.

»Was hast du dann getan? Hat er ... aufgehört?« Man sieht ihm an, welcher Sturm in ihm wütet.

»Er hat erst aufgehört, als ich nach der Nachttischlampe gegriffen und sie ihm gegen die Schläfe gedonnert habe. Bryan war nicht bewusstlos, aber er konnte mir auch nicht mehr folgen, als ich aus dem Zimmer gerannt bin. Dann habe ich ihm gedroht, dass ich die Polizei rufe, wenn er mir je wieder zu nah kommen würde, und bin gegangen. In den nächsten Tagen habe ich mein Handgelenk unter Pullovern und Jacken versteckt, weil es mir peinlich war. Also, um deine Frage zu beantworten: Ja, man hat mir wehgetan. Aber ich habe es nur ein einziges Mal zugelassen und mir geschworen, dass es nie wieder so weit kommen wird. Nie wieder werde ich einem Mann diese Macht über mich geben. Nie wieder werde ich mich für einen anderen Menschen ändern, nur weil er es von mir verlangt. Ich werde die Kontrolle nicht mehr abgeben. Nicht über meinen Körper und erst recht nicht über mein Leben«, sage ich entschlossen. Die letzten Stunden haben mich eine Achterbahnfahrt der Gefühle durchleben lassen und langsam glaube ich, dass ich bereit bin, auszusteigen. Keine Tränen mehr. Keine Nervenzusammenbrüche mehr. Kein Selbstmitleid mehr. Nichts davon wird etwas daran ändern, was passiert ist und noch passieren kann. »Es tut mir so leid. Würde ich diesen Wichser in die Finger kriegen -«, sagt er knurrend.

»Das spielt keine Rolle mehr, Troy. Es ist ein Teil meiner Geschichte, den ich nicht ändern kann. Aber ich kann ändern, wie ich damit umgehe. Und anstatt mich jetzt in mein Schneckenhaus zu verkriechen, nehme ich mir die Kontrolle zurück, die er mir nehmen wollte.«

»Du kannst aber leider nicht alles im Leben kontrollieren. Das weißt du, oder?« Seine Worte sind zu wahr, als dass ich sie an mich heranlassen möchte. Trotzdem sorgen sie dafür, dass ich an diesem Tag zum ersten Mal klarsehen kann. Das Leben war schon immer unberechenbar. Das war es schon, als es mir meinen Vater viel zu früh genommen hat. Das war es, als das Schicksal Brooklyns Freund in den Himmel geholt hat. Und das wird es auch sein, sollte meine Mutter den Kampf gegen den Krebs kein zweites Mal gewinnen.

»Das Leben vielleicht nicht. Aber ich kann kontrollieren, was ich tue und was ich sage. Was ich morgens als Erstes mache, wenn ich aufstehe, und was als Letztes, bevor ich abends einschlafe. Ich kann kontrollieren, ob ich mein Herz oder meinen Kopf entscheiden lasse. In den letzten Jahren habe ich immer meinem Herzen vertraut und wurde nur enttäuscht. Und ich kann vor allem eines: kontrollieren, wen ich berühre und wer mich berührt -« Meine Stimme bricht.

Troys Augen sehen direkt in meine und ich weiß, dass er mich versteht. Dass er zum ersten Mal verstanden hat, wieso ich diese Regel ins Leben gerufen habe und wieso ich alles daransetze, sie einzuhalten. Seufzend steht er auf und setzt sich zurück auf den Stuhl. Dieses Mal ist er mir näher und ich genieße es, dass wir uns so nah sind und trotzdem Distanz wahren. Draußen wird mittlerweile alles in ein goldenes Licht getaucht, weil der Abend langsam anbricht. Eben noch hat ein Sturm in Troys Augen gewütet, aber jetzt herrscht glasklare Sicht.

»Wie lange gilt deine Regel noch?« Seine warme Stimme verscheucht die Kälte wieder aus meinem Körper.

Ich tue so, als würde ich gedanklich die Tage zählen, dabei kenne ich das Ergebnis längst. Seit ich bei ihm eingezogen bin, zähle ich sie schon. »Noch drei Monate.« Drei verdammt lange Monate. Troys Miene erstarrt für einen Moment, aber er fängt sich schnell wieder. Als er mich das nächste Mal ansieht, liegt Entschlossenheit in seinem Blick.

»Dann warte ich.« Wir sehen einander noch eine Weile an. Die Minuten vergehen, ohne dass uns eine der Schwestern abholt und zu meiner Mutter lässt.

Je länger wir hier im goldenen Licht der Abendsonne sitzen, desto müder werde ich. Meine Lider fallen langsam zu und meine Atmung wird immer gleichmäßiger. Es ist, als würde ich trotz der schwarzen Wolken in diesem Gebäude endlich wieder Luft bekommen.

Ich rutsche ein Stück dichter an Troy heran, und als ich seine Körperwärme spüren kann, halte ich inne. Je näher ich ihm bin, desto lebendiger fühle ich mich. Und wieder einmal frage ich mich, wie es sich erst anfühlen würde, wenn er seine Arme um mich legt. Ich höre seinen Atem und kann ihn an meiner Schläfe spüren.

»Du weißt, dass ich dir nie wehtun würde, oder?« Seine Worte tragen einen Teil meiner Schutzmauer ab. Ich werde verletzlich. Ich werde angreifbar. Und doch kämpfe ich dieses Mal nicht dagegen an.

»Ich weiß«, antworte ich summend, bevor ich mit seinem Atem an meiner Schläfe einschlafe.

• • •

Ein Rütteln weckt mich. Müde schlage ich die Lider auf und sehe in das Gesicht einer der Schwestern. Ihre Hand, die auf meiner Schulter liegt, zieht sie jetzt zurück.

»Molly, Sie können jetzt zu Ihrer Mutter. Die Tests sind für heute alle durch«, sagt sie mit einem herzlichen Lächeln auf den Lippen. Als ich zur Seite schiele, entdecke ich Troy, der ebenfalls eingeschlafen sein muss. Es fällt ihm schwer, die Augen offenzuhalten und ich weiß genau, wie er sich fühlt.

»Wie spät ist es?« Ich reibe mir den Schlaf aus den Augen, während die Schwester einen Blick auf ihre Armbanduhr wirft. Ihre langen, schokoladenbraunen Haare fallen in sanften Wellen über ihre Schultern und sie riecht nach frischen Erdbeeren. Entweder hat sie ein verdammt tolles Parfum oder ich halluziniere, weil ich übermüdet bin.

»Kurz nach sieben. Wenn Sie Ihre Mutter noch besuchen wollen, sollten Sie jetzt reingehen. Der Tag war anstrengend für sie und sie sollte bald schlafen.« Mit diesen Worten und einem aufmunternden Lächeln lässt sie uns allein. Wieder schiele ich zu Troy hinüber, der eindeutig lebendiger aussieht als ich mich fühle. Seine Haare sind unordentlich und ich liebe diesen Look an ihm, seit er das erste Mal so aus dem Schlafzimmer kam.

»Was hältst du davon, wenn ich uns einen Kaffee hole, während du zu deiner Mutter reingehst? Ich könnte jetzt dringend einen gebrauchen«, schlägt er mir vor und ich bin ihm dankbar für seine Unterstützung. Ich habe keinen blassen Schimmer, was ich in den letzten Tagen ohne ihn getan hätte.

»Danke«, sage ich leise und schenke ihm ein Lächeln. Dann stemme ich mich hoch und strecke meine verspannten Glieder, bevor ich den Wartebereich hier im Flur verlasse und die Zimmer der Patienten ansteuere. Von außen kann man in die Räume durch eine große Glasscheibe hineinsehen. Früher dachte ich immer, dass die Krankenhäuser nur in Filmen so aufgebaut sind.

Vor der Scheibe bleibe ich einen Moment stehen und sehe meine Mutter an. Sie liegt in ihrem schmalen Bett, und als ich den trostlosen, weißen Raum sehe, fällt mir ein, dass ich vergessen habe, einen neuen Strauß zu besorgen. Das stand ganz oben auf meiner Prioritätenliste, aber mein Kopf war so voller Angst und Sorge, dass ich das Wichtigste einfach vergessen habe.

»Verdammt!« Eilig renne ich den Gang entlang, hin zu dem Mülleimer, in dem ich die Sonnenblumen heute Vormittag entsorgt habe, und greife widerwillig hinein. Sobald ich den Strauß zu fassen bekomme, atme ich erleichtert aus und ziehe ihn aus dem Müll. Einige der Blumen sehen ziemlich mitgenommen aus, aber es ist immer noch besser, als ganz ohne Strauß reinzugehen. Ich entferne das Papier eines Schokoriegels, das sich im Strauß verfangen hat, schmeiße es weg und gehe zurück zu Zimmer dreihundertzwölf.

Sachte klopfe ich an die Tür, warte aber nicht, bis sie mich hereinbittet. Als Mom mich und den trostlosen Blumenstrauß sieht, muss sie sofort lachen. Und dieses Lachen nimmt mir die

Wut auf mich selbst, weil ich keinen neuen besorgt habe. Dass ihre Mundwinkel sich nach oben ziehen, ist wichtiger als ein perfekter Strauß.

»Wow«, formt sie mit ihren Lippen und deutet auf die Sonnenblume, die jetzt mit dem Kopf nach unten hängt.

»Ich weiß, sie haben etwas gelitten«, erkläre ich. Ich würde sie gern bitten, mir Platz zu machen, damit ich mich neben sie legen kann, aber dann würde ich meine Tränen nicht zurückhalten können. Mom sieht noch schwächer aus als letzte Nacht. Die Schatten unter ihren Augen sind dunkler geworden und ihre Haut blasser. Sie trägt aber wieder ihr Kopftuch und ich merke direkt, dass sie sich so viel wohler fühlt. Mom war nie ein Mensch, dem das Äußere wichtig war, aber sie hat ihre lange Mähne immer geliebt.

»Er ist perfekt. Stell ihn doch auf das Fensterbrett«, bittet sie mich. Ich bin froh darüber, dass meine Mutter wenigstens eines der Zimmer mit Tageslicht bekommen hat. Letztes Mal hat es sie verrückt gemacht, nicht sehen zu können, welche Tageszeit wir haben.

Vorsichtig lege ich den Blumenstrauß auf der Fensterbank ab und lasse den Blick über die Außenanlage des Krankenhauses schweifen. Die Baumkronen sind in ein weiches Orange getaucht und die Sonne wird bald untergehen. Es sieht aus, als würde der Himmel in den verschiedensten Rottönen brennen.

»Wie geht es dir?« Mit diesen Worten reiße ich mich vom Anblick der Baumwipfel los und setze mich ans Bett meiner Mutter. Sie rappelt sich ein Stück auf, damit sie auf einer Augenhöhe mit mir ist, aber ich sehe, wie viel Kraft es sie kostet, zu sitzen. Die Sturheit habe ich eindeutig von ihr geerbt. Mom wollte auch nie, dass ich sehe, wenn es ihr schlechtgeht. Sie wollte immer die Starke für mich sein, der nichts etwas anhaben kann, und so will ich ihr dasselbe jetzt zurückgeben.

»Ging schon mal besser. Der Tag war wirklich anstrengend«, sagt sie erschöpft.

Vermutlich sollte ich sie einfach schlafen lassen, damit sie ihre Ruhe bekommt, aber es ist, als wäre ich an dieses Bett gefesselt. Als könnte ich mich nicht vom Fleck rühren, obwohl ich es sollte. Draußen vor der großen Glasscheibe huschen ab und zu Leute vorbei, von denen nur die wenigsten einen Blick in dieses Zimmer werfen. Diesen Kokon, der gerade nur für Mom und mich da ist. Ich bin froh, dass uns niemand stört.

»Du solltest gleich schlafen. Aber erst muss ich dir noch etwas erzählen!« Beim Gedanken an Balou, der in Troys Wohnung auf unsere Rückkehr wartet, wird mir warm ums Herz. Es ist mir schwergefallen, ihn allein zu lassen, aber da er sich direkt aufs Sofa gelegt und geschlafen hat, habe ich ein gutes Gefühl dabei. Ein gemütliches Sofa in einer warmen Wohnung ist doch besser als ein Zwinger im Kalten.

»Na, da bin ich aber gespannt.« Ihr Lächeln erwärmt mein Herz.

»Ich habe heute einen Hund aus dem Tierheim adoptiert, in dem ich jeden zweiten Sonntag bin. Sein Name ist Balou und er ist der zuckersüßeste Labbi, den du dir nur vorstellen kannst!«, schwärme ich von meinem neuen Fellfreund. Moms Augen funkeln und ich weiß genau, wieso. Sie hat sich immer schlecht gefühlt, weil ich ihretwegen nie einen Hund haben konnte.

»Das ist ja eine tolle Nachricht! Wie kam es denn dazu?« Moms Hand findet meine und ich fühle mich in die Vergangenheit zurückgeschleudert, weil ihre so furchtbar kalt ist.

»Die Besitzerin des Tierheims hat mit mir geredet. Balou ist jetzt schon seit zwei Jahren da und keiner hat Interesse an ihm gezeigt. Und weil ich seit Monaten mit ihm spazieren gehe, vertraut er mir voll und ganz. Es war bei uns von Anfang an Liebe auf den ersten Blick.«

»Das freut mich so sehr, mein Schatz.« Mit leichtem Druck presst sie ihre Hand fester gegen meine. Als ich den Blick von ihren kühlen Fingern lasse und in ihr Gesicht sehe, sind ihre Lider geschlossen.

»Mom?«, frage ich leise nach, um sie nicht zu wecken. Aber sie rührt sich nicht, stattdessen sinkt sie etwas tiefer in die Kissen und wendet im Schlaf den Kopf von mir ab. Ich nutze den Augenblick, um mir alles an ihr einzuprägen. Jede einzelne Falte, die ihr Gesicht ziert und eine eigene Geschichte erzählt. Ich sehe mir ihre Nase an, die dieselbe Form wie meine hat, nur etwas schmaler ist. Sehe ihre dünnen Schulterblätter und wie schwer ihre Atmung geht. Es sieht aus, als würde ihr jeder Atemzug alles abverlangen.

Und als ihre Hand sachte aus meiner rutscht, gebe ich mich der Schwäche hin. Gebe mich dem Gedanken hin, dass ich sie bald vielleicht nicht mehr ansehen kann. Dass ich vielleicht eines Tages an diesem Bett sitze und sie nicht mehr da sein wird. Dass ich nach ihrer Hand greifen will, sie aber nicht mehr da ist.

Nun rollen die Tränen doch wieder über meine Wangen und landen auf dem weißen Laken. Mit den Fingern fahre ich über ihr Handgelenk, hoch zu ihrem Oberarm und wieder zurück. Aber Mom rührt sich nicht, sie schläft zu fest.

Und als ich im Augenwinkel eine Bewegung wahrnehme, schnellt mein Kopf zur Seite. Troy steht vor der Glasscheibe, er hält zwei große Becher Kaffee in den Händen und sieht mich an. In seinen Augen liegen so viele Dinge, so viele Gefühle. Als würde mich jemand fernsteuern stehe ich auf und gehe auf die Glasscheibe zu. Sein Blick haftet an meinem Gesicht, und als er die

Tränen sieht, schluckt er schwer. Anschließend stellt er die Kaffeebecher auf dem Boden ab und tritt näher an die Scheibe heran.

Mit jedem Zentimeter schlägt mein Herz schneller.

Noch ein Schritt.

Mit jedem Blick von ihm dreht sich meine Welt heftiger.

Ein weiterer Schritt.

Mit jedem Atemzug wächst der Wunsch in mir, diese Scheibe einzuschlagen und damit auch meine Regel zu brechen.

Ein letzter Schritt.

Troy steht jetzt dicht vor mir, und ich bilde mir ein, ich könnte die Wärme spüren, die von seinem Körper ausgeht. Er atmet gleichmäßig, während meine Atmung immer stockender wird. Und als er seine Hand gegen die Scheibe drückt, weiß ich ganz genau, was er mir mit dieser Geste sagen will.

Auch wenn ich dich nicht berühren darf, bin ich bei dir.

Du bist nicht allein.

Und du wirst es nie sein.

Mein Blick wandert zu seiner Handfläche, die sich jetzt gegen das Glas schmiegt, und als ich meine ebenfalls hebe und auf seine lege, ist es, als würde der Boden unter meinen Füßen aufreißen. Meine Knie werden weich, mein Herzschlag setzt aus und dann spüre ich etwas, das ich nicht spüren sollte.

Ich spüre das, was ich in den letzten Wochen so stark vermeiden wollte, dass es wehgetan hat. Ein kleiner Blitz jagt von meinen Fingerspitzen durch meine Hand hindurch und verteilt sich in meinem gesamten Körper.

Ich stehe völlig unter Strom.

Die Haare an meinen Unterarmen stellen sich auf.

Mein Mund trocknet wieder aus, und als ich zu Troy aufsehe, weiß ich, dass er es auch gespürt hat. Dieses kleine Ziehen. Diesen Funken. Der Funken, von dem meine Mutter mir vor drei Monaten erzählt hat und der sich bei mir wie ein Gewitter anfühlt. Seine Augen wirken plötzlich dunkler, während in mir alles heller wird. Beinahe fühlt es sich an, als wären die Schatten in mir gerade einfach verschwunden. Nur, weil er mich berührt hat, indem er mich nicht berührt hat.

Neue Tränen finden ihren Weg über mein Gesicht, aber dieses Mal sind die Tränen anders. Sie erdrücken mich nicht, sie befreien mich. Troy lehnt seine Stirn gegen die Glasscheibe und sieht mir tief in die Augen. Ich schließe meine und tue es ihm gleich. Das kalte Glas trifft auf meine Stirn und ich spüre, wie sich in diesem Moment alles zu einem Bild zusammenfügt.

Alles ergibt plötzlich einen Sinn, wo vorher keiner war.

Eine kleine Ewigkeit stehen wir so da. Er auf dem Flur, ich hier drin. Zwischen uns nur eine dünne Scheibe aus Glas, die da schon lange nicht mehr sein sollte.

Als ich die Augen wieder aufschlage, bemerke ich, dass er mich immer noch ansieht. Ein Prickeln wandert über jede Stelle meines Körpers und ich frage mich, wann ich das letzte Mal etwas so Schönes so intensiv gespürt habe.

In den letzten Monaten waren die einzigen intensiven Gefühle die der Traurigkeit und des Schmerzes. Troy nimmt schließlich seine Hand von der Scheibe und tritt einen Schritt zurück, als würde er bereuen, was gerade zwischen uns passiert ist. Sofort fehlt mir dieses Gefühl der Verbundenheit. Habe ich in den letzten Wochen diese Distanz geliebt und gebraucht, würde ich ihn jetzt am liebsten anschreien, dass er wieder dichter kommen soll. Ich will, dass er seine Hand wieder aufs Glas legt und für mich da ist. Dass er diese Tür aufreißt und mich an sich zieht, damit ich mich endlich in seine Arme fallen lassen kann.

Er deutet mit dem Kopf hinter mich, und als ich mich umdrehe, sehe ich, dass Mom wach ist und uns beobachtet. Normalerweise wäre mir diese Situation peinlich, aber gerade kann ich mir nichts Schöneres als ihr warmes Lächeln vorstellen. Mein Blick huscht noch einmal zu Troy, der jetzt auf den Wartebereich zeigt und mit den Kaffeebechern bewaffnet verschwindet.

»Das war intensiv.« Die Stimme meiner Mutter klingt viel kraftvoller als eben noch. Bevor sie eingeschlafen ist, war sie so schwach, dass die Wolken in diesem Raum schwarz wurden. Jetzt scheint wieder die Sonne herein. Und das nicht nur im übertragenen Sinne. Einige Strahlen fallen direkt in dieses Zimmer und tauchen alles in ein warmes Licht.

Euphorisch stürme ich zu ihrem Bett herüber und setze mich wieder hin. Sofort finden sich unsere Hände und ich bin froh, dass ihre jetzt nicht mehr ganz so kalt sind. Der kurze Schlaf muss ihr neue Kraft gegeben haben. Entweder das oder die Szene, die Troy und ich ihr dargeboten haben, hat ihr Herz erwärmt. So wie meines.

»Ich glaube ...« Mehr kriege ich nicht heraus, weil ich immer noch völlig überfordert bin. Überfordert von meinen Gefühlen. Überfordert von diesem Wunsch in mir, nach draußen zu stürmen und Troy zu folgen. Und überfordert von meiner Fähigkeit, das erste Mal seit Wochen wirklich frei zu atmen. Und das, obwohl ich hier im Krankenhaus am Bett meiner kranken Mutter sitze. In den letzten Monaten hat mir dieser Ort immer nur den Atem gestohlen.

»Du glaubst? Nun spuck es schon aus, Molly! Langsam kannst du es nicht mehr verleugnen. Meine Augen funktionieren trotz Krebs noch verdammt gut.« Und sie funktionieren nicht nur gut, sie strahlen regelrecht mit der Abendsonne um die Wette.

»Ich habe ihn gespürt«, flüstere ich und bin immer noch überwältigt von den ganzen Emotionen, die jetzt durch meinen Körper rauschen. In einer Sekunde bin ich erfüllt von Liebe, in der anderen macht sich das Gefühl der Hoffnung in mir breit. Wenn das, was gerade passiert ist, echt war, dann kann sich vielleicht doch noch alles zum Guten wenden. Vielleicht gibt es so etwas wie Wunder ja doch. Wenn ja, dann wünsche ich mir dieses Wunder für meine Mutter.

»Und wie war es?«, bohrt meine Mutter tiefer nach. Ich bitte sie, mir Platz zu machen, und lege mich neben sie. Meinen Kopf bette ich auf ihre Schulter und fühle mich wieder wie ein Kind, als sie meine Haare tätschelt.

»Es war … es war nicht wirklich ein Funken, so wie du ihn beschrieben hast, wenn du von Dad und dir erzählst. Es war eher ein Blitz, der durch meinen ganzen Körper gejagt wurde«, sage ich und bin immer noch voller Adrenalin. In den letzten Wochen bin ich Troy so oft nah gewesen, aber dieser unscheinbare Augenblick war der intensivste von allen. Ich würde sogar so weit gehen und behaupten, dass ich so etwas Intensives mit noch keinem Mann geteilt habe. Es ist, als würde er mich mit seinen Blicken und Worten stärker berühren, als es eine Hand je könnte.

»Tja, die Liebe zeigt sich halt bei jedem anders. Aber ich hoffe, dass du deinen Sturkopf jetzt endlich ausschaltest und deine Regel brichst!« Wo hat meine Mutter nur plötzlich wieder diese Power her? Es ist, als wäre sie ein ganz neuer Mensch! Ich drehe mich zur Seite und sehe zu ihr auf. Die Schatten unter ihren grünen Augen sind zwar noch da, aber sie wirken nicht mehr so bedrohlich auf mich. Man sieht ihr die Krankheit zwar an, aber sie nimmt nicht mehr den ganzen Menschen ein, der dahintersteckt.

»Und wie stellst du dir das vor? Soll ich einfach rausgehen und sagen: Hey, Troy. Ach übrigens, ich würde dich jetzt gern küssen und mit dir in den Sonnenuntergang reiten? Sofort!«, spotte ich, dabei gefällt mir der Gedanke ziemlich gut.

Mom verdreht die Augen und ich weiß, dass sie mich durchschaut hat. Ich liege nur noch hier, anstatt draußen bei ihm zu sein, weil ich Angst habe. Angst davor, dass ich einen Fehler mache. Davor, dass ich mein Herz wieder jemandem schenke, der es dann zerbricht. Sollte ich das Risiko wirklich wieder eingehen?

»Vielleicht solltest du weniger reden und mehr machen«, rät sie mir. Ihr Ratschlag trägt ziemlich viel Wahrheit in sich. Ich kann jetzt noch stundenlang hierbleiben und mich verkriechen. Oder ich könnte …

»Na gut, na gut!« Voller Energie springe ich auf. Es ist, als wäre dieses ganze Zimmer voller Power, die nicht nur meine Mutter, sondern auch mich beflügelt.

»Und versprich mir eins, Molly!« Mom hält mich auf, bevor ich nach der Türklinke greifen kann.

»Alles«, antworte ich wie aus der Pistole geschossen.

»Geh da raus, küss ihn und dann geh mit ihm nach Hause. Ihr habt verdammt viel nachzuholen und ich will nicht, dass ihr euren ersten Abend als Paar hier im Krankenhaus verbringt.« Unseren ersten Abend als Paar? Ist es das, was gerade passiert? In mir schlagen die bunten Schmetterlinge so stark mit ihren Flügeln, dass mir schwindelig wird.

»Aber bist du dir sicher, dass ich nicht hierbleiben soll?«

»Molly Adams! Ich muss ohnehin schlafen, wenn ich keinen Ärger mit Dr. Miller kriegen will. Tu deiner Mutter einen Gefallen und verbring die Nacht an einem schönen Ort.« Weil ich ihr ohnehin keinen Wunsch abschlagen kann, gebe ich nach.

»Aber nur unter einer Bedingung.« Mit diesen Worten gehe ich zurück an ihr Bett und beuge mich über sie. Ich nehme ihr Gesicht in meine Hände. Es ist warm und schmiegt sich weich an meine Haut. »Nur, wenn du mir versprichst, dass du bei unserer Hochzeit dabei sein wirst. Wenn du mir versprichst, dass du dein Enkelkind im Arm halten und es bis aufs Äußerste verwöhnen wirst. Wenn du mir versprichst, dass du da sein wirst, wenn Troy mich in den Wahnsinn treibt und ich eine Schulter zum Anlehnen brauche. Und wenn du mir versprichst, dass du diesem Scheißkrebs ordentlich in den Arsch treten wirst!«

Moms Augen strahlen, genau wie mein Herz, das auf die doppelte Größe anschwillt. Heute ist ein guter Tag, auch wenn er ganz katastrophal begonnen hat. Sie lächelt mich liebevoll an und nickt. »Versprochen.«

Ich drücke ihr einen Kuss auf die Stirn, hauche ein »Ich liebe dich« und stürme aus dem Raum. Meine Beine tragen mich so schnell es geht über den Flur in Richtung Wartebereich, und als ich Troy sehe, der mit dem Rücken zu mir gewandt an den großen Fenstern steht und in den Sonnenuntergang sieht, beginne ich zu rennen.

Mit jedem Schritt komme ich ihm näher, und als er mich hört, dreht er sich in meine Richtung. Ein Lächeln breitet sich auf seinem Mund aus. Uns trennen nur noch wenige Meter und es gibt für mich kein Zurück mehr. Ich will nicht mehr davonlaufen, wenn er es ist, der vor mir steht.

Im nächsten Augenblick bin ich ihm in die Arme gesprungen und zu meinem Glück fängt er mich ohne Probleme auf. Und dann steht die Zeit, genau wie meine Welt, still. Kein Zeiger dreht sich mehr. Troy taumelt nach hinten und stößt mit dem Rücken gegen die Glasscheibe, während ich meine Hände an sein Gesicht lege und innehalte.

Mein Atem geht schwer. Nicht nur, weil ich gerade so schnell gerannt bin, wie ich nur konnte, sondern auch, weil ich seine Haut zum allerersten Mal an meiner spüre. Troys Hände liegen an meinem Po, meine Beine schlingen sich um seine Hüften. So stehen wir eine kleine Ewigkeit vor dem großen Fenster und sehen uns einfach an. Er fühlt sich so viel besser an als in meiner Vorstellung. Seine Haut ist weicher und wärmer, der Druck, mit dem er mich hält, fester. Sein Geruch ist aus dieser Nähe noch unwiderstehlicher, genau wie sein folgendes Grinsen. Die Berührung durch die Scheibe war nur ein kleiner Blitz, das hier ist ein ganzes Sommergewitter.

»Was ist mit deiner Regel?«, fragt er verwirrt und sieht dabei zum Anbeißen aus. Seine Haare sind immer noch ein kleines Chaos und ich kann es kaum erwarten, das erste Mal meine Finger in ihnen zu vergraben. Aber nicht jetzt. Jetzt hat etwas anderes Priorität.

»Regeln sind da, um gebrochen zu werden, oder?«, hauche ich atemlos. Seine Lippen sind meinen so nah, dass ich es kaum erwarten kann, sie auf mir zu spüren. Ich will jede Berührung so intensiv wie möglich spüren. Jede kleine Zärtlichkeit in mir aufsaugen und die Erinnerung daran speichern.

Troy hält inne, und als er sich schließlich umdreht und mich mit dem Rücken sanft aber bestimmt gegen das Fenster schiebt, bebt mein ganzer Körper.

Der Kuss ist so zart, dass ich Angst habe, ihn mir nur einzubilden. Seine Lippen streifen meine, bauen aber keinen Druck auf. Fast, als hätte er Angst, ich könnte sonst zu Staub zerfallen. Und als ich ihn schließlich näher an mich heranziehe, seufze ich an seinem Mund. Unsere Zungen finden sich – erst zögernd, dann immer entschlossener. Troy stützt seine Hände an der Fensterscheibe neben mir ab, während ich mich an ihm festkralle wie eine Ertrinkende. Ja, genau so fühlt es sich an: Als würde ich ertrinken. Nur, dass ich seit Wochen das erste Mal keine Angst davor habe.

Das hier ... das hier ist der Tag, an dem Troy Chesterfield meinen Blitzen am Himmel eine völlig neue Bedeutung geschenkt hat.

Kapitel 20

Molly

»Das ist aber nicht der Weg nach Hause«, meine ich perplex, als wir in eine kleine Seitenstraße einbiegen, die zum Fluss führt. Die Selbstverständlichkeit, mit der ich Troys Wohnung als *unser* Zuhause betitle, überrascht mich selbst. Im gleichen Moment sticht es in meiner Brust, weil ich vor wenigen Minuten eine Nachricht meines Vermieters bekommen habe, die mich eigentlich erleichtern sollte. Aber sie tut es nicht. Die letzten Wochen waren die besten Wochen, an die ich mich erinnern kann, und ich bin mir sicher, dass dieser Mann neben mir nicht gerade wenig dazu beigetragen hat. Allein die Vorstellung, jetzt wieder in meine alte Wohnung zu ziehen und morgens allein zu sein, bereitet mir Bauchschmerzen. Bis jetzt habe ich es ihm noch nicht erzählt, weil ich den Abend nicht mit der Nachricht über meinen Auszug ruinieren wollte.

Troy sieht mich von der Seite an und schüttelt den Kopf. Seine Hände hat er wieder in den Taschen seiner Jeans vergraben, so als wüsste er nicht, was er sonst mit ihnen anstellen sollte. *Mir würden da definitiv viele Dinge einfallen.*

Ich schlinge die dünne Jacke um meinen Oberkörper, damit ich mich davon abhalten kann, mich an ihn zu schmiegen.

Schließlich weiß ich nicht, wie weit ich gehen kann, nachdem ich ihn im Krankenhausflur quasi überrannt habe.

»Was hast du gedacht? Dass ich dich jetzt nach Hause bringe, dir die Kleider vom Leib reiße und es die ganze Nacht mit dir wie wild treibe?« Bei seinem süffisanten Grinsen schießt mir die Hitze ins Gesicht, auch wenn ich mich sonst ziemlich gut unter Kontrolle habe. Troy schafft es immer wieder, mir diese Kontrolle zu entreißen und sicher wegzusperren, damit ich nicht mehr herankomme.

»Soll ich ehrlich sein? Ja, genau das dachte ich«, antworte ich ihm und verfluche dabei den Meter Abstand, der zwischen uns liegt. Seit ich ihn vor weniger als einer halben Stunde zum ersten Mal berührt habe, will ich nichts anderes mehr tun. Die Sonne steht mittlerweile so tief, dass sie jeden Moment hinter den Dächern der Stadt verschwinden müsste, und der Himmel sieht aus, als würde er brennen. Ich liebe jeden einzelnen dieser Sonnenuntergänge.

»Denkst du wirklich, dass ich so plump bin?« Dieses Mal sieht er mich ernst an und ich frage mich, ob ich ihn mit meiner Vermutung verletzt habe. »Du hast seit mehreren Monaten keinen Mann mehr außer Chase berührt. Das nehme ich dir übrigens immer noch übel, weil der Dreckskerl nicht aufhört, mich damit aufzuziehen. Worauf ich aber hinauswill: Du hast ein richtiges Date verdient und keinen billigen One-Night-Stand. Wild treiben können wir es in den nächsten Wochen noch genug, glaub mir.« Sein folgendes Zwinkern lässt mich schlucken. Meine Beine fühlen sich an wie Wackelpudding und ich bin mir sicher, dass ich mich verhört haben muss.

In meinem Kopf lege ich mir die richtigen Sätze zurecht, aber seine Worte bewirken etwas in mir, das ich nicht verbal ausdrücken kann. Alles, was ich jetzt sagen werde, wird in irgendeiner

Art und Weise schräg sein. Schräg ist schließlich mein zweiter Vorname.

»Die Sonne geht gleich unter und der Tag war verdammt lang. Du musst doch sicher hyänenmüde sein.«

»Hyänenmüde?«, fragt er lachend nach.

»Ja, das ist, wenn man nicht nur hundemüde ist, sondern noch müder.«

»Vertrau mir, ich komme schon klar. Und jetzt warte doch einfach ab!« Grinsend widmet er sich wieder der Straße vor uns.

Ich liebe diese kleinen Gassen, die sich durch die ganze Stadt ziehen und mich immer an ein Labyrinth erinnern. Mehr als einmal wollte ich neue Wege zur Arbeit ausprobieren, habe mich am Ende aber meistens total verlaufen.

Also folge ich Troy stumm und genieße dabei, wie die Sonne in meinem Nacken kitzelt. Ich trage meine Haare zu einem wilden Zopf nach oben gebunden und sehe sicher aus, als wäre ich gerade nach einem Schlafmarathon aus dem Bett gestiegen. Nicht die besten Voraussetzungen für mein erstes Date mit dem Mann, in dessen Bett ich seit einigen Wochen schlafe, weil ich ihn aufs Sofa manövriert habe.

Ungefähr fünf Minuten führt Troy mich noch durch die Straßen, bis wir schließlich den Fluss erreichen und rechts abbiegen. Wenige Meter später bleibt er abrupt stehen und deutet mit einer einladenden Handbewegung auf den Laden direkt an der Ecke. Mein Blick folgt seinem und ich entdecke ein schnuckeliges kleines Restaurant mit beiger Fassade. Über der dunkelbraun gebeizten Tür hängen Lampions, die sich im Wind leicht bewegen, aber noch nicht leuchten, weil die Sonne noch zu hoch steht. Nachher werden sie den Eingang sicher wunderschön ausleuchten.

»Du führst mich wirklich zum Essen aus?«, frage ich wispernd, nur, um im nächsten Moment hysterisch zu werden, als ich mich in der Fensterscheibe des Restaurants spiegele. Als ich sagte, dass meine optische Situation übel ist, habe ich völlig untertrieben. In diesem Zustand sollte ich vermutlich eher den schnellsten Weg zu einem Friseursalon suchen.

»Ich meine, so?« Wie eine Furie deute ich auf das Nest, das meinen Kopf ziert und rieche nicht gerade unauffällig an meinen Klamotten. Hätte er mir gesagt, dass er mich zum Essen ausführen will, hätte ich darauf bestanden, erst nachhause zu gehen, um unter die Dusche zu hüpfen.

»Nun komm schon, Molly. Ich bin am Verhungern. Außerdem will ich den Abschlepper-Ruf endlich loswerden. Das klappt am besten mit einem offiziellen Date, meinst du nicht? Immerhin ist das hier schon seit Monaten überfällig.«

Mir bleiben die Worte im Hals stecken. Mein Herz hingegen rutscht einige Etagen herunter und landet in meiner Hose. Er meint das hier tatsächlich ernst! Einen Moment hadere ich noch mit mir, entscheide mich aber letztlich dafür, nachzugeben. Und als würde sich mein Körper auf das Essen einstellen, beginnt im selben Moment mein Magen zu knurren. Mieser Verräter!

Troys Mundwinkel ziehen sich nach oben und dann hält er mir die Tür auf. Als ich gerade an ihm vorbei ins Innere huschen will, spüre ich plötzlich seine warme Hand auf meinem unteren Rücken. Ich erstarre, weil es sich nach all der Zeit immer noch so fremd anfühlt, von ihm berührt zu werden. Seine Fingerspitzen üben einen leichten Druck auf meine Haut aus und Sekunden später folgt ein warmer Schauer, der mich wie Sommerregen überrascht. Troy tritt hinter mich, und als sein Mund dabei meine Haare streift, wird aus dem Sommerregen ganz schnell ein kleines Gewitter.

»Außerdem siehst du wunderschön aus, Molly Adams.«

• • •

»Was ist der schönste Ort, an dem du jemals warst?« Ich sollte mich wie eine Lady verhalten und erst einmal herunterschlucken, bevor ich ihn weiterhin mit Fragen löchere, aber meine Manieren muss ich im Krankenhaus gelassen haben. Alles in mir ist voller Euphorie und ich weiß nicht, wann ich mich das letzte Mal so leicht gefühlt habe wie hier in diesem winzigen Restaurant. Wir haben einen Platz direkt am Fenster bekommen, sodass wir nur den Kopf drehen müssen, um auf den beleuchteten Great River Ouse zu sehen.

Das Restaurant bietet ein buntes Potpourri aus europäischen Speisen an, wobei ich mich für eine mediterrane Lasagne entschieden habe und Troy sich für ein Reisgericht. Überall hängen dieselben süßen Lampions wie draußen am Eingang, nur mit dem Unterschied, dass sie hier drin bereits leuchten und den gesamten Laden in warmweißes Licht tauchen. Ich bin in Bedford aufgewachsen und doch habe ich noch nie etwas von diesem magischen Platz hier gehört. Das Essen ist phänomenal, die Musik ist schön und die Kellner sind wahnsinnig nett.

»Der schönste Ort, an dem ich je war?« Er nimmt einen Schluck von seinem Wasser. »Lass mich überlegen. Ich war nicht an vielen Orten, weil meine Mutter das Geld lieber für Designerklamotten ausgegeben hat. Aber vermutlich der Buckingham Palace. Langweilig, oder?«

Seit ich in seine Arme gesprungen bin, wirkt Troy irgendwie schüchtern. Fast so, als hätte er Angst, mich mit seinen Antworten zu enttäuschen. Weiß er nicht, dass er mich in den letzten Wochen so sehr begeistert hat, dass es für ein ganzes Leben reichen könnte? Nicht jeder Mann nimmt dich kostenlos bei sich auf, backt noch vor Sonnenaufgang mit dir Kuchen, bleibt in einer

Gewitternacht bei dir sitzen, bis du einschläfst, und überlässt dir zur Krönung auch noch sein bequemes Bett.

Es ist, als würde er mich jetzt mit anderen Augen sehen. So, wie ich ihn mit anderen Augen sehe. Vermutlich verhält nicht nur er sich anders, sondern ich mich auch. Normalerweise gehen mir die Witze nur selten aus, aber hier mit ihm in dieser kleinen, romantischen Blase ist alles anders. Alles ernster. Plötzlich ist es mir besonders wichtig, das Richtige zu sagen. Auch wenn es das Richtige meiner Meinung nach gar nicht gibt.

»Das ist überhaupt nicht langweilig. Außerdem hältst du mich jetzt vermutlich für die schlechteste Britin der Welt, aber ich habe ihn noch nie live gesehen«, gestehe ich ihm.

»Was?« Seine Stimme trifft mich wie ein Donnerschlag und er muss sich selbst auf die Zunge beißen, weil uns bereits alle Gäste hier drin dank unserer Lautstärke anstarren. Troy sitzt links von mir an der schmalen Seite des Tisches, und wenn ihr mich fragt, ist da eindeutig zu viel Luft zwischen uns. Zu viel Platz, den ich nicht mehr zwischen uns haben will. Seit ich einmal in den Genuss seiner Berührungen gekommen bin, will ich sie in mir aufsaugen wie ein Schwamm.

»Ja, meine Eltern haben es hier in Bedford geliebt. Wir waren nicht oft außerhalb der Stadt, und als ich älter war, kam es mir irgendwie uncool vor, in England umherzureisen. Stattdessen bin ich lieber in andere Länder gereist.«

»Und was ist dann dein liebster Ort?« Sein Interesse an mir ist nicht zu übersehen und ich frage mich, ob er bei jedem Date so aufmerksam ist. Vermutlich ja, sonst hätte Lucy sich sicher nicht in einen Aufreißer wie ihn verliebt. Ein kurzer Stich der Eifersucht lenkt mich vom Wesentlichen ab, aber ich fange mich schnell wieder, immerhin sitzt er gerade mit mir hier und nicht mit ihr. Gedanklich gehe ich all die schönen Orte durch, die ich in den letzten zehn Jahren gesehen habe – davon gab es verdammt viele.

»Als ich achtzehn war, war ich ein halbes Jahr in Neuseeland als Backpackerin unterwegs«, sage ich stolz und erinnere mich nur zu gern an die Zeit zurück, in der ich dachte, dass mir die Welt vor dem türkisen Lake Pukaki zu Füßen liegt. Ja, ich war mir sogar sicher, dass ein Mensch alles erreichen kann, was er sich wünscht. Heute weiß ich, dass es Dinge gibt, die nicht in Erfüllung gehen, egal wie sehr man dafür brennt. Dass meine Mutter mit diesem verdammten Krebs zum zweiten Mal im Krankenhaus liegt, ist der beste Beweis dafür. Und dass ich immer noch im Café meiner Mutter arbeite, anstatt meinen eigenen Laden zu eröffnen, erklärt den Rest.

»Jedenfalls habe ich eine Nacht in einem kleinen Ort namens Hokitika verbracht. Es gab wirklich nicht viel dort, und gerade an diesem einen Tag hat es wie aus Eimern gegossen. Ich hatte eine Unterkunft direkt am Strand, aber das Wetter war so schlecht und der Sturm so stark, dass ich eigentlich nichts unternehmen konnte. Aber weil es meine letzten Tage auf der Südinsel waren, wollte ich unbedingt noch etwas erleben, also bin ich mitten im Regen – eingepackt in meine quietschgelben Gummistiefel und eine gelbe Mülltüte – losgezogen. Und dann habe ich eine kleine Höhle entdeckt. Genau genommen war es eine Überdachung aus Büschen und Bäumen, die nur wie eine Höhle geformt war. Und als ich unter ihr Schutz vor dem Regen suchen wollte, weil ich mittlerweile komplett durchnässt war, habe ich tausende Glühwürmchen gesehen. Ich war ganz alleine da – weit und breit gab es nur mich, die Dunkelheit und die glitzernden blauen Punkte über mir, die mich den Regen haben vergessen lassen.«

Ich komme aus dem Schwärmen gar nicht mehr heraus, und als ich für einen Moment die Augen schließe, ist es, als wäre ich wieder genau dort. Fast fühlt es sich an, als könnte ich den Regen auf meiner Haut spüren und wie sich die nasse Kleidung an mich schmiegt. Doch als ich die Lider wieder öffne und in Troys hellblaue Augen sehe, die mich betrachten, ist jeder Gedanke an diesen Platz wie vom Wind verweht.

Stattdessen verliere ich mich in dem tiefen Blau seiner Iriden, die denselben Farbton haben wie die Glühwürmchen in dieser Nacht. Ich verliere mich in diesem Anblick und kann immer noch nicht fassen, dass ich diese Lippen vorhin tatsächlich auf meinen gespürt habe. Diese Hände, die auf meinem Po lagen. Immer noch ist es, als könnte ich ihn an meinem ganzen Körper fühlen, obwohl er viel zu weit von mir entfernt sitzt.

Langsam werde ich wirklich ungeduldig.

»Erde an Molly?« Troy fuchtelt vor meinem Gesicht mit seiner Gabel umher und ich zucke zusammen. Mist. Ich war gerade definitiv überall mit ihm, nur nicht hier. Und garantiert nicht so bekleidet. Mein Blick wandert über sein Shirt und die definierte Brust, die darunter zur Geltung kommt.

»Tut mir leid, ich versinke immer so in Gedanken, wenn ich an die Glühwürmchen denke«, erkläre ich, bin mir aber nicht sicher, ob er mir die Lüge abkauft. »Aber zu einem anderen Thema. Was ist mit deinem Vater passiert?« Je schneller ich das Gespräch in eine andere Richtung lenke, desto eher vergisst er vielleicht, dass ich mich gerade in seinem Anblick verloren habe wie ein brunftiger Teenager. Fehlt nur noch, dass ich angefangen hätte zu sabbern.

Troys Augenbrauen ziehen sich zusammen, bis eine tiefe Furche zwischen ihnen entsteht. »Er war Alkoholiker und ist als ich fünf Jahre alt war an einer Alkoholvergiftung gestorben.« Die Kälte in seiner Stimme schneidet sich in meine Haut und plötzlich ist von der Wärme, die mich eben noch durchzogen hat, nicht mehr viel übrig.

»Ich habe es drauf, die Stimmung zu ruinieren, was? Gott, es tut mir leid. Du wolltest über schöne Dinge reden und ich platze mit so was heraus. Ich hätte dich vermutlich warnen sollen, dass ich nicht für Dates gemacht bin«, jammere ich und bette das Gesicht in meine Hände. Der Schlafmangel macht sich bei mir eindeutig bemerkbarer als bei ihm. Troy sieht nach unserem Nickerchen im Krankenhaus wieder aus wie das blühende Leben, während ich eher für einen Horrorfilm vorspielen könnte.

»Du hast die Stimmung nicht versaut.« Im nächsten Augenblick spüre ich etwas an meinem Knie. Es ist nur ein leichter Druck, den ich nicht genau deuten kann. Doch als ich erkenne, dass es seine Hand ist, brennen bei mir alle Sicherungen durch. Ich schließe die Augen und versuche mich auf etwas anderes zu konzentrieren als auf diese zarte Berührung, aber ich bin machtlos.

Seine Hand zieht sanfte Kreise, und als sie schließlich nach oben wandert und auf der Mitte meiner Oberschenkel liegen bleibt, halte ich den Atem an. Meine Hand wandert automatisch in meinen Schoß, und als ich seine warmen Finger an meinen spüre, ist alles andere in Vergessenheit geraten. Wir sehen einander an und ich weiß, dass er dasselbe denkt wie ich. Wann zur Hölle sind wir endlich zuhause?

• • •

»Danke für das Essen. Es war wirklich schön, mal wieder ein richtiges Date zu haben«, sage ich zufrieden. Nachdem wir uns noch einen riesigen Nachtisch geteilt hatten und ich ihn weiterhin mit Fragen gelöchert hatte, haben wir uns auf den Heimweg gemacht.

Jetzt weiß ich, dass er nicht nur Marvelfilme liebt, sondern auch alle Stephen-King-Verfilmungen, als kleines Kind Tierarzt werden wollte und noch nie in seinem Leben in einem Zelt übernachtet hat. Der letzte Punkt hat mich echt schockiert und ich habe ihn geradezu gezwungen, mit mir Zelten zu gehen.

»Mein letztes Date ist auch schon lange her. Ich finde, wir haben uns gut geschlagen.« Er schenkt mir ein warmes Lächeln, während ich über beide Ohren grinse, weil seine Hand jetzt nicht mehr in der Jeans steckt, sondern meine hält. Seit wir das Restaurant verlassen haben, schlendern wir am Fluss entlang, als wäre es das Normalste auf der Welt, ihm so nah zu sein.

»Danke, Casanova«, necke ich ihn und will gerade weitere Fragen stellen, als Troy stehen bleibt. Als ich den Blick um mich schweifen lasse, weiß ich in Sekundenschnelle, wieso wir angehalten haben.

»Oh, nein!« Ich schüttle energisch den Kopf und drehe dem Gebäude trotzig meinen Rücken zu.

»Wieso wehrst du dich so dagegen? Ich weiß von meinem Bekannten, dass du den Laden bei der Besichtigung geliebt hast.« Es ist nicht das erste Mal, dass Troy mich auf den Termin mit dem Makler anspricht, aber gerade will ich noch weniger darüber reden als sonst. Der Abend war bis jetzt perfekt und ich will nicht, dass dieses Thema wieder zu viel Raum einnimmt.

»Ich wehre mich nicht, ich bin bloß realistisch. Hat mir der Laden gefallen? Ja, hat er. Ist das Risiko viel zu groß? Ja, ist es. Außerdem habe ich dir schon so oft gesagt, dass ich das nicht durchziehen kann«, erwidere ich verzweifelt, weil ich langsam nicht mehr weiß, wie ich ihm deutlich machen soll, dass ich zufrieden bin.

Mein Leben ist zwar nicht sonderlich spannend, aber immerhin kann ich meine Miete zahlen und meinen Kühlschrank füllen.

Troy zieht mich an sich und dreht mich in seinen Armen um, sodass ich das grüne Gebäude ansehen muss.

Seine Brust schmiegt sich dicht an meinen Rücken und wäre der Grund ein anderer, könnte ich diese Berührung wirklich genießen. Es ist dunkel draußen, aber ich weiß noch ganz genau, wie dieses Haus bei Tageslicht ausgesehen hat. Spüre immer noch, wie sich die warmen Sonnenstrahlen auf meine Haut gelegt haben, als ich die Tagträume in einem schwachen Moment zugelassen habe.

»Jetzt sieh es dir an und sag mir, dass du das nicht wirklich willst. Dann höre ich auf, dich damit zu nerven.« Seine dunkle Stimme trifft die Stelle unterhalb meines Ohrläppchens und ich weiß, dass es am einfachsten wäre, es laut zu sagen. Aber es wäre gelogen und ich hasse Lügen.

»Ich will es, aber es wäre völlig irrational, Troy!« Ich drehe mich um, sodass ich wieder ihn ansehen kann. Er sieht auf mich herab und die Intensität in seinem Blick lässt meinen Mund trocken werden. Er hat es wirklich drauf, jemanden in die Enge zu drängen.

Kurz machen sich unsinnige Gedanken in mir breit. Gedanken darüber, dass ich ihn noch viel zu wenig kenne und dass ich nicht weiß, ob er sich genau wie Bryan zu meinem Albtraum entwickeln könnte. Damals war ich der festen Überzeugung, den Richtigen gefunden zu haben. Bis der Richtige mich wie einen Haufen Dreck behandelt hat und mir damit mein Männerbild und das Vertrauen in meine Intuition entrissen hat.

Gerade als ich mich von ihm lösen will, greift Troy nach einer Strähne, die sich in mein Gesicht verirrt hat, und schiebt sie hinter mein Ohr. In diesem Moment ist jeder Zweifel vergessen. Eine Berührung, die sich so schön anfühlt, kann mich gar nicht verletzen. Ich vertraue ihm, auch wenn es naiv sein sollte.

»Ich höre von dir immer nur Gründe, die dagegensprechen. Und nie Gründe, die dafürsprechen.« Natürlich hat er recht, aber ich kann und will den Abend nicht weiter mit meinen zerplatzten Träumen vergeuden, sondern lieber mit neuen Träumen füllen. Und in denen spielt ein gewisser Kerl mit babyblauen Augen und markanten Wangenknochen die Hauptrolle.

Ich sollte ihm einfach sagen, dass ich jetzt ganz dringend nach Hause will, um ihm die Klamotten vom Leib zu reißen. Vielleicht hört er ja dann auf, in meinen geplatzten Seifenblasen herumzustochern.

»Man bereut immer nur die Dinge, die man nicht getan hat, das weißt du schon, oder?«, setzt er noch hinterher.

Langsam frage ich mich, ob er die Weisheit mit Löffeln gefressen hat! Vermutlich war das auf seinem Teller im Restaurant gar kein Reis. »Pinterest, hm?« Ich will ihm gegen den Oberarm boxen, aber er weicht in letzter Sekunde aus und meine Faust landet in der Leere.

»Der war tatsächlich von Pinterest, aber der Rest kam wirklich von hier.« Theatralisch fasst er sich ans Herz und ich kann mir ein Lachen einfach nicht verkneifen.

Weil ich nicht länger vor meinem geplatzten Traum stehen und meine Chance auf einen Neuanfang verschwimmen sehen will, greife ich mir seine Hand und zerre ihn weiter. Weg von diesem Haus, von dem ich manchmal nachts träume. Weg von der Chance, mein Leben zu ändern. Doch wer weiß, vielleicht führt mich genau das zu einer noch viel größeren Möglichkeit, endlich das Leben zu führen, das ich mir wünsche …

• • •

»Du weißt schon, dass du nicht ewig vor dem Thema davonrennen kannst.«

Ich bin bereits in der Wohnung und habe mich aus meiner Jacke und den Schuhen geschält. Troy schließt die Tür hinter sich und folgt mir, aber ich würde mir am liebsten ein Kissen vom Sofa schnappen und es auf seinen Mund drücken, damit er das Thema endlich sein lässt. Seit wir an dem Gebäude vorbeigekommen sind, kann er einfach nicht aufhören, darüber zu reden. Während ich versucht habe die angenehme Abendluft zu genießen, konnte er den Blick nicht von meinem Gesicht lassen. Etwas, das ich unter anderen Umständen vermutlich mehr als genossen hätte.

»Kann ich wohl.« Mehr sage ich nicht, stattdessen halte ich Ausschau nach Balou, der sich jetzt vom Sofa herunterbequemt und verschlafen mit dem Schwanz wedelt. Müde kommt er auf mich zu, springt an mir hoch und schlabbert mir einmal über das ganze Gesicht. Mit jedem Schlecker kehrt mehr Leben zurück in seinen Körper und seine Augen wachen langsam auf.

»Hey, mein Dicker. Sieht aus, als hättest du den Abend verschlafen! Komm, lass uns dir was zu fressen machen.« Ich streichle seinen Kopf und gehe in die Küche, um ihm etwas von den einhundert Hundefuttersorten in eine Schüssel zu füllen. Es dauert keine zehn Sekunden, bis er sich auf den provisorischen Napf gestürzt hat. Er tut so, als wäre er völlig ausgehungert, dabei weiß ich von Lucy, dass er heute Vormittag eine Riesenportion verdrückt hat. Morgen früh sollte ich sie anrufen und ihr sagen, dass es ihrem Schützling gut geht. Und mich im selben Atemzug bei ihr entschuldigen, dass Troy mit mir zusammen ist und nicht mit ihr.

»Nun komm schon, Molly. Lass uns doch mal ernsthaft darüber reden.« Er ist mir in die Küche gefolgt, und während ich den

Kühlschrank öffne, um mich von seinen herausfordernden Blicken abzulenken, seufzt er.

»Wieso ausgerechnet jetzt? Ich meine, wir hatten so einen schönen Abend und wir haben uns doch bereits die Münder fusselig geredet«, sage ich zuckersüß und scanne den Inhalt des Kühlschranks. Dass ich immer noch total vollgefressen vom Dinner bin, ignoriere ich. Alles ist besser, als ihm weiterhin Gründe dafür liefern zu müssen, wieso ich meinen eigenen Laden eröffnen sollte. Im nächsten Augenblick spüre ich seine Wärme an meinem Rücken.

Seine Hand greift um mich herum nach der Kühlschranktür und im nächsten Augenblick knallt er die Tür direkt vor meiner Nase zu. Mit so viel Schwung, dass ich sogar den Windzug an meiner Nasenspitze spüren kann. Protestierend drehe ich mich zu ihm um, komme aber nicht dazu, ihn anzufahren, weil er mich mit seinen Lippen zum Schweigen bringt.

Mein Herz taut in Sekundenschnelle auf, meine Atmung flacht ab und mein Puls beginnt zu rasen. Im Hintergrund höre ich Balous zufriedenes Schmatzen, aber alles, worauf ich mich wirklich konzentrieren kann, sind diese perfekten Lippen, die meine berühren.

Troy presst mich mit dem Rücken gegen den Kühlschrank, seine Hände liegen mittlerweile auf meinen Hüften und seine Finger ziehen sanfte Kreise über meine nackte Haut. Mein Top ist nach oben gerutscht, sodass jetzt ein schmaler Streifen Haut freiliegt.

Seine Zunge wandert in meinen Mund, und aus dem zaghaften Kuss wird ein intensiver. Meine Beine werden wieder weich wie Butter und ich kann mich nur auf den Füßen halten, weil Troy mir sein Knie zwischen die Beine schiebt. Sein Knie berührt meine Mitte und ich merke, wie mir plötzlich unfassbar heiß wird. Die Haare lösen sich aus meinem Dutt, ich glühe sicher am ganzen Körper. Meine Gedanken hingegen brennen schon längst.

Nach einer kleinen Ewigkeit lösen wir uns voneinander. Troy steht so dicht vor mir, dass seine Brust gegen meinen Körper stößt, und sein Blick ist so tief, als würde ich mitten in den Ozean blicken. Seine Augen fand ich damals schon am Schönsten an ihm. Eine Tatsache, an der sich auch in den letzten Wochen nichts geändert hat. Viel eher habe ich sie lieben gelernt. Habe es lieben gelernt, wie diese Fältchen an ihnen entstehen, wenn er sich über mich kaputtlacht. Und wie viel Gefühl sie in sich tragen, wenn ich ihn in meine Gedankenwelt einlade.

»Und jetzt?«, frage ich ihn atemlos. Seine Mundwinkel zucken, und als er schließlich seinen Mund an mein Ohr führt, sorgt sein warmer Atem für eine Gänsehaut auf meinem Körper. Beginnend an der Stelle unterhalb meines Ohrläppchens wandert sie bis zu meinen Zehenspitzen.

»Und jetzt trage ich dich in mein Schlafzimmer und hole mir mein Bett zurück. Ich würde dich auch gleich hier in der Küche ausziehen, aber ich kann mich echt nicht konzentrieren, wenn mich der Hund so anstarrt.« Sein leises Lachen vibriert an meinem Hals, und als ich Balou entdecke, der sich brav neben uns gesetzt hat und uns zuschaut, muss ich ebenfalls lachen.

Mit Leichtigkeit greift Troy unter meinen Rücken und sorgt dafür, dass meine Füße den Boden verlassen. Und das, obwohl ich gerade gefühlte fünf Pfund Lasagne in mich hineingeschaufelt habe. Während er mich aus der Küche und über das Wohnzimmer zum Schlafzimmer trägt, höre ich Balous aufforderndes Bellen hinter mir.

Sobald wir das Schlafzimmer erreicht haben, wird mir plötzlich schwindelig. Ich weiß ganz genau, was jetzt passiert. Ich habe mir in den letzten Wochen immer wieder ausgemalt, wie es sich anfühlen würde. Und doch werde ich verdammt nervös bei dem Gedanken, was gleich zwischen uns passieren wird und was sich dadurch alles in meinem Leben verändern könnte.

Troy schließt die Tür mit seinem Stiefel, trägt mich zum Bett rüber und legt mich darauf ab. Die weiche Matratze fühlt sich wie mein Zuhause an. Wie oft habe ich mir in den letzten Tagen gewünscht, dass er sich zu mir legt? Wie oft lag ich nachts wach und war kurz davor, ins Wohnzimmer zu gehen und ihn darum zu bitten? Genauso oft habe ich mich selbst davon abgehalten.

»Du bist nervös, oder?«, fragt er mich mit rauer Stimme. Es ist bereits dunkel, aber der Mond scheint heute Abend wieder so hell, dass ich ihn in seinem Licht erkennen kann. Troy beugt sich über mich und sieht mir tief in die Augen. Meine Welt dreht sich schneller, als sie sich je gedreht hat. Und dann steht plötzlich alles still. Stiller als die Zeit jemals stand.

»Etwas«, gestehe ich ihm wispernd. Seine Finger fahren über den Streifen Haut an meinem Bauch und mit jeder Berührung wird der Wunsch, ihn endlich an mich zu ziehen, stärker. Am liebsten würde ich ihn anflehen, weniger zu reden und mir mehr Küsse zu schenken.

»Es ist okay, nervös zu sein.« Sein warmes Lächeln beruhigt mich sofort. Normalerweise hatte ich nie solche Probleme, wenn mich ein Mann berührt hat. Aber jetzt ist alles anders. Mit ihm ist alles anders, seit ich ihm das erste Mal begegnet bin.

»Okay.« Ich recke ihm mein Becken ein Stück entgegen. Troy versteht meine Aufforderung, greift nach meinem Knopf und öffnet ihn. Anschließend streift er mir sanft die Jeans vom Körper. Mein Mund trocknet wieder aus, weil mich die Art, wie er mich dabei mit seinen Kristallaugen fixiert, vollkommen um den Verstand bringt.

Sein Blick ist dunkler als sonst und während er mir aus meinem Top hilft und mich halbnackt im Mondschein betrachtet, wünschte ich, er würde sich schneller dieses Shirt vom Leib zerren. Wie in Zeitlupe greift er nach dem Saum und streift es sich schließlich ab. Es landet neben meinen Klamotten einfach achtlos auf dem Boden.

Troy steht nur noch in Jeans vor mir und der Mond leuchtet seine linke Körperhälfte komplett aus. Es ist nicht das erste Mal, dass ich seinen nackten Oberkörper sehe, aber es ist das erste Mal, dass ich es mir erlaube, ihn auf diese Art und Weise zu betrachten. Das erste Mal sehe ich die definierten Muskeln an seinem Bauch und darf sie berühren, weil mich nichts mehr davon abhält.

Seufzend stemme ich mich hoch, greife nach seinen verdammt muskulösen Oberarmen und ziehe ihn zu mir herab, bis er auf mir liegt. Sein Gewicht drückt mich in die Matratze hinein und mein Herzschlag ist sicher so laut, dass er ihn ohne Probleme hören kann. Vermutlich hört die gesamte Stadt gerade, dass ich dabei bin, mich in Troy Chesterfield zu verlieben. Obwohl ich mir geschworen hatte, mich von Männern wie ihm fernzuhalten.

Doch wenn ich in den letzten Wochen eines gelernt habe, dann das: Troy ist nicht wie der Rest. Er ist viel einfühlsamer, als ich gedacht habe. Und bei ihm bin ich mir sicher, dass er mich hält, wenn ich zu fallen drohe. In den letzten zwei Tagen war er an meiner Seite, als ich ihn am meisten gebraucht habe.

»Gott, es ist so verrückt, dich endlich berühren zu dürfen«, haucht er dicht an meinem Mund, und weil ich nicht in der Lage bin, ihm zu antworten, lasse ich meinen Körper sprechen. Ich schlinge die Arme um seinen Nacken, ziehe ihn zu mir herab und küsse ihn.

Erst tanzen unsere Zungen wieder zu dem langsamen Beat in

meinem Kopf, der mich seit dem Verlassen des Krankenhauses nicht loslässt, doch dann verändert sich etwas zwischen uns. Aus dem kleinen Feuer wird mit jeder verstreichenden Sekunde ein verdammter Flächenbrand. Jede Zelle meines Körpers steht unter Strom. Die Härchen an meinen Armen stellen sich auf und wollen näher an ihm sein.

Troy löst sich nach einer kleinen Ewigkeit von mir, greift in seinen Nachttisch und öffnet langsam den Gürtel seiner Jeans. Meine Aufmerksamkeit haftet derweil an seinen Augen, die über meinen Körper wandern wie über eine Landkarte, die er lesen will.

Und als er sich den Schutz übergestreift hat und ich langsam aus meinem Slip steige, erinnere ich mich an die letzte Gewitternacht zurück. Erinnere mich an die Blitze, die vom Himmel zum Boden gerast sind und mir damals noch Angst gemacht haben. Vor wenigen Wochen war alles, woran ich in diesen Nächten denken konnte, der Tod meines Vaters. Die Gefühle, die ich als Kind hatte, als dieser Anruf kam. Jetzt hat Troy den Blitzen eine neue Bedeutung gegeben. Er legt seine Hände auf meine Knie und schiebt sie bestimmend auseinander.

Noch ein Blitz jagt durch meinen Körper.

Er lehnt sich über mich und schiebt sich zwischen meine Beine.

Das Rauschen in meinen Ohren verwandelt sich in einen heftigen Donnerschlag. Aber ich habe keine Angst mehr.

Im nächsten Moment gleitet Troy in mich, während ich die Augen schließe und ein Stöhnen über meine Lippen kommt. Erst leise, dann immer lauter. Seine Hände liegen immer noch auf meinen nackten Knien, die er jetzt weiter auseinanderschiebt, damit er noch tiefer in mich gleiten kann.

Verdammt, das hier ist so viel besser als jedes Gewitter dieser

Welt. Bis gestern wusste ich noch nicht einmal, wie sich seine Berührungen anfühlen würden. Ich wusste, wie es sich anfühlt, ihm nah zu sein. Wusste, wie es sich anfühlt, mit ihm an meiner Seite einzuschlafen. Wusste, wie es ist, wenn er da ist, um auf mich aufzupassen. Aber das hier habe ich nicht erwartet.

Seine Atmung wird schneller, während meine hin und wieder einfach aussetzt, weil er mir den Atem raubt. Seine sanften Bewegungen zeigen mir, dass ich keine Angst vor ihm haben muss. Weder heute noch morgen oder nächste Woche. Ich kann ihm vertrauen.

Wenn ich ehrlich zu mir bin, wusste ich es von Anfang an. Troy wird mich nicht enttäuschen, da bin ich mir sicher.

Kapitel 21

Troy

»Das war …« Molly dreht sich in meine Richtung, ihren Kopf bettet sie auf ihren angewinkelten Arm. Ihre Augen glühen selbst in der Dunkelheit. Ich greife nach der dunkelblauen Decke und lege sie sachte über ihren bebenden Körper. Wir haben jegliches Zeitgefühl verloren, aber ich könnte eine Ewigkeit mit ihr in diesem Bett liegen. Während sie sich an meine Brust schmiegt, frage ich mich, wie ich die letzten Wochen überstanden habe, ohne sie zu berühren. Ich kenne nichts, das sich vergleichbar anfühlt.

»… brav?«, beende ich ihren Satz schmunzelnd. Sie scheint einen Moment über meine Beschreibung nachzudenken, bevor sie mir eine Antwort gibt. Meine Atmung beruhigt sich langsam wieder, aber mein Herzschlag nicht.

»Jetzt, wo du es sagst. Ja, das war brav.« Sie kichert. »Aber es war auch verdammt, verdammt gut.«

Zufrieden lege ich meinen Arm um sie und genieße es, wie sich ihre weiche Haut an meiner anfühlt. Seit wir dieses Zimmer betreten haben, fällt es mir unfassbar schwer, mich zusammenzureißen und die Finger von ihr zu lassen. Ich bin mir mittlerweile sogar sicher, dass dieser Moment mit ihr an meiner Seite erst so besonders geworden ist, weil es ihre Regel gab. Weil ich sie erst auf einer Ebene kennenlernen konnte, die ich vor dem Sex nur selten mit einer Frau geteilt habe. Selten … oder nie. Selbst die Beziehung zwischen Lucy und mir war anfangs eher körperlich.

»Genieße es noch. Ab jetzt bin ich nicht mehr so brav. Ich wollte dir nur deine Nervosität nehmen.« Ihre grünen Kulleraugen werden im Mondlicht noch größer und ich kann immer noch nicht fassen, dass sie tatsächlich hier in meinem Arm liegt und ich sie berühren darf. In den ganzen Wochen, seit sie hier bei mir wohnt, habe ich mir vorgestellt, wie es sein wird, wenn sie ihre Regel für mich bricht. Doch als ihre Mutter letzte Nacht ins Krankenhaus kam, ging ich davon aus, dass sie mich ein zweites Mal aus ihrem Leben ausschließen würde. Dieses Mal endgültig.

»Das glaube ich dir erst, wenn du es bewiesen hast.« Mit diesen Worten und einem herausfordernden Grinsen rollt Molly sich auf meinen Schoß und setzt sich auf mich. Ihr Hintern steckt mittlerweile wieder in einem schwarzen Slip, den sie mir jetzt gegen den Schritt drückt. Sie trägt keinen BH und es fällt mir schwer, nicht direkt die nächste Runde einzuleiten. Schließlich gibt es einiges, was wir nachholen sollten.

»Was ist? Du siehst mich so seltsam an«, sagt sie, klingt dabei aber nicht mehr so verunsichert wie vorhin noch. Mollys Haare fallen in leichten Wellen auf ihre Schultern und mittlerweile strahlt sie wieder das Selbstbewusstsein aus, das mich von Anfang an in ihren Bann gezogen hat. In den letzten Wochen habe ich alle Facetten von ihr gesehen. Die starken, powervollen, aber auch die schwachen, zerbrechlichen. Ich könnte nicht sagen, welche mir am besten gefallen haben.

»Ich sehe dich einfach nur an«, antworte ich, verschweige ihr aber den eigentlichen Grund für mein Starren. Und zwar den, dass ich gerade dabei bin, mich in sie zu verlieben. Eine Frau passt im Moment nicht in mein Leben und doch ist Molly einfach hineingekracht. Ohne Vorwarnung. Ohne mir die Möglichkeit zu lassen, noch auszusteigen, bevor es zu spät ist.

Gerade als ich sie zu mir herabziehen und küssen möchte, ertönt ein lautes Bellen im Flur. Sofort schrillen bei uns beiden die Alarmglocken auf.

»Balou! Oh mein Gott, es ist offiziell. Ich bin eine Rabenmutter!« Molly stürmt zur Tür und reißt sie auf. Im nächsten Moment liegt ein dicker brauner Labrador neben mir und schleckt mir freudig übers Gesicht.

»Er muss sicher schon vor lauter Pipi platzen! Würdest du vielleicht mit ihm rausgehen? Ich glaube, heute schaffe ich es nicht mehr, diese Mördertreppen hinter mich zu bringen.« Molly setzt sich zu mir ans Bett, und auch wenn ich nur ungern meine Position verlasse, streife ich mir meine Klamotten über und hole die Leine aus dem Flur. Nachdem ich ihn angeleint habe, beuge ich mich zu Molly hinunter und hauche ihr einen Kuss auf die Stirn.

»Ich bin gleich wieder da. Merk dir, wo wir aufgehört haben.«

• • •

Als ich zwanzig Minuten später völlig durchnässt wieder in die Wohnung komme, kann ich es kaum erwarten, Molly zu packen und zurück in mein Bett zu tragen. Eins steht fest: Bis morgen Mittag werde ich sie da nicht mehr herauslassen. Scheiß auf den Auftrag, der morgen auf mich wartet. Das hier ist wichtiger. Ich habe keine Ahnung, wann es angefangen hat zu regnen, aber meine Haare hängen mir jetzt nass in der Stirn und meine Klamotten kleben an meinem Körper wie eine zweite Haut. Grinsend leine ich Balou ab, doch mein Lächeln erstirbt, als ich ins Schlafzimmer trete.

Mittlerweile brennt das Licht, aber das ist es nicht, was mich schockiert. Molly sitzt mit dem Rücken von mir abgewandt und mit hängendem Kopf auf dem Bett. Sie hat sich eines meiner Hemden aus dem Schrank geholt, die ich nur zu den wichtigsten Anlässen anziehe. Es muss schon völlig eingestaubt sein.

»Hey«, sage ich vorsichtig, aber sie regt sich nicht, als sie meine Stimme hört. Wo ist die aufgeweckte, glückliche Frau mit dem Strahlen in den Augen hin, die eben noch in meinen Armen lag? Vorsichtig gehe ich um das Bett herum und entdecke ihr Handy, das vor ihren nackten Füßen am Boden liegt. Es hat einen Riss im Display, so, als wäre es ihr heruntergefallen.

Erst denke ich, dass sie sich deshalb so seltsam verhält, doch als ich mich vor sie knie und in ihr Gesicht sehe, weiß ich es besser. Hier geht es um viel mehr als dieses Handy.

»Hey, was ist passiert?« Ich lege meine rechte Hand auf ihrem Knie ab, die andere greift unter ihr Kinn, damit ich es sanft anheben kann. Ihr Blick ist eiskalt und mir gefriert das Blut in den Adern. Was zur Hölle hat das alles zu bedeuten?

»Dr. Miller hat mich gerade angerufen«, sagt sie, ohne jegliche Emotion in der Stimme. Molly ist eine Frau, die sonst vor Emotionen strotzt, sowohl den guten, als auch den weniger schönen. Aber in diesem Moment wirkt sie wie ein Roboter, der gar nichts fühlen kann.

»Was hat er gesagt?«, hake ich nach, habe aber im selben Moment Angst vor der Antwort. *Bitte, lass es nicht das sein, wonach es aussieht. Das darf nicht passiert sein. Nicht in dieser Nacht. Niemals.* Molly sieht mich zwar an, aber es ist, als würde ihr Blick durch mich hindurchgehen.

»Er sagte, dass meine Mutter heute Nacht eingeschlafen ist.« Am Ende folgt ein abfälliger Laut, der einem Lachen gleicht, aber viel zu viel Schwere in sich trägt. Molly springt auf und schüttelt den Kopf. »Er muss sich irren. Ich träume nur, oder?«

Weil ich nicht sofort antworte, wird sie energischer. Molly tritt auf mich zu und zerrt an meiner Schulter, bis ich ebenfalls aufgestanden bin. »Ich träume, oder? Ihr ging es vorhin so viel besser, als ich gegangen bin. Das alles ergibt keinen Sinn, also bitte, sag mir, dass ich träume«, wiederholt sie mit Nachdruck, aber ich bin so perplex, dass ich nicht in der Lage bin, etwas zu sagen. Stattdessen ziehe ich sie an mich, halte sie so fest bei mir, dass ich selbst keine Luft mehr bekomme. Ich vergrabe mein Gesicht in ihrem Haar, während sie wie eine Puppe ohne Leben im Körper an mir lehnt.

»Es tut mir so, so unfassbar leid«, wispere ich und spüre, wie Tränen in meinen Augen aufsteigen. Der Boden unter mir wackelt bedrohlich. Wie muss es erst für sie sein, wenn mich diese Nachricht so mitnimmt? Ihre Welt muss gerade untergehen, aber sie rührt sich nicht. Wie kann jemand nur so leise zerbrechen?

»Was tut dir leid? Dr. Miller muss sich geirrt haben. Sie schläft nur, sie muss einfach schlafen. Ja, ich bin mir sicher, dass sie nur fest träumt.« Mit diesen Worten distanziert sie sich von mir und ich hasse es, dass ich ihr nicht helfen kann. Im Hintergrund winselt Balou, weil er nicht versteht, was hier gerade passiert. Ich verstehe es dafür umso besser.

Sie verleugnet es, weil sie die Wahrheit zerstören würde.

»Bitte, lass mich dich in den Ar-«

»Lass das! Ich will nicht, dass du mich in den Arm nimmst, um mich zu trösten! Weißt du, wieso nicht? Weil das bedeuten würde, dass dieses Gespräch gerade tatsächlich stattgefunden hat. Es würde bedeuten, dass Dr. Miller die Wahrheit gesagt hat und dass meine ... dass meine -« Die ersten Tränen rinnen über ihre Wangen und ich wünschte, ich könnte etwas für sie tun. Ich wünschte, ich dürfte sie im Arm halten wie eben noch. Damit sie bemerkt, dass sie nicht alleine ist. Dass ich bei ihr bin. Ich bin hier, so wie in den letzten Wochen, aber es ist, als würde sie mich nicht sehen.

»Es würde bedeuten, dass sie wirklich tot ist.«

Ich lege meine Hände auf ihre Schultern und ziehe sie erneut an mich, auch wenn sie mich eben noch angeschrien hat, dass ich es nicht tun soll. Molly lässt sich gegen meine Brust fallen, ihre Finger krallen sich in mein Shirt und ich spüre ihre Tränen durch den dünnen Stoff.

Meine Hand greift in ihren Nacken und ich presse sie noch enger an mich, um ihr den Halt zu geben, den sie braucht. In diesem Moment bricht sie in meiner Umarmung zusammen. Ihre Lippen bewegen sich leicht, aber ich kann nicht hören, was sie sagt.

Schließlich löst sie sich von mir. Es ist, als würden ihre Emotionen innerhalb von Bruchteilen wechseln. Das, was ich jetzt in ihren Augen sehe, ist Wut. All die Gefühle, die ich erwartet habe, brechen jetzt abwechselnd über ihr herein. Die Wandlung, die bei anderen Wochen dauert, durchlebt sie innerhalb weniger Augenblicke.

Sie hält inne, schließt die Augen und nimmt einen tiefen Atemzug, bevor sie spricht. »Vor allem würde es bedeuten, dass sie alleine war. Sie war ganz alleine, als sie gegangen ist. Sie war, verdammt noch mal, ganz alleine! Und weißt du, wieso?« Sie redet sich in Rage und ich lasse ihr diesen Raum, den sie jetzt braucht.

Ich weiß nicht, wie es ist, ein Elternteil, das einem so nahesteht, zu verlieren. Ich weiß nicht, wie es sich anfühlt. Dabei würde ich ihr gerade am liebsten den ganzen Schmerz von den Schultern nehmen und ihn auf meinen tragen. Gott, ich würde jede Wunde, die sie in ihrem Leben erlitten hat, auf mich nehmen, wenn ich könnte.

»Ich war nicht bei ihr, weil ich bei dir war«, sagt sie mit tränenüberfluteten Augen und einem Ausdruck auf dem Gesicht, den ich nicht ertrage. Es sieht aus, als würde sie mir die Schuld geben.

»Ich … ich war nicht bei ihr, weil ich lieber bei dir war! Oh Gott, ich … ich kriege keine Luft mehr«, japst sie und bricht dann vor mir erneut zusammen. Ihre Knie schlagen am Boden auf, sie zieht ihre Beine an den Bauch und vergräbt ihr Gesicht in ihren Knien. Ich gehe auf sie zu und will sie gerade hochheben, um sie aufs Bett zu legen, als sie mich erneut mit voller Wucht von sich drückt. Im nächsten Moment greift sie sich das Handy, das immer noch am Boden liegt, und schleudert es so stark gegen die Wand, dass es zersplittert.

Balou versteckt sich jaulend hinter dem Bett, weil er Angst vor dem Krach hat, der entstanden ist. Dem Knall, der nicht nur den Bruch des Displays eingeleitet hat, sondern so viel mehr. In diesem Raum geht gerade so viel mehr kaputt als dieses läppische Handy. Und das, obwohl das Zimmer bis eben noch voller Glück war.

»Fass mich nicht an«, warnt sie mich, als ich meine Hand nach ihr ausstrecke, und steht taumelnd auf. In ihrem Blick liegen jetzt all die Emotionen, die ich gerade noch in ihrem Gesicht gesucht habe. Molly stürmt an den Kleiderschrank, reißt ihn auf und zieht ihre Kleidung heraus, die sie vor einigen Wochen erst eingeräumt hat.

»Was wird das?«

Ich kenne die Antwort.

Aber ich will sie nicht wahrhaben.

Vielleicht passiert das alles nicht, wenn ich die Augen schließe.

»Ich packe«, zischt sie. Immer noch laufen ihr Tränen über die

Wangen und ich fühle mich machtlos. Soll ich sie gehen lassen? Soll ich sie packen und aufhalten? Es ist, als würde es keine richtige Antwort darauf geben. Mein Körper steht völlig unter Strom und ich wünsche mir selbst, nur zu träumen. Ja, ich würde alles dafür geben, jetzt einfach aufzuwachen. Dann würde ich ihr sagen, dass alles gut ist und sie bei mir in Sicherheit ist. Dass es ihrer Mutter gut geht und sie wieder gesund wird.

»Molly, jetzt warte bitte. Rede mit mir«, flehe ich sie an, aber sie schüttelt wieder und wieder den Kopf. Der Regen peitscht mittlerweile mit Druck gegen die Fensterscheibe, als würde er uns damit etwas mitteilen wollen.

»Worauf soll ich warten? Darauf, dass Dr. Miller anruft und mir sagt, dass es ein Irrtum war? Dass meine Mutter nicht tot ist? Gott, Troy, hast du überhaupt eine Ahnung, was all das zu bedeuten hat? Ich habe meine Regel für dich gebrochen!« Mit einem Shirt in ihrer Hand dreht sie sich zu mir um. Einige Klamotten sind bereits in ihrem Koffer, andere liegen am Boden zwischen ihr und dem Schrank. »Ich habe diese Regel ins Leben gerufen, damit ich für meine kranke Mutter da sein kann. Damit ich meine volle Energie für sie habe. Und jetzt? Jetzt war ich nicht bei ihr, als sie mich am meisten gebraucht hat. Heute Nacht ...« Sie schluchzt und es bricht mir das Herz, sie so zu sehen. Der Aufprall, mit dem das Handy gegen die Wand schlug, war nichts gegen diesen Bruch in mir.

»Heute Nacht war ich lieber bei dir als bei ihr. Und jetzt konnte ich mich nicht von ihr verabschieden«, wimmert sie. Ihre Unterlippe bebt und der Drang, sie in den Arm zu nehmen, wird immer mächtiger. Aber ich weiß, wie es ist, wenn man Molly in die Enge treibt und das will ich nach dem, was sie mir anvertraut hat, nicht riskieren.

Balou traut sich aus seinem Versteck und tapst leise zu ihr hinüber. Er stupst ihre Hand an, aber sie reagiert nicht darauf, als würde sie ihn gar nicht bemerken.

»Du musst dich nicht von ihr verabschieden, wenn du weißt, dass du sie wiedersehen wirst. Und das wirst du«, erkläre ich und versuche ihr das schlechte Gewissen zu nehmen, merke aber im selben Augenblick, dass ich damit alles nur schlimmer mache. Mollys Blick wird noch kälter. Es fühlt sich an, als wäre die Temperatur im Raum gerade um zehn Grad gefallen.

»Bitte tu mir einen Gefallen und lass mich mit deinen verfickten Weisheiten in Ruhe!« Sie schreit mich an, und das ist gut so. Sie muss diese Gefühle rauslassen, bevor sie sie innerlich auffressen.

»Es tut mir leid.« Mehr kann ich nicht sagen, weil alles, was ich sage, noch schlimmere Auswirkungen auf sie haben wird. Die Kraft entweicht aus meinem Körper. Ich sinke aufs Bett, während Molly weiterhin Sachen in ihren roségoldenen Koffer stopft. Und ich sie nicht mehr daran hindere …

»Wohin willst du gehen? Du kannst nicht einfach mitten in der Nacht verschwinden. Ich kann im Wohnzimmer schlafen, wenn du allein sein willst.« Immerhin regnet es draußen in Strömen und sie hat keine Wohnung, in die sie kann.

»Ich gehe nach Hause. Mein Vermieter hat mir vorhin geschrieben, dass die Handwerker den Schaden behoben haben und ich wieder rein kann«, sagt sie erschöpft.

Sie hat diese Nachricht den gesamten Abend über mit keiner Silbe erwähnt. Meine Brust wird mit jedem Atemzug enger und ich würde alles dafür tun, dass sie nicht geht. Weder heute noch in einem Monat. Doch ich halte die Worte zurück, weil ich nicht über ihren Kopf hinweg entscheiden will, was sie gerade braucht. Braucht sie mich? Braucht sie Zeit für sich? Ich weiß es nicht und das macht mich verdammt noch mal fertig.

»Ich werde dir einen Umschlag mit Geld in den Briefkasten werfen. Dafür, dass ich hier wohnen durfte.« Mit einem Ruck zerrt sie den Koffer zu und wischt sich die Tränen aus dem Gesicht, aber es kommen sofort neue nach.

»Ich will kein Geld von dir und das weißt du«, antworte ich matt. Langsam habe ich das Gefühl, dass ich innerlich leer bin. So viele Worte sollten mir auf der Zunge liegen, aber da ist nichts als Leere in mir. Molly senkt den Blick, atmet noch einmal tief durch und steuert dann die Tür an.

»Komm, Balou.« Auf Kommando folgt er ihr, aber nicht so freudig wie vorhin noch. Er weiß, dass gerade alles in sich zusammenbricht. Ich sehe Molly hinterher und immer noch brennt der Wunsch in mir, ihr den Weg nach draußen zu versperren. Bevor sie gehen kann, blickt sie an sich hinab und erinnert sich daran, dass sie noch mein Hemd trägt.

»Behalte es.« Sie muss nichts sagen, damit ich sie verstehen kann. Ihre Aura ist lauter als jedes Wort, das sie aussprechen könnte. Ihre Tränen schreien mich an, während meine langsam ihren Weg über meine Wangen finden. Im Gegensatz zu ihren sind meine so still. Sie greift nach der Türklinke, aber ich kann und will sie nicht gehen lassen. Noch nicht.

»Molly, ich muss dir noch etwas sagen.« Langsam stehe ich auf und komme ihr näher. Vielleicht ist es egoistisch, es ihr jetzt sagen zu wollen. Vielleicht ist es der schlimmste Zeitpunkt, den ich hätte wählen können. Aber wer weiß, wie viele Augenblicke mir noch bleiben werden? Sie muss wissen, dass ich sie liebe.

»Ich lie-«

»Nein!« Sie krallt sich am Türgriff fest, als würde ihr Leben davon abhängen. Der Regen wird noch lauter, noch bedrohlicher. Alles in mir wehrt sich dagegen, zu akzeptieren, dass ich nicht bloß träume. Dass Mollys Mutter wirklich von uns gegangen ist und Molly gleich ebenfalls weg sein wird. Dass sie gerade dabei ist, mein Leben zu verlassen, als wäre ich bloß eine verfickte U-Bahn-Station für sie gewesen.

»Sag es nicht«, bittet sie mich. Sie sieht mich über die Schulter hinweg an und der Ausdruck in ihren grünen Augen killt mich. Sie sah noch nie so traurig aus wie in dieser Sekunde.

»Das hier war der größte Fehler meines Lebens. Es tut mir leid.« Und dann öffnet sie die Tür und geht. Während ich auf den Boden sinke, meinen Kopf in die Hände bette und leise ausspreche, was ich hätte in die Welt schreien sollen. Nicht erst heute, sondern schon viel früher.

»Ich liebe dich, Molly ...« Sekunden später fällt die Haustür ins Schloss und es wird ganz still.

Kapitel 22

Molly

»Und du bist dir sicher, dass du nicht doch nach Hause gehen willst? Du siehst wirklich furchtbar müde aus.« Brooklyn tätschelt meinen Arm, doch obwohl ich für einen winzigen Moment darüber nachdenke, weil der Gedanke an mein Bett verlockend ist, schüttle ich den Kopf. Immerhin wird die Kugel, die sie vor sich herschiebt, immer größer. Bald besteht sie nur noch aus Bauch und ich frage mich wirklich, wie sie den Laden hier dann allein schmeißen soll.

»Was für eine schlechte Freundin wäre ich, wenn ich dich mit diesem Monsterteil die ganze Zeit alleine arbeiten lassen würde?« Meine Hand streift ihren Babybauch und es ist immer noch so surreal, dass sie bald Mutter sein wird. Ich fühle mich schlapp und meine Glieder schmerzen seit Tagen, aber ich gebe mein Bestes, mir nichts anmerken zu lassen. Ich muss funktionieren. Wenn auch nicht für Brooklyn – ich weiß, dass ich vor ihr zusammenbrechen darf – dann wenigstens für mich und die Kunden.

»Und was wäre ich für eine miserable Freundin, wenn ich nicht liebend gern für dich einspringen würde? Außerdem bringt mir der hier«, sie tätschelt sich den Bauch, der unter dem engen Top perfekt zur Geltung kommt und laut nach Schwangerschaft schreit, »ziemlich viel Trinkgeld ein. Anscheinend wissen die Leute, dass ich das Extrageld wirklich gebrauchen kann.« Meine beste Freundin lächelt, doch das Lächeln, das ich erwidere, ist nicht echt.

Seit zwei Wochen schwanke ich zwischen Leere und Traurigkeit hin und her. An manchen Tagen fühle ich gar nichts, wenn ich morgens wach werde, an anderen viel zu viel.

Wenn ich mich für eine Form entscheiden dürfte, würde ich die Leere wählen, weil mich die Gefühle völlig erdrücken. Meine Augen brennen von all den Tränen, die ich in den letzten Tagen geweint habe, aber mit genug Make-up schaffe ich es immer, dass man mir nichts ansieht. Jedenfalls spricht mich nie jemand darauf an und ich bin froh darüber. Das Letzte, was ich gebrauchen kann, sind mitleidige Blicke und Ratschläge, wie ich mit meiner Trauer umgehen soll. Ich habe keine Eltern mehr. Keine Geschwister. Meine Familie besteht nur noch aus mir allein.

»Also bitte, geh doch nach Hause, Süße.« Ihre Hand greift nach meiner, während ich gedanklich bereits die nächsten Großbestellungen für das Café durchgehe. Ich muss an etwas anderes denken.

Jetzt.

Sofort.

Bevor ich direkt vor ihren Augen zusammenbreche und es nicht wieder schaffe, mich zusammenzusetzen.

»Was macht eigentlich die Übelkeit? Musst du immer noch jeden Tag vom Geruch von Ketchup kotzen?« Wow. Das nenne ich wirklich ein elegantes Ablenkungsmanöver.

Brooklyns Miene wird für einen Moment ganz ernst, ich denke sie weiß, dass ich nicht nach Hause möchte. Was wartet in diesen vier Wänden auf mich?

Nichts.

Und ich fand dieses Nichts noch nie so erdrückend wie jetzt. Seit ich mitten in der Nacht aus Troys Wohnung ausgezogen bin, habe ich das Gefühl, alleine nicht klarzukommen. Ich frage mich ernsthaft, wie ich so viele Jahre lang zurechtkam. Den Gedanken an den Mann, der mich mit seinen Worten und Gesten tiefer berührt hat, als ich es je für möglich gehalten hätte, ersticke ich im Keim. Wenn ich es zulasse, über ihn nachzudenken, dann wird aus der Dunkelheit in mir ein schwarzes Loch.

Hin und wieder versinke ich in dieser Schwärze. Erlaube es mir, über unseren Streit nachzudenken und den Drang in mir zu spüren, zu ihm zu gehen. Aber ich widerstehe ihm jedes Mal, weil ich weiß, dass es keinen Sinn hätte. Wie soll ich ihm noch in die Augen sehen, ohne mich zu schämen? Dafür, dass ich in dieser Nacht nicht bei ihr war, sondern bei ihm.

»Es geht schon viel besser. Und schau dir nur mal meine Haut an.« Meine Freundin präsentiert mir stolz ihr Gesicht, das wirklich umwerfend aussieht. Ihre Haut hat ganz ohne Highlighter diesen schönen Glanz, den die Frauen in den Werbespots nur mit zehn Kilogramm Schminke erreichen.

»Du siehst wirklich toll aus. Die Schwangerschaft steht dir. Es ist kein Wunder, dass die Trinkgeldkasse klingelt.«

Langsam mache ich mich wieder an die Arbeit. Das Café ist heute erstaunlich leer, dabei wünschte ich mir mehr Kundschaft. Nicht nur für den Umsatz und die Rechnung der Beerdigung, die ich noch zahlen muss, sondern auch für meine Gedanken, die jetzt zu viel Raum und Zeit haben. Die Stille im Laden lässt zu viel Platz für den Regen, der mich innerlich benetzt.

»Danke. Wir sind auch wirklich glücklich, obwohl es nicht geplant war. Heute Nachmittag habe ich den nächsten Kontrolltermin und mit ein wenig Glück erfahren wir schon das Geschlecht.«

Ich erinnere mich daran, als wäre es erst gestern gewesen,

dass Brooklyn durch diese Tür kam. Sie war mir von Anfang an sympathisch, aber vor allem war sie eines: todtraurig. Sie war keine glückliche, erwachsene Frau, sondern ein Mädchen, das in der Vergangenheit gelebt hat. Nun steht ein anderer Mensch vor mir. Sie hat mit Chase' Hilfe so viel Stärke gewonnen, dass ich sie heute kaum mehr wiedererkenne. Und Gott, ich liebe sie mehr, als ich in Worte fassen kann. Und ich bin ihr von Herzen dankbar, dass sie mich nicht bedrängt.

Sie weiß, wie ich mich fühlen muss, weil sie selbst einen Herzensmenschen verloren hat, aber etwas tief in mir hindert mich daran, mit ihr über den Tod meiner Mutter zu sprechen. Mit jedem Gespräch, das ich darüber führen muss, wird es realer.

Bis zu ihrer Beerdigung trug ich immer noch diesen unterschwelligen Glauben in mir, dass nichts hiervon wahr ist. Doch als ich vor ihrem Grab stand und alle Gäste bereits gegangen waren, wusste ich es besser.

Sie wird nicht zurückkommen.

Sie wird mich nie wieder voller Stolz ansehen können, wenn ich einen meiner Kuchen backe.

Sie kann mir nie wieder weise Ratschläge geben, mit denen ich am Ende ohnehin nicht viel anfangen kann.

Sie wird nie wieder einen Fuß in diesen Laden setzen.

Nie wieder hinter diesem Tresen stehen.

Nie wieder die Gäste mit ihrem Lächeln bereichern, so wie sie das Leben jedes Menschen in ihrer Umgebung bereichert hat.

Die Tränen kämpfen sich in meine Augenwinkel, aber in den letzten Tagen bin ich ein Profi darin geworden, sie zu verdrängen. Zumindest, bis ich den Laden abgeschlossen habe, nachhause gegangen bin und mich in meine Wohnung zurückgezogen habe. In diesen vier Wänden habe ich meinen Platz zum Trauern gefunden.

Ein lautes Bellen reißt mich aus meinen Gedanken, und während ich mir die kleinen Vorboten meiner Tränen unter den Augen wegwische, damit Brooke sie nicht sieht, öffnet sie die Tür zur Küche. Sofort stürzt ein Gemisch aus braunem und weißem Fell in den Raum hinein. Balou und Ghost haben sich seit der ersten Sekunde geliebt und können kaum einen Tag ohneeinander sein. Deshalb haben wir schon nach dem ersten Kennenlernen beschlossen, dass wir sie beide mit zur Arbeit bringen, anstatt sie alleine in unseren Wohnungen zu lassen.

»Sieh sie dir nur an. Können Hunde eigentlich auch schwul sein? Wenn ja, dann sind die beiden definitiv ineinander verknallt.« Meine Freundin lacht und beobachtet grinsend, wie die beiden Hunde miteinander rangeln. Es ist ein Wechselspiel aus Bellen, Knutschen und ganz viel Schwanzgewedel.

»Ich bin mir sogar ganz sicher, dass sie schwul sind. Und weißt du was? Ich bin stolz darauf!« Während ich mir selbst einen Eiskaffee mache und nach einem der Gläser aus der Vitrine greifen will, spüre ich, wie mir etwas aus der Jeanstasche fällt. Mein Blick gleitet panisch zu dem Brief, der jetzt am Boden liegt. Als ich ihn aufheben will, kommt Brooklyn mir zuvor. Sie hält den Umschlag in ihren Händen, liest meinen Namen auf der Vorderseite und sieht mich mit so vielen Emotionen im Blick an.

»Du hast ihn also immer noch nicht gelesen, hm?«

Natürlich kennt sie die Antwort bereits, immerhin sieht jeder Blinde, dass dieser Brief nie geöffnet wurde. Seit Dr. Miller ihn mir gegeben hat, trage ich ihn bei mir wie einen Talisman. Mit dem Unterschied, dass er mir kein Glück bringen wird, wenn ich ihn öffne. Viel eher wird er mir ein weiteres Mal den Boden unter den Füßen wegreißen, und das, obwohl ich noch gar nicht wieder auf den Beinen bin. In einigen Nächten frage ich mich, ob ich es je wieder schaffen werde, aufzustehen, oder ob das hier ab jetzt mein neues Leben ist. Jahrelang habe ich mein Leben gelebt, als könnte jeder Tag mein letzter sein. Heute fühlt es sich nach jedem Aufwachen an, als wäre es so weit.

»Nein«, antworte ich knapp. Danach entreiße ich ihn meiner Freundin und starre ihn einen Augenblick lang an. Die Schrift meiner Mutter war immer schöner als meine und ich erinnere mich daran, dass ich als Kind neidisch auf sie war. Meine Finger fahren über die Tinte und während sich das weiche Material des Umschlages an meine Haut schmiegt, wird der Sturm in mir noch heftiger. Schon als ich ihn das erste Mal in den Händen gehalten habe, wusste ich, was all das zu bedeuten hat.

Mom wusste, dass sie die Nacht nicht überstehen würde. Ihr Arzt sagte mir, dass sie sich gegen eine weitere Chemotherapie entschieden hat, aber nicht wollte, dass die Ärzte es mir sagen. Sie wusste, dass sie sterben würde. Sie wusste, dass sie mich vermutlich nach diesem Abschied im Krankenhaus nie wiedersehen würde.

Sie wusste es.

Und trotzdem ließ sie mich einfach gehen.

• • •

Seit ich die Wohnungstür hinter mir geschlossen habe, lasse ich den Tränen freien Lauf. Auf meinem Schoß liegt eines der wichtigsten Fotoalben, die ich besitze, während neben mir auf dem Sofa fünf weitere darauf warten, dass ich sie nacheinander durchblättere.

Seit zwei Wochen sehe ich mir jeden Tag die Bilder an, die mich an die Zeit in meinem Leben erinnern, in der ich noch atmen konnte. Jetzt ist die Luft so giftig, dass ich sie am liebsten anhalten würde. Früher hätte ich mich niemals für einen Menschen gehalten, der in der Vergangenheit lebt, aber nun ist alles anders. Brooke und ich haben die Rollen getauscht.

Wie könnte ich noch in die Zukunft blicken, wenn sie kein Teil mehr davon sein wird? Neue Tränen rinnen über meine Wangen und landen auf einem Foto von Mom, Dad und mir, das aufgenommen wurde, als ich gerade laufen konnte.

Ich stehe in der Mitte zwischen ihnen, während ich mich an ihren Händen festkralle und wackelig meine ersten Schritte über die Wiese in unserem alten verwilderten Garten mache. Auch wenn ich mich nicht mehr an den Moment erinnern kann, weiß ich, dass ich mich sicher zwischen ihnen gefühlt habe. Weil sie mir immer das Gefühl vermittelt haben, nicht allein zu sein. Wenn ich gefallen bin, waren sie da, um mich aufzufangen. Wenn ich geweint habe, waren sie da, um mich zu trösten. Wenn ich glücklich war, haben sie mein Lachen unterstützt und mit eingestimmt, als würden sie den Regler nach oben drehen.

Ich denke noch oft an meinen Vater, auch wenn die Erinnerungen an ihn nur vage Umrisse und keine klaren Bilder sind. Für einen Moment schließe ich die Augen, lehne mich auf dem Sofa zurück, lege den Kopf in den Nacken und lasse alles heraus.

Den Schmerz, der meine Zellen benetzt wie eine zweite Haut. Mir war immer klar, dass ich eines Tages den Tod meiner Eltern miterleben würde, immerhin hat das Universum es genau so vorherbestimmt. Menschen werden geboren, um eines Tages zu sterben. Und das meistens vor ihren Kindern.

Und doch wurden mir diese beiden Menschen viel zu früh im Leben genommen. Es ist, als würde ich erst jetzt wissen, was Vermissen wirklich bedeutet. Mein Leben lang habe ich dieses Wort benutzt – ausgenutzt – ohne dessen wahre Bedeutung zu verstehen.

Ich spüre die Wärme des Sofas und höre Balous friedliches

Schnarchen neben mir. Wie oft saß meine Mutter genau an dieser Stelle und hat mit mir über Gott und die Welt geredet? Wie oft saßen wir hier, dicht an dicht, und haben uns neue Rezepte ausgedacht? Wie oft habe ich ihre Hand gegriffen und einfach gehalten? Es war mir immer egal, dass ich in ihrer Gegenwart wieder zu dem kleinen Mädchen wurde, das die Nähe und Wärme seiner Mutter braucht. Eine Tochter wird eben immer eine Tochter bleiben.

Meine Finger gleiten neben mich, doch alles, was ich vorfinde, ist Leere. Nicht die Hand meiner Mutter, die mich durch dieses Leben führen sollte. Ein neuer Schwall an Tränen bricht über mich herein und dann spüre ich eine warme Zunge, die über meine Fingerspitzen gleitet.

Ich öffne die Augen und sehe Balou an, der seine Pfoten auf meinen Unterarm legt, als würde er mir damit sagen wollen: Ich bin hier. Egal, wie einsam du dich gerade fühlst, du hast mich. In seinen Augen liegt so viel Dankbarkeit, dass es mein Herz erwärmt. Es ist, als würde er ganz genau wissen, dass ich ihn gerettet habe.

Gerade als ich mich an seine Seite fallen lassen will, klingelt es an der Tür. Panisch werfe ich einen Blick auf die Uhr. Es ist bereits neun Uhr am Abend und ich habe kein Essen bestellt, wer zur Hölle ist das also? Missmutig stemme ich mich hoch, schlurfe in den Flur und öffne skeptisch die Tür, weil ich keinen Spion habe. Vor mir stehen meine besten Freunde, bepackt mit lauter Zeug, das meine Sinne völlig überfordert.

»Was macht ihr zwei denn hier?«, frage ich leise und würde mich am liebsten hinter der Tür verstecken, damit sie mich nicht in diesem Zustand sehen können. Ich sehe nicht nur wie ein Häufchen Elend aus, sondern trage auch noch *sein* Hemd dabei ... So wie jeden Abend, wenn ich die Tür hinter mir schließe.

»Wir hatten Langeweile und Lust auf einen Film, also haben

wir alles besorgt, was das Herz begehrt. Wein – natürlich auch einen alkoholfreien Sekt für mich – Chips, Schokolade und fünf Filme, aus denen du dir einen aussuchen kannst. Von Harry Potter bis Kindsköpfe ist alles dabei.« Brooklyn versucht sich nicht anmerken zu lassen, dass sie mir meine Verfassung ansieht, während Chases Blicke Bände sprechen.

Seine Mundwinkel wandern mitleidig nach oben, aber ich nehme es ihm nicht übel. Erst will ich sie mit einer billigen Ausrede abspeisen und ihnen sagen, dass ich Kopfschmerzen habe, aber weil ich die Zeit mit ihnen wirklich vermisst habe, trete ich zur Seite und lasse sie herein. Hinter ihnen erscheint Ghost, der Balou bereits erschnüffelt hat, sich von der Leine losreißt und ins Wohnzimmer zu seinem Freund stürmt.

Brooke haucht mir einen Kuss auf die Wange, während Chase mich in eine feste Umarmung zieht. Seit der Beerdigung habe ich ihn nicht mehr gesehen und ich habe an diesen Tag nur noch verschwommene Erinnerungen.

Manchmal frage ich mich, ob ich an diesem Sonntag vor einer Woche wirklich auf dem Friedhof war. Der Tag verging wie in Zeitlupe und dennoch war er mit einem Fingerschnipsen vorbei. Das Schlimmste war, dass die Sonne geschienen hat, als wäre es nicht der dunkelste Tag meines Lebens gewesen. Als alle anderen wieder nach Hause gegangen sind, habe ich gemerkt, dass das Leben für die Menschen einfach weitergeht. Nur eben ohne meine Mutter. Es gab eine Zeit in meinem Leben, da dachte ich, dass die Welt aufhört sich zu drehen, wenn sie von uns geht. Jetzt die Wahrheit zu kennen ist bitter.

»Aber ich warne euch, es sieht aus wie auf einem Schlachtfeld.« Die beiden betreten das Wohnzimmer, und als sie die offenen Fotoalben und den Berg an benutzten Taschentüchern entdecken, renne ich schnell hin, greife mir den Haufen Papier und schmeiße ihn achtlos neben das Sofa. Anschließend krame ich eilig alle Alben zusammen und schiebe sie unter die Couch in den Bettkasten, damit ich sie morgen wieder herausholen kann. Oder nachher, wenn sie weg sind und ich mich ins Bett lege.

»Wir wollten dir noch etwas sagen«, stammelt Brooklyn, während Chase die Naschereien und Flaschen auf dem Tisch abstellt.

Erschöpft lasse ich mich ins Polster fallen und sehe sie abwartend an. »Ja?«

»Wir waren ja heute bei der nächsten Untersuchung«, fährt Chase fort und grinst über beide Ohren.

»Stimmt, das habe ich ja ganz vergessen! Habt ihr herausgefunden, ob ihr einen männlichen oder weiblichen Esel auf die Welt bringt?« Meine Mundwinkel wandern nach oben, dabei ist mir nicht nach Lachen zumute. Aber für sie will ich es wenigstens versuchen.

Die beiden sehen einander vielsagend an und ich bin wieder mal erstaunt, wie viel Liebe in ihren Blicken steckt. Auch wenn ich lange nicht mehr an die wahre Liebe glaube, weiß ich, dass sie es gefunden haben. Das Wunder, dem ich ewig hinterhergerannt bin und von dem ich in dieser einen Nacht glaubte, es gefunden zu haben. Bis ich mit voller Wucht zurück in die Realität gerissen wurde.

»Es wird eine Eseline«, sagen sie beide gleichzeitig und könnten kaum stolzer dabei aussehen.

»Aber das ist es nicht, was wir dir sagen wollten. Wir haben uns lange überlegt, welchen Namen wir dem Baby geben möchten. Und uns war seit einer Woche klar, dass wir es, wenn es ein Mädchen wird, gern Liz nennen würden.«

Meine Augen werden feucht und es ist seit zwei Wochen das erste Mal, dass mir die Tränen nicht aus Traurigkeit kommen, sondern aus – ja was? Dankbarkeit?

»Liz? Wie ... meine Mom?«, schluchze ich und kann nicht mehr an mich halten, als beide nicken. Sekunden später liege ich Brooklyn in den Armen und genieße die Wärme an meinem Rücken, als Chase sich zu uns gesellt und sich der Umarmung anschließt.

»Das ist ... ich weiß gar nicht, was ich sagen soll«, schniefe ich und wische mir mit dem Hemdärmel über die Augen. Jedes Mal, wenn ich den dunklen Stoff sehe, sticht es in meiner Brust. Jedes Mal, wenn ich an ihm rieche und den letzten Rest seines Aftershaves inhaliere, bricht etwas in mir. Und dabei dachte ich, dass ich mittlerweile längst in tausend Einzelteile zerfallen wäre. In den tiefsten Winkeln meines Herzens gibt es immer noch Bereiche, die brechen können. Jetzt liegt es an mir, diesen Teil in mir mit aller Macht zu beschützen.

»Du musst nichts sagen. Wir finden den Namen wunderschön und auch, wenn ich deine Mutter nicht so gut kannte, wie ich es mir gewünscht hätte, will ich, dass unser Kind ihren Namen trägt.«

Eine neue Welle an Gefühlen überrollt mich wie eine Lawine, und als ich mich wieder auf das Sofa sinken lasse, fühlt sich die Last auf meinen Schultern zum ersten Mal nicht mehr so untragbar an, weil ich Freunde habe. Ich brauchte die Zeit für mich und ich werde in Zukunft noch viel mehr Nächte voller Tränen brauchen, aber es tut gut, heute nicht allein zu sein.

Die beiden setzen sich zu mir, und als Chase mit seinem Blick an meinem Hemd hängenbleibt, wird mir schwindelig. »Ist das nicht von -«

»Ja«, falle ich ihm ins Wort, bevor er seinen Namen aussprechen kann. Die Schreie nach seinem Namen in meinem Kopf sind den gesamten Tag schon so laut, dass ich kaum einen klaren

Gedanken fassen kann. Würde Chase ihn jetzt laut aussprechen, wäre das mein Gnadenstoß.

»Ich habe es ihm noch nicht wiedergegeben«, setze ich noch kleinlaut hinterher. Gestern hatte ich einen schwachen Moment, in dem ich kurz davorstand, zu ihm zu gehen und es ihm wiederzubringen. Nur, um noch einmal in seine blauen Augen sehen zu können. Nur, um noch einmal zu wissen, wie es sich anfühlt, vor ihm zu stehen und von ihm berührt zu werden, obwohl er mich nicht berührt. Aber dann hätte ich damit das Einzige, was mich an ihn erinnert, verloren.

»Er hat mich in den letzten Tagen sehr oft nach dir gefragt. Du hast immer noch kein neues Handy, oder?« Chase spricht so einfühlsam und liebevoll mit mir, dass ich innerlich mit Dankbarkeit erfüllt werde. Dankbarkeit dafür, dass er in das Leben meiner besten Freundin gerast ist und sie aus der Tiefe gezogen hat.

»Nein, ich habe noch kein neues.« Und wenn es nach mir ginge, würde es auch so bleiben. Alles, was Handys mir bringen, sind Anrufe, die mich in die Dunkelheit zerren.

Ich weiß, dass auf seinen Lippen viel mehr Worte liegen und dass er sich Sorgen um Troy macht, aber ich kann nicht mehr über ihn reden. Jeder Erinnerungsfetzen an diese Nacht überschattet all die schönen Momente, die wir geteilt haben. All die Gespräche mitten in der Nacht. All die Male, in denen wir aus vollem Herzen gelacht haben. Es ist, als hätte ich beim Verlassen seiner Wohnung nicht nur mein Herz, sondern auch mein Lachen bei ihm gelassen.

Brooklyn streichelt Balou, der es sich mit seiner Schnauze auf ihrem Schoß bequem gemacht hat, während Chase nach meiner Hand greift und sie fest an seine drückt. »Ich habe meine Mutter auch an den Teufel namens Krebs verloren. Und obwohl du es im Moment noch nicht sehen kannst: Der Schmerz wird weniger werden. Eines Tages.«

Wie gern würde ich ihm glauben! Was würde ich dafür geben, ihm zu vertrauen? Alles. Nur, dass ich im Moment kaum noch etwas habe, das ich geben kann.

Kapitel 23

Troy

»Gott, hier sieht es ja aus wie in diesen schrecklichen Fernsehsendungen, in denen die Leute Messiebuden ausräumen.« Chase rümpft die Nase, während ich mich zurück aufs Sofa fallen lasse und ignoriere, dass er recht hat.

Wieso sollte ich aufräumen? Außer mir ist ohnehin niemand hier.

Okay, abgesehen von ihm, aber sein Besuch war schließlich nicht angekündigt. So wie die letzten fünf nicht. Er kommt mindestens einmal in der Woche her, um zu checken, ob ich noch lebe. Keine Ahnung, wieso er diese Woche schon zum dritten Mal hier ist, ihm aber erst jetzt auffällt, dass ich langsam aber sicher verkomme.

»Bist du nur hier, um zu nerven?«, frage ich ihn gereizt. Chase kickt ein paar leere Dosen zur Seite, um sich den Weg zum Sessel freizukämpfen. Seit Molly mitten in der Nacht verschwunden ist, geht alles den Bach hinunter.

Meine Aufträge lasse ich ausfallen, weil ich keine Lust habe, diese Wohnung zu verlassen. Meine Nächte bestehen daraus, dass ich an die Decke starre, weil ich nicht einpennen kann. Und mein Bart nimmt mittlerweile Ausmaße an, die sich dieser Wohnung hier anpassen. Fuck. Ich bin innerhalb von wenigen Wochen zu einem echten Messie mutiert. Und habe, obwohl ich das weiß, keinen Antrieb, etwas daran zu ändern.

Gleich nachdem Molly überstürzt meine Wohnung verlassen hat, habe ich Chase angerufen und ihn nach ihrer Adresse gefragt. Ich musste einfach wissen, ob sie in Sicherheit ist, also habe ich mich vor ihr Wohnhaus gestellt, mich unten gegen den Briefkasten gelehnt und ihr Fenster angestarrt. Das Licht hat gebrannt und alles in mir hat danach geschrien, bei ihr zu klingeln, aber etwas hat mich davon abgehalten, es zu tun. Das Ende vom Lied? Ich habe die ganze Nacht im Regen vor ihrer Wohnung gestanden, selbst, als das Licht längst erloschen war. Als hätte es ihr auf irgendeine Weise geholfen, dass ich da bin. In ihrer Nähe, auch wenn sie es nicht einmal wusste. Ein naiver Teil von mir hat geglaubt, dass sie es spürt.

Danach war ich noch ein, zwei Mal bei ihr, doch nach der Beerdigung ihrer Mutter habe ich mich zurückgezogen. Ich erinnere mich an diesen Sonntag, als würde er in Dauerschleife in meinem Kopf abgespielt werden.

Ich erinnere mich an Molly in dem engen schwarzen Kleid und dem schwarzen Halstuch. Sie sah auch mit ihrer Trauer so perfekt aus. Ihre Haare hatte sie zu einem strengen Dutt nach hinten gebunden und sie trug an diesem Tag viel Make-up, obwohl ich weiß, dass es sie nervt, sich zu schminken. Aber an diesem Sonntag war das ihre ganz persönliche Schutzmauer.

Ich erinnere mich daran, wie sie die gesamte Zeremonie über stark geblieben ist, nur, um später allein vor dem Grabstein zusammenzubrechen. Jedes Mal, wenn ihre Blicke meine gestreift haben, wollte ich ihr ein Zeichen geben. Wollte ihr zeigen, dass ich trotz allem immer noch für sie da bin und immer da sein werde.

Aber sie hat die Zeichen nicht gesehen, stattdessen fühlte es sich an, als wäre ich Luft für sie. Und als ich sie ansprechen wollte, hat sie panisch das Weite gesucht.

Nach diesem Tag habe ich sie nie wiedergesehen und scheiße, ich wusste nicht einmal, dass mir ein Mensch so fehlen kann. Mir fehlt es, wie sie morgens summend aus der Dusche kommt und durch die Wohnung tanzt, wenn sie glaubt, nicht gesehen zu werden. Wie oft habe ich sie beobachtet, wenn sie sich zu der Musik in ihrem Kopf gedreht hat? Ich vermisse sogar das Chaos, das sie jedes Mal in der Küche hinterlassen hat, wenn sie in ihrem Element aufgegangen ist. Fuck, ich würde auch den Rest meines Lebens auf diesem Sofa hier pennen, wenn ich wüsste, dass sie dafür in meinem Bett liegt. Aber mittlerweile trägt die Bettwäsche ihren Duft nicht mehr.

»Nun komm schon, Alter. Das kann auf keinen Fall so weitergehen. Wann warst du das letzte Mal duschen?« Chase setzt sich mir gegenüber, stützt die Ellbogen auf seinen Knien ab und sieht mich voller weiser Ratschläge im Blick an.

Ich brauche keine nervigen Ratschläge, ich brauche jemanden, der mein Gedächtnis löscht. Der mir die Erinnerungen an sie nimmt, die in jeder Ecke dieser Wohnung auf mich lauern. Vermutlich sollte ich mir einfach eine neue Wohnung suchen, aber ich werde nie wieder eine finden, die so erschwinglich ist. Außerdem werde ich bald ganz andere Probleme haben, wenn ich nicht wieder arbeiten gehe.

»Keine Ahnung.« Ich zucke mit den Schultern. Wie soll ich wissen, wann ich das letzte Mal duschen war, wenn ich nicht mal weiß, welchen Tag wir haben?

»Du weißt aber, dass das nicht ewig so weitergehen kann«, sagt er jetzt eindringlicher. Ich sehe in der Miene meines besten Freundes, dass er sich Sorgen um mich macht. Und ich würde lügen, wenn ich behaupte, dass mir unsere Treffen nicht fehlen, aber ich bin zu stolz, es zuzugeben. Mein Stolz stand mir schon mein gesamtes Leben lang im Weg und hat mich blockiert. Genau dieser Stolz ist es jetzt, der mich davon abhält, an ihrer Tür zu klingeln und sie anzuflehen, mich anzuhören. Dabei wüsste ich nicht einmal, was ich sagen sollte, immerhin habe ich nichts Falsches getan.

»Im Moment schon«, antworte ich matt und greife mir eine Coke, die ich unter dem Couchtisch bunkere. Zischend öffnet sich die Dose unter meinen Fingern.

»Hast du schon mal mit ihr geredet?«

Mein Herzschlag setzt aus.

Wie kann er es wagen, das Gespräch in diese Richtung zu lenken? Reicht es nicht, dass meine Gedanken die ganze Zeit um sie kreisen?

»Sie will mich nicht sehen.«

»Wenn sie dich nicht sehen will, wieso trägt sie dann dein Hemd, während sie auf ihrem Sofa sitzt und Fotos ihrer Mutter ansieht?«

Ich will gerade einen Schluck Coke nehmen, doch ich halte inne. Langsam schiebe ich die Dose auf den Tisch und wende mich Chase zu, um zum ersten Mal seit Wochen zuzuhören. Immer, wenn Tracy angerufen hat, war ich innerlich abwesend. Immer, wenn Chase herkam, um mich aus dem Loch zu ziehen, habe ich nur die Hälfte seiner Worte mitbekommen.

»Sie trägt mein Hemd?« Ich erinnere mich noch im Detail daran, wie es an ihr ausgesehen hat. Als ich das Zimmer in dieser Nacht betreten habe, wusste ich bereits, dass etwas passiert sein musste. Ich wusste, dass beim Übertreten der Türschwelle nichts mehr sein würde, wie es vorher war. Als sie noch in meinen Armen lag und ich das Gefühl hatte, endlich irgendwo angekommen zu sein im Leben. Ich konnte es nicht beschreiben oder benennen, aber das Gefühl war da. Und es war mächtiger und lauter als jeder Zweifel, den ich in meinem Leben hatte.

»Ja, das tut sie. Und wenn du mich fragst, vermisst sie dich mehr, als sie zugeben würde. Gott, ihr seid beide so unfassbar stolz, dass es richtig wehtut, euch zuzusehen.« Chase lacht. Während ich mein Lachen anscheinend an sie verloren habe. Im Grunde genommen fühlt es sich an, als hätte sie alles mitgenommen, als sie durch die Tür gegangen ist.

»Und was soll ich deiner Meinung nach tun? Auf der Beerdigung wollte ich sie ansprechen, aber sie hat mich ignoriert. Sie hat kein Handy mehr, weil ihres immer noch im Schlafzimmer auf dem Boden liegt.« Ich habe es nicht übers Herz gebracht, es wegzuräumen. Jedes Mal, wenn ich die Einzelteile davon sehe, will ich sie aufheben und wegschmeißen, aber in letzter Sekunde entscheide ich mich immer um.

»Erinnerst du dich noch daran, wie es bei mir und Brooklyn war? Wir waren in Manchester bei ihrer Mutter und wir hatten diesen riesigen Streit. Ich dachte, dass sie mir niemals verzeihen würde und mit jedem Tag, an dem es im Hausflur still war, wusste ich, dass ich sie ein Stück mehr verloren hatte. Doch irgendwann war sie wieder da und ich habe ihr jeden Tag Blumen vor die Tür gelegt. Jeden. Verdammten. Tag. Sie war genauso stur wie ihr zwei jetzt, aber irgendwann war da ein Tag, der anders war. Ein Tag, an dem sie mich wieder in ihr Leben gelassen hat.«

»Klar erinnere ich mich daran. Aber sorry, ich bin nicht so ein hoffnungsloser Romantiker wie du«, sage ich verbissen. Damals habe ich ihm gesagt, dass er weitermachen muss. Dass er sie vergessen muss, wenn er ihr nicht ewig hinterherrennen will. Heute weiß ich, dass er in dieser Zeit genau das Richtige getan hat, immerhin wird er in wenigen Monaten Vater einer kleinen Tochter.

Chase und ich kennen uns schon seit Jahren, aber so glücklich und entspannt habe ich ihn noch nie erlebt. Der gravierende Unterschied in unseren Geschichten ist, dass ich nicht wie er bin.

»Irgendwann habe ich es geschafft, wieder zu ihr durchzudringen. Ich habe sie nicht einfach aufgegeben, weil ich wusste, dass sie mehr wert ist. Glaub mir, Molly ist es verdammt noch mal genauso wert, dass du um sie kämpfst. Alter, sie hat ihre Mutter verloren und weint sich jetzt jede Nacht in den Schlaf.«

»Hat sie dir das erzählt?« Mein gesamter Körper steht unter Strom und ich fühle mich wie das größte Arschloch dieses Planeten. Chase hat recht, ich hätte mehr um sie kämpfen müssen. Ich hätte noch in derselben Nacht bei ihr sein müssen, doch anstatt zu klingeln, blieb ich lieber wie ein Feigling vor ihrer Tür stehen.

»Das musste sie nicht. Brooklyn und ich wissen, wie es ist, einen geliebten Menschen zu verlieren. Und ich habe es in ihren Augen gesehen. Also, was wirst du tun? Wirst du deinen versifften Arsch hochkriegen und endlich um sie kämpfen?« Chase klatscht für meinen Geschmack etwas zu euphorisch in die Hände und steht auf.

»Ja«, murmle ich leise.

»Wie bitte? Kriegst du mal die Zähne auseinander? Ich kann dich echt nicht verstehen, Alter.«

»Ja, verdammt. Ich werde zu ihr gehen«, rufe ich und gebe mich geschlagen. Ich habe mich in den vergangenen Tagen wie ein Versager gefühlt. Jetzt ist es, als würde sich ein Schalter in mir umlegen und als würde ich endlich wieder Luft in meinen Lungenflügeln spüren.

»Gut, aber tu mir und Molly einen Gefallen: Geh duschen und schneid dir dieses Unkraut da ab.« Er deutet lachend auf meinen Bart, während ich mir eine leere Dose vom Boden fische und ihm entgegenwerfe.

»Hast du jetzt genug genervt?«, frage ich ihn und erwarte gar nicht erst, dass er mir eine ehrliche Antwort gibt.

Chase schüttelt nur lachend den Kopf und steuert den Flur an. »Meld dich bei mir, wenn du bei Molly warst.«

Während ich im Hintergrund höre, wie er die Haustür öffnet, lasse ich mich etwas tiefer ins Sofa sinken. Nur, um mich sofort wieder kerzengerade aufzusetzen, als plötzlich zwei andere Menschen vor mir stehen.

Meine Schwester … und meine Mutter.

»Was wollt ihr hier?« Meine Schwester will etwas sagen, aber ich komme ihr zuvor. »Was will *sie* hier?«, frage ich knurrend hinterher und deute auf meine Mutter, die in ihren schicken Klamotten vor mir steht und in dem ganzen Chaos so fehl am Platz wirkt. Ihre Augen sehen beschämt zu Boden, während in mir alles vor Wut kocht.

»Jetzt beruhige dich erst mal, Bruderherz. Was zur Hölle ist hier passiert? Ist eine Bombe eingeschlagen? Wo ist Molly denn?« Tracy stolziert durch die Wohnung, wirft einen Blick ins Bad und anschließend in die Küche. Ich habe meiner Schwester noch nicht erzählt, was passiert ist und wollte es so lange wie möglich hinauszögern.

»Du kannst dir die Mühe sparen, Tracy. Molly ist weg«, rufe ich ihr zu, und sofort scheint sie zu verstehen, was vor sich geht.

Sie tritt hinter mich, legt mir ihre warmen Hände auf die Schultern und lehnt ihren Kopf gegen meinen. Sie duftet nach Rosen. Wie immer. Wenigstens eine Sache, die mir Halt gibt. Auch wenn ich nicht verstehe, wie sie hier mit unserer Mutter aufkreuzen kann.

»Das erklärt einiges. Willst du mir sagen, was passiert ist?«

»Nein. Willst du mir sagen, wieso du sie herbringst?« Mein Blick haftet an Moms Gesicht, die sich verhält wie ein verdammter Teenie. Sie schafft es nicht mal, ihrem eigenen Sohn in die Augen zu sehen.

»Herrgott, Troy! Jetzt beruhige dich mal, okay? Ich bin mit ihr hier, weil wir mit dir reden wollen. Weil ... sie mit dir reden will. Und ich bin der Meinung, dass du ihr zuhören solltest.« Der Nachdruck in der Stimme meiner Schwester nervt mich, aber weil ich keine Lust habe, aufzustehen und sie rauszuwerfen, lasse ich es über mich ergehen.

»Dann rede.«

Meine Mutter krallt sich an ihrer pinken Lederhandtasche fest und die Tatsache, dass sie dieses Tierleid mit ihrer Kreditkarte unterstützt, macht mich wütend. Mit unsicheren Schritten geht sie zu dem Sessel, in dem mein bester Kumpel bis eben noch saß. Wieso hat er sie überhaupt reingelassen, ohne mich vorher zu fragen? Dafür wird er leiden. Und zwar richtig.

»Es tut mir leid, dass ich einfach so hier reinplatze. Schon wieder.« Ihre Augen finden endlich meine, anstatt den klebrigen Boden zu scannen. Ich sehe die Frau an, die die Welt für mich bedeuten sollte, spüre aber nur Kälte in mir.

Sie war so lange kein Teil meines Lebens mehr, dass es sich anfühlt, als würde mir eine Fremde gegenübersitzen. Und während sie vor sich hin stottert, springt Tracy über die Sofalehne, setzt sich neben mich und kuschelt sich an mich. Ihr scheint es egal zu sein, dass ich stinke wie eine Mülltonne, die zu lange nicht geleert wurde. Genau genommen seit fünfundzwanzig Tagen. So lange ist es her, dass Molly verschwunden ist. Seitdem verrotte ich innerlich.

»Und? Worum geht es bei dem Besuch?«, erkundige ich mich mit neutraler Stimme. Meine Mutter sitzt wie ein kleines Mädchen vor mir und von der sonst so selbstsicheren Frau, die sie immer verkörpern wollte, fehlt jede Spur.

»Ich weiß, dass du wütend auf mich bist. Und ich weiß, dass ich dir und deiner Schwester oft unrecht getan habe und euch nicht die Aufmerksamkeit und Liebe geschenkt habe, die ihr verdient hättet.« Sie sammelt sich, während ich versuche, ihr zuzuhören. Seit ich weiß, dass Molly mein Hemd trägt, fällt es mir viel leichter, mich zu konzentrieren.

»Keine Ahnung, wieso mir meine Karriere immer wichtiger war als meine Familie, aber heute weiß ich, dass es falsch war. Dass das Wichtigste in meinem Leben immer ihr zwei gewesen seid. Doch als euer Vater ... als euer Vater gestorben ist, ist auch etwas in mir gestorben. Vielleicht bin ich keine gute Mutter, vielleicht habe ich eure Vergebung nicht verdient, aber ich will es wenigstens versucht haben.«

Mittlerweile kann ich den Schimmer von Tränen in ihren blauen Augen erkennen. Bei genauerem Betrachten fällt mir auf, dass sie heute viel natürlicher aussieht. Es liegt kein Pfund Makeup auf ihrem Gesicht und zum ersten Mal seit einer Ewigkeit sehe ich wieder die Frau hinter der Maske. Mom öffnet ihre Handtasche und holt einen Schein heraus, den sie jetzt auf den Couchtisch legt und zu mir herüberschiebt.

Meine Knochen sind eingerostet, aber ich beuge mich vor und greife das Stück Papier. Als ich sehe, dass es sich um einen Scheck handelt, runzle ich die Stirn. »Was soll das?«

Während ich die ziemlich große Zahl auf dem Schein anstarre, bemerke ich die Blicke meiner Schwester auf mir.

»Ich weiß, dass ihr von meiner Arbeit nie viel gehalten und nicht wirklich an mich geglaubt habt. Aber in den letzten Jahren hatte ich viele gute Jobangebote und habe mir ein Polster anlegen können. Ich wusste in dem Moment, als das erste Geld auf mein Konto kam, mit dem ich keine Schulden mehr abbezahlen musste, wofür ich das Geld nutzen will.« Ihre Miene wird mit jedem Wort offener, während ich spüre, dass der Scheck in meiner Hand zittert, weil ich bebe.

»Ich wollte ihn dir letztes Mal schon geben, aber du weißt ja ...« Ja, ich weiß, dass ich sie rausgeschmissen habe. Und ich erinnere mich noch zu gut an das Gespräch, das ich daraufhin mit Molly geführt habe. Wie sie mir sagte, dass ich verzeihen muss. Dass Vergebung eines der wertvollsten Dinge im Leben ist. Und dass es nichts mit Schwäche zu tun hat, sondern mit Stärke. Man vergibt Menschen nicht, um ihre Taten zu rechtfertigen oder gutzuheißen, sondern um abzuschließen.

»Eigentlich wollte ich die Summe durch zwei teilen und jedem von euch die Hälfte geben, aber deine Schwester wollte, dass du die gesamte Summe bekommst.« Sie wirft Tracy einen liebevollen Blick zu, während ich sie nur ungläubig anstarre. Das alles ergibt keinen Sinn für mich.

»Ich kann das einfach nicht glauben.« Kraftvoll stehe ich auf und werfe den Scheck auf den Tisch zwischen uns. »Du denkst also, dass ein dämlicher Scheck alles vergessen macht? Dass mir das Geld da tatsächlich wichtig wäre? Soll ich dir was sagen, Mom?« Ich speie das letzte Wort aus. »Ich habe mir immer nur gewünscht, dass du da gewesen wärst. Dass du da gewesen wärst, wenn es Tracy schlecht ging und ich völlig überfordert war, weil ich nicht bereit war, allein einen Teenager großzuziehen. Ich habe mir gewünscht, dass du da gewesen wärst, wenn mir alles zu viel wurde. Stattdessen hast du dich durch die Managerszene geschlafen, weil das ja dein ach so großer Traum war. Dass du denkst, dieses Geld würde irgendetwas davon wiedergutmachen, ist so lächerlich.« Ich balle meine Hände zu Fäusten und würde gern etwas kurz und klein schlagen.

»Es geht mir nicht darum, mir eure Vergebung zu erkaufen, Troy. Von mir aus kannst du das Geld nehmen, ausgeben und nie wieder ein Wort mit mir sprechen!« Ihre Stimme zittert, so wie mein gesamter Körper.

»Aber ich weiß, dass du nie das Geld hattest, um dich beruflich so entwickeln zu können, wie du es dir gewünscht hättest. Mir ist klar, dass ich auf ganzer Linie als Mutter versagt habe und dass dieses Geld nichts daran ändern wird. Aber ich will, dass du es nimmst. Ich will, dass du damit etwas tun kannst, was dir guttut.«

Tracy greift nach meiner Hand und zieht mich zurück neben sich.

»Ich bin der Meinung, dass du es annehmen solltest. Mein Boss bezahlt wirklich gutes Gehalt, außerdem habe ich meinen Traumjob gefunden und lebe ihn. Du weißt, dass ich ein Freigeist bin, also glaub mir, wenn ich dir sage, dass ich bestens klarkomme. Außerdem lebe ich in London, Troy. Ich finde da an jeder Ecke ein gutes Angebot. Und ich weiß, dass du nie machen konntest, was dich erfüllt. Dass du immer eine eigene Werkstatt eröffnen wolltest, als du noch jünger warst. Damit könntest du die Grundsteine dafür legen. Du musst Mom nicht von heute auf morgen alles verzeihen, was sie getan hat. Ich kann das auch nicht. Aber ich bin in der Lage zu erkennen, ob sich jemand wirklich Mühe gibt.« Sie fährt mit den Fingern über meinen Unterarm und greift nach meiner Hand, die immer noch vibriert. In mir entstehen so viele Gefühle, die ich nicht zuzuordnen weiß. So viele Worte, die ich gern sagen würde, aber nicht herausbekomme.

»Ich weiß nicht, was ich tun soll.«

Wieder kuschelt Tracy sich an mich und drückt mir einen Kuss auf die Wange, während Mom uns beobachtet.

»Nimm einfach das Geld an und mach damit, was du für richtig hältst. Wenn du es nicht für dich nutzen willst, weil es von mir kommt, dann spende es. Aber ich will, dass du es nimmst.« Unsere Mutter klingt so entschlossen, wie sie sonst nur klang, wenn es um ihre Karriere ging.

Ich hätte nicht gedacht, dass sie in den letzten elf Jahren wirklich einen Gedanken an uns verschwendet hat. Widerwillig greife ich den Scheck vom Tisch und starre ihn an. Hundertzwanzigtausend Pfund sind eine Menge Geld. Trotzdem fühlt es sich seltsam an, dass sie plötzlich wie aus dem Nichts auftaucht und glaubt, mit einem Scheck könne sie mich kaufen. Aber Tracy hat recht mit dem, was sie sagt.

»Okay.« Ich atme einmal tief durch und spüre, wie Teile der Mauer, die ich um mein Herz errichtet habe, abgetragen werden. Aber das, was noch stehen bleibt, wird noch viele Jahre halten. Es wird mehr brauchen als einen Scheck, um unsere Beziehung zu retten. »Das heißt nicht, dass ich dir verzeihe. Aber ich weiß es zu schätzen, dass du an mich gedacht hast. An uns.«

Aufgrund meiner Worte rollen die ersten Tränen über ihre Wangen und die Wut, die ich all die Jahre auf sie hatte, wird etwas leichter auf meinen Schultern.

Ich lege den Arm um meine Schwester, gebe ihr einen Kuss auf die Stirn und starre noch einmal diese unfassbare Zahl auf dem Scheck in meiner Hand an. Und plötzlich weiß ich ganz genau, was ich damit tun möchte.

Kapitel 24

Molly

»Das hier wird wahrhaftig meine Perfektion!« Mit einem Strahlen auf dem Gesicht verlasse ich die Küche im Café, höre, wie die Tür hinter mir ins Schloss fällt und präsentiere meiner Freundin mein zweistöckiges Meisterwerk.

Brooklyn säubert gerade die Kaffeemaschine, doch als sie einen Blick auf meine Marzipantorte wirft, die ich gerade nach zwei Stunden aus dem Kühlschrank geholt habe, lässt sie den Lappen fallen und reißt ihre Augen auf. »Molly, die sieht himmlisch aus! Kannst du mir bitte sagen, wo du dieses Talent herhast?« Sobald sie ihre Frage ausgesprochen hat, beißt sie sich auf die Unterlippe. »Oh Gott, es tut mir leid. Ich weiß, dass ...« Sie stammelt, während ich den kurzen Stich in meiner Brust spüre und trotzdem ein Lächeln aufsetze.

Seit einigen Tagen backe ich tatsächlich wieder. Erfinde neue Rezepte. Ja, ich glaube, dass ich etwas gefunden habe, das mich mich meiner Mutter nahe fühlen lässt. Auch wenn sie nicht hier ist, spüre ich sie. Am allermeisten, wenn ich unserer gemeinsamen Leidenschaft nachgehe. Heute war wieder einer der Tage, an denen ich das Gefühl hatte, sie würde direkt neben mir stehen und mir beim Backen zusehen. Ich habe bildlich vor mir gesehen, wie sie die Nase gerümpft hat, weil ich Ahornsirup anstelle von Zucker in den Teig gegeben habe.

Wärme breitet sich in meiner Brust aus. »Schon okay. Wirklich. Das hier ist jedenfalls eine Marzipantorte mit Schokoladen-Kirsch-Füllung. Jetzt können wir nur hoffen, dass sie genauso gut schmeckt, wie sie aussieht.« Das, was ich in der Küche gekostet habe, war definitiv himmlisch.

Brooke schiebt ihre dicke Kugel zu der Schublade mit unserem Besteck, öffnet sie und holt ein Messer und zwei Gabeln für uns heraus. Ich stelle die Torte auf der Arbeitsfläche ab, nehme das Messer an mich, mache es unter dem Wasserhahn nass und schneide sie auf.

»Da läuft mir wirklich das Wasser im Mund zusammen«, meint Brooke, tritt neben mich und trennt sich mit ihrer Gabel ein Stück ab. Ein wohliges Stöhnen liegt auf ihren Lippen, als der Bissen in ihrem Mund landet. »Und die kleine Liz scheint ihn auch zu lieben, sie tritt wie eine Weltmeisterin. Hier, fühl mal.« Brooke packt meine Hand und presst sie sich gegen den Bauch. Es dauert nur wenige Sekunden, bis ich spüre, wie sich etwas von Innen gegen die Bauchdecke drückt. Ein kleiner Fuß. Ein Lächeln breitet sich auf meinem Gesicht aus.

Die Glocke über der Tür bimmelt und ich drehe mich zu dem Kunden um. Dann erstarre ich zu Eis.

Während ich die Gabel auf die Tischplatte fallen lasse und meine Hand von Brookes Bauch nehme, kommt Troy auf den Tresen zu.

Selbstsicher wie immer.

Wunderschön wie immer.

Er trägt über seinem weißen Shirt heute eine schwarze Lederjacke, wahrscheinlich weil es draußen langsam wieder kälter wird und der Herbst vor der Tür steht. Die liebste Jahreszeit meiner

Mutter. Es bricht mir das Herz, dass sie keinen Herbst mehr mit ihren eigenen Augen sehen kann.

Brooke entdeckt Troy und ich merke, dass sie sich über seine Anwesenheit freut. Doch in mir reißt eine Kluft noch weiter auf. »Ich lasse euch zwei mal allein und sehe nach den Hunden.« Ihre Hand streift meinen Oberarm und dann verschwindet sie in der Küche. Lässt uns allein, obwohl ich in seiner Gegenwart kaum Luft bekomme.

Seit der Beerdigung habe ich ihn nicht mehr gesehen und fast hatte ich vergessen, wie sehr er mir gefehlt hat. In all den Nächten habe ich mir sein Gesicht vorgestellt, aber ich konnte die Maserung in seinen blauen Augen nie rekonstruieren. Sie jetzt wieder live vor mir zu sehen, wirft mich völlig aus der Bahn.

Troy sieht müde aus und ich würde ihn gern fragen, wie es ihm geht, aber ich kriege keinen Ton heraus. Mittlerweile trennt uns nur noch der fünfzig Zentimeter breite Tresen zwischen uns. Früher habe ich die Distanz geliebt, jetzt verfluche ich sie. In den letzten Tagen habe ich mich so oft gefragt, ob ich mit der Trauer besser umgehen könnte, wenn ich dabei in seinen Armen liegen würde. Wenn er mich halten würde und mir versichern würde, dass ich nicht allein damit bin. Aber es blieb eine Frage ohne Antwort.

»Was kann ich dir bringen?«

»Du weißt, dass ich nicht deshalb hier bin«, antwortet er mit warmer Stimme. Seine Augen suchen meinen Blick und ich kralle mich im Stoff meiner Schürze fest, weil ich diesen Halt brauche. Wieso ist Brooklyn nicht hier bei mir geblieben?

»Okay, dann rede«, sage ich seufzend. Jetzt, nach all den Tagen und Wochen wieder vor ihm zu stehen, fühlt sich surreal an. Manchmal habe ich sogar geglaubt, dass ich mir die letzten Monate mit ihm nur eingebildet habe, dass es ihn nie wirklich gegeben hat, sondern nur in meiner Fantasie. Dass sich mein gebrochenes Herz nach all den Enttäuschungen einen Mann kreiert hat, der anders ist. Der es wert ist. Und den ich dann mit Füßen getreten habe, als ich ihn am meisten gebraucht hätte.

»Nicht hier. Ich würde dir gern etwas zeigen.« Er deutet nach draußen vor den Laden. »Ich bin mit dem Auto hier. Keine Sorge, es dauert auch nicht lang.«

In mir schreit alles laut NEIN. Ich sollte definitiv nicht auf sein Angebot eingehen. Ich sollte ihm sagen, dass er gehen muss. Dass es falsch war, überhaupt bei ihm eingezogen zu sein. Aber ich bringe es nicht übers Herz, schließlich spüre ich in jeder Zelle meines Körpers, wie sehr er mir gefehlt hat.

»Du weißt schon, dass ich gerade arbeite?«, frage ich ihn etwas zu zynisch. Seit ich überstürzt seine Wohnung verlassen habe, liegen mir so viele Worte auf den Lippen. Es ist so viel Reue in mir, dass es schmerzt. Ich habe ihm die Schuld gegeben, wusste aber eigentlich immer, dass er keine Schuld trägt. Meine Mutter ist von uns gegangen, weil sie krank war. Der Fehler, dass ich an diesem Abend nicht bei ihr geblieben bin, lag bei mir. Troy hätte auch die ganze Nacht mit mir im Krankenhaus verbracht. Er wäre an meiner Seite gewesen, nachdem ich mich von ihr verabschiedet gehabt hätte. Er hätte mich aufgefangen und ich hätte mich fallen lassen können.

»Ich weiß. Ich dachte nur ...« Er zögert. Es kam bis jetzt nur selten vor, dass ihm die Worte fehlen. Meine Augen wandern über sein markantes Gesicht und den leichten Bartschatten, der ihn noch attraktiver macht. Ob seine letzten Wochen genauso düster ausgesehen haben wie meine?

»Du kannst gern verschwinden. Ich komme allein klar!« Brooklyn öffnet die Tür einen Spalt und zeigt mir mit einer Geste, dass ich gehen soll. Während ich die Augen schließe, um sie innerlich zu verfluchen. Ich bin mir sicher, dass sie die ganze Zeit ihr Ohr gegen die Tür gedrückt hatte, um uns zu belauschen. Aber ich bin ihr nicht böse, weil ich weiß, dass ich ganz genauso gehandelt habe, als Chase sie an genau dieser Stelle zu ihrem ersten Date eingeladen hat.

»Also?« Troy runzelt die Stirn und sieht mich mit flehendem Blick an.

Schließlich gebe ich mich geschlagen, öffne die Schleife meiner Schürze an meinem Rücken und lasse sie auf die Arbeitsplatte gleiten. »Okay, okay. Aber ich habe nur eine halbe Stunde.«

»Das wird reichen«, versichert er mir und wartet, bis ich um den Tresen herumgekommen bin. Jetzt, wo mich nicht mal mehr das Holz vor Troy schützen kann, fühlt sich seine Anwesenheit noch echter an.

Wir halten Abstand zueinander, aber als er mir die Tür öffnet und ich an ihm vorbeigehe, spüre ich es wieder. Das Knistern, das mich wochenlang in seiner Nähe begleitet hat. Der Funke, der sich anbahnt und mein Herz zum höherschlagen bringt. Ich schließe die Augen, atme einmal tief durch und versuche, stark zu bleiben. Mein Herz wird keine weitere Wunde mehr überleben.

• • •

»Wohin fährst du mit mir?« Die Luft im Auto erdrückt mich förmlich und ich frage mich, ob es eine gute Idee war, ihm zu folgen. Nicht, weil ich Angst davor habe, was er mit mir macht, sondern davor, wie mein Körper auf ihn reagiert. In den letzten Tagen habe ich mir immer wieder eingeredet, dass es besser so ist und dass ich mir jetzt endlich die Zeit für mich nehmen kann, die mir zusteht. Aber als er gerade im Café vor mir stand, war jeder gute Vorsatz wie weggeblasen. Mein Körper hat sofort auf ihn reagiert und ich konnte nichts daran ändern. Ich war machtlos und wenn ich genau darüber nachdenke, war es in seiner Gegenwart noch nie anders. Als er mir angeboten hat, bei ihm einzuziehen, wusste ich innerlich sofort, dass ich sein Angebot annehmen würde.

»Das wirst du gleich sehen. Wir hätten auch laufen können, aber bei dem Wetter wollte ich dich nicht zu Fuß ans andere Ende der Stadt bringen, außerdem hast du ja nicht so viel Zeit«, antwortet er und fixiert dabei stur die Straße.

Ich lehne mich ein Stück von ihm weg, weil die Anziehung, die von seinem Körper ausgeht, Gift für meine Nerven ist. Meine Schläfe lasse ich gegen die kühle Fensterscheibe sinken und sehe in den leichten Regen hinaus. Ich vermisse die Sonne auf meiner Haut. Meine Hand tastet nach dem Brief in meiner Jeanstasche, den ich bis jetzt noch nicht geöffnet habe. Wovor ich Angst habe?

Vor allem.

Davor, was es mit mir anstellen wird, ihre letzten Worte an mich zu lesen. Die letzten Worte, die sie jemals geschrieben hat. Davor, was sie mir zu sagen hat. Vor der Leere in mir, die ich jetzt schon nicht ertragen kann.

Meine Fingerspitzen fahren über den Rand des Briefes, und als Troy meiner Bewegung folgt und auf meine Hand hinabsieht, ziehe ich sie schnell zurück, als stünde der Umschlag in Flammen. Er soll nicht wissen, dass es diesen Brief gibt.

»Zehn von deinen dreißig Minuten sind schon um«, erinnere ich ihn. Dabei bin ich mir sicher, dass Brooke mir auch den gesamten Nachmittag den Rücken freihalten würde.

Meine Finger trommeln nervös auf meinen Oberschenkeln. Schließlich fahren wir in eine kleine Straße hinein und halten an der rechten Seite an. Troy schnallt sich ab und schaltet den Motor aus. Während ich perplex aus dem Fenster starre und keine Ahnung habe, was wir hier zu suchen haben. Weit und breit kann ich keinen Hinweis darauf entdecken.

»Und jetzt?«

Mir stehen die Fragezeichen anscheinend ins Gesicht geschrieben, denn Troys Mundwinkel ziehen sich nach oben, wie jedes Mal, wenn ich verwirrt bin. *Wie jedes Mal.* Hier bei ihm zu sein fühlt sich so richtig und falsch zur selben Zeit an. Ich war sicher, dass es der größte Fehler meines Lebens war, meine Regel zu brechen. Heute weiß ich, dass es nicht fair von mir war, wie ich mich ihm gegenüber verhalten habe.

»Jetzt gehen wir da rein.« Er zieht den Schlüssel aus dem Schloss des Autos und deutet auf das Gebäude links von uns. Es ist eine Ruine. Das Haus sieht aus, als stamme es aus dem zweiten Weltkrieg und besitzt nicht einmal Fensterscheiben, sondern nur eine mit Brettern zugenagelte Eingangstür. Es ist ein Gebäude, in dem man vielleicht ein paar Obdachlose erwarten würde.

»Sicher gehe ich da nicht rein. Da sind bestimmt Ratten drin!« Meine Stimme klingt schrill, während Troy aus dem Wagen aussteigt und vor dem Auto darauf wartet, dass ich ihm folge. Ich verschränke die Arme vor der Brust, weil ich diese Geheimniskrämerei gerade wirklich nicht gebrauchen kann.

Als ich die Augen schließe, um einmal tief durchzuatmen, und sie anschließend wieder öffne, nieselt es nicht mehr. Stattdessen schüttet es jetzt wie aus Eimern auf das Autodach über mir. Trommelnd schlagen die dicken Tropfen auf dem Blech auf. Und auf Troy, der immer noch abwartend vor der Frontscheibe seines Wagens steht und sich nicht vom Fleck rührt. Seine Haare hängen ihm in Sekundenschnelle nass in die Stirn.

»Nun komm schon, Molly!«, ruft er mir ungeduldig zu. Erst denke ich darüber nach, aus dem Auto zu springen, ihm den Schlüssel abzunehmen und einfach mit seiner Karre wegzufahren. Doch obwohl ich es mir verboten habe, so für ihn zu fühlen, schlägt mein Herz immer noch lauter und schneller, wenn er in meiner Nähe ist.

Murrend gebe ich nach, steige aus dem Auto und bereue es innerhalb eines Atemzugs, weil mich der Regen mit voller Wucht erwischt. Meine helle Jeans verfärbt sich dunkelblau, mein viel zu dünner Pulli klebt an meiner Haut und meine Haare, die ich mir mühevoll zu einem französischen Zopf gebunden und mit Haarspray fixiert habe, hängen schlaff herab. Vermutlich werde ich sie nach dieser Aktion nie wieder entknoten können.

»Geht doch. Und jetzt komm mit.« Er hält mir seine Hand hin, und auch wenn ich sie nicht ergreifen sollte, tue ich es. Seine warmen Finger verschränken sich mit meinen und dann rennen wir los. Der Weg zu der Ruine ist zwar nicht weit, aber aufgrund des Regens kommt es mir vor, als müssten wir einen kleinen Marathon hinter uns bringen.

Anfangs will ich fluchen und Troy zurück zum Auto zerren, doch als wir schließlich die andere Straßenseite erreicht haben und Schutz unter dem Vordach finden, vergesse ich alles. Dass die Leere in mir von Tag zu Tag zunimmt. Dass ich diesem Mann vor Wochen mein Herz geschenkt und es seitdem so schmerzlich vermisst habe. Dass ich mir geschworen habe, mit meiner Hand nie wieder in einer anderen Sicherheit zu finden und jetzt dennoch genau das in seiner Berührung suche.

Sicherheit.

Halt.

Geborgenheit.

Schutz.

Troy steht lachend vor mir, der Regen prasselt auf das Vordach und ich spüre, wie meine Mundwinkel nach oben wandern. Nicht nur, weil sein Lachen so ansteckend ist, sondern auch, weil ich mich frei fühle. Das erste Mal seit Wochen erlebe ich einen kleinen Moment ohne Wolken, und das, obwohl der Himmel über uns kaum bedeckter sein könnte.

Troy hält meine Hand weiterhin in seiner, und nachdem er mich noch einen Augenblick lang angesehen hat, deutet er auf das Gebäude neben uns, das ich fast vergessen hätte. Seine Finger gleiten aus meiner Hand und mit einem Satz ist er durch das offene Fenster hineingestiegen. Auch wenn sich alles in mir dagegen sträubt, in diese Baracke zu gehen, lasse ich mir von ihm hineinhelfen.

Sobald wir hier im windgeschützten Bereich stehen, fängt mein Körper an zu zittern und für einen Augenblick verfluche ich ihn wieder dafür, dass ich seinetwegen überhaupt den Wagen und dessen Wärme verlassen habe. »Was wird das hier jetzt? Was wollen wir hier?« Ich sehe mich in dem offenen, großen Bereich um, der voller Schutt ist. Die Wände sind mit Graffitis besprüht und die alten Holzbalken sehen ebenfalls aus, als würden sie bald unter dem Gewicht der Decke nachgeben. Bei meinem Glück in letzter Zeit wäre es kein Wunder, wenn alles einstürzt, während wir hier drin stehen. An einigen Stellen scheint das Dach undicht zu sein, sodass sich kleine Pfützen auf dem Betonboden sammeln.

Troy macht eine ausladende Handbewegung, als sähe er etwas, das ich nicht erkennen kann. »Das hier wird deine Konditorei«, verkündet er stolz, während ich mich an seinen Worten verschlucke.

»Wirklich? Du hast mich also nur hergebracht – in diese Ruine – um wieder damit anzufangen? Das ist es, worüber du mit mir reden willst?« Bittere Magensäure steigt meine Speiseröhre hinauf und die Euphorie des Moments ist dahin. Plötzlich wirkt die Wolkendecke über mir wieder bedrohlicher und dunkler denn je. Fast fühlt es sich an, als würde ich zwischen den dichten Wolken ersticken.

»Ich bin nicht nur hier, weil ich will, dass du den Laden eröffnest. Ich bin hier, weil ich weiß, dass das hier der Traum deiner Mutter war.« Seine Miene wird ernst, während ich kaum einen klaren Gedanken fassen kann. Seine Worte ergeben keinen Sinn.

»Was hat dieses Haus bitte mit meiner Mutter zu tun?«

Nichts.

Gar nichts.

Da bin ich mir sicher.

Meine Mutter hat voller Licht gestrahlt. Dieses Haus hier spiegelt nichts von ihrem Strahlen wider.

Ich will gerade auf den Sohlen meiner Chucks kehrtmachen und wieder zum Auto rennen, als Troy mich aufhält. Seine Hand schnappt nach meinem Unterarm und er dreht mich mit sanftem Druck zurück in seine Richtung. Mein Körper steht unter Strom und seine Berührung fühlt sich auf meiner nasskalten Haut so fremd und vertraut zugleich an.

»Weißt du noch, dass deine Mutter mich im Krankenhaus sprechen wollte? Und wir beide nicht wussten, was sie mir sagen will? Ich war zwar nur ein paar Minuten in ihrem Zimmer, aber sie wollte aus einem bestimmten Grund mit mir reden.«

Was für eine bescheuerte Frage, natürlich erinnere ich mich daran. Ich erinnere mich an jeden Augenblick in diesem Gebäude. Ich nicke, sage aber nichts.

»Sie hat mir erzählt, dass sie sich wünscht, dass du deinen Traum lebst. Du brauchtest ihr nicht sagen, was du wirklich willst, weil sie es dir immer angesehen hat. Sie kannte dich besser als sonst jemand auf der Welt, da bin ich mir sicher. Und dann hat sie mir von diesem Haus hier erzählt.« Sein Blick wandert zur Decke und langsam entspanne ich mich. Ich höre ihm zu, weil ich jede Erinnerung an meine Mutter wie ein Schwamm in mich aufsaugen will. Auch diejenigen, die ich nicht selbst erlebt habe. Je mehr neue Details ich über sie erfahre, desto besser kann ich mich an ihnen festhalten.

»Das *Coffee with Arts* war nicht ihr Traum und ich weiß, dass sie dir das nie erzählt hat. Früher wollte deine Mutter eine eigene Bibliothek eröffnen, einen Ort, an dem sich die Menschen treffen und lesen. Sie hat sich in dieses Gemäuer verliebt, als sie es zum ersten Mal gesehen hat. Aber dann kamst du auf die Welt und sie wusste, dass die Bank ihr niemals das Geld für so ein großes Projekt gegeben hätte, außerdem gab es schon eine Bibliothek in der Stadt und sie war sich nicht sicher, ob sie damit genug Geld für ihre Familie verdienen würde, mit ihrem Talent fürs Backen hingegen schon. Also hat sie stattdessen das Café gemietet und ihren Traum an den Nagel gehangen, damit du es gut bei ihr hast.«

Mein Mund wird trocken und die Gänsehaut schmerzt mittlerweile so sehr, dass ich es kaum noch aushalte. Am liebsten würde ich meine Haut vom Körper reißen, damit das Gefühl endlich aufhört.

»Wieso sollte sie mir davon nie etwas erzählt haben? Das hier höre ich gerade zum ersten Mal und sie hat mir immer alles anvertraut. Alles!« Vielleicht glaubt er, dass ich darauf reinfalle, aber so naiv bin ich nicht mehr. Troy wollte von Anfang an, dass ich die Konditorei eröffne, aber ich wusste nicht, dass er dafür zu solchen Mitteln greifen würde.

»Weil sie nicht wollte, dass du dich schuldig fühlst. Sie wusste, dass du dir die Schuld dafür geben würdest, immerhin hat sie ihren großen Traum nie gelebt, weil sie dich in Sicherheit wissen wollte. Sie hat mir gesagt, dass sie nicht will, dass du denselben Fehler für sie machst. Dass du deinen Traum aufgibst, weil du denkst, dass du es für sie tun musst.«

Alles, was er sagt, könnte aus dem Mund meiner Mutter stammen. Aber wie kann ich ihm glauben? Tränen stehen in meinen Augenwinkeln. Nicht nur, weil ich Angst davor habe, dass er die Wahrheit sagt und ich meine Mutter ihren Traum gekostet habe, sondern auch, weil ich mich nach seinen Armen sehne, die mich halten. Weil ich mich selten so allein gefühlt habe wie in den letzten Wochen, aber nicht den Mut hatte, auf ihn zuzugehen.

»Ich weiß nicht, ob ich dir glauben kann«, sage ich verunsichert.

Troy tritt an mich heran, sodass uns nur noch wenige Zentimeter trennen. Durch den Regen ist sein Aftershave leicht verblasst, aber der Drang, mich gegen seine Brust fallen zu lassen, wird dafür umso mächtiger.

»Was hast du da in der Tasche deiner Jeans? Ich habe gesehen, wie du es im Auto angestarrt hast.« Er deutet auf den Brief, den ich seit dem Tag, an dem ich ihn bekommen habe, bei mir trage. Langsam ziehe ich ihn heraus und presse ihn gegen meinen Bauch, der sich vor Schmerzen krümmen möchte. Hier zu stehen und zu wissen, dass das hier der Traum meiner Mutter gewesen sein soll, lässt Übelkeit in mir aufsteigen. Was, wenn er wirklich recht hat? Und wenn sie meinetwegen nie das getan hat, was sie wollte?

»Den hat mir Dr. Miller nach ihrem Tod gegeben. Ich habe ihn noch nicht gelesen«, gestehe ich ihm und fühle mich schlecht, weil ich noch nicht den Mut aufbringen konnte, ihn zu öffnen. Seit Wochen starre ich diesen Umschlag an, bringe es aber nicht übers Herz, ihn auch zu öffnen.

»Ich weiß nicht, was drinsteht, aber vielleicht solltest du ihn jetzt lesen.« Seine Stimme ist so weich und warm, dass sie mich einhüllt. Dass sie mir die Kälte nimmt, die sich in den Poren meiner Haut festgesetzt hat.

Mit geschlossenen Augen nicke ich, drücke den Brief noch einmal gegen meinen Körper und öffne den Umschlag. Meine Finger zittern, als würde sich in diesem Brief mein Todesurteil befinden. Und in gewisser Hinsicht stimmt es sogar. Der Inhalt kann mich entweder in die Tiefe reißen oder mir helfen, mit dem Schmerz in mir besser umzugehen.

Wie in Zeitlupe falte ich das Blatt Papier auseinander und spüre, wie der Kloß in meinem Hals immer dicker und fester wird. Ich sehe die ersten Buchstaben, bringe es aber nicht übers Herz, die Worte wirklich zu lesen. Troy steht immer noch dicht vor mir und sieht mir zu, wie ich scheitere. Wieder einmal.

»Würdest du ihn mir vielleicht vorlesen? Ich schaffe es einfach nicht«, bitte ich ihn mit wispernder Stimme. Vielleicht ist es schwach von mir, dass ich es nicht allein kann, aber das ist mir im Moment egal. In seiner Nähe habe ich es mir schon mehr als einmal erlaubt, schwach zu sein. Auf dieses Mal kommt es jetzt nicht mehr an …

»Natürlich.«

Ich kralle mich noch einmal an dem weichen Papier fest, bevor ich ihm den Brief gebe und Abstand aufbaue. Mit dem Rücken suche ich Halt an einer der kahlen Backsteinwände, während Troy weiterhin mitten im Raum steht und beginnt zu lesen. Ich schließe die Augen und lasse es einfach geschehen. Lasse zu, dass mir der Mann, dem ich mein Herz geschenkt und dann wieder entrissen habe, die letzten Worte meiner Mutter vorliest.

»Meine verrückte Molly«, sagt er und ich weiß schon jetzt, dass mich der Brief zurück in die Tiefe reißen wird.

»Ich weiß, dass du mich vermutlich verfluchst. In dem Moment, in dem du den Brief liest. Aber ich will dir etwas sagen: Du darfst wütend auf mich sein. Du darfst schreien, so laut du willst, weinen, so viel du willst. Als ich in dieser Nacht ins Krankenhaus kam, wusste ich bereits, dass etwas nicht stimmt. Es war, als hätte mein ganzer Körper geschrien, dass der Krebs zurück ist. Aber weißt du was? Ich hatte keine Angst vor ihm. Der Krebs kann mich mal. Ich war nicht bereit, noch einmal so gegen ihn zu kämpfen, wie du es dir von mir gewünscht hättest, und das tut mir von Herzen leid.«

Troy liest langsam und mit Bedacht, während meine Tränen über meine Wangen rinnen. Ich verstecke sie nicht mehr. Denn ich weiß jetzt, dass mir das nicht hilft. Aufstehen, weinen, zusammenreißen, in die Welt gehen und allen zeigen, dass ich klarkomme. Nachhause gehen und erneut zusammenbrechen. Dieser Ablauf hat meine gesamten letzten Wochen bestimmt.

»Vielleicht hätte ich eine weitere Chemo überstanden, aber wer weiß das schon? Ich wollte nicht wieder zum Opfer dieser Therapie werden. Ich wollte frei sein. Du weißt doch, wie wichtig mir meine Freiheit schon immer war, immerhin habe ich diesen Drang danach an dich weitergegeben. Die Chemo hat mir nicht nur mein Haar genommen, Molly. Sie hat mir auch meine Energie und Lebensfreude entrissen. Und ich bin nicht bereit, all das noch mal herzugeben.«

Troy macht eine Pause, vermutlich, um zu sehen, ob ich mit ihren Worten klarkomme. Ich öffne flatternd meine Augen und sehe, dass er mittlerweile dichter vor mir steht. In den letzten Wochen fühlte es sich an, als wäre in mir gar nichts mehr. Als würde kein Organ mehr richtig funktionieren. Aber jetzt spüre ich wieder, wie mein Herz das Blut durch meinen Körper pumpt und mich mit aller Kraft am Leben halten will.

»Lies weiter«, fordere ich ihn auf, also schürzt er seine Lippen und fährt fort.

»Vielleicht fragst du dich, wie ich es dir antun konnte, dich heute Abend wegzuschicken, dabei ist die Antwort ganz simpel.

Ich wollte selbst entscheiden, welches Bild du von mir als Letztes gesehen hast. Ich wollte nicht, dass du siehst, wie ich gehe. Wie ich von Minute zu Minute schwächer werde und dir deine Energie entziehe. Du hast mir gerade, bevor du gegangen bist, gesagt, dass ich dir ein Versprechen geben muss. Du hast gesagt, dass du nur zu Troy rausgehst, wenn ich dir verspreche, dass ich auf eurer Hochzeit dabei sein werde. Dass ich mein Enkelkind im Arm halten werde. Dass ich für dich da sein werde, wenn er dich in den Wahnsinn treibt und du meine Schulter brauchst.«

Wieder eine Pause, aber dieses Mal entsteht sie aus einem anderen Grund. Unsere Blicke treffen sich, aber es ist mir nicht peinlich, dass er davon erfährt. In diesem Augenblick geht es nicht um ihn oder mich, sondern nur um die Worte meiner Mutter. Um das, was sie mir noch sagen wollte, bevor sie zu einem der tausend Sterne am Himmel wurde.

Troy braucht einen Augenblick, um sich zu sammeln.

»Und ich habe dir versprochen, dass ich all diese Dinge für dich tun werde. Dass ich bei deiner Hochzeit und der Geburt deines Kindes dabei sein werde. Dass ich da bin, wenn du meine Schulter brauchst. Weißt du, wieso ich dir das Versprechen geben konnte? Weil ich immer bei dir bin. Immer. Egal, ob du mich sehen kannst oder nicht. Egal, ob du meine Stimme hörst oder da nur Stille ist. Ich musste mich nicht von dir verabschieden, weil ich weiß, dass wir nicht, und zwar niemals, getrennt sein werden.«

Mit jedem Wort werden die Tränen mehr und mein Herz schlägt schneller. Meine Knie zittern und ich weiß nicht, wie lange ich mich noch hier halten kann, ohne zu Boden zu gehen. Ich sehe Troy an, der mittlerweile selbst mit den Tränen kämpft.

»Und wo wir schon beim Thema sind«, liest er weiter. »Ich will, dass du Troy eine Chance gibst. Ich hatte nur wenige Minuten mit ihm, aber ich weiß, dass seine Augen gestrahlt haben, als dein Name fiel. Genau wie deine immer strahlen, wenn seiner fällt. Auch wenn du die Geschichte von deinem Vater und mir mittlerweile in- und auswendig kennst, will ich, dass du immer daran denkst: Wenn du den Funken spürst, dann renne nicht vor ihm weg. Niemals. Auch nicht, wenn es schwer wird. Und verdammt, es wird schwere Tage geben, da bin ich mir sicher. Ich habe ihn darum gebeten, dass er dir meinen Traum zeigt, und ich hoffe, dass du weißt, dass ich dir niemals die Schuld geben würde. Damals habe ich so entschieden, wie ich es für richtig gehalten habe, aber heute weiß ich, dass Träume immer zum Leben erweckt werden sollten. Ich weiß, dass du mehr willst, als im Café zu arbeiten. Ich weiß, dass du etwas Eigenes haben willst. Etwas, wo du dich kreativ ausleben kannst und wozu du dich nicht nur meinetwegen verpflichtet fühlst. Ich weiß, dass in dir viel mehr Talent steckt, als du ahnst. Das Gebäude, in dem ich meine Bibliothek eröffnen wollte, steht schon seit Jahrzehnten leer. Jedes Mal, wenn ich mit dir im Kinderwagen in dieser kleinen Gasse an ihm vorbeilief, wusste ich, dass es verrückt wäre. Dass es unsicher wäre. Aber ich wusste auch, dass es mich auf eine Art und Weise erfüllen würde, wie es kein anderer Job tun könnte. Leider habe ich mich damals von meinen Ängsten und Sorgen zurückhalten lassen, aber du, mein Schatz? Du hast immer noch die Chance, es anders zu machen. Du kannst deinen Traum leben. Hier. Jetzt. Könnte es schiefgehen? Auf jeden Fall! Könntest du scheitern? Natürlich. Aber seit wann interessiert es dich, ob du scheiterst? Die Frau, die ich großgezogen habe, steht für ihre Träume ein. Steht für ihre Wünsche ein. Und zwar mit all der Power, die in ihr steckt. Also bitte, tu es. Wenn nicht für dich, dann wenigstens für mich. Glaube mir, am Ende unseres Lebens bereuen wir immer nur die Dinge, die wir nicht getan haben.«

Mittlerweile ist meine Sicht aufgrund der Tränen komplett verschleiert. Ich sehe weder Troy noch dieses Gemäuer, in dem wir stehen.

»Ich liebe dich, Molly. Und egal, ob du Erfolg hast oder scheiterst: Ich werde immer voller Stolz sagen können, deine Mutter zu sein. Vergiss das nie.«

Stille.

Der Brief ist vorbei.

Stille.

Mein Herz schwillt auf die doppelte Größe an.

Stille.

Ich höre, wie das Blut in meinen Ohren rauscht.

Ich wische mir die Tränen aus den Augenwinkeln, und als meine Sicht wieder klarer wird, sehe ich Troy an. Er hält den Brief in der rechten Hand neben seinem Körper, seine Augen fahren über mein Gesicht. Und dann denke ich an die Worte meiner Mutter. Daran, was sie über diesen Mann vor mir gesagt hat. Und daran, dass ich ihr versprochen habe, über meinen Schatten zu springen, wenn er der Richtige ist. Wäre er hier bei mir, unter dem morschen Dach dieses Hauses und in durchnässter Kleidung, wenn er der Falsche wäre?

Ich stoße mich von der kalten Wand ab, gehe mit unsicheren Schritten auf Troy zu und schlinge meine Arme um seinen Hals. Ich gebe mir die Antwort auf meine Frage selbst. Unsere erste Berührung im Krankenhaus war stürmisch, diese hier ist viel ruhiger. Sanfter und doch so kraftvoll, dass sie mich bis in jede Faser meines Körpers einnimmt. Troy legt seine Arme um mich, hält mich. Und dann fällt eine Last von meinen Schultern, die mich in den letzten Wochen beinahe hat ertrinken lassen.

Ich sehe zu ihm auf, während er seinen Blick senkt und sich auf meine Lippen fokussiert. Und dann zieht er mich noch enger an sich und legt seinen Mund auf meinen. Mir laufen immer noch Tränen über die Wangen, aber zum ersten Mal seit Wochen verätzen sie meine Haut nicht. Stattdessen fühlt es sich an, als würden sie mich befreien. Befreien von der Schuld, die ich mir selbst auferlegt habe. Von den Stimmen in mir, die mir immer wieder gesagt haben, dass ich hätte bei ihr sein müssen, als sie ging. Langsam begreife ich, dass sie es genau so wollte. Das hatte nichts mit mir zu tun, sondern nur mit ihr.

Troys Zunge findet ihren Weg in meinen Mund, und als ich mich noch stärker gegen ihn fallen lasse, spüre ich das beflügelnde Gefühl in mir, welches meine Mutter in ihrem Brief erwähnt hat.

Freiheit.

Ich erlaube mir, etwas Schönes zu fühlen, anstatt in Traurigkeit darauf zu warten, dass es mir besser geht. Ich kann traurig und glücklich zugleich sein, solange ich es mir nur erlaube. Seine starken Arme halten mich, während seine rechte Hand meinen unteren Rücken stützt und die linke hoch zu meinem Nacken wandert. Der Kuss wird intensiver, und als unsere Zungen beginnen, miteinander zu tanzen, fühle ich mich noch leichter.

Eine Ewigkeit stehen wir so unter dem morschen Dach dieser Ruine. Mit den Resten des Regens auf unserer Haut und unserer Kleidung. Mit so vielen Dingen, die zwischen uns noch unausgesprochen sind.

Als wir uns voneinander lösen, habe ich das Gefühl, endlich wieder stehen zu können. Nicht mehr fallen zu müssen, ohne zu wissen, wann der Aufprall folgen wird.

Troys Augen fixieren mich und dann lehnt er seine Stirn gegen meine. Den Brief meiner Mutter hat er immer noch in der Hand, die meinen Rücken stützt. »Gott, wie ich dich vermisst habe«, raunt er und seine Worte lassen all die Schuld in mir schrumpfen.

Ich fahre mit meiner Nase über sein Kinn und schließe die Augen. »Ich dich auch.«

»Aber jetzt muss ich dir noch etwas zeigen.« Er klingt verunsichert und ich frage mich, was kommt. Ich straffe die Schultern und versuche ihm zu vermitteln, dass ich ihm zuhöre, egal, was er zu sagen hat.

Troy räuspert sich, holt etwas aus seiner Jackentasche und hält es mir hin. Es ist ein dünnes Papier und kurz glaube ich, dass er mir auch einen Brief geschrieben hat, doch als ich den Zettel entfalte und den Scheck einer Londoner Bank erkenne, runzle ich die Stirn.

»Was ist das?«, frage ich und fühle mich völlig überrumpelt.

»Tracy war vorhin bei mir ... und hat meine Mutter mitgebracht.« Ich sehe ihm an, wie schwer es ihm fällt, über sie zu reden. Umso glücklicher macht es mich, dass er es trotzdem tut. Dass er sich mir anvertraut, so wie ich mich ihm in so vielen Nächten und Gesprächen anvertraut habe.

»Sie hat sich noch mal bei mir entschuldigt und mir dann diesen Scheck in die Hand gedrückt. Ich dachte erst, dass sie mich verarschen will, als ich die Summe darauf gesehen habe.« Mein Blick gleitet auf die verdammt lange Zahl, die da tatsächlich schwarz auf weiß geschrieben steht.

Einhundertzwanzigtausend Pfund.

»Anscheinend hatte sie in den letzten Jahren ziemlich gut bezahlte Jobs und hat das Geld für mich angespart, ohne es mir zu sagen.«

Ich forme mit den Lippen ein *Wow*. »Das ist der Wahnsinn, Troy! Weißt du, was du damit alles anstellen kannst?« Im Kopf gehe ich bereits die Möglichkeiten durch, die er hat. Meine Gedanken überschlagen sich. »Du könntest eine Weltreise machen! Ach, was rede ich da? Du könntest mehr als eine machen! Außerdem kannst du dir etwas Eigenes aufbauen und bist nicht mehr auf Aufträge angewiesen, bei denen du unterbezahlt wirst! Du könntest dir ein neues Auto holen, weil, seien wir mal ehrlich, das da«, ich deute nach draußen auf die andere Straßenseite, wo sein Wagen steht, »ist wirklich unzumutbar! Oh Gott, mit dem Geld könntest -«

Es ist sein Mund, der mich in meinem Monolog stoppt. Er bringt mich auf die schönste Art zum Schweigen, die ich mir vorstellen kann: Mit seinen Lippen. Und ich genieße es und lasse mich auf den Kuss ein.

Widerwillig akzeptiere ich, dass er sich wieder von mir löst.

»Erstens ist mein Auto mehr wert als dieser Schein. Hast du eine Ahnung, was ich mit dem alles erlebt habe?«, fragt er mich empört. »Und zweitens weiß ich bereits, was ich mit dem Geld machen möchte.« Eine lange Pause folgt, die mich ganz hibbelig macht.

»Nun lass dir doch nicht alles aus der Nase ziehen. Sag schon, was du damit vorhast«, dränge ich ihn. Ich erinnere mich nicht daran, wann ich zuletzt so voller Energie war wie in diesem Augenblick. Es fühlt sich an, als hätten mir die Worte meiner Mutter wieder Leben eingehaucht.

»Ich werde dir helfen, deinen Traum zu leben. Immerhin muss man hier einiges an Geld reinstecken.« Er sieht sich in dem Gebäude um, während ich meinen Mund auf- und wieder zuklappe. Das kann unmöglich sein Ernst sein. Oder?

»Troy, du kannst das Geld nicht für mich benutzen. Dafür ist es nicht da«, erwidere ich empört.

Er lässt sich davon nicht beirren, sondern packt mich an den Hüften, dreht mich um, sodass ich mit dem Rücken gegen seine Brust stoße, und legt seinen Kopf auf meiner Schulter ab. Gemeinsam sehen wir in den großen Raum hinein, der einmal der größte Traum meiner Mutter gewesen ist.

»Ich kann mit dem Geld machen, was ich will. Und ich will, nein, ich bestehe darauf, dass du mich dir helfen lässt. Das schulden wir Liz«, sagt er mit rauer Stimme.

Gemeinsam sehen wir uns in dem Raum um, und als würde sich ein Schalter in mir umlegen, ist die Angst, die mich all die Jahre davon abgehalten hat, meine Träume zu leben, weg. Zurück bleibt nur dieses diffuse Gefühl von Glück, das ich nicht richtig greifen kann.

Habe ich bis eben in diesem Gebäude nur einen Haufen Schutt und Dreck gesehen, ist da jetzt mehr. Mit dem nötigen Geld und harter Arbeit könnte man hieraus wirklich etwas machen. Als ich meine Augen erneut schließe, sehe ich alles glasklar vor mir. Ich sehe die warme Farbe an den Wänden, die von der Sonne angestrahlt wird. Ich sehe einen schönen, dunklen Parkettboden und riesige Kronleuchter an der Decke. Ich sehe Kunden, die meine Arbeit wertschätzen und mit zufriedenen Gesichtern den Laden verlassen.

»Und wenn du möchtest, könnten wir eine Ecke einrichten, in der wir Bücher auslegen, die man sich ausleihen oder hier lesen kann. Dann würde der Traum deiner Mutter in deinem Laden und durch dich weiterleben.« Mit jedem seiner Worte trifft mich sein warmer Atem an meinem Hals und ich merke, wie meine Sicht erneut verschwimmt.

Ich drehe mich in seinen Armen und sehe zu ihm auf. »Bist du … bist du dir wirklich sicher?« Unter anderen Umständen würde ich ihn für verrückt erklären und das Geld sowie seine Hilfe auf keinen Fall annehmen. Aber der Brief meiner Mutter und die Vision, die langsam in mir Gestalt annimmt, sind stärker als meine Zweifel. Viel zu lang habe ich mein Leben von den Sorgen und Ängsten bestimmen lassen.

Troy legt seine Hände an mein Gesicht und ich genieße, wie sich seine warme Haut an meine schmiegt. Ich weiß wirklich nicht, wie ich in den letzten Wochen ohne ihn klarkam.

Dabei ist die Antwort ganz einfach: Ich kam nicht klar, ich habe nur so getan, als würde ich es schaffen.

»Ich war mir noch nie in meinem Leben so sicher.«

Seine Antwort nimmt mir die letzten Zweifel. Ich glaube ihm. Ich vertraue ihm. Gemeinsam werden wir es schaffen.

Epilog

Molly

2 Jahre später

»Was machst du denn da?« Nervös blicke ich zwischen der Uhr über dem Backofen und meinen Händen, die gerade den Teig auf der Arbeitsplatte ausrollen, hin und her. Noch zweiundzwanzig Minuten! Mir läuft mittlerweile der Schweiß über die Stirn. Na ja, zumindest fühlt es sich so an, wenn ich darüber nachdenke, dass heute tatsächlich *der* Tag ist. Der Tag, auf den Troy und ich seit zwei Jahren hinarbeiten.

Als mir Troy dieses Haus gezeigt und Moms Brief vorgelesen hat, wusste ich, dass ich dieses Mal nicht kneifen werde. Verdammt, wie konnte ich mich überhaupt so lange in meinem Schneckenhaus verkriechen?

»Nichts, nichts«, flötet Troy, der direkt hinter mir steht. Aber ich glaube ihm nicht, immerhin spüre ich seine Finger, die wild über meinen Rücken fahren. Sein Mund wandert zu meinem Nacken, der fast immer unbedeckt ist, seit wir zusammen sind. Ich liebe es einfach, wenn er diese Stelle meines Körpers küsst. Es fühlt sich jedes Mal wie nach Hause kommen an, wenn seine Lippen auf meine Haut treffen. Sanft schließe ich die Augen und verliere mich völlig in diesem Gefühl. Sauge es auf wie eine Blume jeden Tropfen Regen nach einem heißen Sommertag.

Seufzend lege ich den Kopf zurück und lehne mich gegen Troy. Seine Stimme vibriert an meinem Hals, als er mich daran erinnert, dass es gleich so weit ist.

»Du hast nur noch zwanzig Minuten.« Ich höre das Lachen in seiner Stimme und könnte ihm nicht mal böse sein, wenn ich es wollen würde. Trotzdem sammle ich mich, schüttle ihn ab und widme mich wieder den Haferkeksen, die ich gleich in den Backofen schieben muss, wenn ich sie den Gästen rechtzeitig servieren will. Draußen höre ich nichts als Stille und ich kann nur hoffen, dass der Laden gleich voller Leben sein wird. Immerhin lässt mich die Eröffnung meiner eigenen Konditorei seit Tagen nachts nicht mehr schlafen, weil sich die To-do-Listen im Kreis durch meinen Kopf drehen.

»Danke für die Erinnerung. Wenn du aufhören würdest mich abzulenken, dann wäre ich vielleicht schon fertig!« Ich schlage seine Hand weg, die jetzt wieder über meinen Rücken gleitet. Doch ich kann diesen Kerl einfach nicht stoppen. Er taucht einen Finger in das Mehl, das auf der Arbeitsplatte klebt, und zeichnet dann Linien über meinen nackten Rücken. Ich habe mich heute für ein sommerliches, rückenfreies Kleid entschieden, das dieselbe Farbe wie unser Logo hat. Mintgrün.

Meine Mundwinkel zucken nach oben, weil er nicht aufhört, das Mehl auf meiner Haut zu verteilen als wäre er ein Künstler.

»Malst du da etwa ein Gemälde, van Gogh?«, spotte ich.

»Endlich erkennst du meine Arbeit mal an! Also, was zeichne ich?« Ich schließe die Augen und konzentriere mich auf seine Fingerspitzen, die mit leichtem Druck über meine Haut wandern. Es ist nicht schwer zu erraten, was er gemalt hat.

»Eine Sonne«, sage ich siegessicher.

»Mist, das war zu leicht. Okay, dann weiter.« Sein Atem trifft mein Haar, das ich seit einigen Monaten pink trage. Ich wollte wieder etwas Farbe zeigen, immerhin habe ich eine lange Zeit in Dunkelheit verbracht.

Auch als Troy wieder ein Teil meines Lebens war und wir den Entschluss fassten, diesen Laden gemeinsam mit dem Geld seiner Mutter auf die Beine zu stellen, waren die dunklen Tage nie fort. Die Tage, an denen ich alles hinschmeißen wollte, weil es ohne meine Mutter ohnehin keinen Sinn ergab. Doch Troy hat es geschafft, mir durch diese Tage zu helfen und die folgenden dafür umso bunter zu gestalten. Dafür werde ich ihm ewig dankbar sein.

»Und? Was habe ich gemalt, Sherlock?« Er hat bemerkt, dass ich in Gedanken versunken war, das höre ich ihm und seinem Lachen an.

Weil ich nicht zugeben will, dass ich gerade ganz woanders war, improvisiere ich. »Wenn du mich fragst, war das ein Pudel!«

»Was zur Hölle? Glaubst du echt, ich könnte einen PUDEL zeichnen? Außerdem, was würde Balou von mir halten, wenn ich einen fremden Hund zeichne?«

»Glaub mir, der verschwendet im Moment keinen Gedanken an dich. Er ist glücklich draußen mit seinen Hundecookies in seinem Körbchen«, scherze ich.

Mittlerweile habe ich die Kekse mit der entsprechenden Form, die unser Logo zeigt, ausgestochen und platziere sie sorgsam und mit genügend Abstand zueinander auf dem Backblech. Während ich akribisch in meine Arbeit versunken bin, fährt Troy fort. Er zeichnet immer noch auf meinem Rücken, als wäre ich seine Leinwand.

»Das war übrigens ein Fisch. Und jetzt kommt die Königsklasse. Wenn du das errätst, dann werde ich dich nie wieder von der Arbeit abhalten. Versprochen.«

Ich verschweige ihm, dass ich es liebe, wenn er mich von der Arbeit ablenkt. Auch an einem Tag wie diesem, wo von meiner Arbeit alles abhängt.

»Okay, dann gib dir Mühe, Picasso«, sage ich schmunzelnd und konzentriere mich wieder auf seine Finger, die jetzt auf meinem Rücken ansetzen.

Er zeichnet einen Buchstaben und meine Augen schließen sich. »M«, sage ich laut.

»Jep. Weiter.«

Seine Fingerspitzen ziehen drei Striche auf meinem Rücken und es ist ein Kinderspiel, den Buchstaben zu erraten.

»A.«

Er antwortet nicht, also gehe ich davon aus, dass ich recht habe und achte weiterhin auf seine Finger, die jetzt die nächsten zwei Buchstaben auf meine Haut malen. Ich kann nur hoffen, dass das Mehl mittlerweile verschwunden ist und er nicht mein ganzes Kleid mit dem weißen Pulver ruiniert.

»Zweimal R?«, frage ich.

»Jep. Du bist richtig gut.«

Meine Augen sind immer noch geschlossen, während er den nächsten Buchstaben zeichnet. Inzwischen habe ich völlig vergessen, dass uns die Zeit durch die Finger rinnt und ich gleich meinen Laden eröffnen werde. Alles, was ich wahrnehme, sind seine Hände auf meinem Körper.

»Y«, sage ich leise und warte, bis er fortfährt. Eine Pause folgt, bevor er zwei weitere Buchstaben direkt unter meine Schulterblätter schreibt.

»ME«, spreche ich laut mit. Danach folgt Stille. Nicht nur in der Küche unserer Konditorei, sondern auch in mir. Ich setze die

Buchstaben zusammen und spüre, wie meine Knie weich werden. Tränen kündigen sich in meinen Augenwinkeln an, aber ich will sie nicht laufen lassen. Was, wenn ich bloß träume? Oder mich irre?

»Marry me?«, wiederhole ich die beiden Worte jetzt so laut, dass man es vermutlich bis auf die Straße hören kann. Meine Hände krallen sich an der Arbeitsplatte fest.

»Dreh dich um.« Seine Stimme, die bis eben noch voller Leichtigkeit und Charme war, klingt jetzt ganz nervös. Langsam lasse ich meine Finger von der Platte gleiten und drehe mich um.

Troy steht vor mir. Fast hätte ich aufgrund der ganzen Arbeit vergessen, wie schön er ist. Er hat sich für die Eröffnung extra in Schale geworfen und sein schwarzes Hemd herausgekramt. Ich liebe seine weißen Shirts, in denen seine muskulösen Arme zur Geltung kommen, aber dieser Anblick hier ist auch nicht von schlechten Eltern.

Seine blauen Augen sehen in meine und dann greift er in seine Jeanstasche, um eine kleine Schachtel herauszuholen. Sie ist mit Samt überzogen. Ich zerfließe innerlich wie die Butter, die ich eigentlich noch für die Glasur erwärmen müsste.

Troy kniet sich nicht hin, stattdessen bleibt er dicht vor mir stehen und öffnet die Schatulle vor seiner Brust. Zum Vorschein kommt ein schmaler, silberner Ring mit einem hellblauen Stein in der Mitte.

»Oh mein Gott.« Meine Stimme schnellt einige Oktaven nach oben und ich spüre, wie ich den Boden unter den Füßen verliere. Zu meinem Glück stützt mich die Arbeitsplatte in meinem Rücken.

»Oh mein Gott, oh mein Gott, oh mein Gott«, wiederhole ich die Worte wie ein Mantra. Meine Tränen laufen mittlerweile über meine Wangen und meine Knie zittern bedrohlich.

»Willst du mich heiraten?« Die Frage kommt so leicht über seine Lippen, dass ich mich frage, wie lange er das hier schon geplant hat. Ich will ein lautes Ja in die Welt schreien, will durch die Küche tanzen und ihm zeigen, wie sehr ich ihn liebe.

Stattdessen belasse ich es dabei, meine Arme um seinen Nacken zu schlingen, mich auf die Zehenspitzen zu stellen und ihn zu küssen.

Er schmeckt meine Tränen und wischt sie mit seinem Daumen aus meinem Gesicht. In der anderen Hand hält er immer noch die Schatulle. »Das heißt dann wohl ja«, murmelt er zufrieden in unseren Kuss und ich schaffe es nur schweren Herzens, mich von ihm zu lösen.

Meine Aufmerksamkeit wandert zu der Schachtel und dem wunderschönen Ring in der Mitte. »Oh Gott, ich glaube, ich kippe gleich um«, erkläre ich. Es fühlt sich an, als würde ich hyperventilieren.

Vorsichtig nimmt er den Ring aus der Schmuckschatulle, wirft sie achtlos auf den Boden neben uns und greift nach meiner Hand. Erst als er mir den Ring auf den Finger streift, begreife ich, dass das hier tatsächlich wahr ist. Dass ich mich gerade verlobe. Mit dem Mann, der mir in den letzten zwei Jahren gezeigt hat, dass Beziehungen mehr zu bieten haben als Vorwürfe, Enttäuschungen, Probleme und Misstrauen. Mehr als Verletzungen. Innerlich und äußerlich.

Er hat mir gezeigt, wie ich mich selbst aus meinen alten Mustern befreien und heilen kann. Wie ich für meine Träume einstehe, anstatt sie in meinem emotionalen Keller zu begraben. Ich bin es leid, meinen Träumen nur hinterherzurennen, anstatt sie zu leben. Wenn er wüsste, wie viel ich von ihm gelernt habe, würde er mich damit definitiv jeden Tag aufziehen!

»Wow, das war doch schwerer, als ich dachte.« Ihm scheint

ein Stein vom Herzen zu fallen und ich kann kaum klar denken. Ich schmiege mich an seine Brust und genieße es, dass er seine Hände schützend an meinen Rücken legt und mich hält.

»Du bist verrückt, Troy Chesterfield«, flüstere ich von den Tränen überwältigt an seiner Brust. Er vergräbt sein Gesicht in meinem Haar und es ist mir egal, dass mein Rücken voller Mehl, meine Mascara verwischt und meine Frisur ruiniert ist. In diesem Moment zählen nur der Mann vor mir und die Frage, die er mir gerade gestellt hat.

»Verrückt nach dir, Molly ... Chesterfield. Hey, das klingt wirklich grandios, findest du nicht auch?«

Ich blicke zu ihm auf. Ich vermute, mein ganzes Gesicht strahlt mit der Sonne draußen um die Wette. Er gibt mir einen dieser Küsse auf die Stirn, die ich so sehr liebe, und reißt dann die Augen auf.

»Scheiße, die Eröffnung! Wir sollten jetzt rausgehen, die Leute warten sicher schon!« Er packt mich an der Hand und zerrt mich in Richtung Tür, die in den vorderen Bereich des Ladens führt.

»Aber die Kekse!«, protestiere ich und werfe einen Blick auf das Backblech, das immer noch auf der Arbeitsfläche anstatt im Backofen steht.

»Vergiss die Kekse!«

Widerwillig lasse ich mich von ihm aus der Küche ziehen und mein Herz macht einen riesigen Sprung, als ich mitten in diesem wunderschönen Laden stehe. Meinem Laden.

Ich sehe mich um und kann immer noch nicht fassen, was aus der Baracke, die für mich nichts als eine Ruine war, geworden ist. Wir haben das gesamte Gebäude kernsaniert und jetzt würde es niemand wiedererkennen. Das dunkle Parkett verleiht dem Raum etwas Wohnliches, die großen Kronleuchter, die ich von Beginn an in meiner Vision gesehen habe, hängen von den Decken herab. Am allermeisten liebe ich den Bereich rechts am Fenster. Glücklich wandert mein Blick zu der Leseecke, die wir im Andenken an meine Mutter eingerichtet haben.

Troy hat die gesamte rechte Fensterfront mit Steinen verziert, sodass es aussieht, als würden wir uns mitten in der Toskana befinden. Weil Mom Italien immer geliebt hat, aber nie dort sein konnte. In den alten Regalen, die wir gemeinsam restauriert haben, stapeln sich jetzt diverse Bücher aus den unterschiedlichsten Genres.

Und während ich hier in der Mitte des Raumes stehe und Balou streichle, der sich aus seinem Körbchen bequemt hat, öffnet Troy den Gästen die Tür. Die ersten Gesichter, die ich sehe, erwärmen mein Herz sofort. Brooklyn und Chase betreten meine Konditorei mit Staunen in den Augen, während die kleine Liz mit einem Brötchen spielt, das sie in der Hand hält. Chase trägt sie seit ihrer Geburt wie eine Prinzessin durchs Leben.

Ich wusste, dass meine besten Freunde wundervolle Eltern werden würden, aber sie zeigen jedem auf diesem Planeten, wie man ein Kind großziehen sollte. Mit Respekt, Liebe, verdammt vielen Kuscheltieren und Kinderbüchern. Es ist ein Wunder, dass Liz zwischen all den Teddys und Eseln noch Platz im Bett hat. Die drei kommen auf mich zu und ich nehme alle nacheinander in die Arme.

»Molly, es ist wirklich umwerfend! Als wir das letzte Mal hier waren, lag noch nicht mal der Boden!« Brooklyn gibt mir einen feuchten Schmatzer auf die Wange und sieht sich dann erstaunt in dem hohen Raum um. Das *Coffee with Arts* haben wir mittlerweile in gute und sichere Hände gegeben und ich bin unfassbar dankbar, dass Brooke nach ihrem Babyjahr weiterhin dort arbeiten konnte. Kurz habe ich überlegt, einfach neben dem Tagesgeschäft im Café meine Torten an Kunden zu verkaufen, mich aber am Ende dagegen entschieden. Moms Brief hat den Kampfgeist in mir geweckt und ich wollte dieses Gebäude für sie zum Leben erwecken. Mit dem Erlös aus dem Verkauf des Cafés und dem Geld von Troys Mutter hatten wir genug Erspartes, um den Traum zu verwirklichen.

»Eins muss ich Troy lassen: Er hat echt ein Händchen fürs Renovieren.« Chase boxt seinem besten Freund, der sich jetzt wieder zu uns gesellt, gegen den Oberarm. Im Hintergrund sehe ich, dass sogar Troys Mutter zur Eröffnung gekommen ist! Tracy hatte leider einen wichtigen Termin in London, aber sie hat mich heute morgen ganz aufgeregt angerufen und gefragt, ob ich bereit für ein Wunder bin. Vermutlich wusste sie, dass ihr Bruder mir einen Antrag machen würde.

Mit den Fingern fahre ich die ganze Zeit über meinen Ring und würde mein Glück normalerweise in die ganze Welt hinausschreien. Aber noch genieße ich es, dass nur Troy und ich wissen, was gerade in der Küche zwischen uns passiert ist. Wir tauschen vielsagende Blicke aus und ich weiß, dass es ihm genauso geht wie mir. Wir bewahren unser Geheimnis. Unsere Liebe.

Während Balou an Chase hochspringt und an Lizzys kleinen, roten Riemchensandalen schnüffelt, widme ich mich den anderen Gästen im Laden. Es sind sicher über dreißig Menschen unterschiedlichen Alters zu unserer Eröffnung gekommen und langsam frage ich mich, ob ich nicht schnell in die Küche rennen und die Kekse reinschieben sollte.

»Keine Sorge, ich habe deine Cookies gerade in den Ofen gestellt«, flüstert Troy in mein Ohr und meine Mundwinkel gleiten weit nach oben, so glücklich macht es mich, dass er mir so oft die Wünsche von den Lippen abliest. Er fordert mich an einigen Tagen wirklich heraus und bei uns fliegen oft die Kissen durch die

Wohnung, wenn wir uns streiten. Aber am Ende des Tages wissen wir immer, wo wir hingehören.

Die ersten Gäste probieren sich durch die Torten, die ich für heute gebacken habe, und wenn ich in die zufriedenen Gesichter sehe, wird mir warm ums Herz. Sie erinnern mich an den Stolz, der immer in den Augen meiner Mutter aufgeflammt ist, wenn sie eine meiner Kreationen probiert hat.

Im Laden herrschen so viel Leichtigkeit und Glück, dass ich sie am liebsten mit der ganzen Welt teilen würde. Vor allem mit der Frau, die oben im Himmel auf mich wartet.

»Entschuldigst du mich einen Moment?«, frage ich Troy leise.

Er scheint sofort zu verstehen, was in mir vorgeht. »Klar. Ich beschäftige die Gäste so lange.« Mit einem Zwinkern gibt er mich frei, also laufe ich zur Eingangstür, reiße sie auf und stürme die Treppe hinunter. Der warme Spätsommerwind peitscht mir entgegen und ich fühle mich lebendiger als je zuvor. Vor unserem Laden drehe ich mich um und sehe das große Holzschild an, auf dem der Name steht.

Mother's Heaven

Ich wusste bereits, als ich die Ruine an diesem Tag vor zwei Jahren verlassen habe, dass es nur einen Namen gibt, der perfekt passt. Tränen stehen in meinen Augen, aber ich bin nicht traurig, sondern fühle mich erfüllt. Es sind Tränen der Dankbarkeit. Ich schenke dem strahlend blauen Himmel über mir ein Lächeln und schließe die Augen. Stelle mir vor, dass meine Mutter da oben sitzt und auf mich herabsieht. Dass sie fühlen kann, was ich fühle. Sehen kann, was ich sehe.

»Ich wünschte du wärst hier«, wispere ich und halte meine Hand in die Luft. »Immerhin bin ich jetzt verlobt.« Ich fühle ein Kichern in meiner Kehle, das ich aber nicht herauslasse. »Vermutlich hattest du all die Jahre recht und ich bin wirklich eine Romantikerin. Dass ich das zugebe, gleicht wirklich einem Weltwunder.«

Hätte mich jemand vor zwei Jahren gefragt, ob ich an die wahre Liebe glaube, dann hätte ich demjenigen einen Vogel gezeigt. Ich erinnere mich daran, wie ich neben Mom im Bett lag und sie mir von dem Funken erzählt hat, den die wahre Liebe mit sich bringt. Von dem Konfetti, das durch dein Leben fliegt. Jetzt weiß ich, dass ich damals *nichts* wusste.

»Ich vermisse dich«, flüstere ich.

Ich stehe mitten auf der Straße und sehe vor mir die Arbeit der letzten Monate. All den Schweiß und all die Tränen, die geflossen sind. Die Momente, in denen ich dachte, dass ich alles hinschmeißen muss. Unter mir der Boden, der mich hält, und über mir der Himmel, den ich nie wieder ansehen kann, ohne an meine Mutter zu denken, die jetzt bei den Engeln ist.

Eine Weile stehe ich noch in der Sonne und atme tief durch, bis mich eine warme Stimme aus meinen Gedanken reißt. Ich sehe zur Eingangstür und mein Herz macht einen Sprung, als ich in seine eisblauen Augen blicke.

Troy scheint genau zu wissen, was ich hier tue. Er hält mir seine Hand hin und ich laufe los. Mit schnellen Schritten bin ich bei ihm, verschränke meine Finger mit seinen und weiß es: Dieser Mann war nie der größte Fehler meines Lebens, sondern ist mein größtes Wunder.

Danksagung

Als ich 2017 die Geschichte von Brooklyn und Chase geschrieben habe, wusste ich noch nicht, dass es einen zweiten Band geben würde, in dem ich Mollys und Troys Geschichte mit euch teilen könnte. Heute diese beiden Bücher in den Händen zu halten fühlt sich wie ein Geschenk an.

An dieser Stelle möchte ich als Allererstes dem wundervollen Forever-Verlag danken. Danke, dass ihr an die Geschichten geglaubt habt und für all die Unterstützung, die ich durch euch erfahren habe. Es ist ein wahnsinniges Gefühl, die eigenen Bücher im Buchhandel zu sehen und zu wissen, dass ich so viele Menschen mit meinen Worten berühren kann.

Ich danke meiner Lektorin Caroline, die dieser Geschichte den perfekten Feinschliff gegeben hat, den jedes Buch verdient hat. Ich danke der gesamten Marketingabteilung, die sich so kreative Ideen für meine Bücher überlegt hat.

Außerdem danke ich euch: meinen Lesern. Egal, ob ihr schon seit 2015 an meiner Seite oder erst neu dazugekommen seid. Nur dank euch kann ich tun, was ich so sehr liebe.

Schreiben.

Berühren.

Geschichten erschaffen.

Als Letztes danke ich meinen Eltern. Mama? Papa? Ich weiß,

dass ihr eines Tages nicht mehr da sein werdet. Aber ich weiß auch eines: dass ihr schon jetzt meine Schutzengel seid und unsere Liebe niemals enden wird.

Danke,
eure Sarah

Sie hat ihm vertraut, doch er spielt nicht nach ihren Regeln …

Sasha ist am Boden zerstört. Ben hat sie betrogen. Alles, was bisher war, scheint eine große Lüge. Oder soll sie ihm glauben, wenn er sie beschwört, ihm zu vertrauen, weil alles nur ein dummer Zufall war? Noch nie ist Sasha vor eine so schwere Entscheidung gestellt worden. Sie weiß, wenn sie sich in Ben täuscht, wird ihr Herz zerreißen, und gleichzeitig spürt sie, dass sie ohne ihn nicht leben kann. Während Sasha noch mit ihren Gefühlen kämpft, ist in Bens Leben von einem auf den anderen Tag nichts mehr, wie es war. Seine Schwester hat einen schweren Unfall, gleichzeitig kommt ein Geheimnis ans Licht, das den Ruf seiner Familie zerstören kann. Und gerade, als Sasha hofft, doch eine Zukunft mit Ben zu haben, taucht eine Person aus seiner Vergangenheit auf, die alles, woran Sasha bisher geglaubt hat, in Frage zu stellen droht.

Emma Winter
Hopelessly in Love
Roman

Klappenbroschur
Auch als E-Book erhältlich
forever.ullstein.de

FOREVER